W9-DGC-354

Журавли и карлики

Леонид Юзефович

Журавли и карлики

Роман

АСТ · Астрель

Москва

УДК 821.161.1-31
ББК 83.3(2Рос=Рус)6-44
Ю20

Оформление переплета
Андрей Рыбаков

Юзефович Л.А.

Ю20   Журавли и карлики: роман / Леонид Юзефович. —
М.: АСТ : Астрель, 2009. — 477, [3] с.

ISBN 978-5-17-056486-6 (ООО «Издательство АСТ»)
ISBN 978-5-271-22130-9 (ООО «Издательство Астрель»)

В основе нового авантюрного романа Леонида Юзефовича, известного прозаика, историка, лауреата премии «НАЦИОНАЛЬНЫЙ БЕСТСЕЛЛЕР» — миф о вечной войне журавлей и карликов, которые «через людей бьются меж собой не на живот, а на смерть».

Отражаясь друг в друге, как в зеркале, в книге разворачиваются судьбы четырех самозванцев — молодого монгола, живущего здесь и сейчас, сорокалетнего геолога из перестроечной Москвы, авантюриста времен Османской империи XVII века и очередного «чудом уцелевшего» цесаревича Алексея, объявившегося в Забайкалье в Гражданскую войну.

УДК 821.161.1-31
ББК 83.3(2Рос=Рус)6-44

Подписано в печать 10.10.2008 г. Формат 84x108/32.
Усл. печ. л. 25,2. Тираж 5 000 экз. Заказ № 9120.

Общероссийский классификатор продукции
ОК-005-93, том 2; 953000 — книги, брошюры

Санитарно-эпидемиологическое заключение
№ 77.99.60.953.Д.009937.09.08 от 15.09.08

ISBN 978-5-17-056486-6 (ООО «Издательство АСТ»)
ISBN 978-5-271-22130-9 (ООО «Издательство Астрель»)

Глава 1
ДВОЙНИК

1

Последний отрог Хэнтейской гряды, Богдо-ул несколькими могучими кряжами окружает Улан-Батор с юга. Гора считается священной, на ней издавна запрещалось охотиться, рубить лес и ставить юрты, но полвека назад при входе в одно из ущелий хозяйственное управление ЦК МНРП построило спецгостиницу «Нюхт». По-монгольски это значит «звериная нора», «логово». Когда-то сюда привозили делегатов партийных съездов, участников международных конференций и закрытых совещаний, а теперь пускали всех желающих. Осенью 2004 года Шубин с женой снимали здесь номер. До центра города было восемь километров и четыре тысячи тугриков на такси. Тысяча тугриков составляла чуть меньше доллара.

Номера отремонтировали в расчете на туристов, но коридоры и холлы хранили дух минувшей эпохи. Зеленые, с интернациональным орнаментом на темно-красной кайме, ковровые дорожки лежали на этажах, ресторан украшала настенная чеканка с изображением верблюдов, лошадей, коров и овец в комплекте со всем тем, что кочевое животноводство может дать человеку при социализме. Пейзаж за окнами вряд ли сильно изменился со времен Чингисхана.

Стоял сентябрь, в прозрачном воздухе нагорья гребень Богдо-ула отчетливо рисовался на фоне холодного ясного неба. Снизу Шубин мог различить на нем силуэт каждого дерева. На склонах, среди темной зелени хвойных, причудливыми желто-красными разводами выделялись участки еще не облетевшего осинника. Березовая чепора у подножия была буро-желтой. Бумажный шум увядшей листвы и ровный звон травяных дудок, в которых высохли все соки, явственно слышались при слабом ветре. Если задувало сильнее, все заглушал протяжный мощный гул, идущий по вершинам кедров и сосен.

Туристский сезон заканчивался, в «Нюхте» жили только десятка полтора молодых монголов и монголок, по трое в двухместных номерах. При них состояли двое норвежских, как жене сказали на рецепции, миссионеров с профессионально улыбчивыми лицами и легкой походкой здоровых мужчин, привыкших быть на людях. Шубин отметил евангельскую простоту их трикотажных свитеров и линялых джинсов. Они обращали туземцев в лоно какой-то протестантской церкви. Днем в конференц-зале проходили семинары, а вечерами в дощатом павильоне ближе к ущелью дымила жестяная печка, норвежцы со своими учениками собирались на барбекю, жарили колбаски, надували воздушные шарики и пели по-английски. Под крышей, в гирляндах искусственного плюща, горели разноцветные лампочки. Женщины крутили хула-хуп, мужчины хлопали в ладоши. Все было очень прилично. Настоящая ночная жизнь с водкой и шастаньем из номера в номер начиналась потом, когда пастыри засыпали.

На третий день вечерние развлечения в павильоне затянулись за полночь, а наутро Шубин с женой остались в гостинице одни. Норвежцы с рассветом отбыли в аэропорт, монголы после завтрака уехали в город. Официантка сказала, что каждый напоследок получил пакет с фирменной майкой и какой-то конвертик. По ее мнению, в нем находилась энная сумма в долларах, но от горничной жена узнала, что там лежал всего лишь талон с правом на скидку в одном из столичных пивбаров. После захода солнца он превращался в ночной клуб, где голые девушки танцевали рядом с позолоченной статуей Сталина. Двадцать лет назад, когда Шубин приезжал сюда собирать материалы для диссертации о работавших в Халхе русских эпидемиологах, эта статуя стояла у входа в Республиканскую библиотеку. В ночной клуб ее занесло волной недавних событий. Здесь она лишилась пьедестала, зато заново была покрыта жирной бронзовой краской.

Из окна Шубин видел, как новообращенные шумной компанией садились в автобус. Все выглядели довольными, главным призом стал для них бесплатный отдых с трехразовым питанием в очень недурном ресторане и практикой в разговорном английском. Перед отъездом они цинично избавились от оставленной им для самоподготовки специальной литературы. Ею были забиты все гостиничные урны. Из одной Шубин выудил распечатанное на принтере пособие по экзорцизму, настолько политкорректное по отношению к нечистой силе, что не понятно было, зачем вообще нужно с ней бороться. Текст сопровождался схемами с изображением различных состояний души. В разрезе она выглядела как ряд концентрических кругов, разбитых на сектора и сегменты и по-разному заштрихованных в зависимости от степени поражения их бесами.

В конце каждой главы авторы приводили случаи из собственной практики в странах Юго-Восточной Азии.

7

Все истории были адаптированы к местным условиям и напоминали сказки для умственно отсталых детей. Начинались они как английские лимерики: «Одна юная леди в Гонконге...», «Один бизнесмен в Шанхае...», «Дочь одного владельца отеля в Таиланде...». Эти люди тяжко страдали недугами неизвестной этиологии, пока с помощью авторов брошюры у них не открывались глаза на то, что причиной болезни являются демоны, наивно почитаемые ими как духи предков или божества буддийского пантеона. Рассадником заразы часто служили домашние алтари, но физическое уничтожение идолов не рекомендовалось. Достаточно было просто отвернуться от них, чтобы они потеряли свою вредоносную силу.

Скоро Шубин с женой на пару дней уехали из Улан-Батора, а по возвращении застали в «Нюхте» другой семинар. Его проводили корейцы в строгих черных костюмах. Жена приняла их за мунистов, а они оказались правоверными католиками. Паству составляли монголы на вид победнее и постарше, чем у норвежцев, но среди них Шубин с удивлением узнал одного из членов предыдущей партии, молодого мужчину с хорошо вылепленным подвижным лицом. За ужином в ресторане он тоже пару раз посмотрел на Шубина и позже, когда тот курил на крыльце, заговорил с ним по-русски.

Его звали Баатар, за плечами у него был пединститут в Донецке. Сейчас он зарабатывал тем, что летом возил по стране туристов, а зимой работал в мастерской по ремонту холодильников. Мясо здесь поставляет столичным жителям степная родня, в городской квартире его нужно как-то хранить, и местные мастера давно научились превращать импортные холодильники в сплошные морозильные камеры. Баатар был из этих умельцев.

— Семья у меня небольшая, жена и дочь. Питаемся рационально, едим овощи, — сказал он не без гордости за свой западный менталитет. — За зиму съедаем только трех овец, бычка и лошадь.

Подошли к вопросу о том, зачем Шубин приехал в Монголию. Тайны тут никакой не было, его командировал сюда один богатый туристический журнал, способный позволить себе имиджевый материал о прекрасной нищей стране, куда никто не хочет ездить в отпуск. Ему оплатили билеты и гостиницу, а жену он взял с собой за свой счет. ·

Выслушав, Баатар вежливо покивал, но, чувствовалось, не поверил. Должно быть, он счел это легендой прикрытия, маскирующей дела гораздо более серьезные. Времена изменились, люди из Москвы приезжали теперь в Улан-Батор с единственной целью — продать что-нибудь из того, что они же раньше привозили сюда бесплатно или в обмен на то, чего у самих было вдоволь. В благодарность их накачивали водкой, снабжали бараниной для семейства, услаждали народными танцами и горловым пением. Все это стало такой же архаикой, как значки и открытки времен Цеденбала, которыми нищие старики соблазняли туристов на площади Сухэ-Батора. За все нужно было платить, но понятие о твердых ценах плохо приживалось в стране, где тезис о том, что мягкому суждено жить, а твердому — умереть, впитывается с молоком матери. Это был мир ярких красок, четких линий и туманных деловых отношений с опорой на обман и взаимное доверие.

Баатар стал нащупывать подходы к этой волнующей теме. Обсудили сравнительные цены на продукты, стоимость железнодорожных билетов, нравы таможенников. Ему явно хотелось выяснить, не найдутся ли у них с Шубиным обоюдовыгодные интересы, но предпосылки для такого разговора еще не созрели. Тема требовала повышенной деликатности, поэтому начал он издалека:

— У меня много знакомых бизнесменов, зовут к себе в дело, но я не иду. Хочу работать с русскими или с немцами. Наши — все жулики.

— У вас тут полно китайских фирм, — сказал Шубин. — Китайцы тоже жулики?

— Нет, но с ними опасно. Что-нибудь не так сделаешь, могут убить.

— А монголы не могут?

— Редко бывает. Мы — мирный народ.

Ветер утих, даже карликовые березки не шелестели своей невесомой листвой. Лишь от входа в ущелье доносился слабеющий звон сухой травы. Там проходил последний арьергард утренней бури. Карагана, горный чий и окостеневший от утренних заморозков дудник звучали в унисон. Темная громада Богдо-ула оставалась безмолвной. Восемь столетий назад в его чащобах и норах прятался от меркитов юный Темучин.

— Как же у вас Чингисхан-то появился? — спросил Шубин.

— Тогда убивать можно было, а воровать нельзя. Теперь мы все буддисты, — объяснил Баатар, забыв, похоже, зачем он здесь находится.

В его тоне слышалось трезвое осознание того факта, что по мере развития цивилизации падение нравственности неизбежно.

— У нас в степи, — добавил он, — люди каждую неделю скот режут, а детям кровь не показывают. Дети до семи лет крови вообще не видят.

В конце концов общий интерес все же нашелся. Шубин упомянул, что они с женой собираются в Эрдене-Дзу, и Баатар вызвался свозить их туда на своей «хонде», когда закончится семинар. Напоследок корейцы обещали слушателям подарки. Поездка стоила того, чтобы потратить на нее три дня и две ночи. Первый в Халхе буддийский монастырь, Эрдене-Дзу славился сказочной красотой, к тому же стоял на руинах Каракорума, недолговечной имперской столицы Чингисхана и Угэдэя. Шубин с юности мечтал увидеть этот мертвый город, но в советское время так до него и не добрался. Сейчас, после распада другой империи, его развалины должны были вызывать совсем иные чувства, чем тогда.

— Дешево, конечно, — согласилась жена, узнав, что за трехдневное путешествие Баатар просит всего двести тысяч тугриков, включая бензин, — но не нравится он мне. Если завтра сюда приедут ваххабиты или вудуисты с Гаити, он и к ним примажется.

— Чего ты хочешь? — вступился за него Шубин. — Бедная страна, люди выживают как могут. А он, между прочим, чингизид.

— То есть?

— Из князей. В нем есть кровь Чингисхана.

— Еще прирежет по дороге, — сказала жена, залезая в постель.

Утром, как обычно, они спустились на завтрак в ресторан. Корейцы уже сидели за столом и ели свою морковку. Монголы явились позднее. Им принесли большие порции мяса. Баатар взял свою тарелку и пересел с ней за корейский овощной стол. Никто его туда не приглашал, но скоро Шубин услышал, как он довольно бойко говорит с соседями по-английски. Две или три уловленных фразы дали представление о теме разговора. Речь шла об организации следующего семинара в другом месте и на более выгодных для устроителей условиях.

— Тебе он никого не напоминает? — спросила жена.

Вопрос был рутинным, ей всюду мерещились двойники. Знаменитые актрисы обнаруживали сходство с кемто из ее подруг или родственниц, игрушечная обезьяна и плюшевый енот, в память о детстве сына сидевшие за стеклом в серванте, смахивали на известных политиков, даже платяной шкаф вдруг оказывался похож на соседку с девятого этажа. Всему на свете находилась пара, но не понятно было, является ли одно копией другого, или это две разные копии неизвестного оригинала, таинственно тяготеющего к умножению своей сущности.

Баатар сидел к ним лицом. При утреннем свете Шубин заметил, что волосы у него не иссиня-черные, как почти у всех монголов, а темно-русые. В разговоре он с умным видом морщил лоб, при этом левая бровь ползла вверх отдельно от правой. Наверняка за ним водилось умение двигать ушами и шевелить шляпу у себя на голове.

— Черно-рус, лицо продолговато, одна бровь выше другой, нижняя губа поотвисла чуть-чуть, — процитировала жена. — Если бы не разрез глаз, типаж тот же.

Шубин знал, кого она имеет в виду, но сам подумал совсем о другом человеке. Жена никогда его не видела.

Баатар почувствовал, что говорят о нем, приятельски помахал им рукой, дождался ответного приветствия и, понизив голос почти до шепота, продолжил беседу. Вероятно, он выдавал Шубина за бизнесмена из России, который имеет с ним дело как с человеком надежным, не жуликом, в отличие от большинства монголов. Такое знакомство могло обеспечить ему дополнительный кредит у корейцев.

Это вернуло Шубина к мысли о том человеке. Его лицо всплыло в памяти так ясно, будто виделись вчера, а не одиннадцать лет назад.

Был 1993 год, март. Мраморный пол подземного перехода покрывала разъедающая ботинки талая слякоть, вдоль стен плотными шеренгами стояли лотошники. Нищие были вытеснены на фланги, лишь безногая девушка с ангельским лицом и червонно-золотой шпалерой советских значков на груди занимала свое законное место у поворота к дверям метро, откуда до нее докатывались волны теплого воздуха. Она сидела на старинной инвалидной тележке с подшипниками вместо колес, крест-накрест пристегнутая к ней двумя ремнями поверх непромокаемых штанов из черного кожзаменителя. Шубин проходил здесь почти каждый день и знал, что эта нищенка опекает музыкантов, из любви к искусству жертвуя им часть того милосердия, которое причиталось ей самой. Подопечные менялись, когда меценатше приедался их репертуар.

Сейчас рядом с ней мальчик лет десяти играл на скрипке-половинке «Мелодию» Глюка, так странно преображенную акустикой этой каменной трубы, что Шубин не сразу ее узнал. Беспокойная мама, нависая над скрипачом, поправляла на пюпитре ноты. Это, видимо, требовалось не ему, а ей, чтобы не чувствовать себя лишней. Перед ними лежал раскрытый скрипичный футляр, похожий на узкокрылую безголовую бабочку. На синем бархате подкладки врассыпную серебрилась мелочь. Ее было немного, и желто-белая сторублевая монета упала туда беззвучно. Совершенством чеканки она искупала свою убывающую с каждым днем ценность.

Ее бросил молодой мужчина в застиранных джинсах и куртке под замшу. Шубин где-то видел его раньше, но не помнил, где и когда и точно ли его, а не кого-то похожего. Теперь на многих лицах появилась печать времени, скрывшая под собой все то, чем они различались прежде.

13

Взамен сторублевки мужчина выудил из футляра монетку помельче.

— Позвонить. Не возражаете?

Мама не ответила, мальчик продолжал играть с профессиональной отрешенностью уличного музыканта. Пустым взглядом, манерой держаться он напоминал слепца. Казалось, в нем ожила память о том, что человек, смычком зарабатывающий себе на хлеб, должен быть незрячим, и он бессознательно подчинялся этому древнему закону. Таких законов теперь было много. Они выплыли из тьмы столетий и опять вступили в силу с началом эры реформ.

Мужчина тоже взглянул на Шубина. Левая бровь у него поползла вверх.

— Не узнаешь? Я — Жохов, — улыбнулся он, и Шубин сразу вспомнил, где они встречались.

Это было в другой жизни. В гостях у общего приятеля случайно обнаружилось, что оба бывали в Монголии. Жохов работал там не то геологом, не то горным инженером. Слова «буддизм» и «вольфрам» на равных фигурировали в его рассказах, один из которых почему-то засел в памяти. Как-то раз он ночевал в юрте, и рано утром, когда все еще спали, а ему срочно требовалось отлить, страшно было выйти на воздух из-за бродивших вокруг юрты жутковатых монгольских собак. Будить гостеприимных хозяев Жохов стеснялся. «Мой мочевой пузырь сжал зубы», — смеясь, говорил он. Вспомнилась даже интонация этой идиотской фразы.

Отошли в сторону, чтобы не заслонять скрипача. Мимо них двумя встречными потоками текла угрюмая московская толпа.

— На смычок, — заговорил Жохов таким тоном, будто его об этом спросили, — конский волос идет только

14

белый, но от кобылы нельзя. У нее на хвост моча попадает, звук не тот. Нужен от жеребца. Большой дефицит по нынешним временам. Казахи как от нас отделились, всех лошадей в степь угнали. Проще из Монголии возить... Ну, я пошел, меня тут ждут наверху.

Он улыбнулся и поплыл над слякотью в своих небесно-голубых джинсах, легкий, как пух от уст Эола. На прощание его сжатый кулак в рот-фронтовском приветствии взлетел вверх. Этот реликтовый жест времен детства их родителей Шубин тоже за ним помнил.

Ему нужно было на другую сторону улицы. Там все выходы из метро облепили ларьки, сбитые из панельных щитов или грубо сваренные из листового железа. В раскраске доминировали ярко-синий, оранжевый и красный, как в брачном оперении у самцов. Кругом кипела толпа, дымились мангалы шашлычников, откуда-то лихо неслась музыка. Милиционеры шныряли мимо с таким видом, что если бы не форма, их можно было принять за карманников.

На тротуарах вереницами стояли люди с вещами, какие раньше продавались только на барахолке. Зарплаты и пенсии требовалось немедленно обратить в доступные материальные ценности, чтобы тут же их продать, на вырученные деньги что-то купить, снова продать и жить на разницу, иначе все сжирала инфляция. Москва превратилась в гигантский комиссионный магазин под открытым небом. Ельцин с высокой трибуны дал отмашку свободно торговать чем угодно практически в любом месте, но не всем хватало энергии крутиться в этом колесе. На дно жизни опускались за несколько недель. Шубин еще барахтался и обострившимся зрением отличал себе подобных по жалкой штучности их товара и выражению мнимого равнодушия на лицах, которым

15

они надеялись обмануть судьбу, когда рядом замедлял шаги кто-то из потенциальных покупателей. У него самого делалось такое лицо, если наклевывался какой-нибудь заработок.

Иногда среди нескончаемых блузочек, свитеров и кофт маняще вспыхивала импортная нержавейка, чернел японский магнитофон или кухонный комбайн сановно выходил из коробки со свитой сменных насадок и многостраничными инструкциями. Владельцы этих предметов казались Шубину богачами. У них с женой ничего такого никогда не было, а теперь уже и быть не могло. Их кот с минтая перешел на мойву, фрукты береглись для шестилетнего сына. Шубин научился стричься сам, чтобы экономить на парикмахерской. При этом соблазны множились день ото дня. Вокруг появились магазины, куда жена в своей старой кроличьей шубке не решалась заходить.

Она преподавала фортепиано в музыкальной школе, осенью ее зарплаты хватало им на неделю, сейчас — на три дня. Спасали частные ученики, но их становилось все меньше. Шубин зарабатывал копейки. Из всех его коммерческих начинаний, включая попытки издавать книги по дрессировке бойцовых собак и возить из Индии неклейменое серебро, выгорело единственное — на Измайловском рынке удалось выгодно продать оставшийся от незамужней двоюродной бабки орден Ленина. Оказалось, что четырехзначный номер на его оборотной стороне свидетельствует о наличии в нем каких-то драгоценных сплавов. Бабку наградили еще до войны, в то время на расходные материалы не скупились. Хорошо, покупатель попался честный. Сам Шубин от него все и узнал, но утаил от жены подробности сделки. В ее глазах хотелось выглядеть деловым человеком.

Один раз его окликнули:

— Эй, борода!

Зашуршала, разворачиваясь перед ним во всю красу, самошитая камуфляжная куртка. Он покачал головой. Продавец сменил зазывный тон на пророческий:

— Смотри, пожалеешь! Камуфляж входит в моду.

Впервые Шубин услышал это позапрошлым летом — от таксиста, который вез его в аэропорт и по дороге пытался толкнуть ему такие же пятнистые штаны с корявой молнией и карманами в самых бессмысленных местах. Тогда он посмеялся, а позднее не мог отделаться от чувства, что в Абхазии, Карабахе и Приднестровье тоже все начиналось с моды на камуфляж. Она возникала как первый слабый дымок еще не видимого пожара.

Ряды торговцев растянулись метров на триста от метро. Над ними висел плотный гул. Долетавшие до Шубина обрывки разговоров трактовали одну тему: что сколько стоило вчера, сколько стоит сегодня и будет стоить завтра. Вдруг вознесся одинокий женский голос:

— Нет сахара! Кооперативы весь сахар скупили!

При революциях этот продукт всегда исчезал первым, словно его вкус и цвет были несовместимы с новой жизнью.

2

Из подземного перехода Жохов поднялся на улицу. Здесь было так же слякотно, промозглая московская зима, отступая, на последнем рубеже обороны оставила только два цвета — черный и серый.

Те, кому он назначил тут встречу, еще не появились. Монетка, выуженная в скрипичном футляре, скользнула в щель таксофона, палец привычно прошелся по кнопкам набора.

— Марик, ты?.. Есть минутка?.. Мы тогда не договорили, сейчас я тебе объясню. Схема элементарная. Ты, значит, обналичиваешь им эту сумму, на разницу берем вагон сахарного песка и гоним его в Шнеерсонск... Ну, я так Свердловск называю... Потому что у Свердлова настоящая фамилия была Шнеерсон... Не знаю, мне говорили, что Свердлов — его партийный псевдоним... Чего ты взъелся? Еврейский вопрос меня вообще не интересует, спроси у Гены... Хорошо, пускай Екатеринбург. Мне там приятель устраивает бартер, просит всего три процента. Отдаем сахар, забираем эти бронежилеты... Я же тебе рассказывал! Значит, берем их и везем в Москву. Я тут выхожу на одну охранную структуру, они очень заинтересованы... Понял. Жду звонка.

Глухой торец дома, возле которого он стоял, на два метра от земли был сплошь оклеен квиточками объявлений. Одно из них привлекло его внимание. Оно извещало: «Меняю электрическую кофеварку на импортные мужские ботинки, разм. 43». Внизу нетронутой бахромой топорщились бумажные хвостики с телефонным номером. Жохов оторвал крайний, сунул его в карман и вернулся к таксофону. Посматривая по сторонам, достал еще монетку, позвонил опять.

— Алё! Учительская? Елену Михайловну, пожалуйста... Лена, это я. Тебе сахар нужен?.. Погоди-погоди, сначала выслушай! Я тебе предлагаю мешок сахарного песка... Ты что, не собираешься варить варенье на зиму? Лельке нужны витамины... Да не на эту зиму, эта уже кончается.

Шестилетнюю дочь он не видел с Нового года. Осенью ходили с ней в зоопарк, тепло ее ручонки, лежавшей в его руке, через предплечье, по плечу и груди затекало прямо в сердце. Оба молчали, потому что не нуждались в словах. Каждый палец и каждая фаланга на пальце служили тайной азбукой, понятной им одним. Любое прикосновение имело свой смысл — от восхищения красотой порхающих по вольеру райских птиц до желания пописать.

Их встречи прекратились после того, как тещу осенила идея, что Жохов, раз он такой крутой бизнесмен, свидания с дочерью должен оплачивать в валюте, по десять долларов за час пребывания вне дома. Эту цену она считала разумной. Брать Лельку напрокат по твердой таксе казалось унизительно, к тому же с зимы стоимость даже часовой прогулки составляла для него неподъемную сумму. Теща, в прошлом школьный завуч по воспитательной работе, ни на какие уступки не шла, а жена во всем ей поддакивала.

Бесплатно ему разрешался один телефонный разговор в неделю. Говорить по телефону дочь не желала, соглашалась только на сказки. Жохов придумал для нее волшебную страну Свинляндию, населенную человекоподобными хрюшками, добрыми, но бестолковыми, и все отведенное ему эфирное время тратил на истории из их жизни, которые сочинял от субботы до субботы. У свинляндцев имелся свой флаг с тремя полосами разных оттенков розового и герб в виде увенчанного короной желудя. Государственный гимн начинался словами: «Мы свинству нашему верны!»

Он заткнул пальцем второе ухо, чтобы не мешал уличный шум.

— Само собой, в счет алиментов... Что значит — лучше деньгами? Ты соображаешь, в какое время живешь? В феврале инфляция была сто процентов в неделю! Сахар — это валюта, ты в любой момент можешь его продать... Я тоже не умел, жизнь заставила... Почему только сахаром? Просто сегодня подписываем контракт на два вагона, и свой брокерский процент беру натурой.

Он оборвал разговор, заметив, что неподалеку прижалась к бровке тротуара старенькая «шестерка». Из нее на обе стороны вышли двое кавказцев в одинаковых кожаных куртках — один пожилой и грузный, второй совсем юный, статный и гибкий, как танцор фольклорного ансамбля.

— Хасан! Хасан! — закричал Жохов.

Пожилой услышал, но и шага не сделал ему навстречу. Экономным жестом он велел молодому оставаться у машины. Ни один мускул не дрогнул на его одутловатом лице, почти до глаз синем после бритья.

Ладонь у него была влажной, рукопожатье — вялым, как бывает у крупных мужчин, от природы наделенных большой физической силой и не озабоченных необходимостью ее демонстрировать. Рукав куртки оттянулся, на мохнатом запястье открылись командирские часы со звездочкой, с блекло-болотными на свету стрелками и делениями циферблата. В темноте они наливались ядовитым зеленым огнем.

— Напрасно вы их носите, — сказал Жохов.

— Почему?

— Фосфор, радиация.

Хасан молча забрался на заднее сиденье. Машина заколыхалась под его тяжелым телом. Молодой сел за руль. В профиль он казался старше. Чувствовалось, что его лицо слеплено по родовому трафарету, лишь глаза принадлежали ему одному, и то не всегда. Их горячий блеск временами гас, словно кровь предков, знающих цену этому миру, брала свое. Жохов сел рядом с ним, чтобы указывать дорогу, и тогда только вспомнил его имя — Ильдар.

Садясь, заметил на сиденье возле Хасана мятый полиэтиленовый пакет с изображенной на нем шестеренкой. Полустертые буквы вокруг ее зубцов складывались в слово «Союзхиммаш». Пакет был плотно набит чем-то мягким, не имеющим формы, но Жохов сразу понял, что там — деньги. Продуманно небрежная упаковка из газеты скрывала очертания навалом набросанных пачек. Марик, если случалось переносить крупные суммы в наличке, тоже использовал такие пакеты. Они были безопаснее, чем сумка, портфель, тем более — дипломат.

Тронулись, свернули, постояли перед светофором, нырнули в тоннель, выехали к железнодорожным путям и начали петлять в полосе отчуждения, среди увитых колючкой заборов, глухих кишлачных стен, серебристых ангаров с лагерными вышками и полувоенными КПП, возле которых прохаживались крепкие ребята в танковых куртках или офицерских бушлатах без знаков различия. Проезды, открывавшиеся по сторонам, были перегорожены шлагбаумами.

Пакет с деньгами виднелся в зеркальце над лобовым стеклом. Сумму Жохов знал и опять машинально стал высчитывать свой процент в рублях и в долларах. За два дня эти подсчеты производились уже множество раз, но сама процедура приятно успокаивала, как чтение мантры.

Слева потянулась бетонная ограда, пестревшая аббревиатурами партий, значками футбольных клубов и лозунгами этой зимы, однообразными, гневными и безнадежными, как жалобы немого. «Гайдар, верни деньги!», «Ельцин — иуда!», — невольно читал Жохов разорванные стыками плит угольно-черные граффити. Между ними мелькнул и пропал, скраденный столбом, человек с узнаваемым кукишем вместо лица. Проплыло символическое уравнение, в котором сумма слагаемых равнялась свастике. Какие-то уродцы с замазанными фамилиями дисциплинированно стояли в очереди на виселицу, антропоморфная пятиконечная звезда в островерхом шлеме русского витязя, с прямым варяжским мечом в руке, наступала на вооруженный кривой хазарской саблей могендовид в шапке, как у хана Мамая.

Ильдар за всю дорогу не проронил ни слова. Лицо его было спокойно, как у мюрида, знающего, из чьих единственных уст должен прозвучать голос судьбы. Тень сомнения пробежала по нему лишь однажды, когда справа по курсу показался прибитый к дереву лист фанеры с энергичной надписью «Шиномонтаж». Скудно оперенная стрела типа тех, какие раньше рисовали на заборах косо торчащими из насквозь простреленных ими сердец, отсылала в сторону съехавшего набок и подпертого двумя слегами сарая. Под крышей, окаймленная лохмами рваного рубероида, висела на цепи автомобильная покрышка.

Притормозив, Ильдар вопросительно взглянул на Хасана. Тот покачал головой.

Жохов велел сбросить газ. Он боялся пропустить нужный поворот, но узнал его издали. Знакомый пейзаж надвинулся медленно, будто выплыл из полузабытого сна. Мимо лежавшей на снегу белой собаки с розовым животом въехали во двор и остановились возле одноэтажного пакгауза из побуревшего от многолетней копоти кирпича. Жаркое дыхание пескоструйных аппаратов никогда не касалось этих стен. Ильдар с пакетом остался в машине, а Жохов и Хасан через железную дверцу вошли в помещение типа складского.

Потолок состоял из налезающих друг на друга древесно-стружечных плит, на стенах висела документация, вряд ли имевшая теперь хоть малейший смысл. Среди ороговелых бумажек с выцветшей машинописью и следами ржавчины вокруг кнопок выделялся известный плакат работы Джуны Давиташвили, тоже не вполне актуальный. На нем ассирийская кудесница изобразила бабочку, одно крыло которой состояло из американского звездно-полосатого флага, второе — из советского, красного. Усики справа и слева были соответствующих цветов.

Под этой химерой, сидя на корточках у стены, белобрысый грудастый парень ел разведенный кипятком импортный суп из картонной кружки. Сине-красный спортивный костюм, шелестевший на нем при каждом движении, служил знаком его касты.

Вдоль другой стены серебряными штабелями стояло китайское сублимированное мясо в коробках из фольги. Две женщины зачехляли эту поленницу армейским камуфляжным брезентом. Одна, в оранжевой путейской безрукавке, говорила другой:

— У Ельцина, вчера передавали, мать сильно болеет. Не дай бог, помрет до Пасхи, тогда как? Мы ведь, нынешние, ничего не знаем — можно, нет ли в Великий пост покойницу водочкой помянуть. Темные все стали.

— Николай Петрович на месте? — спросил у нее Жохов.

Эта женщина ничего не ответила, а другая сказала:

— Куда он денется!

Под цепким взглядом белобрысого перешли в соседнюю комнату, гулкую и пустую после ремонта. Новую мебель еще не завезли, за единственным столом с тумбами из некрашеной фанеры сидел похожий на кладовщика мужчина в сатиновой спецовке. Из-под нее выставлялся ворот дорогой импортной сорочки с галстуком, тоже, видимо, не дешевым.

По другую сторону стола стояли два конторских стула с высокими спинками и непропорционально короткими ножками. Этот простой, но психологически эффективный прием описывался во многих руководствах по бизнесу. Ножки подпилили для того, чтобы при деловых переговорах хозяин кабинета мог смотреть на посетителей сверху вниз.

— Приветствую, Николай Петрович, мы к тебе, — обратился к нему Жохов на «ты», но по имени-отчеству, как обращались друг к другу члены Политбюро и командиры производства. — Вот мой покупатель. Условия мы с ним обговорили, его все устраивает... Садитесь, Хасан, будем решать с транспортировкой.

— Сахара нет, — подождав, пока тот сядет, бесцветным голосом сказал Николай Петрович.

— Как нет? — растерялся Жохов. — Мы же с тобой вчера обо всем договорились!

— Вчера был, сегодня — нет. Ушел сахар.

На вопрос, когда снова придет, отвечено было, что точно сказать нельзя, он редко сейчас приходит и сразу уходит. Стихия его визитов не зависела от убогой человеческой воли, поэтому извинений не требовалось, налицо была неодолимая сила обстоятельств.

Николай Петрович отвернулся и посмотрел в окно. Оттуда било пьянящее мартовское солнце. Галстук с люрексом искрился под ним, как кусок медного колчедана.

Поднявшись, Хасан с преувеличенной вежливостью вернул на место стул-уродец. Жохов удержал его за локоть, другой рукой придвинул к себе стоявший на столе телефон, снял трубку и стал набирать номер.

— Ушел, бля! Ты это не мне рассказывай! Ты это расскажи Семену Иосифовичу...

На третьей цифре Николай Петрович карандашом прижал рычаг.

— Леша! — позвал он.

Появился белобрысый. Хасан отодвинул его и зашагал к выходу. Жохов побежал следом, оправдываясь:

— Честное слово, вчера договорились! Я ему сегодня с утра звонил, его к телефону не позвали.

Во дворе он достал пачку «Магны», но закурить не успел. Хасан вынул у него изо рта еще не зажженную сигарету, задумчиво повертел в пальцах и уронил на снег. В этом вялом движении было больше угрозы, чем если бы он ее сломал, отшвырнул или смял в кулаке.

— Я деньги взял под твой сахар. Проценты кто платить будет?

— Что-нибудь придумаем, — успокоил его Жохов, — не надо нервничать. Это вопрос решаемый.

Он поднял сигарету и, дважды дунув на нее, договорил:

— Вообще-то продовольствие не моя специфика. Я работаю по металлам, у меня хорошие связи на Урале, особенно в Свердловской области. Выхожу на ряд непосредственных производителей.

— Твой штраф — пятьсот тысяч, — ответил Хасан.

Эта запредельная и подозрительно круглая сумма не вызвала даже возмущения. Она просто находилась по ту сторону реальности. Жохов никак не мог соотнести ее с самим собой и плохо слушал, когда Хасан начал перечислять слагаемые. В его голосе не было ни льда, ни железа. Он достал калькулятор, осторожно потыкал в него толстым пальцем и, заслонив от солнца, показал высветившуюся цифру, на которую Жохов и смотреть-то не стал. Зачем? Начнешь торговаться, много все равно не скостишь, зато наведешь на мысль о своей платежеспособности.

— Да где ж я их возьму? — спросил он тоном человека, знающего, что ответа на данный вопрос в принципе не существует.

— Машину продай.

— Нет у меня машины.

— А говорил, в ремонте.

— Это все понты. У меня и прав-то нет, можете проверить в ГАИ. Если есть знакомый мент, пусть запрос сделает. Копеечная операция.

Хасан поглядел в сторону ворот. Белая собака лежала там в той же позе, но рядом с ней появилась другая, рыжевато-серая, как монгольская овца. Глаза у обеих были закрыты.

— Я у тебя дома был, чай пили, — вспомнил он. — Говорил, комната твоя, не съемная. Тоже понты?

— Нет. А что?

— Могу взять. В счет штрафа.

— Чего-о? Комнату в центре за пятьсот тысяч?

— Оценку сделаем через агентство. Сколько надо будет, доплачу.

Жохов живо представил, каково это — в сорок с лишним лет оказаться в Москве без собственного жилья, да еще с его профессией. Опыт геолога-поисковика пользовался теперь примерно таким же спросом, как умение прокладывать курс корабля при помощи секстанта и астролябии. Как частный предприниматель он пока тоже не преуспел.

— Как у вас все просто! Завидую я вам, — только и успел сказать Жохов, прежде чем Хасан своей мохнатой клешней взял его за шею и стукнул затылком о стену.

Трикотажная шапочка смягчила удар, но голова наполнилась ватой, он даже не понял, ушами слышит или по губам читает про включенный счетчик, про то, что срок — неделя. Тело стало пустым, словно подвели к краю крыши и наклонили над бездной. Из желудка пустота ушла в ослабевшие ноги, а пришедшая ей на смену мгновенная дурнота по каменеющему пищеводу поднялась к горлу.

Хасан сделал рукой такое движение, будто стряхивает воду с пальцев. Стоя у стены, Жохов видел, как он идет к машине, как садится на переднее сиденье рядом с безмолвным Ильдаром, все это время смотревшим только на собак. Хлопнула дверца. Остервенело юзуя в талом снегу, машина вырулила со двора и скрылась среди пакгаузов.

3

Часа через полтора Жохов на Центральном телеграфе предъявил паспорт в окошечке «До востребования», получил заказное письмо из Екатеринбурга и тут же его распечатал. Внутри лежал единственный лист низкосортной серой бумаги с прыгающей машинописью, пробитой через лиловую копирку.

Вверху, под сдвинутой влево шапкой с названием фирмы, адресом, телефоном, факсом и банковскими реквизитами, крупно отстукано было через интервал: «КОММЕРЧЕСКОЕ ПРЕДЛОЖЕНИЕ».

Ниже разъяснялось, в чем оно состоит: «Предлагается к реализации путем бартерного обмена на продукты питания и товары народного потребления следующая продукция».

Еще ниже в столбик, с указанием ГОСТа, процента содержания без примесей, цены за килограмм и наличного объема, перечислялась эта продукция: гадолиний металлический, молибден монокристаллический, ванадий электролитный, окись гольмия, окись иттрия, окись иттербия, пятиокись ниобия — всего 23 позиции. В минуты слабости, особенно по утрам, Жохову самому не верилось, что кто-то захочет выменивать эти окиси на сервелат, кружевные колготки или сгущенное молоко.

Внизу стояли подпись и печать. Перед подписью указывалась должность того, кто ее поставил: коммерческий директор ИИП «АЛМЕТ», после — его инициалы и фамилия: И.П.Караваев. Жохов учился с ним на одном курсе, вместе с Геной и Мариком.

ИИП расшифровывалось как «Индивидуальное инновационное предприятие», «АЛМЕТ» — как «Аллины металлы». Жену Караваева звали Аллой. Недавно, будучи в Москве, он спьяну проговорился, что очень удачно подложил ее под замдиректора межкомбинатской базы широкого профиля. Этот финт у них, видимо, и рассматривался как инновационный.

Жохов перешел в соседний зал, накупил жетонов и позвонил в Екатеринбург.

— Слушай, что ты мне прислал? — сразу приступил он к делу, когда Караваев взял трубку. — Цены абсолютно те же, что в прошлый раз. Я тебя предупреждал, что здесь это не проходит, а ты опять шлешь те же цифры.

— Нормальные цифры, — оскорбился Караваев.

— Ага, нормальные! Я, как лох, поперся с ними к Семену Иосифовичу, а он говорит, что по такой цене у нас никто ничего не возьмет. Они продают-то дешевле, а уж брать по таким ценам, это надо поискать идиотов. Ты, Игореша, поищи их в другом месте. Москва — город умных людей, тут на хромой козе никого не объедешь.

— Что конкретно они продают дешевле?

— Все.

— Например, что?

— Например, ванадий. У тебя он по двадцать шесть баксов, а у них — по двадцать два.

— От чистоты зависит. У меня чистота девяносто девять и три, а у них, наверное, меньше.

— Да то же самое! Вообще у них все параметры не хуже, а цена другая. По верхним позициям разница еще больше. За резонаторный ниобий ты просишь пятьсот баксов, и у тебя его всего-то десять кило, а у них — хоть жопой ешь, и за четыреста пятьдесят.

— Ну пусть продадут! Пусть! — задергался Караваев. — На дешевку ловить все умные. Дойдет до дела, накинут больше моего. Скажи им, что я беру, посмотрим.

— Что ты берешь?

— Ниобий.

— Действительно берешь?

— За четыреста пятьдесят — возьму.

— Сколько?

— Килограммов двадцать точно возьму.

Жохов мгновенно сосчитал свой процент от суммы сделки. Четыреста пятьдесят на двадцать — девять тысяч, его десять процентов — девятьсот долларов. Как раз то, что запросил Хасан. Все, конечно, отдавать не будет, но кое-что придется заплатить.

— Выводи их на меня, — сказал Караваев. — Твой процент — три.

— Почему три? Договаривались на десять.

— Десять — это с продавца. С покупателя — максимум три. К концу мая у меня пройдет один двойной бартер, и я буду на низком старте. Скажи им, что двадцать килограммов я у них возьму точно. В июне получишь свой процент. Июнь — крайний срок.

Последний жетон шумно провалился в недра таксофона. Тратиться на новые Жохов не стал. На улице он купил пирожок с рисом и яйцом, который интеллигентная женщина в дворницких валенках ловко вынула из зеленого армейского термоса с эмблемой ВДВ, и по Тверской двинулся в сторону Белорусского вокзала.

Начинка занимала не больше трети пирожка, остальное — сухое тесто. Вместо яйца к рису подмешан яичный порошок, тоннами поступавший в Москву как важнейший, наряду с презервативами, компонент гуманитарной помощи. Жохов куснул пару раз и бросил огрызок в кучу мусора возле переполненной урны. В центре города они наполнялись вдвое быстрее, чем при Горбачеве. Все вокруг что-то пили и жевали на ходу.

Во дворах еще лежал снег, дул ледяной ветер, но по тротуарам густо текла возбужденная толпа, как раньше бывало только в первые теплые вечера начала мая. Никто никуда не заходил, хотя в окнах нижних этажей уже зажглась рекламная подсветка. Быстро темнело. Сквозь стеклянные двери виднелись пустынные залы магазинов, знакомых со студенческих лет, а сейчас едва узнаваемых, пугающе роскошных, с надменными манекенами и красиво разложенными ювелирными изделиями в бархатно-черных витринах. За последний год все здешние торговые точки по нескольку раз поменяли профиль.

До дому было десять минут ходьбы. После развода теща переехала в квартиру Жохова, к дочери и внучке, а его отселила к себе в коммуналку на одной из Тверских-Ямских, неподалеку от банка «Чара» с его очередями, охранниками, вопящими тетками и расклеенными на щитах мутными отчетами о том, как умело распоряжается правление банка доверенными ему средствами. Кругом, в радиусе ста метров, допоздна кучковались вкладчики, убеждая друг друга в надежности сделанных вложений. В воздухе соседних дворов был разлит запах вороватой надежды. Жохов чувствовал его ноздрями, когда по вечерам курил в форточку.

Четырехэтажный дом, где покойный тесть когда-то получил комнату от завода «Знамя труда», был покрыт розоватой побелкой прямо поверх кирпича, без штукатурки. Такими домами в годы первой пятилетки тут застроили целый квартал. В то время балконы считались элементом буржуазного декора вроде кариатид, а не местом для хранения лыж и домашнего хлама, вместо них в квартирах проектировались кладовки. Грубой аскетичностью фасадов эти дома напоминали фабричные корпуса, планировкой образованных ими дворов — лабиринт.

По дороге к подъезду Жохов заметил, что возле мусорных баков спиной к нему стоит мужичонка в бесформенном треухе на крошечной, как у балерины, головке. На нем был не по сезону легкий светлый плащ с полуоторванным карманом, на ногах — резиновые сапоги. Казалось, все это он только что нарыл в мусоре и напялил на себя. Свет фонаря падал на его согбенную спину, на дебильный затылок с вылезающими из-под шапки сальными косицами. На ходу Жохов равнодушно скользнул глазами по этой типовой жертве шоковой терапии, как вдруг древний звук затачиваемой стали царапнул ему сердце. Мужичок обернулся, в руке у него неожиданно чистым блеском вспыхнуло лезвие ножа. Он точил его о ребро мусорного бака. Идеально округлые края короткого широкого клинка плавно и мощно сходились к ирреальному в своей убийственной правильности острию. Ледяное совершенство его форм завораживало как залог смерти без мучений. Этот помоечный гном не сделал даже попытки спрятать свое сокровище, словно владел им по какому-то неоспоримому праву, которое Жохов не мог за ним не признать.

Дома он сразу присел к телефону, стоявшему на тумбочке возле входной двери.

— Семен Иосифович? Жохов побеспокоил... Спасибо, вашими молитвами... К сожалению, сахар ушел... Нет, мне это в любом случае не подходит, но есть другой вариант. Моего партнера интересует ниобий... Резонаторный, по четыреста пятьдесят... Понятно. А по сколько теперь?.. Понятно. А по пятьсот не возьмете?.. Нет, он сам берет по четыреста семьдесят... Напрасно вы, у него в цену входит поставка франко до границы... Хорошо, будем на связи.

Иногда он сам удивлялся, как легко сыплются у него с языка все эти слова из брошюрок по бизнесу с вызывающими доверие английскими и еврейскими фамилиями на обложках. Они, в частности, открыли ему, что слово «продажа», раньше употреблявшееся только в единственном числе, имеет, оказывается, и множественное. В этой грамматической форме оно обозначало не процесс, а цель.

Рис и тесто пирожка колом стояли в горле. В кухне Жохов налил из-под крана стакан воды, выпил, налил еще. В том месте, где Хасан схватил за шею, глотать было немного больно, как при ангине.

Рядом возились у плиты две соседки по квартире. Одна, в парике после недавней химиотерапии, кипятила на пару травяной сбор, объясняя другой, постарше и попроще, как нужно его заваривать.

— Онкология, Ираида Ивановна, это наказание за грехи отцов, — спокойно говорила она, помешивая ложкой в кастрюле. — Мой-то был просто сволочь, а ваш, как известно, служил в НКВД. Так что учитесь, пока я жива, пригодится.

Раздался телефонный звонок. Жохов вышел в коридор, взял трубку. Звонила жена.

— Долго думаешь, милая, — выговорил он ей по возможности кротко. — Всё, нет сахара. Поезд ушел, так и скажи своей мамочке. Это она тебя накрутила?.. Она, она,

Глава 2
ПОБЕГ

4

Дня через три после встречи с Жоховым жена позвала Шубина к телефону:

— Тебя какой-то Жохов. Говорит, Гена дал ему наш телефон.

— Нет меня, — сказал Шубин. — Пусть вечером перезвонит.

Жена расстроилась.

— Я уже сказала: сейчас. Что я теперь должна ему говорить?

— Скажи, что спала и не слышала, как я ушел.

Было часов десять утра, он только что сел за машинку, и отвлекаться не хотелось.

На днях стало известно, что одной новой газете для семейного чтения требуется серия исторических очерков с криминальным уклоном. По слухам, платили они честно. Шубин позвонил, ему назначили встречу в редакции. Он прибыл минута в минуту, но тех, с кем договаривался по телефону, на месте не оказалось. Секретарша сказала, что ушли обедать. Вернулись они часа через полтора. Это были двое юных гуманитариев, годившихся ему в сыновья, Кирилл и Максим. Оба с удовольствием рассказали о себе. Кирилл писал диссертацию по герменевтике Георга Гадамера, Максим доучивался в МГУ. Темой его диплома были восточные мотивы у Андрея Белого: чума, монголы, эфиопы. От обоих крепко пахло пивом.

Выяснилось, что им нужна уголовщина Серебряного века — основанная на архивных документах, но со стильными убийствами и половыми извращениями. Взамен Шубин предложил очерки о самозванцах. Идея прошла со скрипом. Ее коммерческий потенциал они сочли сомнительным, тем не менее согласились попробовать. Для него это был компромисс между желанием заработать и этикой профессионала, для них — между веяниями времени и жалостью к автору, по возрасту не способному встать вровень с эпохой. Время переломилось круто. Совсем недавно Шубин считался мальчишкой, а теперь ему постоянно давали понять, что в свои сорок два года он — старик.

Расцвет всенародного интереса к истории пришелся на горбачевскую эпоху и минул вместе с ней. Для Шубина это были счастливые годы. Он уволился из института и неплохо зарабатывал, снабжая газеты и журналы сообщениями о не известных широкой публике фактах или статьями с новым взглядом на известные. Биографии, календари памятных дат, архивные материалы разной степени сенсационности расхватывались на лету, в угаре успеха он не заметил, как его отнесло в сторону от магистрального течения жизни.

Сначала резко упали в цене красные маршалы, за ними — эсеры и анархисты, по которым Шубин специализировался с начала перестройки. На смену житиям революционных вождей, загубленных усатым иродом, пришли благостные рассказы о трудолюбивых и скромных

великих князьях с их печальницами-женами, не вылезающими из богаделен. Правдолюбцев без царя в голове
вытеснили мудрые жандармские полковники и суровые
рыцари Белой идеи, чаще склонявшиеся над молитвен-
ником, чем над оперативными картами, а эти борцы за
народное счастье, в свою очередь, уступили место героям криминальных битв.

В дыму от сгоревших на сберкнижках вкладов исчезли искатели золота КПСС. Сами собой утихли споры на
тему, появится ли в продаже сахарный песок, если выне-
сти тело Ленина из мавзолея. Курс доллара сделался важнее вопроса о том, сколько евреев служило в ЧК и ГПУ
и как правильно их считать, чтобы получилось поменьше или побольше.

С прошлой зимы Шубин пробавлялся случайными
заработками, да и те выпадали все реже. Серия очерков
о самозванцах была подарком судьбы среди сплошных
неудач.

Начать он решил с Тимофея Анкудинова, мнимого
сына царя Василия Шуйского. Этот человек волновал его
с доперестроечных времен, с тех пор как на ночном гур-
зуфском пляже впервые услышал о нём от бородатого пи-
терского аспиранта-историка, бродяжившего по Крыму
с ручным вороненком на плече и двумя прибившимися к
нему в Коктебеле столичными антропософками. Из идейных соображений они загорали без лифчиков, а купались
только голыми.

Когда-то Шубин думал написать об Анкудинове статью для «Вопросов истории», материал был собран. По-
пулярный очерк — жанр куда более незатейливый. Он нашел папку с выписками и замолотил по клавишам своей
«Эрики». В его положении о компьютере нечего было и
мечтать.

Анкудинов родился в 1617 году, в Вологде. Его мать звали Соломонидой, отца — Демидом, других детей у них не было. Отец торговал холстами, но позднее перешел в услужение к архиепископу Варлааму, владыке Вологодскому и Великопермскому, и вместе с семьей поселился у него на подворье. Владыка обратил внимание на способного мальчика, приблизил его к себе, в шестнадцать лет женил на своей внучатой племяннице и определил писарем в вологодскую «съезжую избу». Там под началом дьяка Патрикеева он быстро дослужился до подьячего. Когда Патрикеева перевели в Москву, тот взял Анкудинова с собой и пристроил на службу в Новую четверть — приказ, ведавший казенными питейными домами.

Место было благословенное, сюда стекались колоссальные суммы из царевых кабаков и кружал со всей Руси. Наличку с мест привозили медью, при пересчете ее на серебро умный человек никогда не оставался внакладе. Принцип двойной бухгалтерии еще не был известен, финансовые документы составлялись в одном экземпляре. Опытному подьячему не стоило труда подчистить, а то и подменить опись. Тогдашний аудит сводился к допросу свидетелей и графологической экспертизе, но Анкудинов научился так виртуозно подделывать чужой почерк, что никому в голову не приходило заподозрить подлог.

Перед юным провинциалом открылась масса возможностей, кружавших ему голову. Деньги сами шли в руки. Доставались они легко, с такой же легкостью он их прогуливал, не думая о завтрашнем дне, но затем взялся за ум, купил дом на Тверской, рядом с подворьем шведского резидента, и переехал туда со всей семьей. Его сын через забор дразнил шведов «салакушниками» и «куриными ворами», за что был выпорот по жалобе посольского пристава. Тогда же Анкудинов начал вкладываться в торговые предприятия, входя в долю с купцами, ездившими за границу. На вино и зернь тоже хватало. Семье перепадало чем дальше, тем меньше. Жена и прежде не упускала случая поставить ему на вид, что всем в жизни он обязан ей и ее дяде-архиепископу, а теперь принялась поминать об этом каждый день, с воплями и слезами. Она требовала от него сидеть вечерами дома, не пить, не гулять, содержать ее вологодскую родню, а оставшиеся деньги отдавать ей на хранение. Анкудинов все чаще стал ночевать на стороне, иногда неделями не появляясь у себя на Тверской.

Поначалу он имел страх божий, но с годами осмелел, утратил чувство меры, как в то время называли инстинкт самосохранения, и в один прекрасный день с ужасом обнаружил, что утаить грех невозможно. В отчаянии он бросился к купцам-компаньонам, те показали ему дулю. Чтобы покрыть растрату, пришлось занимать деньги в разных местах и под большие проценты. Возвращать было нечем, кредиторы потянули его в суд. Часть долгов Анкудинов заплатил, для чего опять запустил руку в приказную кассу, но латать этот тришкин кафтан с каждым разом становилось все тяжелее. На службе надвигалась ревизия, заимодавцы грозили тюрьмой. Самым безжалостным из них оказался его кум, подьячий Посольского приказа Василий Шпилькин. Выезжая с посольствами в Европу, он брал с собой низкосортный пушной товар, не подпадавший под закон о казенной монополии на торговлю мягкой рухлядью, и там сбывал его с огромными барышами. Члены дипломатических миссий пользовались правом беспошлинной торговли, на этом и взошел его капитал, умело преумноженный ростовщичеством. Напрасно Анкудинов взывал к его милосердию, Шпилькин был неумолим.

Архиепископ Варлаам давно умер, отец тоже лежал в могиле, а мать Соломонида провдовела недолго. Она снова вышла замуж и на просьбы сына продать дом и хозяйство, чтобы помочь ему в беде, отвечала отказом. Ждать помощи было неоткуда, впереди маячили кнут и Сибирь. Анкудинов решил бежать за границу, в Польшу.

Собираясь в дорогу, он прихватил с собой бурый камешек размером с перепелиное яйцо, неприметный на вид, но хорошо известный докторам и алхимикам. Это был чудесный камень безвар, имеющий «силу и лечбу великую от порчи и от всякой болезни». Такие камни раз в сто лет находят в коровьих желудках. В свою счастливую пору Анкудинов выиграл его в зернь у пьяного лекаря-немца из Кукуйской слободы и отказался вернуть хозяину, когда наутро, проспавшись, тот хотел выкупить назад свое сокровище. Позднее, загнанный кредиторами, он пытался его продать, но того лекаря не нашел, а другие или не знали безвару настоящей цены, или норовили купить обманом, по дешевке. Анкудинов думал сбыть его за границей. Он полагал, что обманщиков там меньше, чем в Москве, а образованных людей — больше.

Той осенью ему исполнилось двадцать шесть лет. Его дочери шел десятый год, сыну — четвертый. Вечером накануне побега он отвел обоих детей к сослуживцу по имени Григорий Песков, под каким-то предлогом оставил их у него ночевать, а сам вернулся домой, вызвал к заплоту дежурного пристава при жившем через забор шведском резиденте и, стоя перед ним в одной рубахе, матерно попенял ему, что не может уснуть, потому что на дворе у шведов собаки громко брешут. Пристав хорошо запомнил этот разговор.

На исходе был сентябрь 1643 года. Ночи стояли непроглядные, беззвездные, но дожди еще не зарядили, после июльских гроз бабье лето выпарило из бревен всю влагу. В глухой час задолго до рассвета Анкудинов с четырех сторон подпалил собственный дом, предварительно обложив нижние венцы соломой, и скрылся. В набат ударили, когда огонь уже охватил крышу. К счастью, ветра не было, даже ближайшие усадьбы удалось отстоять.

Дознание проводил концовский староста, на нем пристав показал, что сосед с вечера лег спать у себя в избе и, значит, тоже сгорел. Где в ту ночь находилась его жена, осталось неизвестно. Впоследствии утверждали, будто Анкудинов запер ее, спящую, в горнице и сжег дом вместе с ней, но эта официальная правительственная версия вызывала недоверие уже одним тем, что активно использовалась в попытках вернуть беглеца на родину. Предъявляя ему обвинение в женоубийстве, московские эмиссары за рубежом требовали выдать его как преступника уголовного, а не политического.

К обеду Шубин настучал три страницы, но были сомнения, верно ли выбран тон. Он позвал жену и вслух прочел ей написанное.

— Слишком академично, — сказала она. — Как-нибудь свяжи все с сегодняшним днем, а то они тебе меньше заплатят.

Шубин поинтересовался, как она себе это представляет.

Жена взяла со стола чистый лист и вышла с ним в кухню. Минут через десять вернулась, молча подала ему листок и застыла в ожидании приговора. Лицо ее еще туманилось недавним вдохновением.

«Все мы помним, — прочел Шубин, — сколь изощренной бывала наша пропаганда в тех случаях, если сверху поступал заказ оклеветать человека, бежавшего за границу. Его обливали грязью и обвиняли во всех смертных грехах, лишь бы настроить против него общественное мнение на Западе».

— Не нравится? — упавшим голосом спросила жена.

Пришлось признать, что написано неплохо. Она приободрилась.

— Вставь это после истории про его жену.

Шубин обещал, но как только за ней закрылась дверь, сунул листок в кипу черновиков, которые подстилались в мусорное ведро вместо газеты. Газет они теперь не выписывали.

Недостаток аллюзий удалось возместить картиной ночного пожара. Гудело пламя, столбом поднимались к небу огненные брызги, пылающие головни разлетались по Тверской. К утру дом превратился в груду углей, даже медная посуда расплавилась от страшного жара. На пожарище копались разве что нищие, а они человеческих костей не искали. Анкудинов на это и рассчитывал. План строился на том, что его сочтут сгоревшим до зольной трухи, обратившимся в пепел.

«Чтобы перевоплотиться в царевича из рода Шуйских, он должен был стать не беглецом, а мертвецом», — отстучал Шубин последнюю фразу и пошел обедать.

На первое был овсяный суп, на второе — полбаночки детского мясного питания с гречневой кашей. Дефицитная в советское время гречка свободно продавалась в магазинах. Соседка с восьмого этажа, сторонница реформ, умело использовала этот разящий факт в полемике с шубинской тещей. Они вели ее во дворе, выгуливая внуков.

Вечером Жохов перезвонил.

— Ты тогда у Гены рассказывал про монголов, — начал он без предисловий. — Можешь достать монгольскую юрту?

Шубин удивился, но не очень.

— Зачем тебе?

— Понимаешь, у меня тут обрисовался человек из Ташкента, отдает партию узбекских халатов под проценты с продажи. Практически без предоплаты. Берем их, гоним в Ниццу, ставим юрту на Лазурном Берегу и торгуем из нее этими халатами. Ночуем в ней же.

— Юрта монгольская, а халаты узбекские, — сказал Шубин.

Жохов отреагировал мгновенно:

— Да кто там разберет!

По нынешним временам идея была не самой экстравагантной. Теща все время подбивала Шубина подумать о семье и что-нибудь возить на продажу туда, где этого нет. Ей казалось, что нигде, кроме Москвы, нет ничего хорошего, задача сводилась к выбору любого пункта на карте, исключая Ленинград, и любого товара, доступного семейным финансам.

Все вокруг хотели что-то кому-то продать. Недавно соседка с десятого этажа, в прошлом балерина Большого театра, предлагала купить у нее полтора километра телефонного кабеля, лежавшего на заводском складе где-то под Пермью. Она пыталась соблазнить им всех соседей. Жена так долго объясняла ей, что им это не нужно, что почувствовала себя виноватой.

Шубин стал прикидывать, к кому можно обратиться насчет юрты.

— Ну что, достанешь? — спросил Жохов.

— Попробую. Позвони денька через два.

Он обещал, но не позвонил.

Через одиннадцать лет они с женой ехали из Улан-Батора в Эрдене-Дзу. Расстояние от столицы до аймачного центра Хар-Хорин, где находился монастырь, составляло около четырехсот километров. Для старенькой «хонды» Баатара, ровесницы августовского путча, это было немало, но дорога оказалась лучше, чем Шубин ожидал. Идеально прямая, недавно отремонтированная китайскими рабочими трасса вела строго на запад. По обеим ее сторонам плыла голая осенняя степь, лишь иногда на этой однотонной плоскости чуть более темным и рельефным пятном возникала овечья отара, похожая на низко стелющийся над землей дымок. Сколько бы ни было в ней голов, она все равно казалась ничтожной по сравнению с окружающим простором. Рядом с овцами неизменно чернела фигурка всадника. Одинокие юрты показывались вдали не чаще чем раз в четверть часа, парные — еще реже.

Жена смотрела в окно, а Шубин пытался выудить из Баатара крупицы той мудрости, которой оделили его норвежские и корейские миссионеры. Баатар отмалчивался, но в конце концов рассказал, как один из норвежцев говорил им, что не случайно китайский иероглиф «запад» по форме похож на двух людей под деревом. Если буквально перевести это слово, оно означает: место, где двое живут в саду. Эти двое — Адам и Ева, сад — райский. Значит, предки нынешних китайцев знали про Эдем, а потомки позабыли.

— Ты в это веришь? — спросил Шубин.

Баатар поймал в зеркальце его взгляд и покачал головой.

— Китайцы никогда ничего не забывают. Они помнят, что им у нас было хорошо, как в раю, и хотят вернуться.

— Они трудолюбивые. Зря вы их не любите, — сказала жена.

Вдруг Баатар притормозил, указывая вперед и вправо. На обочине стая полудиких монгольских собак безмолвно терзала павшую лошадь. Она лежала на боку, маленькая, с окостеневшими ногами и разорванным животом. Зиявшая в нем красно-сизая полость казалась ненатуральной, как муляж. Неприятно было видеть, что все эти псы, голова к голове роясь у нее во внутренностях, нисколько не мешают друг другу.

Поодаль дожидались своей очереди грифы-стервятники. Они сидели парами, терпеливо и недвижимо, даже не пытаясь ухватить валявшиеся на траве кровавые ошметья. За ними с криком клубились вороны. Их черед должен был настать после того, как насытятся сильнейшие. В природе царил строгий порядок.

— Такова жизнь, — сказал Баатар в ответ на сокрушенные вздохи жены, жалеющей бедную лошадку.

Позже заговорили о приватизации в Монголии. Шубин напомнил ему его же слова, но признать справедливость такого порядка он теперь не пожелал.

5

В сентябре у Жохова завелась одна женщина, бывшая скульпторша, не очень молодая и достаточно бедная, для того чтобы рядом с ней чувствовать себя баловнем судьбы. В то время у него намечались серьезные контракты, а она плела и продавала на Измайловском рынке фенечки из цветного бисера. С ваянием покончено было еще при Андропове. Встречались у нее дома, вместе ужинали и за столом прекрасно понимали друг друга, но в постели он или вообще оказывался ни на что не годен, или кончал раньше ее, хотя до последней возможности затягивал процесс, закрывая глаза и, как рекомендовало руководство по тантрийскому сексу, мысленно водя зрачками по желтому, цвета расплавленного золота, четырехлепестковому лотосу.

Решение сесть на него верхом далось ей непросто. Была опасность выйти из образа нежной рукодельницы, хоть как-то ограждавшего ее от мужской грубости, но риск оправдал себя. В этой позиции Жохов оказался на высоте. Потом она в изнеможении припала к нему сверху, а он расслабленно поглаживал ей влажный от пота крестец. Это доказывало натуральность ее заключительных визгов и судорог.

«Ты, оказывается, страстная», — сказал он, деликатно умолчав о собственных скромных впечатлениях.

В ответ, все еще распластавшись на нем, она доверительно шепнула ему в ухо: «Вот так я раньше работала с глиной».

В тот же момент внутри у него что-то щелкнуло, и на следующий раз дело опять не заладилось. Больше он ей не звонил, но после истории с сахаром все-таки набрал ее номер. Там ответил мужской голос.

Хасан знал его адрес и телефон, следовало или заплатить хотя бы часть, или на время куда-то съехать. Снять жилье он не мог, денег оставалось на полмесяца, и то если не пить ничего крепче кефира и покупать продукты на оптовом рынке. Ночевать у Гены нельзя, жена у него яростно оберегала семейный очаг от всех, кого считала собутыльниками мужа. Гена и раньше предпочитал с ней не связываться, а с тех пор как под Новый год его институтская зарплата сравнялась со стоимостью двух бутылок шампанского, окончательно сдал позиции. Попросить в долг у Марика — значит утратить его доверие раз и навсегда. Он, может, и даст, но после этого лучше не обращаться к нему с деловыми предложениями.

Отец четвертый год лежал на кладбище в районном городе на Урале, бывшем железоделательном заводе князей Всеволожских, откуда Жохов четверть века назад уехал учиться в Москву. На мать рассчитывать не приходилось, он сам посылал ей деньги, когда были. На седьмом десятке она по большой любви выскочила замуж за бежавшего из Баку нищего армянского инженера моложе себя на десять лет, и тот камнем повис у нее на шее. Летом за копейки шабашил в передвижной мехколонне, зимой перебивались на одну ее зарплату плюс пенсия и картошка с мичуринского участка. Мать продолжала работать глазным врачом в городской поликлинике.

Из уральской родни в столице прижился только дядька по матери, слесарь-лекальщик шестого разряда и пламенный нумизмат. Эта страсть выжгла в нем все человеческое. Он был холост, при немалых заработках одевался как нищий, питался концентратами и супом из пакетиков, годами взамен отпуска брал денежную компенсацию, чтобы потратить ее на очередной раритет, а выходные проводил на нелегальных сходках в Битцевском парке. Там собирались знатоки императорских профилей на серебре, специалисты по монетным дворам и гуртовым насечкам. Казалось, только смерть вырвет у него из рук эти каталоги и кляссеры, но дух времени проник и в его пыльную келью на Сретенке. Еще до путча он продал свою коллекцию, купил однокомнатную квартиру на Юго-Западе и сдавал ее жуковатому парижанину с бухарскими корнями, возившему в Москву французский маргарин под видом сливочного масла. Сам по-прежнему жил в коммуналке.

Жохов знал его с детства, но последние годы почти не поддерживал с ним отношений. Это была давняя семейная история. После войны дядька работал на единственном в их городе заводе, вообще-то пушечном, но со своим металлургическим производством, тогда же его арестовали за то, что выносил из цеха привезенные на переплавку немецкие, венгерские и румынские монеты. Никому, кроме дядьки, они на дух были не нужны. Державы оси, чтобы сэкономить никель и медь, чеканили их из какого-то невесомого синюшного сплава по цене грош за тонну. На румынских леях вместо свастики красовалась невинная кукуруза, тем не менее они считались фашистскими. Дядьке впаяли пять лет и отправили строить город Воркуту. Жохов помнил, как шестилетним пацаном прибежал со двора домой и увидел в кухне коротко стриженного серолицего человека, молча хлебавшего окрошку. Он запускал ложку в дальний конец тарелки, деланно-вялым движением подгребал к себе квасную жижу с розовыми кубиками колбасы, бережно зачерпывал ее и вдумчиво отправлял в заросший щетиной рот. Колбаса плавала в окрошке густо, как гренки в гороховом супе, но бабушка на разделочной доске резала еще и еще. Глаза у нее были заплаканные.

Пришли с работы мать с отцом. Налепили пельменей, вечером всей семьей собрались за столом. Жохову налили полрюмки кагора. Дядька рассказывал про северное сияние, про огромные, от земли до неба, дымно-красные облака, которые в полярный день при полном безветрии столбами простаивают над тундрой по нескольку часов, совершенно не меняя очертаний. Не было ни бараков, ни вертухаев, ни рвущихся с поводков конвойных овчарок. Только величественная северная природа, ковры из разноцветных лишайников, песцы, олени, лемминги, перелетные птицы.

Все сидели как на лекции. Жохов заскучал и поставил на проигрыватель пластинку с песней о веселом Чико, лучше всех умеющем танцевать самбу, румбу и фокстрот:

Ах, Чико, Чико! Веселый Чико!
Веселый Чико прибыл к нам из Порто-Рико...

Дядька криво засмеялся и сказал, что это про него. Потом Жохова отправили спать, он уснул, но среди ночи проснулся от скрежета железа по железу. Окно было открыто, возле него стояла мать и, всхлипывая, кухонным ножом соскребала присохший к жестяному карнизу воробьиный помет. За стеной отец и дядька матом орали друг на друга.

Причину Жохов узнал уже студентом. После фронта у дядьки водились деньги от продажи трофейного барахла, незадолго до ареста он одолжил отцу приличную сумму на зимнее пальто для матери и подозревал, будто отец и стукнул на него в органы, чтобы не отдавать долг. Тот все отрицал, в конце концов они помирились, через несколько лет дядька по лимиту прописался в Москве, к праздникам присылал им со знакомым проводником колбасу и мясо, обложенное взятым у мороженщиков искусственным льдом, но при Горбачеве приехал на родину, пошел в КГБ и посмотрел свое следственное дело. Все подтвердилось, он стал требовать публичного покаяния через заводскую многотиражку. Вскоре отец умер от инфаркта. Дядька, извещенный кем-то из родственников, прилетел на похороны, хотя никто его не звал, и на поминках примирительно высказывался в том смысле, что покойный тоже стал жертвой тоталитаризма, сознательно убивающего в человеке основу его самостояния — способность различать добро и зло.

Эта история оставила у Жохова тошнотное чувство неотличимости одного от другого. Привезенные из Восточной Пруссии фарфор и шмотки были не то справедливой компенсацией за дядькины фронтовые лишения, не то добычей мародера. Зимнее пальто с черно-бурой лисой отцу не помогло, мать продолжала ему изменять и одновременно отбирала у него всю зарплату, так что отдать долг он не мог. Это ее ничуть не тревожило. Ей удалось подлизаться к брату и повернуть дело таким образом, что он согласился считать пальто своим подарком сестре, но отец этого не знал. Мать из лучших побуждений ничего ему не говорила, не желая лишать его радости сознавать себя хорошим мужем. Она понятия не имела, что следователь из органов, давно точивший зуб на дядьку за восторженные рассказы о чудесах немецкой бытовой техники, грозил конфисковать покупку, если отец не подпишет уже готовый свидетельский протокол с показаниями о фашистских монетах. Они хорошо шились к обвинению в низкопоклонстве перед тевтонскими садовыми насосами и обогревателями для коровников. Отец больше всего на свете боялся огорчить мать, к тому же следователь внушил ему, что, подписав протокол, он избавит дядьку от худшего. В результате тот загремел в тундру, красавицу лису быстро сточила моль, а злополучное пальто впоследствии перешили на Жохова, он ходил в нем до четвертого класса, невыносимо страдая от того, что оно по-девчачьи запахивается на левую сторону. В школе дразнили, но мать учила его быть выше условностей. Возиться с петлями ей было лень.

После похорон отца Жохов виделся с дядькой всего пару раз при передаче абсолютно не нужных им обоим посылок с родины. Смертельно не хотелось ему звонить, но он позвонил и попросил о встрече.

— Приходи на следующей неделе, — подумав, сказал дядька.

— Раньше-то нельзя?

— Ну, давай в конце недели.

— А еще раньше?

Выяснилось, что можно прямо сейчас.

Вернувшись к себе в комнату, Жохов лег на пол, глубоко засунул руку под диван и вытащил оттуда плоский тяжелый сверток в жирном от пыли полиэтилене. Под ним открылся тускло-серебристый металлический диск размером с ресторанную тарелку, толщиной сантиметров сорок в центре и почти острый по краям. Никто, кроме Гены, о нем не знал.

Налюбовавшись, он переложил диск в чистый пакет и поехал на Сретенку. На Сухаревской, бывшей Колхозной, купил в киоске бутылку «Гурджаани». Водку дядька не употреблял. Через полчаса сидели в его пятнадцатиметровой комнате с новой мебелью в арабском стиле. Бывший оборванец, теперь он смотрелся франтом. Белый пиджак, шейный платок в горошек. Так мог бы выглядеть на пенсии веселый Чико из Порто-Рико, не хватало лишь канотье и гвоздики в петлице. Без женщины тут явно не обошлось. Судя по ее вкусу, она была лет на десять старше Жохова и воспитывалась на голливудских музыкальных комедиях, поставляемых по ленд-лизу вместе с тушенкой и «студебеккерами».

Пили вино, заедая недавно появившимися в Москве плодами манго. Накануне дядька отведал их впервые в жизни и был сильно разочарован. Соседка предупреждала его, что оно того не стоит, но перед смертью ему хотелось попробовать все, что от него прятали большевики.

— Я тут для тебя кое-что приготовил, — сказал он после второго фужера.

На стол лег ветхий тетрадный листок, исписанный посеревшими от старости чернилами. По цвету они почти не отличались от бумаги, если не считать участков линяло-бледной синевы. Местами она переходила в чуть более яркую зелень. Жохов узнал почерк отца.

— Здесь было заложено, — показал дядька потрепанный том без обложки. — Замечательная книга, отец твой всю жизнь ее перечитывал. Я когда на похороны к нему приезжал, взял на память.

Это был «Чингисхан» В.Яна, изданный Наркоматом обороны в 1942 году. Пример героической борьбы среднеазиатских народных масс против монгольских захватчиков имел тогда большое воспитательное значение. Жохов расправил форзац и опять перевел взгляд на листок.

«Дорогая Галина Сергеевна! Никакие санкции не в силах удержать обороты моего сердца, оно упорно продолжает выходить из норматива. Страданию моему нет лимита с тех пор, как я узнал вас...»

Отец, работавший в плановом отделе, чуть не полвека назад перекатал у кого-то из сослуживцев и прислал матери это письмо, призванное возвеселить ее сердце. Тогда они еще не были женаты. Позже мать заставляла малолетнего Жохова вслух читать его при гостях. В детстве ему нравилось потешать публику. Он чмокал себя в ладошку, через все застолье посылал матери воздушный поцелуй, задирал подбородок и звонко, как на утреннике, декламировал эту десятилетиями ходившую по рукам бухгалтерскую песнь песней, где менялись лишь имена жестоких дев и подписи страдальцев: «Между моим сердцем и разумом нет баланса, и я не в состоянии привести в ажур проводки, находившиеся в дебете моего сердца. Не могу ли я найти в кредите вашего? Вы ежедневно производите списание со счета моего спокойствия, которое скоро дойдет до дебитового сальдо. Мою любовь, выставленную на ваше имя, вы рекламируете отказом. Вы отпечатались на балансе моей души, и я остался один, как погашенный лимитированный чек на столе у операциониста. Неужели мне придется делать перебивку перфокарт? Целую вас тысячу раз цифрами и прописью».

Он понял, что написано не чернилами, а химическим карандашом, канувшим в вечность заодно с перфокартами. Синева и зелень были следами какой-то влаги. Может быть, слез.

— Возьми себе, — разрешил дядька.

Жохов сложил письмо по старым сгибам и убрал в бумажник. Дядька удовлетворенно кивнул.

— На могиле-то бываешь?

— В сентябре был, — соврал Жохов.

Он решил, что пора, и в общих чертах изложил историю с сахаром. Вместо сахара в ней фигурировал никель, вместо Хасана с Ильдаром — быки и смотрящие из чеченской группировки. Акцент был сделан на том, что бывшая жена, дура, ничего не зарабатывает, даже английский выучить не может, пришлось ввязаться в эту аферу из-за дочери. Хочется, чтобы ребенок ни в чем не нуждался.

— И сколько с тебя хотят эти черножопые? — поинтересовался дядька.

— Пол-лимона.

— Это что же получается? Почти тысяча баксов?

— Ну, не тысяча, меньше, — убавил Жохов эту сумму, чтобы она не казалась такой страшной.

— Я и говорю: почти тысяча.

— Не почти, а сильно меньше. Доллар сейчас где-то около шестисот семидесяти. Он за последнюю неделю сильно вырос.

— Все равно много. Думаешь, у меня столько есть?

— Думаю, найдется.

— И думаешь, я тебе дам?

— Нет, не думаю, — сказал Жохов, хотя надежда, естественно, была.

— Чего тогда пришел?

— Надо где-нибудь перекантоваться. Дома жить нельзя.

Дядька допил вино и спросил:

— Хочешь, загадку загадаю?

— С моралью?

— Не без того. Старая советская загадка, но для нас с тобой актуальная. Снаружи газ, внутри газ, а посередине — чёрт. Кто это?

— Не знаю.

— Чего ты сразу-то! Ты подумай.

— Еврей в газовой камере? — предположил Жохов.

Дядька рассердился, хотя взято было не с потолка. В поисках правды, которую от него всю жизнь скрывали, он штудировал «Протоколы сионских мудрецов» вперемешку со стенограммами партийных съездов. То и другое на видном месте стояло в шкафу с мавританской аркой. Поросль закладок над верхними обрезами говорила о том, что эти книги читались не для развлечения. После продажи коллекции дядьке хотелось наполнить остаток жизни новым смыслом.

— Это моя жена в газовом платье пьет газированную воду, — сообщил он правильный ответ.

Жены у него никогда не было. Слово «моя» значило только то, что ему, как всякому мужчине, близок лирический герой этой истории.

— А мораль? — вспомнил Жохов.

— Жениться не надо было. Меня вот Бог миловал, но ходит тут ко мне одна. Так что извини, к себе не пущу. В мои годы каждый раз как последний. Много ли мне осталось? Совкового масла в магазине не купишь. На квартиру тоже пустить не могу, там человек живет. Ты комнату сними.

Он достал две бумажки по двадцать долларов.

— Деревянных у меня нет, только баксы.

Жохов без разговора взял их и вынул из сумки свой пакет.

— Пусть пока у тебя полежит.

— Что там? — насторожился дядька.

— Посмотри.

Диск был распакован и поднесен к лампе. При электрическом свете его нежный серебряный блеск всегда становился более будничным, чем при дневном, словно на людях, зажигающих над ним свои лампадки, он нарочно прикидывался обычным металлом.

— Ванадиевый сплав, образец. Ничего интересного, — как можно более равнодушно сказал Жохов. — Днями куда-нибудь съеду на время, с собой таскать не хочется.

Через минуту его сокровище упокоилось в обувнике, среди убранных на зиму летних ботинок. Он запомнил место, выпросил у дядьки отцовского «Чингисхана» и поехал домой.

В одиннадцатом часу вечера на Садовом было безлюдно, как ночью, но машины неслись сплошным потоком. У стены дома, прижимая к себе двух спящих ребятишек, на картонной подстилке сидела темноликая женщина в азиатском халате, в шлепанцах на босу ногу. Щиколотки у нее были в струпьях. Навстречу деловито прошагал хорошо одетый человек с разбитым в кровь лицом. Светофоры призрачно светили сквозь бензиновый смог. «Кто смотрит на мир как на мираж, того не видит царь смерти», — вспомнил Жохов путеводную мысль из «Дхаммапады». Следовать этому тезису становилось все труднее.

У подъезда незнакомый мордастый парень в спортивных шароварах осведомился, не найдется ли закурить. Жохов достал пачку «Магны». Ноги предательски ослабли. До срока оставалось три дня, в это время у таких, как Хасан, принято напоминать о себе.

Испытующе глядя ему в глаза, парень на ощупь вытянул сигарету и спросил:

— Тебя, отец, никто не обижает?

Слово «отец» в таких случаях всегда расстраивало, но сейчас даже оно потонуло в мгновенном облегчении.

— Разве что теща, — сказал Жохов.

— Если кто обидит, скажи. Разберемся, — пообещал парень, чиркая громадной стальной зажигалкой.

Он затянулся, выпустил дым и, сочтя, видимо, что исполнил долг благодарности, удалился в сторону метро. Пока его овальная фигура не скрылась за углом, Жохов смотрел ему вслед, колеблясь, не окликнуть ли. В идеале этот мордастый мог оказаться авторитетным членом какой-нибудь группировки и взять к себе под крышу. Новый мир был очень хорошо забытым старым, все помнившие его умерли тысячу лет назад. Осталось предание о том, как добрый пастушок вынес из лесного пожара обыкновенную гадюку, а она обернулась всемогущей царицей змей.

В тамбуре подъезда Жохов бесшумно отщелкнул наборный замок, прислушался. Тихо, но это не значит, что там никого нет. Со всеми предосторожностями поднялся к себе на этаж, вошел в квартиру. Тут же зазвонил телефон. Ираида Ивановна высунулась из своей комнаты:

— Тебя. Весь вечер названивают.

До этого Хасан звонил трижды и упорно заводил разговор про комнату, но в последние два вечера, когда соседки звали к телефону, в трубке не было уже ничего, кроме молчания. Сейчас, как вчера и позавчера, там стеной стояла тишина. Жохов тоже молчал, вдруг на том конце провода не то к микрофону поднесли будильник, не то микрофон — к стенным часам.

Отдаленное глухое тиканье подействовало с неожиданной силой. Впервые стало по-настоящему страшно. Он долго не решался положить трубку, наконец положил, постаравшись сделать это предельно мягко, словно тот, с будильником, мог оценить его деликатность и расценить ее как покорность судьбе.

У себя в комнате Жохов зажег свет, разделся и встал с сигаретой у окна. В этой позиции ему обычно хорошо думалось, но сейчас нужно было или открыть окно, или погасить люстру, а то мешало сосредоточиться его же собственное отражение в стекле. В ушах продолжало тикать. В голове прокручивалась единственная фраза: «Пора делать перебивку перфокарт».

Он снова щелкнул выключателем. В темноте зеленым гнилушечным пятном проступил китайский череп, висевший на нитке под люстрой. Покрытая фосфоресцирующим составом пластмасса отдавала впитанный свет. Игрушка была куплена в подарок Лельке, но теща завопила, что фосфор, радиация.

В тишине опять взорвался телефон. Один звонок, второй, третий, четвертый. Соседки сидели по своим комнатам. Он решил не брать трубку, но не выдержал и взял. Звонил Гена.

— Слушай, — одышливо сказал он, — я, кажется, нашел покупателя.

— Для Караваева?

— Нет.

Сказано было так, что Жохов сразу все понял.

Вечером, пока Шубин работал, жена уложила сына и, сев за рояль, вместо колыбельной негромко начала петь ему на мотив «Старинной французской песни» из «Детского альбома» Чайковского:

Три брата уходили искать по свету счастье,
Сестра их проводила в путь далекий.
Три брата не боялись невзгоды и ненастья,
И каждый брат пошел своей дорогой.

Первый — на восток, второй — на юг,
Третий на запад пошел искать удачу.
И каждый говорил: «Пусть моя сестра не плачет,
Вернусь домой со счастьем, не иначе».

Кому принадлежат слова, жена не знала. Имена авторов чего бы то ни было не задерживались у нее в памяти. Шубина это всегда бесило, но тут она чувствовала свою глубинную правоту и могла не бояться его гнева. Песня, за которую он когда-то ее полюбил, должна была быть анонимной, чтобы считаться частью соединившей их стихии.

6

На завтрак Жохов изжарил себе яичницу из трех яиц без желтков. После того как Гайдар отпустил цены, ежеутренние медитации стали непозволительной роскошью, он уже не мог каждый день по сорок минут ни о чем не думать и скоро опять начал просыпаться с горечью во рту. Как у многих, кто вырос на Урале и с детства пил воду малых рек, отравленную большой металлургией, у него был застарелый холецистит. Яйца были ему противопоказаны, хотя без желтков представляли собой все-таки меньшее зло, чем пельмени, служившие им альтернативой. Желтки он вылил в стакан, а стакан поставил на стол к Ираиде Ивановне. Соседки получали их по очереди.

В начале одиннадцатого Жохов спустился во двор и зашагал в сторону площади Маяковского. На нем была куртка под замшу, на голове — грузинского производства черная шапочка с жирным трилистником на отвороте. Спортивная сумка через плечо выглядела как фирменная, если бы не алая пума у нее на боку. Воздушной размытостью очертаний она обнаруживала контрафакт.

Мартовское солнце и весенний авитаминоз кружили ему голову. Сворачивая за угол, он не заметил, как от группы вкладчиков «Чары», с утра тусовавшихся во дворе, отделился и последовал за ним потертый малый в коричневой кожаной куртке с погончиками. Лохматая собачья шапка нависала над его напряженно-значительным лицом, какие бывают у тайных пьяниц и людей с большим опытом послушания. Независимая походка тоже выдавала в нем человека, привыкшего подбегать на свист.

Время было судьбоносное. Голос судьбы мог прозвучать в любом месте и в любую минуту, поэтому иногда Жохов останавливался, читая расклеенные на стенах и водосточных трубах объявления. На уровне глаз ими была покрыта любая поверхность, тяготеющая к вертикали. Там, где их пытались содрать, они лепилась особенно густо и бесформенно, как нарастающее на ранах дикое мясо. Все вокруг что-то продавали или куда-то зазывали, чтобы продать право на продажу того, что сами продать не могли.

Жохов высматривал объявления с ключевым словом «куплю». Такие попадались нечасто и касались в основном золота, икон, орденов и медалей. Однажды он оборвал и сунул в карман бумажный хвостик с номером телефона, владелец которого интересовался аммонитами и трилобитами. Обычно эти бумажки лежали там без применения, пока не превращались в труху, но иногда какая-нибудь оборачивалась реальным шансом. Все так перепуталось, что ископаемые моллюски могли найтись по соседству с ванадием, сахарным песком или узбекскими халатами.

С Геной встретились у кинотеатра «Москва». Зашли во двор, Жохов достал из сумки прозрачную папочку.

— Тут вся документация. Смотреть будешь?

— А нужно? — спросил Гена.

— Необязательно, просто отдашь им в комплекте. Тут результаты металлоанализа и заключение завлабораторией. Все на фирменных бланках, с печатями. Адрес и телефон указаны. Поедут они туда или позвонят, их дело. Наше дело — предоставить им такую возможность.

Жохов извлек листок другого формата, чем остальные.

— Это справка о ценах на Лондонской бирже за последние два года. Динамика отрицательная, но для нас роли не играет. Покажешь им, чтобы они имели представление, что мы в курсе. Когда я подключусь, у них уже будет точка отсчета.

— В смысле цены?

— Естественно. Потом можно будет ее снизить, но они должны знать, что настоящая нам известна. Сейчас никто не знает, кто за кем стоит, безопаснее для начала просить реальную цену.

Гена сосредоточенно кивал. Идти с ним на первую встречу Жохов не собирался. Успеется, пускай отработает свой процент.

Под бумагами лежал маленький полиэтиленовый пакетик со щепотью металлических опилок внутри.

— Тоже им отдашь, — велел Жохов. — Анализ могут сделать сами, это их право. Не поверят нашей лаборатории, пусть ищут свою.

Он вручил пакетик Гене. Тот с сомнением покачал его на ладони.

— Что-то они легкие.

— Какие есть. Удельный вес пять и двести сорок пять.

— А если они сами захотят взять пробу на анализ?

— Да ради бога! Напилим при них.

— Чем?

— Напильником.

Простота этой операции Гену разочаровала. Ему, видимо, казалось, что бесценный диск должен быть твердым, как алмаз.

— Завтра вечером я тебе отзвоню, — пообещал он, укладывая папку в свой дипломат.

Двинулись к метро. По дороге Жохов провел небольшой инструктаж:

— Своего телефона им не давай и с домашнего не звони, у них может быть определитель номера. Место встречи назначай сам. Разговаривай с ними только на улице, во дворы не заходи, в машину не садись. Потом проверь, нет ли хвоста. В метро это проще всего. Зайдешь в вагон, а перед тем как двери закроются, выскочишь обратно на платформу. Если за тобой кто-то выскочит, ты его засечешь.

— И что тогда?

— Как-нибудь уйдешь, не маленький. Машину поймаешь. Больше с ними не связывайся, ну их к черту.

— Все будет нормально, я чувствую, — сказал Гена. — Всегда чувствовал, что ничего не будет, а сейчас совсем другое чувство.

Он пошел в метро, а Жохов свернул на Садовое и через десяток шагов открыл тяжелую, как в бомбоубежище, железную дверь под вывеской турагентства. Маленький офис, куда его пропустил охранник в камуфляже, был увешан фотографиями турецких пляжей, многоярусных отелей, окаймленных ядовито-голубыми бассейнами, и доступных горнолыжных курортов с уходящими вверх подъемниками, в которых ехали веселые лыжницы в темных очках. Эти красоты располагались на уровне глаз, а выше и ниже, в меньшей степени востребованные клиентурой, охотничьи замки стояли на зеленых холмах, алела черепица, античные руины белели на фоне пронзительно-желтой балканской сурепки. Снято было как-то так, что во всем ощущались покой и мгновенная полнота жизни. С прошлого года два эти состояния души для Жохова существовали порознь.

— У вас в Монголию туры есть? — осведомился он у девушки за стеклянным столом.

— К сожалению, нет.

— Напрасно. Волшебная страна.

Садясь, оглядел себя в зеркале напротив. К сорока трем годам его жесткие волосы оставались темно-русыми даже на висках, но одна прядь на макушке торчала седым ежиком. Тридцать лет назад ему туда плюнул царь смерти, когда любимого щенка задавило машиной. С этого плацдарма, постепенно захватывая все тело, признаки разложения начнут продвигаться вниз.

За спиной у него малый в собачьей шапке рассматривал плакаты на стенах. Жохов не обратил на него внимания.

— Ужасно выгляжу, да? — вздохнул он, отрываясь от зеркала.

Девушка взглянула на него с недоумением. В ее возрасте трудно понять, какое значение может иметь внешний вид для мужика за сорок в шмотках с вещевого рынка. Все они выглядят плохо, и это естественно.

Жохов решил держать марку.

— Пора отдыхать, всех денег не заработаешь. Махнуть бы в Анталию!

— Лучше в Египет, — сказала девушка. — В Турции еще холодновато.

— Не могу, милая, надо постоянно бывать в Москве. Вынужден ограничиться ближним Подмосковьем.

Она спросила, какое направление его интересует. Он выбрал восточное, хотя ему было все равно. Застучал струйный принтер, медленно выталкивая из себя список подмосковных здравниц к востоку от столицы. Жохов начал читать подряд, но соскучился и наудачу ткнул пальцем.

— Дом отдыха «Строитель»? — вывернув шею, уточнила девушка.

— Да. Где это?

— Пятьдесят километров по Казанской дороге. Места очень красивые, рядом лес. Есть прокат лыж.

Она достала из папки рекламный проспект.

— Цены здесь указаны без скидки. До первого мая скидка двадцать процентов. Имеются люкс, полулюкс, отдельные номера первой и второй категории.

Эту бумагу Жохов прочел внимательно.

— Одно место в номере на двоих, — определился он, изучив расценки. — Такое время сейчас, все мы чувствуем себя одинокими. Хочется, чтобы рядом была какая-то живая душа.

Через пару часов он трясся в раздолбанной электричке с туманно-желтыми окнами, опаленными неведомым огнем. В одном тамбуре не открывались наружные двери, в другом не закрывались внутренние. Оттуда тянуло стойким на холоде дымом дешевых сигарет.

Напротив сидели две женщины. Одна, бледная, похожая на почечную больную, ругала Гайдара, Чубайса, Шахрая и еще какого-то не известного Жохову деятеля с фамилией подлиннее, ритмически выпадавшей из этого ряда.

— Они его изолировали, ничего ему не докладывают, — говорила она с выражением привычного страдания на белом отечном лице. — Он ничего не знает, какие нынче зарплаты, сколько что стоит. Особенно из лекарств.

— Не знает, потому что пьет всю дорогу, — отозвалась ее спутница.

Жохов понял, что речь о Ельцине.

— Нет, так-то он человек неплохой, — возразила первая. — Эти сами его поят, а потом пьяному подсовывают бумаги на подпись. Он и подписывает, что им надо. А пьет с горя.

— Какое у него, у козла, горе?

— Не скажи, Нина! Он в жизни хлебнул горя. В коллективизацию отца раскулачили, сам по стройкам скитался. Теперь вот мать умерла. Говорят, он сильно ее любил.

— Да ну бросьте вы! — повернулся к ним интеллигентный мужчина из соседнего отсека. — Борька-то как в Москву перебрался, месяцами ей не звонил. Она его только по телевизору и видала... Я сам из Свердловска, здесь в командировке, — раскрыл он источник своей осведомленности и стал рассказывать, как в самом начале перестройки к ним в Свердловск приезжала Елена Боннэр, тогда еще не вдова, а жена академика Сахарова.

Жохов с удовольствием вслушивался в родной уральский выговор с редуцированными гласными и восходящей интонацией в конце фраз.

— Она у нас в университете выступала, — говорил свердловчанин. — Объявление за два часа повесили, а все равно народу собралось — тысячи, на подоконниках стояли.

— Сидели, поди. На подоконниках-то! — резонно указала ему женщина, жалевшая Ельцина.

— Именно, что стояли! Там в актовом зале окна высокие, а когда стоят, больше людей помещается. Значит, выступила она, пошли вопросы. Встает один профессор с химфака, спрашивает: «Какая у вас политическая программа? Нельзя ли поподробнее?» Она говорит: «Наша программа очень простая, состоит всего из трех пунктов. Первый: КПСС — на х...!»

— Так прямо и сказала? — поразилась вторая слушательница.

— Зачем мне врать! Не на три буквы, не еще как-нибудь, а вот так, как я вам говорю. Все зааплодировали, она подождала, пока станет тихо, и продолжает: «Второй пункт: КГБ — на х...! Третий: цензуру — на х...!» Ее спрашивают: «И всё?» Она говорит: «А что вам еще нужно?»

Рассказчик горько усмехнулся и подвел резюме:

— С такой вот программой из трех пунктов они всю эту кашу и заварили.

Он ждал реакции, но женщины молчали. Одна потянула из сумки бутерброд.

— Было бы хоть четыре, всё легче, — сказал Жохов, оборачиваясь к вошедшему в вагон очередному коробейнику.

Они регулярно выходили из тамбура, как на сцену из-за кулис, и громко объявляли свой номер. Сейчас это была испитая тетка, богато интонированным голосом предлагавшая печатную продукцию. Казалось, она только раскрывает рот, а говорит кто-то другой. Жохов купил у нее газету «Сокровища и клады», но пока можно было смотреть в окно, читать не стал. За окном плыла усеянная строительным мусором, утыканная ржавым железом ничейная полоса в вечной войне между Москвой и Россией. Чем дальше, тем белее.

Глава 3
НА ЧУЖБИНЕ

7

Между станцией и поселком Рождествено раз в час курсировал автобус, по дороге делавший петлю с остановкой возле дома отдыха «Строитель», но Жохов не стал его ждать. Ходу оказалось минут сорок, последние десять — лесом. За воротами лес перешел в парк с выкорчеванным подростом и заколоченными павильонами на центральной аллее. Она привела к двухэтажному зданию в усадебном стиле — памятнику той эпохи, когда уже позволялось грустить пусть не о самих усадьбах, но хотя бы о сгоревших вместе с ними библиотеках. Полукруглый коринфский портик имел своей осью скребки для обуви, на лепном фронтоне венок из дубовых листьев обрамлял пересеченные косым андреевским крестом штангенциркуль и мастерок вольных каменщиков. Капители колонн состояли из побегов праздничного салюта с пятиконечными звездами наверху, среди них лепились полуобвалившиеся гнезда ласточек.

Жохов задрал голову, разглядывая эти руины птичьего уюта.

— Они прошлый год не прилетали, — сказал стоявший на крыльце мужик с дворницкой пешней. — При Горбачеве еще жили две пары, птенцов вывели, и всё, ни одной нету. А раньше-то было! Ой-ё, сколь.

Внутри чувствовалось, что скоро разлетятся и те, кто еще жировал здесь по последним профсоюзным путевкам. В холле одно поосыпалось, другое пооблезло, пустые ячейки образовались на большом, в полстены, мозаичном панно с долгостроем и башенными кранами. На их фоне художник изобразил золотой век советской индустрии в образе пожилого станочника, юной лаборантки и средних лет ученого, который только что расщепил мирный, вероятно, атом и держал его на ладони, показывая остальным. Все трое дружно шли в сторону женского туалета.

На рецепции Жохов протянул дежурной путевку и паспорт и, пока та переписывала паспортные данные, поделился с ней своей тревогой:

— Не завидую моему соседу. Со мной трудно.

— Пьете, что ли?

— Хуже. Искривлена носовая перегородка, страшно храплю. Неплохо бы меня изолировать. Я в агентстве просил отдельный номер, не дали.

— Чего это? У нас полно свободных номеров.

— Не знаю. Говорят, нету.

— Ладно, идите в двести восемнадцатый. Там видно будет.

Дежурная выложила на стойку ключ с привязанной к кольцу биркой из фанеры. Второй такой же остался висеть на гвозде, с которого она сняла этот.

В номере Жохов окончательно убедился, что соседа у него нет. Кровати заправлены по-казенному, в шкафу пусто, на стеклянном блюде рядом с графином оба стакана стоят вверх дном. Настроение улучшилось, он начал разбирать вещи. В ванной, как мореплаватель, впервые ступивший на неизвестную землю и в знак своего права на нее победно вонзающий древко копья в прибрежный песок, отточенным жестом воткнул в стакан зубную щетку, побрился харьковской электробритвой, рывком распечатал заклеенную на зиму балконную дверь и вышел на балкон. Черный парк, громадное небо, меркнущий свет не видимого отсюда закатного солнца — все дышало покоем.

До ужина оставалось полчаса. Жохов завалился на кровать с газетой «Сокровища и клады», прочел очерк о лозоходцах, изучил технические характеристики металлоискателей, с чьей помощью автор статьи не раз находил тайники с золотыми империалами в подлежащих сносу домах. Так время и прошло.

Столовая находилась в другом корпусе. В вестибюле торговал патриотической литературой мужик в синих галифе и солдатской гимнастерке со старорежимной, явно кооперативного производства, двойной офицерской портупеей с тренчиками для пистолета и шашки. На груди у него болтались орденские кресты из подозрительно легковесного белого металла, нарукавный шеврон украшала адамова голова, как у карателя из батальонов смерти.

Покупателей не было, все торопились на ужин. Оставив куртку в раздевалке, Жохов задержался у лотка, раскрыл брошюру под названием «Генералы о масонах». Продавец оживился.

— Очень рекомендую, — проникновенно сказал он.

— А что-нибудь еще из этой серии есть? — спросил Жохов.

— Из какой серии?

— Ну, должно же быть продолжение. Полковники о масонах, майоры о масонах. И так до сержантов. Можно и наоборот. Например, масоны о сержантах.

— Иди-ка ты отсюда, — сказал продавец, отобрав у него брошюру и бережно кладя ее на место.

В столовой Жохов поймал за локоть молоденькую официантку.

— Я новенький. Номер двести восемнадцать.

— Вон туда садитесь, — указала она. — Там накрыто.

За столом никто не сидел, но накрыто было на двоих. Он раздобыл у соседей горчицу, в два счета покидал в рот жидкие котлеты с хрустящей на зубах гречкой и не без труда поборол соблазн приложиться к чужой порции. Официантка принесла творожную запеканку. Умяв и ее, Жохов подошел к общему столу, налил из большого чайника стакан кефира.

— О-ой! — удивилась стоявшая рядом девочка, когда из носика потекла густая белая струя.

— Что-то не так?

— Я думала, в чайнике всегда чай.

— Так раньше было. При коммунистах, — объяснил он этот феномен и маленькими глотками, смакуя, стал пить холодный кефир.

Мимо прошла стриженная под мальчика шатенка с судком в руке. Жохов проводил ее взглядом. Мохеровый свитер, отечественные сапоги, черные рейтузы под юбкой из шотландки. Все богини его юности носили эту волшебную косую клетку.

Он поставил пустой стакан на поднос проходившей мимо официантке и направился к выходу. Продавец книг уже свернул свою торговлю. Теребя нарукавный шеврон с черепом и костями, он рассказывал крепконогой девахе в кожаной мини-юбке, что этот православный символ искупления, воскрешения и будущей жизни, который большевики, кощунствуя, стали изображать на трансформаторных будках, есть еще и знак русской воинской славы, его носили на киверах гусары лейб-гвардии Александрийского полка. Во время войны с Наполеоном один австрийский генерал перепутал их с прусскими гусарами, имевшими такие же кокарды, и крикнул им: «Здравствуйте, гусары смерти!» Они ответили: «Мы не гусары смерти. Мы — бессмертные гусары».

Деваха слушала равнодушно, зато смуглый черноглазый мальчик лет десяти, проходивший мимо с булкой в руке, остановился, перестал жевать и внимал как завороженный. Потом его увела армянская мама. Она что-то говорила ему, он не отвечал. Глаза его были устремлены туда, где скакали, истаивая под снопами небесного света, давно истлевшие в земле эскадроны.

За барьером раздевалки, как за прилавком, сидел изможденный, с землистым лицом, старик-гардеробщик. Перед ним лежали его товары: сигареты, мыло, зубная паста, две книжечки — «Любовники Екатерины» и «Целительный керосин». С барьера свисали ленты неразрезанных билетов цвета стираной джинсы. Зазывая публику в кино, он громко щелкал ножницами. Жохов оставил ему деньги за сигареты и за билет, взял пачку «Магны», но от билета отказался жестом человека, знающего, что кроме финансовой отчетности в мире есть бедность, старость, болезни и смерть.

— Оденьтесь, там не топят, — предупредил гардеробщик.

Сеанс еще не начался, в центре почти пустого ряда одиноко сидела шатенка, которую он приметил в столовой. Сейчас на ней была пестро-серая кроличья шубка, очень простенькая. Жохов решил, что такая шубка без снобизма отнесется к его куртке под замшу с воротником под нерпу и пуговицами с польским орлом. Он пробрался вдоль ряда и сел рядом с ней. На коленях она держала судок из составленных в пирамиду алюминиевых кастрюлек.

Жохов осуждающе поцокал языком:

— Ай-яй! Кто-то, значит, кто сам в столовую прийти не может, ждет вас с ужином, а вы — в кино. Нехоро-шо-о!

— Это я себе взяла, — сказала шубка.

— Вторую порцию?

— Я здесь не живу, но иногда беру еду в столовой.

— Разумно. Везете в Москву, там съедаете.

Она промолчала.

— Между прочим, — сказал Жохов, — в кино я пошел ради вас. Увидел вас в столовой и решил, что должен с вами познакомиться. А то потом всю жизнь жалеть буду. Один раз со мной так было. Студентом ехал в метро, а напротив сидела девушка. Я хотел с ней познакомиться, но постеснялся. И до сих пор жалею.

Шатенка крепче обняла свой судок. Она была ненамного моложе его, хотя стрижена под мальчика. Аккуратный носик, большой рот. Верхняя губа выгнута дугой, как у татарочки. Разрез глаз указывал на те же гены. В затылочной впадине лежал темный завиток.

— Я мог бы купить вам билет, — продолжил Жохов, — но не рискнул. Видно, что вы не принимаете таких одолжений.

— Это комплимент?

— Как посмотреть. В домах отдыха многие женщины хотят выглядеть легкомысленнее, чем есть на самом деле, — высказал он свое знание женского сердца.

Зажегся экран, сразу ясно стало, что это не кинотеатр, а банальный видеосалон. Ушлые ребята пооткрывали их всюду — от аэропортов до заводских клубов и детских комнат при ЖЭКах. Как обычно, крутили мутную кассету, переписанную с другой кассеты, которая отстояла от лицензионной еще на десяток перезаписей. Наметанным глазом Жохов определил, что это эротика. Судя по тирольской песне за кадром — немецкая.

Дело происходило в девичьем монастыре, где у монахинь имелась ферма с молочными коровами и быком-производителем. Юные урсулинки или бенедиктинки трогательно за ними ухаживали, повязывали на шею бубенцы с лентами, целовали в нос, кормили из рук полевыми цветами. Близилось, однако, время случки, и чтобы произвести ее по последнему слову науки, аббатисса пригласила в обитель двух опытных ветеринаров. Те взяли с собой предназначенные для скотины возбуждающие пилюли, но по рассеянности, свойственной настоящим ученым, за ужином несколько штук слопали сами, а остальные тоже нечаянно скормили невестам Христовым.

Когда пилюли бурно начали действовать, шатенка взяла судок и стала пробираться к выходу. Жохов без колебаний двинулся следом. Он понимал, что испортил ей все удовольствие, заговорив с ней до сеанса. Смотреть такой фильм вместе с ним она теперь не могла.

По проходу шли рядом, он услышал ее шепот:

— Не думала, что будет такая гадость!

Жохов покивал, но не поверил. Само собой, прекрасно знала, на что идет.

— Эротика — это порнография для бедных, — сказал он уже в вестибюле.

— В каком смысле?

— В прямом. Здесь билет стоит пятьдесят рублей, а в порносалоне — триста.

— Посещаете порносалоны?

— Просто знаю цены. Я провожу вас, если не возражаете. Интересно все-таки, где вы собираетесь лакомиться этими котлетами.

Отвечено было, что на даче, тут недалеко есть дачный поселок. Ее имя тоже удалось выяснить без особых усилий – Катя. Она доверила ему свой судок, а на скользком крыльце позволила взять себя под руку.

— Ну, Катя, вы пропали, — объявил он, выводя ее на аллею. — Завтра напишу ваше имя на сухом осиновом листе, ночью пойду в церковь, поднимусь на колокольню, налеплю этот лист на колокол и ровно в полночь ударю по нему билом семь раз. Тогда уж вы никуда от меня не денетесь.

— До ближайшей церкви раз, два, три, — начала она загибать пальцы, — четыре... Пять остановок на электричке. Целый день уйдет, и в итоге приворожите не меня, а Катерину с раздачи. Такая толстая, видали? Будет за вами бегать.

— Фирма веников не вяжет. Знаете, чем я напишу ваше имя?

— Собственной кровью?

— Угадали. Там, — пальцем ткнул он вверх, в невидимое небо, — такие записки толкуют безошибочно. Накладок не бывает.

Днем таяло, а под вечер багровый столбик в большом термометре у входа в столовую опустился ниже нуля. На ветру деревья тихо звенели обледенелыми ветвями.

Жохов постоянно помнил, что живет в отдельном номере, но говорить об этом не спешил. В постели с малознакомыми женщинами у него обычно ничего не выходило, сначала требовалось в деталях вообразить будущее блаженство конкретно с той или иной кандидатурой. Чем избыточнее была первая стадия, тем удачнее все складывалось во второй. Иногда это занимало несколько дней, иногда – полчаса. Сегодня он рассчитывал справиться быстро, пока не отошли далеко от корпуса. Двухмесячное воздержание должно подстегнуть фантазию.

Катя вытащила из-за манжетов красные, в тон шапочке, вязаные варежки. Оказалось, что они у нее, как у маленькой девочки, пришиты к пропущенной через рукава бельевой резинке. Жохова мгновенно пронзило умилением, которое у него всегда предшествовало вожделению.

— Идемте помедленнее, — предложил он. — Котлеты ваши все равно уже остыли.

Она сказала, что ей холодно, пришлось прибавить шагу. За воротами аллея превратилась в лесную дорогу, фонари исчезли, но снег на обочинах был еще достаточно чист, чтобы отразить даже слабый свет скрытых за облаками звезд. Внизу ветер почти не ощущался, но вершины елей раскачивались и заунывно шумели. Жохов поинтересовался, не страшно ли вечерами ходить тут одной.

— В Москве страшнее, — ответила Катя.

— Муж не встречает вас, если вы поздно возвращаетесь домой?

Она усмехнулась:

— Я бы спросила, встречаете ли вы свою жену, но не стану.

— Почему?

— Вы скажете, что у вас нет жены.

— У меня ее действительно нет, — виновато подтвердил Жохов. — Я разведен.

Жены у него было две. Первая — миниатюрная брюнетка и большая стерва, вторая — блондинка и рохля. Он слил их в одну, сказав, что пока жил с женой, по вечерам всегда встречал ее возле метро. Катя спросила, чего тогда развелись при такой идиллии. Он выразительно промолчал, давая понять, что рана еще не затянулась.

Вышли на опушку. Слева расстилалось снежное поле, синее от луны, впереди чернели вдоль дороги дома дачного поселка с безжизненно темными окнами.

— Кооператив Союза архитекторов, — сказала Катя.

— Вы архитектор?

— Нет. Тетка кончала архитектурный, я живу на ее даче.

— С теткой?

— Она в Москве.

— С кем же вы тут живете?

Она не ответила. Жохов решил, что в жизни у нее не все ладно. Женское несчастье действовало на него, как ветеринарные пилюли на героев фильма. В юности это казалось извращением, теперь — следствием тонкой душевной организации. Сочувствие чужому горю переходило у него на физиологический уровень. В шестом классе он полюбил одну девочку после того, как она при нем точила карандаш и порезала себе палец.

— Видите, — указал Жохов на луну, ущербную по левому краю, — луна растет.

Имелось в виду, что если их знакомство завязалось при этой лунной фазе, ему суждено счастливое продолжение и, может быть, прямо сегодня.

Остановились у калитки. Он достал спичечный коробок, который носил в кармане вместо зажигалки, чтобы было чем ковырять в зубах, чиркнул спичкой и, не закуривая, пояснил:

— У нас во дворе считалось, что когда парень провожает девушку домой и хочет ее поцеловать, у подъезда он должен зажечь спичку. Если девушка ее задует, значит, она согласна с ним целоваться.

Катя открыла калитку, женственно помахала ему рукой в красной варежке и скрылась в темноте.

К ночи подморозило, Жохов почувствовал, что его куртешка на рыбьем меху стала твердой, как жесть, и тонкой, как стрекозиное крыло. Почти до самого корпуса он бежал бегом. Поднялся к себе в номер, и догадкой обожгло прежде, чем включил свет. На второй кровати лицом в потолок мучительно храпел пенсионного вида дядька в сетчатой майке. От света он зажмурился, но не проснулся и храпеть не перестал.

Жохов пулей слетел вниз, нашел в задней комнате дежурную, пившую там чай с охранником в черном берете, и стал кричать на нее, чтобы убирала этого храпуна к чертовой матери.

Она зевнула.

— Вы же сами храпите. Этот товарищ мне тоже честно признался. Куда я его дену? Пожалуйста, доплачивайте четыре тысячи, и я переведу вас в отдельный номер.

Он вытянул сигарету, по старой советской привычке машинально размял ее, хотя она в этом совершенно не нуждалась. Нынешние сигареты без того сгорали со скоростью бикфордова шнура. Вслед за дымом взгляд поплыл по вымершему холлу — от стенда местного фотографа с образцами его продукции в одном углу до телефонной будки в другом. В этой точке глаза у него остановились и остекленели, как у второй жены, когда та лузгала семечки и никак не могла перестать.

В сейфе у дежурной хранились жетоны для разговора с Москвой. Он купил сразу десяток, вложил один в приемник, набрал номер.

— Николай Петрович?.. Жохов побеспокоил. Мы с тобой насчет сахара договаривались... Хорошо, что помнишь. Слушай меня внимательно, повторять не буду. Твой штраф — пятьсот тысяч. Счетчик завтра включаю... Ах ты, сволочь! Повтори, что ты сказал!

Раздались короткие гудки. Жохов плюнул и поплелся к себе на этаж.

В холле горел телевизор, диктор трагическим голосом говорил о том, что Съезд народных депутатов, идя на поводу собственных амбиций, отверг Обращение президента Российской Федерации Бориса Николаевича Ельцина от 20 марта 1993 года и отменил назначенный им референдум по вопросу о доверии президенту и правительству. Затем он предоставил слово гостю студии.

Пока Жохов шел по коридору, тот бубнил ему в спину: «Поддержав решение съезда, то есть выступив на стороне одной из двух конфликтующих ветвей власти, Конституционный суд грубо нарушил конституцию, которую, согласно конституции, он призван защищать. В то же время президент, якобы нарушая конституцию, на самом деле следует ее духу, а не букве. Он реализует ее глубинные, фундаментальные основы, потому что именно через референдум осуществляется неотъемлемое право народа самому вершить свою судьбу...»

Сосед перестал храпеть, но за корпусом какие-то недоумки запускали фейерверк. Китайская пиротехника срабатывала не всегда, через раз дело ограничивалось пустым свистом. Когда петарда все-таки взрывалась, невидимый женский хор угодливо выражал свой восторг: «О-о-о!»

Жохов попил воды из графина, лег и стал думать о Кате, воображая ее абсолютно голой под домашним халатиком или даже прямо под кроличьей шубкой. Последний вариант был предпочтительнее. Он увидел, как она пытается прикрыть лобок худенькими руками, по-отрочески вылезающими из протертых манжетов, как наконец покорно отводит их, понимая, что чему быть, того не миновать. Картина оказалась настолько трогательной, что опять пронзило умилением. На этом этапе Жохов остановился и скоро уснул.

Каждый вечер, уже в постели, Катя представляла себе, как в компании нескольких близких людей, женщин и мужчин, уменьшенных, как и она сама, до размера оловянных солдатиков или целлулоидных пупсиков времен ее детства, оказывается где-то далеко-далеко, за тридевять земель, в лесной глуши или в укромной горной долине, на пустынном острове, на клочке суши среди непроходимых болот. Там они строят большой дом и живут в нем прекрасной, полной трудов и опасностей жизнью, всё делая для себя сами. В пары никто не сбивается, общая дружба заменяет им любовь. У каждого есть своя комната, но по вечерам, окончив круг дневных забот, все собираются в общей гостиной. На сотни верст вокруг ни жилья, ни огня, но лампа надежно горит в абажуре, замыкая сидящих под ней в охранное кольцо своего света. Кто-то перебирает клавиши рояля, кто-то читает или играет в шахматы. Чай дымится в стаканах, а за окнами — зловещая темнота ночного леса.

Все началось так давно, что Катя уже не могла вспомнить, когда именно. Главным удовольствием было подробно обжить этот мир и дом, потом интерес постепенно иссякал до какого-нибудь катаклизма, после чего все начиналось сначала. Дом в лесу множество раз горел, скрывался под водами разлившихся рек и вулканической лавой, с годами в нем менялись постояльцы, но перед сном, лежа в постели, Катя по-прежнему сидела в светлой гостиной, уверенно руководила сложным вечерним уютом и одна из всех знала о надвигающейся катастрофе, вслед за которой опять взойдет солнце, застучат топоры, завизжит разрезаемое алмазом стекло. Парадокс был в том, что чем глубже погружалась она в свою фантомную жизнь и сильнее желала остаться там как можно дольше, тем скорее и крепче засыпала. Если же, как сегодня, тот мир оживить не удавалось, не получалось и заснуть, хотя, казалось бы, должно быть наоборот.

8

Утром Шубину позвонили из редакции.

— У меня для вас две новости, — сообщил Кирилл, — хорошая и очень хорошая. С какой начать?

— Давайте по нарастающей.

— Во-первых, вчера я переговорил с главным, он — «за». Сказал, что это будет у нас долгосрочный проект. Во-вторых, вам выписали аванс, надо сегодня же его получить.

Шубин сорвался и полетел. Жена проводила его в дверях, потом перешла к окну в кухне и, пока он не свернул за угол, смотрела ему вслед. Ее халатик пастельным пятном проступал за немытыми стеклами. Шубин знал, сейчас она собирает всю свою энергию, чтобы помочь ему в его делах. В такие моменты она всегда собирала энергию в пучок и мысленно присоединяла ее к его собственной или посылала туда, где решалось что-то важное для их семьи.

В бухгалтерию пошли вместе с Кириллом. Там он сразу притих и все время, пока шла процедура выплаты, не подавал признаков жизни. На лице у него читалось чувство неискупимой вины за собственную никчемность, с каким когда-то сам Шубин, юный литсотрудник областной комсомольской газеты, наблюдал работу сталеваров в горячем цеху.

Он расписался в нескольких ведомостях, но получил только то, что значилось в последней из них. Кирилл глубоким кивком удостоверил правильность выданной ему суммы. Это было меньше, чем надеялся Шубин, но больше, чем думала жена. Она всегда предполагала худшее.

Раньше он немедленно побежал бы за бутылкой, чтобы прямо в редакции отметить гонорар, но теперь этот ритуал утратил свою обязательность. При Брежневе все те, кто его печатал, считали себя его благодетелями, при Горбачеве — единомышленниками, сейчас — работодателями. Последнее не предусматривало личных отношений.

На улице Шубин нашел таксофон и позвонил жене. Она волновалась, что в последний момент денег все-таки не дадут. Звонить ей из редакции не хотелось, чтобы не показывать Кириллу с Максимом, как важен для него этот аванс. За прошлый год жизнь объяснила ему разницу между бедностью и нищетой. Разделявшая их черта была расплывчата, как в годы его юности монголо-китайская граница в Гоби, человек сам определял, по какую сторону от нее он находится. Бедность превращалась в нищету, когда не хватало сил ее скрывать.

— Сколько они тебе дали? — спросила жена.

Он назвал цифру.

— Ты говорил, что дадут больше, — напомнила она.

Ее собственный прогноз в расчет не принимался. Из всех ситуаций она безошибочно выбирала ту, в которой можно почувствовать себя несчастной.

Было около двух, но в большинстве магазинов обеденный перерыв уже отменили. Слишком высоки были ставки в этой игре, чтобы на целый час выходить из нее среди бела дня. С приятным сознанием своей платежеспособности Шубин прошелся по ближайшему гастроному, ничего не купил из опасения расстроить жену, не любившую непредусмотренных трат, и на углу сел в трамвай № 27. Его бесконечный маршрут давно собирались разбить на два, чтобы пассажиры платили двойную цену, но теперь это стало не важно, талоны все равно никто не пробивал. Редкие контролерши опасались связываться с озлобленными мужиками и взимали штраф преимущественно с женщин, и то самых тихих и безответных. Правда, в последнее время за эту бросовую делянку взялись шустрые парни, работавшие не в одиночку, а группами. Они одновременно вваливались в вагон, перекрывая все выходы и продвигаясь друг навстречу другу, как при облаве на евреев в оккупированной Варшаве. Их рвение говорило о том, что выручку эти ребята делят между собой.

До дому ехать было около получаса — жили за Верхней Масловкой, между Эльдорадовским тупиком, улицей 8-го Марта и обширными плантациями районной станции юннатов, ныне заброшенными, с мертвой оранжереей, где обитали бомжи. За первые десять минут Шубин лишь однажды услышал стук компостера, хотя люди входили на каждой остановке.

В начале перестройки академик Лихачев сказал, что всякий ездивший в трамвае и покупавший билет несет долю ответственности за преступления коммунистического режима. За преступления нынешней власти Шубин не отвечал, поскольку ездил зайцем. В бумажнике у него вторую неделю лежал один неиспользованный талон, но пробить его следовало не раньше, чем появятся контролеры. Когда трамвай останавливался, он заранее всматривался в лица будущих пассажиров, пытаясь угадать среди них вероятного врага.

Рядом сидел мужчина в кроличьей ушанке, с привинченным на груди, прямо поверх китайского пуховика, бело-голубым пединститутским ромбом. Он что-то бормотал, ни к кому не обращаясь, но вином от него не пахло. В ту зиму таких людей было много.

Вдруг он вполне членораздельно произнес:

— Три короля из трех сторон решили заодно...

И замолчал, выжидающе глядя на Шубина. Тот, как мог, продолжил цитату:

— Сгинь ты, Джон Ячменное Зерно!

— Пророчество о Беловежском соглашении, — доброжелательно объяснил этот педагог и, как ребенок, стал дышать на грязное трамвайное стекло, протирая его рваной перчаткой.

Дома Шубин опять сел писать свой очерк. Сын был в садике, за стеной тренькали на рояле. Жена занималась с очередным учеником.

— Тьям-пам-пам! Тьям-пам-пам! — артистично подпевала она, задавая темп и одновременно призывая к легкости, радости жизни, свободе.

На крышке рояля лежала доставшаяся ей от бабки настенная тарелка с эмалью. Рисунок изображал Геркулеса, разрушающего пещеру ветров. Сюжет становился все актуальнее. Наивный герой полагал, что освобожденные им аквилоны и бореи благодарно примутся вращать мельничные крылья и надувать паруса кораблей, а они с воем разлетелись по миру, сея ужас и смерть. Под Новый год жена носила эту тарелку в антикварный магазин и со слезами принесла обратно, оскорбленная предложенной суммой. Ученик, его мама или бабушка перед уходом клали в нее триста рублей. При Горбачеве урок стоил десятку, что примерно равнялось нынешним пяти-шести сотням, но запрашивать такую цену было опасно, желающие учиться игре на фортепиано убывали с каждым сезоном. Когда-то в учениках у жены числились правнук наркоминдела Чичерина, внучка министра среднего химического машиностроения и дочь одного из брежневских референтов, а сейчас приходилось заниматься с соседскими детьми, да еще и хвалить их ни за что, чтобы не разбежались. Потомки сильных мира сего с музыки перешли на теннис.

— Теперь то, что ты выучил маме на день рождения, — сказала за стеной жена.

Зашелестели ноты, заковылял по клавишам будущий сюрприз: «По разным странам я-а бродил, и мой сурок со мно-ою...»

Под эту музыку Анкудинов пересек государственную границу на удивление легко. В Туле он просто нанял возницу с подводой и без всяких сложностей добрался до Новгорода Северского, после Смуты отошедшего к Речи Посполитой. Здесь он объявил воеводе свое подлинное имя. Тут же его отвезли в Краков, к королю Владиславу.

Анкудинов рассказал полякам, что когда в 1610 году Василия Шуйского свергли с престола, постригли в монахи и увезли в Польшу, ему, царевичу Ивану, не исполнилось и полугода. Чтобы спасти единственное чадо, родители втайне отдали младенца на воспитание верным людям. Сами они умерли в польском плену, а царевич вырос, возмужал и был предъявлен царю Михаилу Федоровичу. Благонравный молодой человек пришелся государю по душе. Юношу не казнили, не заточили в монастырь, однако держать его при дворе, где он мог быть втянут в какой-нибудь заговор, царь тоже не захотел. Ему присвоили княжеский титул, назначили наместником Перми Великой и отправили в почетную ссылку на берега Камы и Колвы. Несколько лет он, князь Шуйский, прожил в Чердыни, но, соскучившись в таежной глуши, самовольно возвратился в столицу. Это был опрометчивый поступок. Царь повелел заточить ослушника в тюрьму. К счастью, те же верные люди, которые его вырастили, подкупили стражу и помогли ему бежать в Северскую землю.

О Перми Великой он мог болтать что угодно, уличить его было некому. Даже в Москве плохо представляли себе этот дикий полунощный край, а в Кракове и подавно. Анкудинов повествовал о нем с таким вдохновением, что один краковский каноник, уроженец Флоренции, записал и сохранил для потомков его рассказы. Из них вырисовывается образ чудесной земли, где люди живут в шалашах из бересты, едят сырое мясо, но одеваются в меха, каким позавидовали бы все владыки мира. Пушного зверя им даже промышлять не надо, потому что каждый год под Рождество там бывает большая война соболей с горностаями, после нее на поле битвы остаются сотни павших бойцов, и охотнику остается лишь сдирать с них драгоценные шкурки.

Чуть ли не от сотворения мира идет в Перми Великой и другая, тоже вечная, война серых журавлей с тамошними пигмеями. Подобно кругу, не имеет она ни конца, ни начала. Карлики неустанно преследуют этих птиц, охотятся на них с камнями и саадаками, выслеживают их гнезда, бьют яйца, сворачивают шеи птенцам, а журавли нападают на своих врагов целыми стаями. Они оглушают и ослепляют их ударами крыльев, клювами протыкают шеи, выкалывают глаза или приносят в когтях горящие ветки, взятые на лесных пожарах, и сбрасывают на хижины этого малорослого племени. Что и когда они не поделили, остается загадкой. Карлики на такие вопросы не отвечают, журавли, само собой, тоже молчат. «Иной раз мнится, что ни те ни другие сами того не знают», — закончил свою историю Анкудинов.

Как обнаружилось, «Илиаду» он не читал и не подозревал, что война журавлей с пигмеями описана еще у Гомера. Тем сильнее впечатлил каноника его рассказ. «Все услышанное мною от этого московита, — заметил он в своих записках, — заставляет думать, что иные миры, о которых говорил Демокрит, воистину существуют».

Анкудинова оставили в Кракове, чтобы при случае использовать его как разменную карту в игре с Кремлем. Здесь он прожил почти два года, овладев тремя языками — латынью, немецким и польским. Последним — настолько, что сочинял на нем стихи.

В Москве быстро прознали про самозванца. Русские послы заявили полякам, что Василий Шуйский был бездетен, у двоих его братьев рождались только дочери, а государевых наместников в Перми Великой отродясь не бывало. «Тот вор влыгается в государское имя», — говорили послы, но не могли объяснить, кто таков этот московский царевич и откуда взялся. Им предпочли не поверить. Анкудинов продолжал спокойно жить в Кракове, пока сам же не совершил роковую ошибку.

Он не знал, что священник местной православной церкви — тайный московский агент, и как-то раз попросил его молиться за раба божьего Тимофея. Из разговора ясно было, что имеется в виду сам проситель. Священник донес в Москву, там произвели сыск и уже с фактами в руках потребовали выдать беглого подьячего Тимошку Анкудинова, называющего себя князем Шуйским.

Началась торговля. Поляки настаивали на доказательствах более весомых, из Москвы слали показания свидетелей. Среди них выделился своим усердием подьячий Василий Шпилькин из числа анкудиновских кредиторов. Он служил в Посольском приказе и добился командировки в Краков, чтобы опознать самозванца на месте. Выданный ему из казны запас соболей должен был убедительно аргументировать его точку зрения при встрече с панами из королевской рады, но соболей у него не взяли и царевича не показали. С тех пор Шпилькин возненавидел Анкудинова еще сильнее.

Переговоры продвигались не так скоро, как хотелось бы Москве, однако исход их не вызывал сомнений. Король Владислав готовился к войне с турками и не склонен был ссориться с царем по пустякам. Анкудинов это понимал, и однажды утром посыльный из Вавеля не застал его дома. Ни к вечеру, ни на другой день он не появился, но тревогу забили не сразу. Польское легкомыслие и московская волокита были двумя ликами мудрого славянского Януса, знающего, что единственный способ остановить время — не замечать его быстротечности. Прошло три дня, прежде чем снарядили погоню. На какой дороге искать беглеца, никто не знал, высланные за ним шляхтичи без толку пометались вокруг столицы и ни с чем вернулись назад. Анкудинов пропал бесследно. Остались от него рассказы о Перми Великой, кое-какая рухлядь да еще найденные на квартире польские и русские вирши, темные от множества иносказаний. Из них можно было понять одно то, что сочинял их человек непростой.

За полгода перед тем Анкудинов сошелся в Кракове с вдовой одного православного купца из Полоцка, после смерти мужа оставшейся жить на чужбине. Женщину допросили, не слыхала ли она, куда намеревался бежать ее любовник. Все было бесполезно, вдова ничего не знала или не хотела говорить. Ее стали пытать. Тогда, путая астрологию с астрономией, она рассказала, что царевич «звездочетные книги читал и астроломейского учения держался». По этому учению выходило, будто ему на ней жениться никак нельзя. Его царица, говорил он ей, рождена под иной звездой, и если он против «астроломии» пойдет, не бывать ему государем на Москве, а через то всей православной вере будет большая беда.

Ей велели вспомнить, когда она последний раз видела своего коханого и о чем они говорили. Вдова вспомнила, как дня за два, за три до побега он пришел вечером, хотел с ней возлечь, а она не захотела, потому что не припас для нее никакого подарочка. Он тогда сказал: «Нет, сердце мое, никак не могу себе этого позволить».

Она думала, что ему жаль грошей на подарочки, и, желая попрекнуть его жадностью, спросила: «Чего это ты, батюшка, позволить себе не можешь?»

«Нарушать закон, всем тварям даденный», — ответил Анкудинов и рассуждал о том долго, многажды ссылаясь на Священное Писание. Ей пришлось лечь с ним, чтобы не вышло ничего богопротивного.

После утехи, утеревшись и помолчав немного, он сказал со вздохом: «Правду молвить, оно того не стоит, чтобы из-за него образ свой поганить. Пакость одна».

«Что?» — не поняла вдова.

Он рассердился на ее бабью дурость, но объяснил: «То самое, что мы с тобой сейчас творили».

Ей это сделалось обидно, она заплакала. Анкудинов стал ее утешать, говоря: «Напрасно ты, я ведь тебе не в укор. Я в одной книге читал, что Бог-от, он не желал, чтобы между мужчиной и женщиной было такое свинство. Это Адам с Евой сами выдумали, а Господь в наказание нам так все и оставил. По первости у него насчет нас другая была мысль».

«Для чего же, — возразила вдова, — нам всем детородные части даданы?»

«Урину отводить, — отвечал он. — Прочее на них со временем наросло, как мозоль. Оттого что мы их употребляем не по назначению».

У него на все готов был ответ, о чем ни спроси. Вдова, однако, не унялась и заспорила: мол, детишки бы тогда отколь брались? Этого он ей не раскрыл, сказал только, что Господь неисповедимым промыслом своим хотел так все устроить, чтобы люди плодились и размножались без соития. Животные бы так же, как теперь, а люди — иначе.

«Как?» — спросила вдова.

Он засмеялся: «Э-э, чего захотела! Того ни в одном государстве никто не знает».

«И архиереи, — усомнилась она, — не знают?»

«Ни один человек», — заверил ее Анкудинов, после чего встал, оделся и ушел среди ночи.

Глава 4
СНЕГОПАД

9

На даче у тетки Катя жила третий месяц. Это была единственная близкая родственница. Мама умерла от рака прямой кишки еще при Брежневе, а отец лишь однажды возник из небытия, когда Катя на своем библиотечном факультете в Институте культуры уже писала диплом по каталожной системе Ранганатана. Маме он заявил, что как отец должен знать о дочери все, даже то, о чем при матери она говорить не захочет, сейчас они вдвоем поедут в ресторан, где им никто не помешает. Мамины протесты остались без внимания, Катя подмазала глаза, встала на каблуки и, как на сцену, вышла из соседней комнаты. Отец ахнул. На такси отправились в «Якорь» на улице Горького, там он сначала рассказывал ей о своей теперешней жене и детях, какие они у него замечательные, потом быстро напился и ушел с какой-то девкой, которую подцепил прямо в вестибюле. Больше Катя его не видела.

Замуж она вышла поздно. Задолго до этого будущий муж вместе с другими маленькими человечками поселился в ее доме среди лесов и болот, но был изгнан оттуда раньше, чем из квартиры на Дружинниковской улице. Они еще не развелись, когда ее лесной дом, внутри оставаясь прежним, начал ускользать из привычной системы координат. Много лет он находился в сибирской тайге, на Аляске, в ледяных пустынях Памира, где-то бесконечно далеко, хотя теоретически его все-таки можно было отыскать на карте, но теперь сначала отодвинулся в полную географическую неопределенность, как острова блаженных, а затем и вовсе пересек черту между тем миром и этим. После развода в нем появились первые мертвецы — двое бывших одноклассников, о которых никто не знал, что они любовники, пока их не нашли в квартире с открытыми газовыми вентилями. Со временем Катя стала понимать, что означает ее желание поскорее лечь в постель и очутиться в том, настоящем своем доме, куда все чаще стала уходить днем, в метро, в магазине, на работе. Это царь смерти манил ее к себе из уютно желтеющих в темноте окон. В конце концов она решительно выселила оттуда всех покойников, перенесла свой фаланстер поближе к Москве, и он вновь стал приятной предсонной забавой, не более того.

Утром Катя отметила, что поглядывает на себя в зеркало глазами вчерашнего знакомого. Это был хороший знак. Душа начала оттаивать после недавнего романа с молодым, моложе ее, мастером по установке спутниковых тарелок, в прошлом — майором ракетных войск стратегического назначения. Познакомились в «Строителе» месяц назад. Несколько раз ходили в кино, он дал ей почитать «Воспоминания и размышления» маршала Жукова с карандашными пометами на полях против тех мест, которые в прежних изданиях вымарывались цензурой. В нем ощущалось ровное достоинство высококлассного специалиста, знавшего лучшие времена, но отдающего себе отчет в том, что судьба работает не с анкетами из отдела кадров.

Жил он в номере на двоих, после ужина Катя привела его на теткину дачу. Выпили сухого вина, немного потанцевали под транзисторный приемник. Раздевать ее он начал как-то очень вовремя, не раньше и не позже, чем нужно. Легли, дальше все пошло наперекосяк. Он, видимо, считал, что порядочная женщина должна раздвинуть ноги и лежать под ним как бревно, в крайнем случае может руками развести себе губы, если прицел взят неверно, и несказанно изумился, когда Катя, облегчая ему задачу, сама ввела в себя его член. После этого он решил, что с ней все позволено, и стал требовать от нее всяких штук. Она попробовала объяснить, что они еще слишком мало знают друг друга, чтобы подобные изыски могли доставить им удовольствие. Началась какая-то дикая торговля, вдруг ему стукнуло в голову, что от такой, как она, нужно ждать беды. Он вскочил как ошпаренный, налил воды в кастрюлю, поставил на газ и нервно курил, то и дело пробуя воду пальцем. Потом побежал с этой кастрюлей во двор и долго мылся там с мылом. Обратно Катя его не впустила. Одежду и мемуары Жукова выкинула за дверь, прямо на снег. Он ушел, тогда она тоже согрела воды, вышла с ковшиком в сени и заревела белугой, стоя на холоде в одной ночной рубашке с кружевами на груди, купленной с рук у Казанского вокзала, в корейских тапочках с бантиками. Дура, дура, какая дура, Господи! Бросилась в дом, стала целовать фотографию Наташи, шепча: «Прости, девочка моя! Прости меня, дуру!»

Наташа училась во втором классе, ей надо было ходить в школу. Безмужняя и бездетная тетка до весны согласилась взять ее к себе. С дочерью Катя виделась раз в неделю, но ежедневно писала ей длинные письма с новостями из жизни соседского кота, на самом деле еще осенью задранного собаками, и семейства снегирей, по утрам якобы прилетающих к ней из леса вместе со снегирятами.

Вечером опять отключили электричество. Свечами она запаслась, но была опасность, что если вчерашний знакомый решит навестить ее после ужина, с улицы он может не увидеть огонек в окне. Катя оделась и вышла на крыльцо. Деревья и крыши тонули в незаметно начавшемся снегопаде, сквозь него едва виден был свет в одном из домов на другой стороне улицы. Там круглый год жила чета еще крепких пенсионеров с телефоном на станционном коммутаторе и громадным ротвейлером, приученным не обнаруживать себя напрасной брехней, а молча напрыгивать на чужака и валить его на землю. Это соседство делало зимние ночи не такими страшными.

Из белой пелены вынырнул и притормозил у калитки облепленный снегом «жигуленок». Впереди сидели двое кавказцев, сзади — молодой мужчина славянской внешности в надвинутой на глаза собачьей шапке. Катя рассмотрела его, когда он, опустив стекло, спросил:

— Девушка, в «Строитель» правильно едем?

10

С утра Жохов сделал несколько деловых звонков, израсходовал почти все жетоны, но ничего не вызвонил. У Гены никто не отвечал. После обеда он лег на кровать, раскрыл привезенного из дому «Чингисхана» и прочел первый абзац: «Сокол в небе бессилен без крыльев, человек на земле немощен без коня. Все, что ни случается, имеет свою причину, начало веревки влечет за собой конец ее. Взятый правильно путь через равнины вселенной приведет скитальца к намеченной цели, а ошибка и беспечность завлекут его на солончак гибели».

Он перевернул страницу. Из книги выпал и порхнул на пол листочек с машинописным текстом, с позавчерашнего вечера лежавший между страницами, как раньше — письмо отца.

Сосед поднял его и прочел: «ЕВРОПИЙ. Последний редкоземельный элемент цериевой подгруппы (лантаноиды), № 63 в таблице Менделеева. Выделен в чистом виде французским химиком Демарсэ в 1896 г. Металлический европий впервые получен в 1937 г. Входит в число наиболее сильных поглотителей тепловых нейтронов, на этом базируется его применение в атомной технике и технике защиты от излучений. Радиоактивный европий, полученный в ядерных реакторах, используется при лечении некоторых форм рака. Применяется также как активатор люминофоров в цветных телевизорах. Из всех лантаноидов только ионы европия дают излучение в воспринимаемой человеческим глазом части спектра. Луч европиевого лазера — оранжевый».

Прошлым летом Жохов мотался по Уралу в надежде наладить прямой контакт с непосредственными производителями и однажды заночевал в гостинице заводского поселка под Свердловском. Вечером спустился в гостиничный ресторан, заказал полтораста граммов, салатик, горячее. Водку принесли сразу, а горячего надо было подождать. Он выпил рюмку и пошел в туалет. Вернувшись, обнаружил, что возле стола стоит обтерханный мужичок с клеенчатой кошелкой в руке и судорожно заглатывает водку из его рюмки. Графинчик был уже пуст.

При виде Жохова мужичок закричал: «Что смотришь? Ну дай мне в морду! Дай! Дай!» На них стали оглядываться. Жохов развернул его лицом к двери и легонько поддал в спину. Тот колобком покатился к выходу, но скоро встретились опять. Мужичок околачивался в холле возле ресторана, охранники его не гоняли. «Это ты, братан, из Москвы?» — как ни в чем не бывало спросил он с деловым прищуром. Выяснив, что да, поманил за собой на лестницу, там вынул из кошелки серебристый диск, хранившийся теперь в дядькином обувнике. «Европий, — проинформировал он. — Его тут на десять тысяч баксов, бля буду! Отдаю за пятьсот».

В дороге Жохов наслушался историй о таких алкашах. Бывшие кладовщики, сторожа, учетчики, они припрятали в своих отшорочках часть несметных сокровищ старого режима, но распорядиться ими не умели, настоящей цены не знали и порой отдавали их за бутылку. Те, кому выпадала удача вовремя повстречать этих простодушных гномов, сказочно обогащались. Как при Демидовых, везло простым людям с чистым сердцем и трудной судьбой. Все было по Бажову, разве что сирот называли теперь детдомовцами, место беглых крестьян заняли русские беженцы из Чечни и Таджикистана, а бессрочно-отпускных солдат заменили боевые офицеры, прошедшие Афган и несправедливо уволенные из армии.

Жохов решился сразу, хотя был риск, что когда спадут чары, клад обернется коровьей лепешкой. Он сбил цену до трех сотен и не прогадал, в Москве подтвердили: да, европий. Мужичок немного ошибся, но не в ту сторону, в какую обычно ошибаются продавцы. Трехкилограммовый диск тянул примерно на тридцать тысяч долларов. За такие деньги можно было купить три, а то и четыре однокомнатные квартиры в центре. Неделю Жохов ходил сумасшедшим от радости, однако за восемь месяцев покупателей так и не нашлось. Знающие люди говорили, что Европа остро нуждается в этом металле, но о том, чтобы пройти с ним пограничный контроль, нечего было и мечтать. Единственного человека, проявившего интерес к его сокровищу, он упустил по собственной дурости. Тот попусту прождал целый час, ушел и больше не появился. Жохов опоздал на встречу с ним, забыв, что накануне ночью часы перевели на осеннее время.

— Торгуешь им? – спросил сосед.

— Изучаю.

Он заложил листочек обратно в книгу и стал читать о том, как дервиш Хаджи-Рахим спас в пустыне раненного разбойниками незнакомца, из чалмы у которого выпала открывающая все двери золотая монгольская пайцза с изображением сокола и буквами неизвестного алфавита, похожими на бегущих по тропинке муравьев.

Сосед на своей койке пошелестел газетой «Куранты» и сказал:

— Семьдесят лет у власти, а не могли наладить в стране нормальное автомобильное производство!

На ужин отправились вместе. За столом сосед изложил свою позицию по вопросу о референдуме, назначенном на 25 апреля. Он был за референдум, потому что Ельцин – президент, а Хасбулатов – чечен, и против решения Конституционного суда, потому что Зорькин – проститутка.

После печенки с рисом официантка принесла пшенную кашу.

— Да-а, – вздохнул сосед, разглядывая растекшееся по тарелке грязно-желтое пятно с плевочком масла, похожего на машинное, – правильно царь сделал, что декабристов повесил.

— Что это вы про них вспомнили? – удивился Жохов.

— Повесили их, голубчиков, и мы сто лет жили себе спокойно, как во всех цивилизованных странах. А с большевиками процацкались, и вот результат, – ткнул он ложкой в комковатую пшенку. – Перед революцией Россия по темпам развития занимала первое место в мире.

Если б не Ленин, знаешь, какую бы мы с тобой сейчас кашу ели?

— Какую?

— Гурьевскую! Это, я тебе доложу, вещь.

Он стал рассказывать, как повар графа Гурьева, самородный русский гений, придумал не варить манку на молоке, а жарить на молочных пенках. Слушая, Жохов с аппетитом доел то, что дали, встал и прошел в коридорчик между раздаточной и кухней. Там булькала вода в баке, на оцинкованном столе громоздилась гора грязных тарелок. Судомойка брала их по одной, щеткой сгребала немногочисленные объедки и сбрасывала в эмалированное ведро с надписью «Пищевые отходы. № 1». У дверей сидела официантка.

— Я с ним уже полгода, — рассказывала она. — Он ко мне по субботам приезжает из Москвы, ночует у меня. В ту субботу я его спрашиваю: «Ты как представляешь себе наше будущее? Что ты вообще думаешь о наших отношениях?» Он говорит: «Никак не представляю. Думаю, мы с тобой замечательно проводим время».

— Так и сказал? — ужаснулась судомойка.

— Слово в слово.

— Вот сволочь!

Она взяла очередную тарелку и пожаловалась:

— Прям не знаю, брать поросенка, не брать. Не прокормишь ведь! Отдыхающие нынче всё подчистую сметают.

Узнав у них, что шатенка в клетчатой юбке, берущая обеды на дом, сегодня не появлялась, Жохов направился к выходу. Начался снегопад, мокрые хлопья валили с невидимого неба. На ужин он явился без шапки и в одном свитере, по дороге до корпуса волосы вымокли от снега. Пока сбивал его с ботинок, две девушки заняли таксофон.

Жохов прошелся по холлу. Дежурная отлучилась, ее место занимал охранник в черном комбинезоне с нашивкой охранного агентства на рукаве. На ней были изображены две рыбы. Не имеющие век, спящие с открытыми глазами, они символизировали бдительность.

Рядом с рецепцией сосед изучал прейскурант здешней сауны и хотел привлечь Жохова к обсуждению расценок, но тут как раз освободился таксофон. Гена был дома.

— Извини, я ужинаю, — сказал он с набитым ртом. — Все в порядке, сегодня я с ними встречался. Они очень заинтересованы, но хотят сами взять пробу. Предлагают встретиться завтра в два часа. Если тебе удобно, назначь место. Я сейчас выйду к автомату и отзвоню им, что мы согласны.

— Удобно, назначай возле института. Зайдем к тебе в лабораторию, так будет проще всего.

Договорились встретиться в половине второго на «Войковской». Вешая трубку, Жохов сквозь стеклянную дверь увидел, как из снежной пелены вынырнула и остановилась перед крыльцом знакомая «шестерка». Погасли фары. На одну сторону из машины вышел Ильдар, на другую — Хасан и смутно знакомый малый в собачьей шапке.

Мелькнула мысль, что он, значит, его и выследил. Где и когда, было уже не важно. Жохов чинно прошагал мимо рецепции, улыбнулся соседу, но за его спиной метнулся вверх по ступеням. Из окна на площадке успел заметить, что Хасан с Ильдаром остались у машины. Третьего с ними не было.

В номере он натянул куртку, проверил в кармане паспорт, пихнул в сумку первые попавшиеся вещи. Сердце трепыхалось у горла, но голова работала четко. Пока этот малый будет ждать дежурную и узнавать у нее номер комнаты, всего-то и нужно добежать до боковой лестницы, а там уйти через черный ход. Застегнул молнию, закинул сумку на плечо. С ее ремнем на правом плече он всегда чувствовал себя молодым и вольным как ветер, даже если отправлялся с ней в овощной ларек за картошкой.

Выглянул в коридор и отпрянул. Со стороны центрального холла донесся голос соседа:

— Вот тут мы и живем!

Запели разболтанные паркетины. Жохов бесшумно защелкнул замок изнутри, погасил свет и в два прыжка оказался на балконе. Наружная ручка на двери была оторвана. Ломая ногти, он плотно притворил ее за собой, чтобы не догадались, где его искать.

Рядом, опоясывая здание, тянулся широкий карниз. По нему можно было добраться до пожарной лестницы. Ее прозрачный силуэт виднелся справа, метрах в десяти.

Перебравшись через перила, Жохов присел на корточки, перчаткой сквозь прутья заровнял свои следы, оставшиеся в снегу на балконе, снова выпрямился и оценил предстоящий маршрут. По дороге требовалось преодолеть два таких же балкона. Свет в этих комнатах не горел. С одной стороны, это было хорошо, потому что никто не обратит на него внимания, с другой — плохо, а то мог бы выйти из корпуса через соседний номер. Там жила одинокая женщина с маленьким мальчиком, которого он утром немного покатал на санках.

Постучав и подергав дверь, сосед открыл ее своим ключом. Форточка была открыта, Жохов услышал его голос:

— Только что наверх пошел. Наверное, заглянул к кому-нибудь на этаже. Человек общительный... Посидите, сейчас придет.

Зажглась люстра. Гость осмотрел ванную, сунулся в стенной шкаф, затем пересек комнату и лбом припал к стеклу балконной двери. Вокруг освещенного пятачка с лежавшей на нем его собственной тенью все тонуло в темноте и густеющем снегопаде.

Жохов увидел эту тень и вжался в стену над карнизом.

— Давайте познакомимся, а то неудобно, — сказал сосед. — Меня зовут Владимир Иванович.

— Сева, — ответил гость, по-прежнему стоя возле балкона.

— Всеволод, значит. Вы москвич?

— Коренной.

— Значит, родились в Москве?

— Значит, — удаляясь, прозвучал другой голос, — дед не помнит, кто его отца в Москву привез.

Тень на балконе пропала. Жохов осторожно переступил по карнизу. Льда на нем почти не было, подошвы всей плоскостью прочно вставали на кирпичи. Вначале передвигалась правая нога, к ней приставлялась левая. Сноровка приходила с опытом, лишь однажды ботинок поехал на пласте штукатурки, утратившем всякую связь с кирпичной кладкой. Уже на самом краю удалось продавить его каблуком, он хрустнул и распался на куски. Снежная бездна поглотила их без единого звука.

Сумка на плече цеплялась за стену, мешала идти. Жохов взял ее в руку, но так труднее стало сохранять равновесие. Он бросил сумку вниз и шепотом чертыхнулся, увидев, что до земли она не долетела, повисла на торчавшем из стены железном штыре. Когда-то к нему крепился фонарь, исчезнувший вместе с кронштейном еще при последних генсеках. С этой стороны корпуса по ночам царила египетская тьма.

Ремень сумки зацепился за самый кончик штыря — покачнешь, и упадет. Он решил, что проще будет достать ее снизу, и двинулся дальше. Перелезть через балконы оказалось проще всего. Добрался до лестницы, ухватился за боковину, нащупал ногой ступеньку из арматуры. Нижние перекладины были забиты досками, чтобы не лазили мальчишки, пришлось прыгать с двухметровой высоты.

Приземлившись, Жохов отмыл снегом ржавчину с ладоней, подобрал сухой сук и попробовал поддеть сумку, но не дотянулся до нее даже в прыжке. Палок подлиннее поблизости не было, зато в сугробе угадывались битые кирпичи. Он выбрал обломок по руке, зашел сбоку, примерился и попал с первого раза. Сумка покачнулась, но не упала.

В комнате сосед говорил Севе:

— У меня двое детей, оба бизнесмены. Особенно дочь. Навезла мне всего. Сейчас чаек организуем. Кипятильничек у меня всегда с собой, я без него никуда.

Лишаться собеседника ему не хотелось.

— Сталина им не хватает! — сердито сказал он, распечатывая пачку «Юбилейного». — Вы, кстати, в курсе, кто он был по национальности?

— Грузин, — ответил Сева.

— Это еще вопрос. Помните, как у него настоящая фамилия?

— Какая-то грузинская.

— Джугашвили. А «джу» по-английски значит «еврей». Второй кирпич, пролетев мимо сумки, ударился в балконную ограду под перилами. Заныли железные прутья.

Рванув дверь, Сева выскочил на балкон, тут же метнулся назад, скатился по лестнице, вылетел на крыльцо и побежал вдоль стены, жестом увлекая за собой Хасана с Ильдаром. Все трое свернули за угол, но Жохов уже пропал, осталась только цепочка следов между корпусом и темной стеной парка.

11

После ужина Шубин полчаса походил по улице. Было тепло, около нуля, но в воздухе стоял особый стылый запах, предшествующий весеннему снегопаду. Он шел и, как в детстве, внимательно смотрел себе под ноги. В последнее время его преследовала маниакальная надежда найти бумажник с долларами. Больше всего пугало то, что внутри этого безумия логика ему не изменяла, причинно-следственные связи выстраивались в безукоризненном порядке. Предполагалось, что бумажник выронит хозяин какой-нибудь дорогой иномарки, когда будет вынимать ключи и открывать дверцу припаркованной машины, поэтому Шубин старался идти не по тротуару, а по кромке проезжей части.

Его шансы возрастали возле празднично сияющих в темноте коммерческих ларьков, казавшихся скопищами сокровищ, возле ресторана «Эльдорадо», в прошлом — клуба Военно-воздушной академии имени Жуковского, и нового автомобильного магазина, где кроме запчастей для «мерседесов» и «вольво» продавали серебряные, с бирюзой, брелоки для ключей зажигания, приборные панели из натурального ореха, рулевое колесо, обтянутое оленьей шкурой. Свои расчеты Шубин лицемерно маскировал под игру, но временами делалось не так даже стыдно, как страшновато от мысли, что все это происходит с ним самим, и не во сне, а на самом деле.

У дома взгляд невольно уперся в то место, куда осенью упал живший этажом ниже военный пенсионер, гроза дворовых собачниц. Вечером он посмотрел по телевизору передачу о том, как живут в Германии ветераны войны, сказал жене, что выйдет на лоджию покурить, вышел и прыгнул с десятого этажа. Жена хватилась его минут через пятнадцать. Окно в комнате Шубина было открыто, он слышал звук, похожий на тяжелый глухой шлепок, с каким падает раскачанный и с маху заброшенный в кузов грузовика куль цемента, но в темноте ничего не разглядел. Потом внизу закричали, приехала «скорая». С рассветом на газоне отчетливо проступило пятно примятой упавшим телом вялой осенней травы. Собаки, выходя на утреннюю прогулку, прямо от подъезда начинали рваться туда, натягивая поводки и таща за собой хозяев.

В прихожей Шубин спросил жену, не звонил ли ему кто-нибудь. Это было первое, о чем он спрашивал у нее, приходя домой. Она сказала, что никто не звонил.

Он попил чаю и снова сел за машинку. За окном туманными огнями лежал город, за год ставший чужим. Было чувство, будто его жизнь надпилили в нескольких местах и пытаются сломать то по одному надрезу, то по другому.

Под крышей их четырнадцатиэтажной панельной башни висел прожектор, направленный на площадку перед единственным подъездом. Недавно на него скинулись домовые автовладельцы, а то оставленные у подъезда машины раздевали чуть не каждую ночь. В его прицельном луче за окном повалил снег, а в Молдавии, куда из Кракова направился Анкудинов, настала пора снимать виноград. В августе 1645 года он объявился в Сучаве, при дворе господаря Василия Лупы.

Из Кракова его путь каким-то образом пролег через польский Люблин. Вероятно, ему пришло на ум сделать петлю, чтобы запутать следы. В Люблине он видел здание сейма, в котором после недавних дебатов о том, объявлять войну туркам или нет, выбиты были все окна. Этот вопрос шляхта обсуждала с такой заинтересованностью, что не оставила в рамах ни одного целого стекла. Даже окончины кое-где были порублены саблями. Зрелище громадной хоромины, пустынно зияющей оконными провалами, произвело на Анкудинова сильное впечатление. Позднее, сравнивая республиканскую форму правления с монархической, он часто о нем вспоминал.

В Сучаве его ожидало непредвиденное известие. Оказалось, тремя годами раньше сюда уже прибегал с Руси какой-то человек, тоже назвавшийся сыном Василия Шуйского, только не Иваном, а Семеном. Идея носилась в воздухе, как запах дыма после пожара.

Молдавские бояре спросили Анкудинова, знает ли он того человека. Он не смутился и отвечал, что это его старший брат. Бояре рассказали ему, что его брат показывал у себя промеж грудей тайный знак, в материнском чреве ангельской дланью печатан, — крест волнист, а справа над перекладиной звезда с лучами. Он говорил, будто у Шуйских в роду все сыновья рождаются с такой печатью, но немецкий доктор, осмотрев пятно, нашел, что оно не прирожденное, выжжено раскаленным серебром. Тогда господарь выдал самозванца русскому послу Дубровскому. Посол приказал его убить, а отсеченную голову и кусок кожи, где находился этот знак, отослал в Москву.

Выслушав, Анкудинов спросил: «Ваш лекарь как болезнь узнает, по крови или по водам телесным?»

Бояре ответили, что по крови — отворяет вену и смотрит.

«Ну так ждите беды, — предостерег их Анкудинов. — Добрые лекари по урине смотрят, а ваш-от влыгается в лекарское звание. Ему ни в чем веры давать нельзя. Гоните его, только греха вам уже не избыть, кровь брата моего с ваших рук взыщется. Тот знак, крест со звездой, — истинный».

«И на тебе он есть?» — спросили бояре.

Он в ответ заявил: «Вы братнины слова слышали, да не уразумели. Тот знак бывает у старшего сына, а я — младший».

Понимая, что убедить их не удалось, Анкудинов ночью выбрался из окна и дал деру, но молдавские сыщики оказались проворнее польских. Наутро его привезли обратно в Сучаву. По дороге один провожатый открыл ему, что из того куска кожи, который после казни старшего брата был срезан у него с тела и вместе с головой отослан в Москву, там сшили кошель, доверху наполнили его серебром и прислали назад, в награду господарю.

Пару недель Анкудинов просидел под замком, дожидаясь своей участи. Его уже стало тошнить от страха, наконец Василий Лупа принял соломоново решение. Три года назад русский царь получил от него хороший подарок, теперь следовало ублажить турецкого султана, чьим вассалом он являлся. Поэтому второго князя Шуйского, свалившегося ему на голову вслед за первым, господарь отправил не в Москву, а в Стамбул.

— Это все правда? — с недоверием спросила жена, когда Шубин вслух прочел ей несколько последних абзацев.

— Да, — ответил он, слегка покривив душой.

Она уловила фальшивый звучок, но копнула не в том месте.

— И про братца? И про крест со звездой? И про кусок кожи?

— Это — правда, — с облегчением подтвердил он и почему-то подумал о Жохове.

В папке у него лежало описание анкудиновской внешности. Оно было сделано в Посольском приказе и выдавалось выезжающим за границу русским купцам и дипломатам, чтобы они могли опознать самозванца, буде он им там повстречается.

Приметы были следующие: «Волосом черно-рус, лицо продолговато, одна бровь выше другой, нижняя губа поотвисла чуть-чуть». Лишь сейчас Шубин понял, что это портрет Жохова.

За стеной, как неотвязный кошмар, как вечный упрек ему, Шубину, тупо сидящему за машинкой, когда другие читают лекции в американских университетах или уезжают на ПМЖ за границу, звучала песня про трех братьев, ушедших искать счастье на три стороны света. Сын соглашался засыпать только под нее.

Потом жена пошла выносить мусор. Возле мусоропровода она немного поговорила с соседкой, которая осенью отдыхала в Анталии и до сих пор не могла этого забыть. Шубину тоже доводилось внимать ее рассказам. Соседка вспоминала Турцию как страну Офир, полную чудес и дешевых кожаных изделий. Сам факт блаженства эрозии не поддавался, но конкретные ощущения со временем начали выветриваться у нее из памяти. При попытке выразить их словами лицо ее становилось скорбным, как у младенца, в материнской утробе пережившего миллионы лет эволюции от тритона до человека, а теперь постепенно забывающего свой долгий путь к разуму и свету.

Вернувшись, жена взяла у него со стола несколько черновиков, чтобы постелить в мусорное ведро вместо газеты. На одном из них ей попалось на глаза слово «Стамбул». Она вздохнула:

— Все ездят отдыхать в Турцию.

— Что ты этим хочешь сказать? — напрягся Шубин.

— Ничего нового. Знаешь, что говорила мне Жанна?

Это была любимая подруга, вовремя уехавшая в Америку. Последнее придавало особый вес всем ее высказываниям. За ними стояла мудрость человека, способного предвидеть ход событий.

— Она говорила, мужчинам нельзя позволять делать то, что им хочется, — сказала жена и понесла ведро на место.

Кот, задрав хвост, побежал за ней в надежде, что ему сейчас что-нибудь положат в его плошку. Он всегда на это надеялся, когда жена переходила из комнаты в кухню, а последнее время у него еще была иллюзия, что мойва, которой его теперь кормили, исчезнет как дурной сон и опять появится старый добрый минтай.

В записной книжке Шубин нашел номера четырех приятелей и начал обзванивать их, в надежде лишний раз убедиться, что у людей его круга дела идут не лучше, чем у него. Ни с кем из этой четверки он в последние месяцы не только не виделся, но даже не говорил по телефону.

Все четверо были дома, и про состояние их дел кое-что удалось выяснить. Один трудился над книгой «История каннибализма в России», другой сторожил автостоянку, у третьего жена работала в банке, поэтому сам он вообще ничего не делал в ожидании, когда к власти придет правительство национального доверия. Четвертый, считавшийся самым близким, с вызовом сообщил, что пишет остросовременный роман о Хазарском каганате, и, не прощаясь, положил трубку.

Прадед Шубина по отцовской линии носил имя Давид и фамилию Шуб, Шубиным стал дед-эпидемиолог, один из героев успешно защищенной внуком диссертации на соискание ученой степени кандидата исторических наук. После революции он полтора года проработал на западе Халхи, в районе Улясутая, где тогда свирепствовала чума. Оттуда дед вывез жену из семьи алтайских казаков, бежавших от советской власти в Монголию и выкошенных там чумной бациллой. От этой бабки Шубину достались глаза и скулы с намеком на азиатчину. Так считала мать, хотя ее собственные предки, уральские крестьяне и горнозаводские рабочие, тоже были не без примеси татарской и угро-финской крови. Если собрать вместе всех шубинских пращуров, получился бы полный каганат.

Глава 5
МАЛЕНЬКИЙ ЦВЕТОК

12

Среди голых деревьев парка следы беглеца были отчетливы, но под елями, куда не доставал снегопад, становились все бледнее, пока вовсе не пропали в темноте. Все трое остановились, Сева втянул голову в плечи, ожидая как минимум подзатыльника. Хасан никому ничего не умел прощать, как некоторые не умеют плавать или ездить на велосипеде, но на этот раз обошлось. Гуськом двинулись обратно.

Хасан шагал первым, Ильдар — последним. Хасану он приходился двоюродным племянником и лишь позапрошлой осенью был выписан из родного аула. Отец сам привез его в Москву, когда собрали урожай в саду и завезли уголь на зиму. Ильдар всегда держал обе руки или на руле, или в карманах куртки. Правый матерчатый карман был вырезан, вместо него подшит кожаный. В нем лежал пистолет Макарова, за двести долларов купленный на Рижском рынке.

Сева шел за Хасаном.

— Приехали бы на полчаса раньше, — выговаривал он ему в спину, — взяли бы его у столовой. Ездишь на этой перделке. Светиться не хочешь, да? Брось, кому ты нужен! Купи иномарку, с запчастями теперь не проблема.

Близкое родство давало право на эту нотацию. Хасан был женат на его старшей сестре. Познакомились, когда тот служил в армии под Серпуховом, там и прожили почти тридцать лет. Сева преподавал в школе труд, сестра сидела в кассе на автовокзале, Хасан окончил техникум и работал в городской теплосети, пока при Горбачеве на него не упала партия поддельных киндер-сюрпризов. Внутри упрятаны были не те сложносоставные фигурки, за которые его внуки могли заложить душу дьяволу, а унылые пупсы с лицами членов последнего Политбюро. Хасан влез в долги, купил эти сохлые шоколадные яйца с бывшей политикой и переправил на почти забытую родину. Через месяц из них вылупилась машина, через год — квартира в Москве.

Сестра теперь сидела дома, протирала полиролью финскую мебель, учила по самоучителю арабский или пылесосила покрывавшие все стены и устилавшие пол афганские ковры. От них в квартире было душно и тихо, как в бункере. Даже в жару она выходила на улицу в чулках и черном платье с длинными рукавами, а недавно и сама перекрасилась в брюнетку. У нее появился кавказский выговор, а Хасан, последние лет двадцать чисто говоривший по-русски, опять обзавелся акцентом, как в юности. Две их дочери остались в Серпухове при русских мужьях, но внуков регулярно подкидывали деду с бабкой. Хасан водил их в мечеть на улице Дурова и дарил деньги с условием не покупать ниндзя-черепашек. Разведенного Севу он перетащил из Серпухова в Москву, снимал ему однокомнатную квартиру в Чертанове и платил зарплату. Зятья-пьяницы ни к какому серьезному делу не годились.

Временами Хасан проваливался в рыхлый снег по верхние крючки на ботинках. Удобнее было ступать в собственные следы, как Сева с Ильдаром, но он этим пренебрегал, не желая глядеть себе под ноги и приноравливать шаги на глазах идущих за спиной мужчин, хотя бы и родственников. Унижений без того хватало. Второй месяц над ним висел долг, грозивший пусть не смертью, но продажей московской квартиры и бесславным возвращением в Серпухов. Мысль о том, чтобы нищим уехать на родину, в расчет не принималась, это было хуже смерти. Он еще жил у себя дома, спал с женой, зарабатывал какие-то деньги, но чувствовал себя бараном, которого не режут лишь потому, что с ним, когда был ягненком, любили играть хозяйские дети.

Комнату на Тверской-Ямской посылала ему судьба. Переехать в нее, а квартиру продать. Комната хорошая, в центре. Соседей всего двое, и удобно, что женщины. Обе пожилые, одинокие. У одной, Жохов говорил, рак. Умрет, можно будет расшириться за относительно небольшие деньги.

— Сейчас опять не заведется, — предрек Сева, когда показался силуэт машины у крыльца главного корпуса.

Он забежал вперед, велев Хасану с Ильдаром немного отстать, будто они сами по себе. На крыльце, дожидаясь результатов погони, стоял сосед Жохова. Сева завел его в корпус, достал купленное в метро удостоверение с глубоким золотым тиснением ФСБ на красной корочке, пальцами одной руки умело распахнул сразу обе створки, так же ловко закрыл и убрал в карман.

— Владимир Иванович, у меня к вам просьба. Насчет вашего соседа, — сказал он грудным голосом, каким раньше с ним говорил директор школы, если хотел от него внеплановой работы по хозяйству, а платить не хотел.

Сосед вспомнил про европий из ядерных реакторов, но промолчал. Разумнее было не испытывать судьбу. Кто много знает, долго не живет. Он надел очки и попросил разрешения еще разок взглянуть на документ. Сева опять раскрыл свою ксиву.

— В метро купил, — признался он с обезоруживающей искренностью.

— Что, правда? — насторожился сосед.

— Правда. Но печать настоящая.

— Как это?

— Картонажную фабрику приватизировали, там за такие корочки ломят по-черному. У нас в Первом отделе они в дефиците, а эти вполне кондиционные. Мы же бюджетники, приходится самим о себе думать.

На доске объявлений висело автобусное расписание. Сева оборвал уголок, достал ручку с плавающей в подкрашенном глицерине русалкой, черкнул номер.

— Пожалуйста, — произнес он с такой интонацией, что само это слово прозвучало как незаслуженный подарок, — если ваш сосед здесь появится, сообщите нам по этому телефону.

Сосед увидел первые три цифры и снова засомневался.

— Номер не лубянский. Это где-то в Чертанове?

— Точно.

— А почему?

— Всегда там было. Наш отдел, — объяснил Сева. — Звоните в любое время, я у себя допоздна. Это вам на жетоны.

Он вынул две бумажки по пятьсот рублей. Сосед взял их стыдливо.

— Много что-то.

— Останется — вернете. Язык, сами понимаете, распускать не нужно.

Простились у входа. Сосед заторопился к телевизору в холле второго этажа, чтобы на тамошнем вече отдать свой голос в пользу новостей по второму каналу, а Сева вышел из корпуса, сел в машину и сказал тоном человека, заслужившего право принимать решения:

— Поехали. Я дал ему свой номер, он позвонит.

Хасан выключил радио, говорившее про референдум. Ясно было, что сегодня Жохов сюда возвращаться не станет, пойдет на электричку. Можно его там перехватить.

— Давай на станцию, — велел он Ильдару.

Тот мягко, как дети берут бабочку или кузнечика, взялся за ключ зажигания. Лицо у него стало мертвым. Сева злорадно ждал, что опять не заведется, но завелось с одного оборота. Пока выруливали на центральную аллею, снегопад кончился. Ворота были открыты, правая створка подперта ломом. Возле него лежала на снегу черная собака. В будке сторожа окно отливало синим прерывистым светом от горевшего за ним телевизионного экрана. Дальше лес зубчатой стеной обступил дорогу.

В лесу Жохов перешел на шаг. По дороге он идти побоялся, двигался по какой-то прогулочной тропинке. Сама она еще с осени исчезла в снегу, но ее изгибы, петляющие от прогала к прогалу, угадывались и даже смутно очерчивались в воздухе, словно были проложены теми, кому не обязательно касаться ногами земли.

За крайними елями открылся зимующий в сугробе трактор. Он истлел до скелета, гусеничные траки валялись вокруг, как обглоданные зверями и птицами богатырские кости. Об один из них, запорошенный снегом, Жохов больно ушиб пальцы на ноге. Он принял правее, выбрался на дорогу, перед этим зорко оглядев ее в оба конца, и зашагал по направлению к станции. Снегопад иссяк, прямо по курсу пробилась в тучах синеватая луна, с левого края изъеденная земной тенью. Идущая в рост, она сулила успех всем предприятиям, начатым в эту ночь.

Вокруг расстилались совхозные поля с островками сухого будылья на взгорочках. Впереди кучно чернели дома дачного кооператива, куда он вчера провожал Катю. За ними, невидимый отсюда, шел поезд, железный гул широко катился по заснеженной равнине. Электрички ходили, можно было добраться до Москвы.

Дорога уже втянулась в поселок, когда сзади, на подъеме, взревел автомобильный мотор. Жохов рванулся вперед и понял, что очутился в ловушке. По обеим сторонам тянулись глухие ограды, кое-где — с колючкой на гребне.

Машина поднялась на горку, его настиг свет фар. Он заметался, но спрятаться было негде. В мутной влажной мгле лучи делались плотными и объемными, вокруг них серебристый дым клубился во всю ширину стиснутой заборами улицы. Внезапно их линия оборвалась вниз, справа поплыл относительно невысокий штакетник. Жохов с разбегу перемахнул через него, плашмя бросился на снег и приник глазом к щели. Бесцветная в лунном сиянии иномарка, не сбавляя скорости, проехала мимо.

Он встал на ноги, отряхнулся, огляделся. Участок пустынно белел до самого дома, лишь справа лепился к ограде хлипкий сарай и несколькими жалкими пучками торчали в снегу голые прутья чего-то плодово-ягодного. Сам дом был не дачного типа. Бревенчатый, без фундамента, с плебейски-покатой крышей, щелястыми ставнями и забранными в дощатые короба углами, своей очевидной заброшенностью он вызывал в памяти покинутые уральские деревни времен укрупнения колхозов. Кирпичная труба завершалась ажурным жестяным надымником артельного производства, какие лет двадцать назад еще продавались в районных коопторгах. Иметь дровяные печи в дачных кооперативах разрешалось лишь избранным. Дом, видимо, принадлежал человеку с заслугами, но без больших денег. Сейчас он казался необитаем. Дорожка не расчищена, во дворе не видно ничьих следов, кроме птичьих. Снег на крыльце девственно бел, а на крыше слежался пластами. Вряд ли его хоть раз убирали за зиму.

Жохов поднялся на крыльцо, подергал дверную ручку. Дверь хлябала в косяках и, следовательно, легко поддавалась взлому. В соседних домах не горело ни одно окно. Возникла мысль заночевать здесь. Идти домой опасно, у Гены жена будет глядеть волком и говорить через губу, а ботинки промокли насквозь, задубевшая от пота синтетическая майка ледяной коркой лежала на спине. Из каждого ее прикосновения к впадине между лопатками рождалось предчувствие отвратительно саднящей носоглотки. Оттуда через пару дней воспаление опустится вниз, в слабые прокуренные бронхи. В его положении этого только не хватает.

Под стеной валялась ржавая скоба, оставленная тут добрым хозяином специально для таких, как он. Жохов ввел острие в зазор между косяком и дверью, надавил, поддел, и щеколда вышла из паза.

В сенях он тем же манером отжал другую дверь, ведущую в комнаты, но когда потянул ее на себя, почудилось, что внутри кто-то есть. В стылом воздухе нежилого дома таилась какая-то жизнь. Укромное суетливое движение ощутилось за порогом, упал короткий стучок, быстрый шелест выплыл из темноты вместе с шумом толкнувшейся в уши крови. «Крысы», — догадался Жохов, расслабляя стиснувшие скобу пальцы. Секундой позже в темноте щелкнуло, властный мужской баритон приказал:

— Стоять!

Сердце ухнуло, как на качелях. Жохов рванулся назад и с размаху угодил подбровьем в крюк на вешалке. Веко успело закрыться, но в глазу полыхнуло белым огнем.

Наружная дверь открывалась вовнутрь, он никак не мог нашарить дверную ручку.

— Стой, стреляю! — предупредил тот же голос.

Сквознячок из невидимого ствола прошел по спине, по затылку. Медленно, чтобы резким движением не спровоцировать того, кто находится в комнате, Жохов повернулся к нему лицом и замер. Перед ним светился во мраке крошечный зеленый глазок. Донеслось характерное пощелкивание вращающихся бобин. Один за другим ударили несколько выстрелов, но ему все уже стало ясно.

Пламя поднятой вверх спички удвоилось в круглом черном стекле. На стене, мотая свои копейки, чуть слышно шелестел электросчетчик. Пробки, значит, не вывинчены.

Он шагнул в комнату. Сквозь щели в ставнях сочился заоконный свет, постепенно в нем проступил знакомый трапецевидный контур, в сочленениях корпуса пробивалось еле заметное свечение электронных внутренностей. Этот одноглазый агрегат когда-то казался образцом элегантности. На стуле у окна стоял катушечный магнитофон «Яуза», ровесник его второй жены. Она была младше на четырнадцать лет.

Он вернулся к порогу и прикрыл дверь. Глазок погас, щелканье прекратилось. Магнитофон начинал работать, когда дверь открывалась.

Жохов отмотал катушку назад, убавил громкость и нажал клавишу. Записанный на пленку начальственный баритон, показавшийся уже не таким грозным, вполголоса вновь исполнил всю программу: «Стоять!.. Стой, стреляю!» Опять загремели выстрелы.

Он прикинул, не стоит ли все-таки двинуть на станцию. В доме оказалось холоднее, чем на улице. Ноги стыли в раскисших ботинках, в носу пощипывало, а от печки все равно никакого толку. Если даже повезет разжиться дровами, дым из трубы могут заметить соседи или сторож. Жохов собрался уходить, когда заметил в углу старинный обогреватель с открытой спиралью. Она стремительно стала наливаться краснотой, стоило воткнуть вилку в торчавший из розетки тройник. Потянуло теплом, мелькнула мысль об электроплитке и чайнике. На водопровод в таком доме надежда была слабая, зато чистый снег лежал прямо на крыльце. В Тибете простуду лечат кипятком из талого снега.

Бобины продолжали крутиться. Пальба кончилась, из шипения пустой дорожки воспарил надрывающий сердце голос саксофона. Тихо, медленно и печально зазвучало танго «Маленький цветок», под которое они с будущей первой женой танцевали на институтских вечерах. Недавно она звонила ему похвастаться, что отдыхала в Анталии.

Это была мелодия без слов. Ее чистой волной смыло память о неудачах последних дней. Все ушло, затянулось наркотической дымкой, но, с другой стороны, невозможно стало понять, почему он сидит на полу в чужом доме, совершенно один, как погашенный лимитированный чек на столе у операциониста. Кто-то невидимый ежедневно производил списание со счета его спокойствия, грозящего скоро дойти до дебитового сальдо. Смешная отцов-ская жалоба идеально ложилась на музыку «Маленького цветка». Маленький, совсем маленький! Никому не нужный, упрямо торчащий среди полегших под первыми заморозками собратьев типа Гены. Жохов прикрыл глаза и, раскачиваясь из стороны в сторону, тихонько заскулил, как от зубной боли.

Перед сном сосед Жохова прослушал обзор прессы по «Маяку». Все газеты писали о том, как безнравственно поступил Конституционный суд, отменив назначенный Ельциным референдум не когда-нибудь, а в день похорон его матери.

«В Санкт-Петербурге, — сообщали "Известия", — на Дворцовой площади состоялся многотысячный митинг в поддержку Обращения президента к Съезду народных депутатов. На митинге Анатолий Собчак заявил: "Есть законы государственные, а есть законы божеские, и один из этих моральных божеских законов гласит, что в день, когда человек хоронит свою мать, судить и распинать его — вероломно!"»

Напоследок диктор привел цитату из интервью министра финансов США, господина Бентсена. Тот рассказал корреспонденту «Российских вестей» о своей поездке в Москву: «Меня приятно удивило, насколько экономика сегодняшней России отличается от той, что я видел во время моего предыдущего визита три года назад. Это как день и ночь. В магазинах есть продукты, всюду стоят киоски. В последние дни моего пребывания в Москве погода была пасмурная, но я верю, что впереди вас ожидает ясное небо».

К полуночи сосед уснул и сразу же захрапел с тяжелым свистом из-под западающей губы и мученическим клекотом в горле. Лицо его страдальчески исказилось, как будто все, о чем он постоянно думал и говорил наяву, было лишь способом заговорить то невыразимое, что во сне наваливалось ему на грудь сгустком потусторонней тьмы.

13

Утром, пока Шубин завтракал, жена прибиралась у него в комнате. Внезапно там стало тихо, затем она вошла в кухню, брезгливо протянула ему взятый со стола лист бумаги и поинтересовалась, о ком тут говорится. Тон не предвещал ничего хорошего:

Он прекрасно знал этот текст, но прочел еще раз ее глазами: «Однажды ему случайно попались на глаза детородные органы телки. Восхищенный их размерами и формой, он повелел сделать с них слепок, который потом был отлит в золоте и в качестве образца провезен по всей стране — с тем чтобы найти для него женщину, сотворенную подобным же образом».

Шубин объяснил, что это выписка из «Истории возвышения и упадка Оттоманской Империи» Антиоха Кантемира, речь идет о турецком султане Ибрагиме II по прозвищу Дели, то есть «безумный». Он правил как раз в то время, когда Анкудинова из Сучавы привезли в Стамбул.

— И нашли для него такую женщину? — спросила жена.

— Кантемир пишет, что да.

— Ты тоже напиши, — посоветовала она. — Чем больше таких фактов, тем они тебе лучше заплатят.

В Стамбуле Анкудинов предстал перед великим визирем Салех-пашой. Тот спросил, почему он, будучи цар-ского рода, не объявил об этом в Москве, а ездит по чужим государствам. Анкудинов сказал, что отцовы изменники захотели и его, князя Шуйского, извести своей собацкой изменой, он о том проведал и поехал в Польшу, но не захотел там жить, потому что король Владислав пожаловал его не по достоинству. К тому же у короля не как у султанова величества, в государстве порядка нет, паны его не слушают, на сеймах промеж себя дерутся и стекла бьют, а как вставлять, так никого нету.

«Хочешь ли ты побусурманиться?» — спросил визирь.

«Если султаново величество пожалует меня по достоинству, то я побусурманюсь», — отвечал Анкудинов.

Затем он предложил Салех-паше следующий план действий: султан Ибрагим даст ему турских ратных людей, с этим войском он пойдет на московских ратных людей, которые против него, царского сына, воевать не станут и перейдут под его святое знамя. Он займет отеческий престол, а в благодарность уступит султану Астрахань с окрестностями.

Салех-паша без восторга отнесся к этому плану, но оставил Анкудинова при себе и распорядился посылать ему кушанья со своей поварни. Так продолжалось до тех пор, пока осенью 1646 года из Кафы в Стамбул не приплыли на турецкой каторге русские послы — окольничий Телепнев и дьяк Кузовлев. Они привезли весть о том, что царь и великий государь Михаил Федорович телом перенесся в пещеры земные, душой — в обители блаженных, а царский венец принял его сын Алексей Михайлович, желающий по-старому быть с султаном в дружбе, братстве и любви.

Ибрагиму II не исполнилось еще и тридцати лет. Юность он провел в заточении, под ежедневным страхом смерти, на долгие годы подорвавшим его мужскую силу, и теперь, когда она к нему вернулась, торопился наверстать упущенное. Радости, которых он был лишен, по восшествии на престол заняли все его время. Государственными делами султан занимался мало. Большую часть суток он проводил в серале, истощая любовными битвами свою без того не слишком обильную плоть. Венецианские зеркала украшали потолок и стены его покоев, а предназначенное для утех ложе покрыто было подстилкой из драгоценных собольих шкурок стоимостью в пару военных кораблей. Воспламеняясь от их жара, султан при намерении овладеть женщиной скользил по меху голыми коленями, чем затруднял себе достижение цели и распалялся еще сильнее. Про Московское государство ему известно было только то, что оттуда привозят соболей, поэтому аудиенция продолжалась недолго. Послы вручили султану свои грамоты, после чего их отправили на переговоры к великому визирю.

К тому времени добрые люди уже рассказали им, какую змею пригрел Салех-паша у себя на груди. Телепнев и Кузовлев знали, за кого выдает себя здешний самозванец, но его подлинное имя оставалось для них тайной. Они помыслить не могли, что этот вор и тот, что проживал в Кракове, при короле Владиславе, — один человек. Послы настаивали на встрече с ним, и Салех-паша согласился устроить очную ставку у себя во дворце.

Во время их следующего визита кадиаскеры ввели в залу тощеватого паробка в аземском халате, без однорядки. Поклонившись сначала визирю, потом — послам, он с важным видом достал из рукава свиток и приготовился читать.

«Что это?» — спросили послы.

«Декларация в пяти виршах», — ответил самозванец и прочел:

Пять камней имел Давид в пастушьем тоболе,
Коли, не стерпев от неприятель сердечной боли,
Шел с пращей смело против страшного Галиада
Израильтянское бороняти стадо.
Тако же и мы, стоя за наших чад прироженных,
Имеем на неприятеля пять виршей, нами сложенных.

Далее шло подробное, по пяти пунктам, обличение московских неправд, при которых «тяжко от бояр народу и тесно». Слог декларации был темен, на слух Телепнев и Кузовлев плохо понимали, о чем речь, но встрепенулись, едва прозвучали строки:

> Во всем том ты, Москва, добре оплошилась.
> Блюдись, чтоб дверь милосердия Божия
> пред тобой не затворилась.

Подразумевалось, что лихоимство приказных людей, неправый суд, неспособность воевод противостоять крымским набегам и вообще все российское неустройство есть Божья кара за то, что его, царевича Ивана, лишили родительского престола.

Возмущенные послы потребовали прекратить чтение.

«Царь Василий Иванович, — заявили они Салехпаше, — по грехам своим преставился сорок лет тому, а сему воришке и тридцати годов нет».

Возразить было нечего, турецкие архивы указывали примерно ту же дату смерти Василия Шуйского, но визирь сумел найти достойный ответ.

«Иной человек, — сказал он, — от роду имеет сорок лет и поболе того, а если он человек праведной жизни, Аллах в неизреченной благости своей ему на лице и двадцати годов образ кладет».

Выдать Анкудинова он отказался наотрез, однако и блюда со своей кухни посылать ему перестал.

Послы не успокоились и продолжили интригу. Их платным консультантом стал писарь диванной канцелярии Зульфикар-ага. Этот перешедший в ислам понтийский грек приватно оказывал бывшим единоверцам кое-какие услуги. Телепнев и Кузовлев подступили к нему с вопросом: «Как бы нам того вора достать?»

«Путь один — действовать большою казною», — отвечал многоопытный Зульфикар-ага. Впрочем, сам он сомневался в успехе предприятия и счел долгом предупредить послов: «Только не потерять бы вам казны даром, потому как люди здесь не однословы». Смысл был тот, что сегодня скажут одно, завтра — другое, а что им соболей или цехинов наперед будет дадено, назад не вернут.

Зульфикар-ага рекомендовал послам вообще бросить это дело. Мол, сильного вреда от самозванца все равно не будет, рано или поздно его куда-нибудь сошлют или даже пошлют гребцом на галеры, а если сулить за него большие деньги, турки могут подумать, что он и впрямь тот, за кого себя выдает. Телепнев с Кузовлевым вняли совету и отступились.

Не успели они добраться до Москвы, как Салех-паша впал в немилость и по приказу султана был удавлен собственными кадиаскерами. Печать великого визиря принял Ахмет-паша. На Анкудинова он никакого внимания не обращал, жаловать его по достоинству никто не собирался. При дворе о нем забыли напрочь. Обнищав, он попытался продать свой камень безвар, чудом сохраненный во всех скитаниях, но еврейские лекари требовали верных доказательств его подлинности, а турецкие о таких камнях отродясь не слыхали. Покупателя нужно было искать среди народов менее подозрительных, чем жиды, и более просвещенных, чем турки.

В конце концов все это ему надоело, Анкудинов бежал на север, но поскольку «астроломейские» познания были у него чисто теоретические, а на практике он Сириуса от Полярной звезды не умел отличить, роскошное звездное небо над Балканами ничем ему не помогло. Ночью он заблудился в лесу, утром был схвачен и доставлен в Стамбул. Ахмет-паша поставил его перед выбором из двух вариантов: принять ислам или отправиться на галеры. Пришлось побусурманиться, правда, с одним существенным послаблением — он повторил за визирем слова мусульманской молитвы, но обрезание сумел отложить на неопределенный срок. На него надели чалму и отпустили.

Все пошло по-прежнему, если не хуже. От безысходности Анкудинов бежал вторично, переодевшись в греческое платье и загодя разведав дорогу на Афон, чтобы укрыться в одном из тамошних монастырей, но погоня легко взяла его след. На этот раз под страхом смерти он согласился на обрезание. Был призван врач-еврей, прямо на месте совершивший нехитрую операцию. Ранку присыпали толченым углем и перевязали, Анкудинову вернули чалму, но не свободу. От греха подальше Ахмет-паша приказал посадить его в Семибашенный замок.

Терять ему было нечего, на прощание он сказал визирю: «Господарь молдавский с брата моего старшего велел содрать кожу и отослал ее царю в Москву, а оттуда ему ту кожу, наложив серебром, назад прислали. За мою кожу царь и за золотом не постоит. Того ли ты хочешь?» Не известно, что ответил Ахмет-паша, но эта их встреча оказалась последней.

Позже Анкудинов рассказывал, будто ангел Господень огненным мечом поразил его недругов и отворил перед ним двери темницы. Имелся в виду государственный переворот в августе 1648 года, когда Ахмет-паша был растерзан на ипподроме толпой черни, а султан Ибрагим II свергнут взбунтовавшимися янычарами и задушен подвязкой. На самом деле еще за полгода до мятежа Анкудинову помогли бежать жившие в Стамбуле сербские купцы. Через случайного сокамерника он вступил с ними в переписку и сумел заморочить им голову своей «астрологией». По ней выходило, что Оттоманской Порте суждено погибнуть через него, князя Шуйского, вот почему султан держит его в тюрьме, но казнит не раньше чем Юпитер сойдется с Меркурием, не то всей бусурманской вере будет большая беда.

Обе планеты находились уже в опасной близости, поэтому сербы не постояли за деньгами. В нужное время и в нужном месте они потрясли кошелек, полный золотых цехинов, на этот звон вышел из тумана мудрый Зульфикар-ага, переживший трех визирей. Вскоре «смрадная челюсть турская», как Анкудинов называл Семибашенный замок, выплюнула его исхудавшим от чревного недуга, с головой в лишаях, но, как всегда, веселым и бодрым. Напоследок, правда, один странный разговор подпортил ему настроение.

В камере он познакомился с одноруким албанцем, товарищем по несчастью. Руку ему отрубили за разбой, голову же оставили на плечах, потому что грабил он только христиан и евреев, а правоверным, не имеющим куска хлеба, отдавал часть того, что брал у неверных.

На прощание этот разбойник сказал Анкудинову: «Видишь ты сам, нет у меня левой руки. Отсекли ее и бросили псам на съедение. Изгрызли они мою руку, ни костей, ни ногтей не оставили, но в конце времен, когда мертвые, славя милость Аллаха, поднимутся из своих могил, встану я оттуда о двух руках».

«Откуда же вторая рука возьмется?» — удивился Анкудинов.

На это албанец с нехорошей улыбкой отвечал: «Если кто, как ты, например, примет истинную веру, а после отречется от нее, и если у него за какую-нибудь вину или без вины, на сражении, руку отсекут топором или саблей, при восстании мертвых та рука не ему, а мне приложится».

Он и одной рукой любому мог свернуть шею. Вопроса об истинной вере Анкудинов касаться не стал, но спросил: «А если у того человека рука сожжена будет или тоже псами поедена?»

«Не беда, — опять улыбнулся албанец, — она из пепла, из праха, из песьего кала воссоздастся. Для Аллаха ничего невозможного нет, все в Его власти, а Он знает, кому что придать и у кого отнять».

Почему-то эти слова запали Анкудинову в душу. Впоследствии он часто их вспоминал.

Глава 6
ДРУГАЯ ЖИЗНЬ

14

За секунду перед пробуждением Жохову приснился двухэтажный белый дом на берегу неширокой реки, серой даже под ослепительно синим небом середины лета. За ней, насколько хватало глаз, лесистой громадой вставала дикая гора с каменистыми осыпями ущелий и выступающими на вершине мрачными черными гольцами. Ни один листок не шевелился на болезненно изогнутых карликовых березках у подножия, кругом царила мертвая тишина. Что-то потустороннее было в этом пейзаже, что-то такое, от чего невозможно становилось дышать, словно землю от неба отделяла пустота, которая лишь прикидывалась неподвижным в своей прозрачности воздухом.

Внутри сна время текло по-другому, там Жохов мучительно долго не мог понять, где видел он этот безотрадный ланшафт, но, проснувшись, сразу понял, что гора — всего лишь Богдо-ул, река — Тола, а длинный белый дом под зеленой крышей — бывший загородный дворец Богдо-хана в Улан-Баторе. После смерти первого и последнего монарха независимой Халхи в нем открыли музей, Жохова водила туда знакомая монголка из министерства геологии. Она рассказывала, что Богдо-хан с детства покровительствовал животным, со временем при дворце образовался целый зверинец. Когда его обитатели умирали, из них делали чучела и ставили в дворцовых покоях как напоминание о том, в каких разнообразных обличьях все мы, перерождаясь, проходим свой земной путь. Это был наглядный урок смирения, терпимости и милосердия, выражаемых одним словом — «ахимса», что значит «щади все живое».

Чучела до сих пор стояли в музейной экспозиции, но при осмотре обнаружилось, что сто лет назад все эти набитые опилками звери и птицы с помутневшими бусинами вместо глаз оптом были закуплены у одной таксидермической фирмы в Гамбурге и принадлежат не монгольской, а южноамериканской фауне. Заточенные в стеклянных коробках обезьяны, броненосцы, лемуры, полинявшие туканы и попугаи, облезлый ягуар, театрально терзающий несчастного детеныша антилопы, соседствовали с изображениями будд и бодисатв, как побитые молью тетерева и зайцы в районном краеведческом музее — с макетами гидростанций и угольных шахт. Трупы настоящих любимцев Богдо-хана давно сожрали собаки.

Жохов лежал на диване в куртке и в ботинках, скрючившись под стеганым одеялом с лезущей из дыр ватой. Почему-то последнее время ему часто снилась Монголия.

Солнце сквозь щели в ставнях проникало в комнату. Ночью, видимо, отключили электричество, спираль обогревателя из красной стала черной. Пар шел изо рта, но в горле и носоглотке все было спокойно. Тибетская медицина помогла.

Над ним возвышался торшер на журавлиной ноге, с колпаком гнусно-розового цвета, который мать считала единственно способным создать интимное освещение.

Того же цвета была ее парадная комбинация с кружевами на подоле. Комнату наполняла мебель, модная четверть века назад. Ровесниками магнитофона «Яуза» были низкие кресла в сшитых из простыней чехлах, сервант с посудой, раздвижной стол без скатерти, в те годы считавшейся признаком мещанства, шторы с узором из сломанных палочек и щербатых треугольников в духе разгромленного Хрущевым абстракционизма. К той же компании принадлежали настенные бра с выключателями на шнурках и люстра с пластмассовыми, под хрусталь, подвесками. Лишь платяной шкаф из мореной фанеры наверняка родился при Сталине. Еще старше были две бронзовые иконки за стеклом серванта и деревянное прясло в углу. Телевизор отсутствовал.

Книжные полки однообразно лиловели корешками журнала «Новый мир» за многие годы. Марик тоже раньше выписывал этот журнал. У них с Геной водился и Солженицын в водянистых машинописных копиях, но Жохов больше интересовался «Дхаммападой» или «Тибетской книгой мертвых». Последняя учила тому, как после смерти различить Ясный Свет среди множества обманных огней, гораздо более красивых и ярких, слиться с ним и выйти из бесконечной череды низких перерождений. Так выходят из комнаты, бросив напоследок тем, кто в ней остался: «Я в ваши игры не играю!» О таких минутах люди мечтают всю жизнь. В тридцать с небольшим эта наука для умирающих почему-то казалась жизненно необходимой. В перестройку, правда, он стал почитывать газеты, но и тогда вечно путал по номерам пятый пункт в паспорте, который хотел отменить Марик, с шестым параграфом конституции, против которого боролся Гена. Однажды тот сманил его на митинг в Лужниках, они там держали плакат «Меняем чешский круглый стол на отечественное бюро». Смысл этого призыва забылся напрочь.

Он слез с дивана и прошелся по комнате, разглядывая фотографии на стенах. Среди портретов и групповых снимков попадались фасады с мозаикой, античные порталы со статуями героев труда, ротонды, курортные балюстрады. «Кооператив Союза архитекторов», — вспомнил Жохов.

В углу, на трехногом столике, заполняя почти всю его поверхность, белел выставочный макет помпезного здания в псевдоклассическом стиле. К столешнице привинчена металлическая табличка с гравировкой: «Дворец культуры машиностроительного завода им. В.И.Ленина. Пермь. 1962 г. Арх. А.С.Богдановский». Это, видимо, был хозяин дачи и голоса на магнитофонной пленке.

Хотелось есть. Жохов перешел в кухню и пошарил по шкафчикам. Запасы крупы, гороха и вермишели, пересыпанные черными точками мышиных экскрементов, лавровый лист, соль и перец в литровых банках хранились тут, похоже, с брежневских времен. В одной из банок нашлось клубничное варенье, промерзшее и засахаренное до такой степени, что оловянная ложка согнулась при попытке его оттуда извлечь. Рядом лежала жестяная коробка, полная заплесневелых сухарей. Некоторые почему-то позеленели только с одного конца. Отбив попорченные края, Жохов сунул несколько штук в карман куртки, продезинфицированный табачной трухой, один положил в рот и с наслаждением начал отсасывать из него быстро горячеющую хлебную жижу. В процессе на глаза попался вбитый в косяк гвоздь с висевшей на нем связкой ключей. Наименее ржавый подошел к замку наружной двери. Замок был слегка покалечен, но работал.

Хозяева не заслуживали того, чтобы в благодарность за ночлег устроить им пожар в пустом доме. Жохов выдернул из тройника вилку обогревателя, но магнитофон оставил включенным, как было. За кухонным окном улица пустынно расстилалась в обе стороны. Убедившись, что вокруг никого нет, он запер дверь, спрятал ключи под резиновый коврик на крыльце, пересек участок, толкнул калитку и остолбенел. Вдоль соседнего забора прямо на него шла Катя.

— Ой! — изумилась она. — Вы, что ли, здесь живете?

— Так, наезжаю иногда, — нашелся Жохов.

— Я думала, вы живете в «Строителе». Что же вы мне сразу не сказали! Вы сын Александра Семеновича, да?.. Или он вам не отец?

Жохов улыбкой подчеркнул абсурдность этой идеи.

— Не дед же!

— Просто я вас тут ни разу не видела.

— Я позавчера только приехал. Поужинал в «Строителе», а утром снова укатил в Москву. Вернулся с последней электричкой. В Москве у меня бессонница, захотелось выспаться на свежем воздухе. Спал как в раю, — добавил он немного лирики. — Такая тишина кругом!

Катя признала, что да, здесь тихо. Иногда кто-нибудь приезжает на выходные, но на неделе во всем поселке практически никого нет.

Он понял, что бояться нечего. Левая бровь у него поползла вверх.

— А что, собственно, мы тут стоим? Может, зайдем ко мне? Чайку попьем.

Она не возражала. На крыльце Жохов достал из-под коврика ключи, открыл наружную дверь. Внутренняя оставалась незапертой. Когда потянул ее на себя, магнитофон промолчал. Электричество все еще не дали.

— Брр-р! — входя, поежилась Катя. — Как вы тут спали?

Он сослался на англичан, предпочитающих нетопленые спальни, пообещал, что сейчас будет светло и тепло, и для начала разобрался со штырями оконных ставень. Во дворе выдернул их из пазов, постучал по освобожденному стеклу в знак того, что первая часть обещания исполнена. Связка ключей осталась в кармане. С третьей попытки амбарный замок на сарае неохотно выпустил из себя поеденную ржавчиной дужку. Интуиция не подвела: внутри лежало с полкуба побуревших от старости поленьев. Жохов набрал полное беремя, как говорила бабушка, в комнате с грохотом сбросил всю охапку на пол, надрал бересты, нащипал лучины и начал растапливать печь, вслух удивляясь тому, что вот ведь как странно, всего полтора часа на электричке, и попадаешь совершенно в другой мир.

— Сама я с Александром Семеновичем мало знакома, с ним дружна моя тетка, — сказала Катя. — Максимова Наталья Михайловна. У вас в семье она известна как Талочка, вы должны ее знать.

Жохов решил разом покончить с этой теткой, не то будет висеть над ним как дамоклов меч.

— Нет, не знаю, — ответил он, уже подыскав причину.

— Странно. Раньше она часто бывала у вас дома.

— Очень может быть, но я там никогда не бывал. Я — плод внебрачной любви.

— Простите, — смутилась Катя. — У вас, должно быть, непростые отношения с отцом.

— Их, можно сказать, нет.

— Совсем никаких?

— Ну, какие-то есть, конечно. Не то как бы я здесь очутился? Но минимальные. С шестнадцати лет я не взял у него ни рубля... Вот, — кивнул Жохов на макет дворца культуры в углу, — типичный образец его творчества. Брать деньги, полученные за это? Извините.

Он нашел в кухне ведро, принес воды из колодца, примеченного во время похода за дровами. Ставя на огонь чайник, услышал за спиной:

— Вот ваш отец.

Катя рассматривала одну из висевших по стенам фотографий. На ней группа молодых мужчин в широких брюках и одинаковых светлых рубашках с воротником апаш застыла на краю строительного котлована. Туманная дата «1956» косо лежала поверх опалубки. Лица строителей были отмечены печатью того веселого времени, когда новое вино влилось в старые мехи. Теперь оно прокисло.

Палец указывал на долговязого, тонкошеего, с буйной шевелюрой. Такие шапки волос после сорока исчезают бесследно.

— Точно, — подтвердил Жохов.

На соседнем снимке прямо в объектив смотрел черноглазый мальчик в вельветовой курточке с ученическим подворотничком.

— Это вы? — с сомнением спросила Катя.

— Похож?

— Не особенно. Наверное, это ваш брат. Здесь, — обратилась она к другому портрету, — ему лет двадцать, а выражение глаз то же. Тетка говорила, он окончил историко-архивный.

— Знаю я этих советских историков, — поморщился Жохов. — У меня дома сосед — кандидат исторических наук, диссертацию защитил по истории ДОСААФ. Бутылку мне проспорил. Уверял, что монголы — мусульмане.

— А они кто?

— Буддисты.

Он достал чашки, разложил на блюде извлеченные из кармана сухари, ножом наковырял в банке немного полуразложившегося варенья, объяснив, что это вместо заварки, заварка кончилась. Пока закипал чайник, Катя немного рассказала о себе. После института она почти двадцать лет работала сначала младшим, потом старшим библиографом в бюро технической информации одного закрытого НИИ, но осенью попала под сокращение. Устроиться по специальности трудно, да и смысла нет, на зарплату не проживешь, пришлось до лета сдать свою двухкомнатную квартиру, оставить дочь-второклассницу тетке и переехать сюда.

Рассказано было без эмоций. За зиму обида перегорела, но Жохов чувствовал, как под пеплом тлеет огонь, дохнешь — и полетят искры. Для одинокой женщины с ребенком, всю жизнь проработавшей на одном месте, это была катастрофа, крушение мира. Даже ему непросто оказалось пережить то время, когда разгоняли их группу в институте, хотя он сменил столько работ, что в трудовой книжке имелось два вкладыша. Наконец вывесили приказ, и завлаб сказал: «Про Монголию забудь навсегда!» В тот день окончательно созрело решение рвать когти.

— Главное, с дровами возиться не надо, есть АГВ. Поначалу было страшновато одной, но ничего, привыкла, — договорила Катя, умолчав про соседей с телефоном и ротвейлером.

Эти трое смазывали картину ее одинокой аскезы в затерянном среди снегов зимовье.

— К тому же у меня есть пистолет, — добавила она с милой гримаской, зная, что оружие в дамской сумочке оттеняет женственность, как мужские часы на девичьем запястье.

— Макарова?

— Увы, стартовый. Подарил один дачник — воров пугать.

— Никого вы им не напугаете, зато можете спровоцировать агрессию. Не вздумайте из него стрелять, — предостерег Жохов. — Спрячьте и забудьте. У вас, что ли, много чего можно украсть?

— Прямо! У тетки даже телевизора нет, она его принципиально не смотрит. Дело в том, что я заодно устроилась тут сторожем. В соседнем кооперативе есть сторож, наши ему приплачивают, но сюда он ходить ленится. Дачники с этого края, девять человек, наняли еще и меня. Тетка их уговорила. Платят мне вскладчину.

— Сколько?

— В месяц по тысяче с носа.

— Негусто.

— Кому как. Девять тысяч — это пятнадцать долларов.

— Ну не пятнадцать, меньше. Доллар уже к семи сотням подваливает.

— Пусть меньше, но я же ни за что не отвечаю. Просто живу и присматриваю за дачами. Если что-то замечу, должна позвонить хозяевам, вот и все. В остальном с меня взятки гладки. Я им сразу сказала, что с бомжами разбираться не буду, и они на это пошли. Не так уж плохо иметь за такую работу лишних девять тысяч. По радио говорили, с первого апреля минимальная зарплата будет четыре тысячи двести семьдесят пять рублей. Сейчас, значит, и того нет.

— А прожиточный минимум — шестнадцать с чем-то. На одного. А вас двое.

— Я же еще квартиру сдаю за тридцать долларов.

— Где у вас квартира?

— На Дружинниковской.

— Это где?

— На Пресне. Возле Белого дома.

— Престижный район, — оценил Жохов. — Просите пятьдесят.

Он стал рассказывать про своих знакомых — кто, где и за сколько сдает или снимает квартиру, но чаевничали недолго. Катя торопилась опустить в почтовый ящик письмо для Наташи. Ящик находился в «Строителе», почту оттуда забирали раз в сутки, с утра.

Через полчаса шли по лесной дороге. Денек выдался ясный, над головами у них туманными хлопьями в синеве расплывался инверсионный след от самолета. Раньше это была деталь пейзажа, привычная, как ива над рекой, но теперь у истребителей не хватало керосина. Небо без них отдалилось, расширилось и принадлежало уже не им, а Тому, кто его реприватизировал.

Показались ворота с надписью ДО «СТРОИТЕЛЬ» МГС РСФСР. Возле будки сторожа лежала на снегу черная дворняга овчарочьих кровей. Отсюда тропинка вела к почте. Жохов сказал, что ему нужно посмотреть на рецепции расписание электричек, договорились встретиться у главного корпуса. Катя исчезла за деревьями, тогда он заскочил, косясь на собаку, в будку и спросил у сторожа:

— Ты, дед, с вечера тут дежуришь?

— С шести часов, — подтвердил тот. — Мы по суткам стоим, сутки через трое суток.

Узнав, что приезжавшая после ужина серая «шестерка» вчера же уехала и больше не появлялась, Жохов успокоился. В столовой он выклянчил у официантки свой завтрак, хотя опоздавшим это не полагалось, моментально смел холодные макароны с безымянной рыбой и заглянул в буфет. Там околачивался какой-то грузин, объяснявший буфетчице, чем грузины отличаются от армян.

— Хорошие — еще лучше, — говорил он, — плохие — еще хуже.

Жохов спросил у него совета, какое красное вино стоит взять. Все-таки представитель винодельческой нации.

— А-а, — скривился тот, — все они из одного свекла!

В последнем слове ударение стояло на конце. В именительном падеже оно могло звучать как свекол или свекло, тоже с ударением на конечном слоге.

Время поджимало. В половине второго Гена будет ждать на «Войковской», а перед этим нужно еще забрать у дядьки товар. Жохов купил бутылку «Каберне», добежал до корпуса и обошел его с другой стороны. Сумки на штыре не было.

Катя задержалась на почте. Посмотрев расписание, он взлетел к себе на этаж. Сосед валялся на кровати с газетой «Сокровища и клады». Жохов молча вынул ее у него из рук, сложил, сунул в карман, чтобы не скучать в электричке, и спросил, где его сумка. Оказалось, у дежурной, вчера еще сняли.

Сумка стояла за стойкой рецепции, на полу. Он потянулся к ней, но дежурная ногой задвинула ее под стул со словами, что сейчас выпишет квитанцию, с него двести рублей.

— За что? — удивился Жохов.

— Вот там все написано, читайте, — указала она в сторону висевшего на стене прейскуранта услуг. — Ваша сумка с вечера стоит в камере хранения. У нас тариф двести рублей в сутки.

— Сутки-то еще не прошли.

— После восьми часов плата взимается как за полные сутки.

— Совсем очумели!

Жохов обернулся за поддержкой к соседу, сошедшему в холл вслед за ним, и сквозь стеклянную дверь увидел на аллее Катю. Лишь сейчас пришло в голову, что придется как-то объяснять ей происхождение этой сумки. Он направился к выходу, бросив через плечо:

— Бумажник забыл. Вечером зайду.

— После восьми будет четыреста, — предупредила дежурная.

Она не вполне уверена была в своей правоте и тоже апеллировала к соседу Жохова:

— Я-то что! Начальство распорядилось.

Сосед поддержал ее, сказав, что бесплатным бывает только сыр в мышеловке.

— Ты-то чего подсеваешь, каша гурьевская! — обернулся к нему Жохов. — Демократ, блин, все мозги себе прохрапел. Тебе демократия — как зайцу стоп-сигнал.

На крыльце он взял Катю под руку, другой рукой извлек из кармана бутылку «Каберне» и произнес тоном человека, имеющего в жизни все, кроме счастья:

— Приходите ко мне ужинать. У меня есть вермишель.

Сосед сквозь дверь хорошо рассмотрел эту женщину в кроличьей шубке и запомнил приметы. В столовой он ее не замечал. Отдыхающих мало, все на виду. Дачница, наверное.

Бумажка с номером Севы была при нем. Вчера он хотел выбросить ее от греха подальше, но передумал и сунул в паспорт, который всегда носил с собой на случай, если привяжется милиция или станет плохо с сердцем.

Таксофон работал, на том конце провода трубку взяли сразу. Сосед хотел представиться и не сумел. От обиды голосовые связки перехватило спазмом. Чтобы успокоиться, он глубоко вздохнул, затем назвал себя и, оградив микрофон ладонью, сказал:

— Он только что был здесь. Вечером опять придет, приезжайте.

15

От метро «Войковская» до отраслевого института, где Гена раньше работал вместе с Жоховым, а теперь без него, нужно было минут двадцать ехать на трамвае. По дороге Жохов рассказал про Хасана и получил совет заявить в милицию.

— Не знаешь нашу милицию? — разозлился он. — У Хасана бабок всяко больше, чем у меня.

— А чего, собственно, ты от него бегаешь? — спросил Гена.

— Что значит — чего? Поймает, заставит комнату на себя переписать.

— Интересно, как ты себе это представляешь? Там же куча бумаг, нотариус, регистрация.

— Паяльник в жопу засунут, и никаких проблем.

— Главное, не паникуй. Если все так, как ты говоришь, тут вообще какая-то самодеятельность. На счетчик так не ставят.

— А как ставят?

Этот вопрос Гена игнорировал и перевел разговор на предстоящую встречу.

Взятый у дядьки диск лежал в пакете, два слоя полиэтилена скрывали под собой тридцать тысяч долларов. При таком багаже свидание с незнакомыми людьми требовало хотя бы элементарных мер предосторожности. Решили, что с одним из этих двоих Гена поднимется к себе в лабораторию, а второго попросит подождать у машины. Жохов, прежде чем идти вслед за ними, издали за ним понаблюдает. Если что-то покажется подозрительным, из автомата позвонит Гене по служебному телефону и тот под любым предлогом отменит встречу.

Из трамвая вышли без четверти два. Институт находился через дорогу, Гена сразу двинулся на ту сторону улицы, чтобы подождать гостей у крыльца. Жохов остался на трамвайной остановке. Отсюда хорошо просматривалась площадка перед зданием института и подъезды к ней. Как минимум следовало проверить, не приедут ли эти ребята со скрытым конвоем.

Нулевой этаж дирекция сдавала под склад. У боковых дверей разгружалась товарная фура, с полдесятка восточных людей таскали какие-то ящики и по желобу спускали их вниз. Парадное крыльцо было пустынно, на стоянке справа от него жались друг к другу несколько «жигулей» с астрономической, похоже, цифрой пробега и морковного цвета «запорожец» — все, чем могла похвалиться большая наука. От прежней жизни не осталось ничего, в Монголию давно никто не ездил. Часть научных сотрудников уволили, другие сами разбежались, остальные постоянно сидели на больничном или прямо на рабочих местах торговали гербалайфом, китайским трикотажем, польской парфюмерией и турецкой кожей, параллельно сочиняя фиктивные отчеты для невидимого начальства. Оно было занято сдачей в аренду тех площадей, которые высвобождались при сокращении штатов. Жохов еще раз порадовался, что он тут не работает.

С институтского крыльца Гена как полный идиот помахал ему рукой, но ответа не дождался. Эти ребята могли быть уже здесь и незаметно наблюдать за входом.

Закуривая, Жохов увидел перед собой пожилую женщину в дутом пальто и таких же сапогах-луноходах. В руке у нее болталась матерчатая кошелка с торчащим оттуда черно-сизым хвостом мороженой рыбы.

— Куришь? — спросила она ласково.

— Как видите.

— Бросить-то не можешь?

— А что?

— А то, что Бог сотворил всех животных и птиц, и рыб, и растения, табак в том числе, и человека поставил властвовать над ними, — зачастила она, понимая, что ее могут прервать, и душевным взглядом компенсируя вынужденную скороговорку, чтобы дослушали до конца. — А ты допустил, что трава над тобой властвует. Ты, значит, против Бога идешь, а о том не думаешь.

— Давай-давай, тетка, иди, — сказал Жохов.

Она не двинулась с места.

— Что ты меня гонишь? Я трамвая жду. Ты тоже ждешь, чего время зря терять? Жизнь быстро проходит. Стоишь ты, например, за чем-нибудь в очереди и думаешь, будто с очередью подвигаешься к продавцу. А на самом деле — к смерти. Куда бы мы ни шли по своим делам, идем к смерти. Ты не стесняйся, спроси меня что-нибудь про Бога. Я отвечу.

— На любой вопрос ответишь?

— На любой. Я академию кончала, у меня диплом есть.

Из кошелки была вынута папка, из папки — запаянный в пленку лист бумаги с круглой голубой печатью. Ее нежный, ни к чему не обязывающий цвет выгодно отличал печати новых организаций от кондово-советских, фиолетовых, проставляемых на века.

Гена по-прежнему топтался на крыльце один. Косясь на него, Жохов взял протянутый ему документ. Это было свидетельство о присуждении Рыловой Раисе Федоровне ученой степени магистра евангелической теологии.

Слева перечислялись предметы, которые она изучала в своей академии, в правой графе, тоже столбиком, стояли полученные оценки. Все экзамены сданы были на «отлично», лишь один — на «удовлетворительно». Жохов повел глазами налево — посмотреть, какой предмет давался ей хуже других, и прочел название этой дисциплины: «Распознавание Божьего гласа».

— Не знаешь, что спросить, я подскажу, — вызвалась хозяйка диплома, кладя его обратно в кошелку с рыбой. — У нас новенькие часто спрашивают, почему, если Бог есть, невинные младенцы умирают.

— И почему?

— Потому что Бог строит себе храм небесный из безгрешных душ. А когда на земле люди строят дворец или хоть что, им камни требуются разного размера — большие, поменьше и совсем маленькие. Так же и Богу на небесах.

Подошел трамвай. Она забралась в вагон, попытавшись сманить за собой Жохова обещанием пробить за него талон на компостере. Пока не закрылись двери, он ощущал на себе гипнотизирующий взгляд этой тетки, способной ответить на любой вопрос. Неумение слышать глас Божий искупалось у нее готовностью донести до публики результаты чужих откровений. Вероятно, это давало ей неплохую прибавку к пенсии. В ее пылких речах чувствовалась прочная методическая основа.

Трамвай уполз, вновь открылась заслоненная им площадка перед институтским фасадом. Теперь на ней появилась серебристая «ауди», рядом стоял Гена с двумя молодыми мужчинами без пальто и без курток. Один, покрупнее, был в пиджаке, другой — в черном свитере.

Разговор продолжался недолго. Тот, что в пиджаке, пошел с Геной в институт. Второй погулял около, почитал афиши на стенде и снова сел в машину. Видимо, замерз. Проследить, куда повели его товарища, он не пробовал, никаких знаков никому не подавал, на клаксон не жал, к телефонной будке не приближался. Успокоившись, Жохов направился к институту. Шел расхлябанной прогулочной походкой, скрывая, как в нем все натянуто и напряжено.

В лифте одна стенка обгорела от замыкания на панели еще в прошлом году, остальные, включая зеркальную, сплошь были оклеены объявлениями о том, что и в какой комнате продается мелким оптом по крупнооптовой цене или по мелкооптовой — в розницу. Почерк был в основном женский. Среди текстов, написанных от руки, попадались распечатанные на принтере. Дух времени просачивался из помещений, арендуемых коммерческими организациями.

В лаборатории не оказалось никого, кроме Гены и потенциального покупателя. Они пили чай с сушками. Кипяток был мутный от накипи в электрочайнике, нечищенном с тех пор, как уволилась последняя лаборантка.

Гость принадлежал к новой формации деловых людей, чьи нервные умные лица странно гармонировали с телами рыночных амбалов. Синий клубный пиджак с рельефными металлическими пуговицами, по идее — свободного покроя, облегал его грудь, как концертный фрак. Когда успели эти ребята накачать себе такие шеи, для Жохова всегда было загадкой. Казалось, они со школы все предвидели и заранее начали готовиться к наступлению эры реформ.

Познакомились, естественно, без фамилий. Гость назвался Денисом. На вид ему было лет тридцать, но это не имело значения. Теперь в промежутке между двадцатью и тридцатью пятью годами возраст говорил о человеке не больше, чем цвет глаз. Мера успеха перестала зависеть от времени, потраченного на дорогу к нему.

Заперли дверь, Гена принес молоток, драчевый напильник без ручки и похожую на лобзик победитовую пилку по металлу. Жохов распаковал товар, продемонстрировал заводское клеймо. Денис отнесся к нему без интереса. Он положил диск на стул, прижал его коленом, заботливо поддернув стрелку на брючине, и сделал два коротких надреза, сходящихся один к другому. Рука у него была твердая, пилка шла ровно. Мелкозубое узкое полотно легко впивалось в тонкий край диска, но по мере того как он утолщался, замедляло ход. Опилки сыпались на подстеленную Геной газету «День», орган духовной оппозиции. Завлаб Володя Гольдфайн начал читать ее, для того чтобы утвердиться в намерении уехать на историческую родину, но постепенно к ней пристрастился.

Напильник не пригодился, молоток — тоже. Когда второй надрез под углом сошелся с первым, крошечный треугольник отвалился сам. Денис побросал его на ладони.

— Что-то легковат.

— Из лантаноидов он самый легкий, — объяснил Жохов. — Удельный вес пять и двести сорок пять.

Он собрал опилки на газетном сгибе, ссыпал в пробирку, запечатал пробкой. Денис положил ее в карман, а треугольничек — в маленькое отделение бумажника. Приставив его на место, можно будет проверить, не подменен ли товар.

— Еще что есть? — спросил он, убирая бумажник за пазуху привычным движением делового человека, которому часто приходится повторять эту операцию.

Жохов подал ему караваевский список. Все двадцать три позиции Денис изучил за полминуты и молча покачал головой.

— Никель есть, — высунулся Гена.

— Не интересует. Красная ртуть есть?

— Красной ртути не бывает, — позволил себе усмехнуться Жохов. — Это миф.

Денис тоже усмехнулся, велел позвонить ему завтра после восьми и ушел, сказав, что провожать не нужно. Про цену даже не заикнулся, словно она была для него фактором абсолютно несущественным. Забыть про нее он не мог, тут явно имелся какой-то умысел, возможно безобидный, почерпнутый на семинарах или тренингах по психологии покупателя и продавца, но какой именно, Жохов не понимал. Это настораживало.

— Ну вот и все, — сказал Гена. — А ты боялся.

Он моментально впал в эйфорию и нацелился в буфет на втором этаже. Там они могли отметить удачу любым из тех напитков, которые раньше с риском для карьеры тайно проносили через проходную. Это было единственное из институтских подразделений, выигравшее при смене режима.

Жохов идею не поддержал. Он испытывал смутное беспокойство, хотя серьезных оснований для тревоги пока не имелось. Разве что взгляд того парня в свитере, приехавшего вместе с Денисом. Когда Жохов проходил мимо машины, тот быстро взглянул на него и отвел глаза. Лицо было незнакомо, но кольнуло ощущение, будто парень откуда-то его знает. Могло, конечно, и померещиться. Мысль о том, что Гена способен на двойную игру, исключалась в принципе.

На всякий случай из института вышли через задний ход и в трамвай сели не на той остановке, где сошли, а на следующей. В метро Жохов настоял, чтобы в последнюю секунду, перед тем как закроются двери, выскочить обратно на платформу. Выскочили, осмотрелись — никого.

Залезли в другой поезд. Гена занял два места, но Жохов остался у дверей, рассматривая наклеенную над ними коммунистическую листовку. Серая, с мутной печатью, она казалась тиснутой едва ли не на гектографе. На ней Ельцин в звездно-полосатом лапсердаке шел к царскому трону по ковровой дорожке с надписью «Референдум».

Еще в трамвае пакет с европием начал расползаться по шву. Удобнее всего было бы не таскаться с ним за город, а отдать Гене. Жохов доверял ему как самому себе, но жена у Гены была та еще стерва. При ссорах с мужем она имела паскудную привычку выбрасывать за окно то, чем он особенно дорожил. Однажды выкинула главу из диссертации. Гена рассказывал, что когда первый раз потащил ее в койку, она достала из-под блузки нательный крестик, стала тыкать им ему под нос и, пока он управлялся с ее лифчиком, говорила: «Видишь этот крест? Заклинаю тебя этим крестом! Поклянись на нем, что ты...» В итоге пришлось жениться.

Гена вообще был идеалист. Как-то раз выпивали дома у Жохова, и Жохов сказал, что в буддизме каждый отвечает исключительно за самого себя. «Скрытый в тебе светильник ты должен зажечь сам, — вольно цитировал он кого-то из дзэнских мастеров, — никто другой тебе тут не помощник». Гена доказывал безнравственность подобной философии, в корне отличной от христианской. Потом Жохов пошел провожать его на троллейбус. По дороге продолжали спорить, вдруг он заметил, что Гена идет по улице в одних носках. Его ботинки остались в прихожей, но он этого не замечал. «Я про них забыл, потому что истина мне дороже, чем тебе», — сказано было Жохову, когда пошли обратно за ботинками.

Поколебавшись, он все-таки поехал к дядьке, опять оставил пакет ему на хранение, попил чаю, послушал про то, как сионисты отравили Сталина, Андропова и генерала Скобелева, и помчался на Казанский вокзал. Катя обещала прийти к семи часам.

16

Бежав из Семибашенного замка, Анкудинов двинулся на север, посетил несколько православных монастырей, но нигде не прижился. Наконец он прибыл в горную область Старый Влах на границе между Сербией и Черногорией. Месяц спустя местный князь разослал гонцов к старейшинам свободных черногорских нахий и соседним сербским князьям, которые, как он сам, ненавидели султана лютой ненавистью вассальных владык, сохранивших все, кроме права быть на своей земле наместниками Всевышнего. Гонцы имели при себе секретные письма, написанные у них на сердце, то есть для конспирации выученные наизусть. В них сообщалось, что через Старый Влах тайно проследовал московский царевич Иван Шуйский. Три года назад царь-отец отправил его на войну с крымским ханом, он храбро сражался, но, жестоко израненный, попал к агарянам в плен. Его увезли в Стамбул, там он два года просидел в оковах, пока верные люди не помогли ему бежать. Теперь он идет к себе в Московское царство, но скоро вернется с большим войском, освободит черногорцев, сербов, греков и иных многих, прогонит измаильтян обратно в Азию и вновь утвердит на Святой Софии золотой крест. Сияние же его не померкнет вовеки.

Анкудинов прожил на Старом Влахе до марта 1648 года. Здешние монахи облегчили ему чревный недуг и вылечили от парши. Когда потеплело, князь снабдил его деньгами на дорогу, дал охрану и с почетом проводил

147

в трудный путь на родину. На прощальном пиру Анкудинов, подняв чару, сказал: «Призываю на вас благословение Бога, владыки неба и земли, Его же в трех именах трепещет вся тварь земная, небесная и преисподняя! Через меня сотворится Его святая воля, ждите меня, братия, и я приду. Да будут остры ваши сабли и крепки ваши мышцы!»

Без приключений добрался он до далматинского побережья и остановился в Трогире. Дальше предполагалось двигаться морем. Анкудинов снял комнату в гостинице с зелеными ставнями на окнах, гулял по улицам, ел рыбу и пил вино в харчевнях, вечерами сочинял польские и русские вирши, сравнивая себя с Ионой, а поглотившую его турецкую тюрьму — с китом, чью «смрадную челюсть» отворил ниспосланный ему ангел, или просто сидел на балконе, слушал, как звонят колокола, как поют в соседнем доме юные кроатянки, как весеннее море шумит у стен форта с бело-красным флагом Яснейшей Синьории на башне. Флаг меняли, едва он истреплется и лохмами посечется на морском ветру. Корабли в Венецию ходили по расписанию. На кровлях колодцев, над порталами домов, у крепостных ворот и в нишах соборов лежали мелкоголовые, узколапые венецианские львы, с разной степенью объемности вырезанные из камня. От них веяло порядком и прочностью жизни, равнодушной к человеческому имени той власти, которую они собой воплощали.

С юности Анкудинов умел быстро складывать и вычитать большие суммы, всеми пятью пальцами кидая костяшки на татарском абаке. В Москве он научился подделывать чужой почерк, подчищать написанное и разводить нужного цвета чернила из осиновой коры, настоенной на ржавых гвоздях, однако здесь эти искусства не находили спроса. Рожденный в коровьем желудке безвар оставался при нем, но продавать его без крайней надобности Анкудинов не хотел. Ему стало казаться, что лишь благодаря волшебному камню он и сумел невредимо выйти из всех несчастий.

Между тем деньги подходили к концу, занять было не у кого. В запасе имелась только прежняя легенда, слегка измененная при переписке с сербскими купцами и открытая дальнейшим новациям. В зависимости от обстоятельств она могла быть использована в том или ином варианте. Этот свой единственный капитал Анкудинов рассчитывал поместить в надежный банк и снимать проценты.

В поисках такого банка он набрел на иезуита Джованни Паскуале. Опытный ловец православных душ, он сам сделался добычей, попавшись в раскинутые Анкудиновым сети, и уже через неделю поспешил донести в Ватикан о бежавшем из Семибашенного замка московском царевиче. «Будучи схизматиком, — докладывал Паскуале, — он претерпел такое множество ужаснейших бедствий, что разуверился в истинности греческого исповедания и горит желанием облобызать священные стопы римского папы».

Из Трогира они вместе отправились в Венецию. Здесь Анкудинов изложил свою историю в том же варианте, в каком рассказывал ее на Старом Влахе, но с двумя важными поправками. Во-первых, о скором торжестве православия на Балканах более не упоминалось. Во-вторых, он вновь стал князем Шуйским, назвавшись уже не сыном царя Михаила Федоровича, а одним из его полководцев. «Не для того, — заявил он венецианским сенаторам, — царь дал мне войско и послал на Крым, чтобы меня за отца моего, великого государя Василия Ивановича, воеводством почтить, а для того, чтобы мне от неверных убиту быть. За это он, преставившись, ныне пред Все-

Леонид ЮЗЕФОВИЧ

вышним ответ держит, я же Божией милостью перед вами живой стою».

Из Венеции он отправил письмо папе Иннокентию X.

«Хотя я был рожден и воспитан в слепоте греческой веры, — писал Анкудинов на латыни, которой обучился еще в Кракове, — но всегда горячо желал быть принятым в лоно святой матери, католической апостольской римской церкви. Ныне, когда Господу угодно было освободить меня из плена, я могу исполнить данный мною обет и явиться в Рим, дабы припасть к священным стопам вашим, святой отец. Молю принять меня, дать мне отпущение в грехах и пожаловать своим благословением. Я же обещаю приложить все старания к тому, чтобы вывести мой несчастный народ к свету истинной веры».

О том, что в Кракове он уже принял католичество, а в Стамбуле перешел в ислам, естественно, умалчивалось.

Вскоре Анкудинов прибыл в Рим, целовал туфлю Иннокентию X и принял причастие по католическому обряду. Его поселили в Ватикане, назначили содержание, приставили охрану, но позволили свободно гулять по городу. Дома он разными почерками и на разных языках писал самому себе письма от своих якобы рассеянных по свету верных сторонников, а затем с нарочными отсылал их к себе на квартиру, прекрасно зная, что они будут перехвачены охраной. Прежде чем попасть к адресату, эти письма прочитывались заинтересованными лицами из папской курии. Там крепла уверенность, что множество преданных слуг князя Шуйского только и ждут, когда он подаст им сигнал к восстанию против узурпатора московского престола.

Его начали приглашать в дома римских аристократов. На каком-то приеме или празднике он был представлен вдове одного князя из обедневшей ветви рода Барберини, мастерице петь, бренчать на лютне и выведывать мужские секреты. Анкудинову ее подсунули иезуиты. Начался роман, они гуляли в садах над Тибром, посещали театры, ездили в Корето и в Нинфу. Он, однако, даже наедине с ней не допускал никаких вольностей. На выданные иезуитами деньги княгиня сняла апартамент для интимных свиданий, но и здесь дело не шло дальше поцелуев. Она стала подозревать, что князь Шуйский или дал обет целомудрия, или Господь лишил его копья, дарованного всем мужчинам.

Как всех и везде, Анкудинов развлекал ее баснями о Перми Великой или обличал перед ней боярские кривды, лихоимство приказных людей, неспособность воевод противостоять крымским набегам. С особенным жаром нападал он на московское пьянство, говоря, в частности, что иноземных послов и гостей в Москве стараются напоить до бесчувствия не гостеприимства ради, а из гордыни, чтобы после так помыслить: «Вот ты похвалялся своим великим государем и всякими в твоей земле диковинами, а теперь лежишь предо мною, яко пень, могу тебе на брюхо наступить, и ты ничего не скажешь, разве перднешь».

Обо всем этом княгиня исправно доносила иезуитам, но наибольший их интерес вызвали две из ее докладных записок.

В первой излагались перипетии войны пигмеев с журавлями, описанной еще Гомером в «Илиаде». Оказалось, что на севере Московии она продолжается до сего времени, причем ожесточение сторон сравнимо с ужасами недавней войны между католиками и протестантами в Германии. Журавли клювами отсекают у пленных карликов срамные члены и заталкивают им в рот, а карлики, в свою очередь, подвергают раненых птиц таким изощренным пыткам, что их изобретательности позавидовали бы китайские палачи.

Сильнее всего, впрочем, иезуитов потрясло другое.

«Те журавли, — рассказывал Анкудинов, — и те карлики по наружному своему естеству суть пошлые журавли и карлики, а по нутряному — не таковы. Волшбой своей и чародейской силой входят они в иного человека, о чем тот человек и не ведает. Дятел дерево долбит, где мягче, и дьявол, если приметит в ком небрежение поста и молитвы, внидет и угнездится. Так же и журавли с карликами входят в иных людей и через них бьются меж собой не на живот, а на смерть. Если же тот человек, в ком сидит журавль или карлик, будет царь, король, цесарское или султаново величество, или гетман, курфюрст, дож, дюк великий или простой воевода, то с ним вместе его люди бьются до потери живота с другими людьми. Спросишь их, отколь пошла та война, и они в ответ чего только не наплетут, потому как нужно что-то сказать, а они знать не знают, что ими, бедными, журавль воюет карлика либо карлик журавля».

Во второй записке княгиня сообщала следующее:

«До сего дня князь Шуйский не имел со мной плотского соития, хотя мы не раз были к тому близки. Однажды вечером я выслала служанку, разделась при нем донага, взяла лютню, стала играть, петь и звать его к себе на ложе. Он, весь дрожа, смотрел на меня собачьими глазами, но медлил. Одежда не могла скрыть того, как восстает его мужская плоть. Я протянула руку к его наконец-то оперившемуся птенчику, он со стоном отвел ее и стал говорить, что Господь, сотворив Адама и Еву, не хотел, чтобы они совокуплялись плотски и тем искажали образ Его, в них явленный. Якобы в саду Эдемском они были целокупны, имея едину плоть, и лишь после того, как вкусили запретный плод, начали быть сами по себе. Про то будто бы в Священном Писании есть, если читать не глазами, а духом, как он сам читает, но его этому ангелы научили, а он того никому открыть не смеет. Свершилось грехопадение, говорил он, тогда Адама и Еву с такой страшной силой оторвало друг от друга, что у обоих в чреве разверзлась щель от груди до паха. Узрели они свои внутренности и ужаснулись вначале их виду, позже — тому, что потроха упадут на землю и будут псами поедены. На том месте протекал ручей, поймали они рыбу, вынули кость, сделали две иглы и рыбьей же кишкой, порвав ее надвое, стали зашивать на себе прореху, каждый свою. Ева шила сверху вниз, но по женской слабости ей досталась от кишки меньшая половина, ее на всю прореху не хватило. В низу живота у нее осталась дыра. Адам же рванул со всей силы и оторвал кишку длиннее, чем нужно. Шил он снизу вверх, лишний кусок повис у него между ног. От этого мужские и женские детородные части произошли, а не от Бога. Так он мне говорил, — доносила княгиня, — и глаза ему туманило слезой, а о чем была та слеза, Бог весть, я спрашивала, но он сказать не захотел. Потом встал, поцеловал меня в лоб и ушел среди ночи».

Слеза была о том, что вот явилась дивная нимфа с бритым лобком и манит к себе на ложе, а возлечь с ней нельзя. Анкудинов давно подозревал в княгине шпионку. Даже если задуть все свечи, умными своими пальчиками или чутким лоном она могла обнаружить у него отсутствие крайней плоти. Князю Шуйскому не пристало иметь обрезанный уд. С таким срамом дорога ему была в жидовскую синагогу, а не на московский престол.

Снедаемый похотью, он раскорякой спустился по лестнице, вышел на улицу и замер, глядя в ночное южное небо. Звездный полог широко раскинулся над Вечным городом. Как астролог Анкудинов знал, что эти огни, мерцающие в страшной бездне вселенной, суть творения предвечных душ, созидаемые ими на пути к воплощению. По ним, перелетая с одних на другие, души странствуют тысячи и тьмы тысяч лет, пока не вселяются в то или иное тело на планете Земля.

После обеда Шубин повез Кириллу развернутый план или, как теперь говорили, синопсис всей серии очерков о самозванцах.

— У вас что, нет компьютера? — поморщился тот, принимая его листочки.

— Нет.

— Надо купить.

Шубин лицемерно ответил, что ему это не нужно, привык работать на машинке.

Кирилл был почти вдвое младше его, но вздохнул, как взрослый, не способный объяснить неразумному ребенку, почему люди за столом пользуются ножом и вилкой. Чувствовалось, что ему физически неприятно брать в руки эти соединенные канцелярской скрепкой сероватые страницы со следами чересчур жирной ленты, с грубыми буквами в помарках от плохо прочищенного шрифтового литья.

— Вам выдали аванс, купите себе хотя бы степлер, — сказал Максим, не отрываясь от монитора.

Кирилл сковырнул скрепку и погрузился в чтение.

Синопсис представлял собой просто список кандидатур, разнесенных по двум разделам — иностранцы и русские. Внутри каждого господствовала хронология.

Первым номером стоял некий Гаумата из племени магов, на два года завладевший персидским престолом под именем Бардии, умершего сына Кира Великого. Эту историю Шубин почерпнул у Геродота. За ним следовали армянин Арахи, упомянутый в Бехистунской надписи Дария I, и беглый греческий раб Андриск, чью судьбу описал Тит Ливий. Один объявил себя сыном последнего вавилонского царя Набонида, другой называл своим отцом тоже последнего македонского царя Персея. Первый возглавил национально-освободительное восстание вавилонян против персов, второй — македонян против римлян. Оба были разбиты, взяты в плен и казнены.

На них заканчивалась история героев и вождей. Дальше шли два лже-Нерона, продувная девица Клодина, она же Орлеанская дева, которую, оказывается, под прикрытием дымовой завесы вынесли из огня серафимы, и пара посмертных воплощений португальского короля Себастьяна I, павшего в 1578 году в битве с берберами при Алькасар-Кивире. Эту фалангу любителей славы и деньжат замыкали двое из тридцати двух мнимых сыновей казненного Людовика XVI — парижский голодранец и берлинский часовщик. Тайну своего происхождения француз в детстве узнал от воспитавшей его прачки, немцу в день совершеннолетия ее открыли ангелы.

Дочитав, Кирилл покрутил головой:

— Да, интересно. Я не знал, что на Западе тоже были самозванцы. Мне казалось, это сугубо русское явление.

— Их везде хватало, — усмехнулся Шубин. — Даже в Монголии.

— Ну, в Азии-то понятно. У нас и на Востоке общинное начало доминирует над личностным, индивидуум легко может быть заменен любым другим членом группы. Когда Сталин говорил, что у нас незаменимых нет, он апеллировал к архаическому народному сознанию. Отсюда и самозванчество как функциональный параметр социумов такого типа. Напишите об этом, — рекомендовал Кирилл, но тут же передумал: — Хотя, пожалуй, для нашей аудитории будет сложновато.

Он ткнул пальцем в вавилонского армянина Арахи:

— Как именно его казнили?

— Посадили на кол.

— Это хорошо. Напишите с подробностями, у нас это любят.

— Подробностей я не знаю.

— Возьмите из чьих-нибудь мемуаров или домыслите. Физиология у всех одна. Вам когда-нибудь колоноскопию делали?

— Нет. Это что?

— Обследование кишечника. Через задний проход вводят зонд и на мониторе смотрят кишечник. Моей бабушке делали, так у нее было полное ощущение, что сажают на кол.

Кирилл поставил на полях крестик, означающий, что данная кандидатура безусловно принимается, и перешел ко второму разделу.

— А все-таки наших больше, — удовлетворенно сказал он, с ходу помечая крестиком цесаревича Алексея в самом конце списка. — Вот с него и начнем, это фигура знаковая. Сколько у вас намечается лже-Алексеев?

— Один, — огорчил его Шубин, умолчав о том, что начать собирался с Анкудинова.

— Чего так? Их же до хрена. Если с царскими внуками — вообще немерено. Внуков пачками можно брать.

Действительно, в газетах регулярно писали о потомках наследника престола, рассеянных на пространстве от Ванкувера до Красноуфимска. Один из них торжественно венчался на царство в какой-то подмосковной церкви, а рижский журналист Грянник обнаружил в Сухуми самого цесаревича, который жил там под именем Ивана Владимировича Павлова и до выхода на пенсию заведовал вокзальным буфетом. Хотя этот Павлов, с молодости запуганный чекистами, не понимал, что времена изменились, и отрицал все начисто, обмануть Грянника было невозможно. «Известно, — писал он, — что цесаревич рос добрым, отзывчивым мальчиком, так же и Павлов никому не отказывал в помощи, особенно пожилым людям». Ниже приводился список подобных совпадений, не могущих быть случайными. Он должен был впечатлить самых отъявленных маловеров. Алексей в Царском Селе каждый день по утрам принимал холодную ванну и обожал купаться в пруду, а Иван Владимирович купался в речке до глубокой осени и уже в марте обтирался на улице ледяной водой. Тот и другой любили животных: цесаревич в Ипатьевском доме не расставался со спаниелем Джоем, Павлов имел ослика. Оба увлекались ездой на велосипеде и не доверяли евреям. Все это не оставляло сомнений в их тождестве.

— Я могу написать только про одного, — повторил Шубин.

— Ладно, — смилостивился Кирилл, — пишите.

Он проводил Шубина до дверей и на прощание сказал:

— Понимаю, в вашем возрасте сейчас нелегко. Но что делать? Представьте, что мы решили перейти с правостороннего движения на левостороннее, как в Англии. Приняли закон, но сделали одну оговорку: люди старше сорока могут продолжать ездить по правой стороне, им ведь трудно привыкнуть к новым правилам. Остальные пусть ездят по левой. Представляете, что будет?

Эту байку Шубин читал и слышал не меньшее число раз, чем историю о том, как хитроумный Моисей сорок лет водил евреев по пустыне с целью выморить всех помнящих рабство египетское, но малодушно промолчал и дослушал до конца.

Глава 7
ДВОЕ В САДУ

17

За день дом выстыл. Дрова остались, но драть с них бересту было лень, Жохов рванул с книжной полки пожелтевшую газету. Из нее вывалилась на пол стопка писем без конвертов. Он поднял верхнее и прочел с начала абзаца: «Живу в офицерской гостинице, в комнате на двоих. Нас в ней четверо, все такие же лейтенанты-двухгодичники, как я, призваны после института. Никто ничего не знает и не понимает. К счастью, надо мной взял шефство старший лейтенант Колпаков из роты связи. Он из кадровых, жена у него работает продавщицей в военторговской автолавке. По его словам, здесь не хватает двух вещей — водки и справедливости. Насчет первого он преувеличивает, вчера ему вполне хватило на то, чтобы пламегасителем от КПВТ спьяну проломить голову нашему замполиту Кичигину. Тем самым положение дел со справедливостью начало немного выправляться, а то я своими ушами слышал, как Кичигин на политзанятии говорил солдатам, что по сравнению с кровавыми чудовищами американского империализма сам Люцифер кажется просто невинным младенцем. У замполита вообще странные функции. С одной стороны, он представляет в армии марксистсколенинскую идеологию, с другой — заботится о том, чтобы солдат был накормлен, помыт в бане и почта вовремя доставляла бы ему письма из дома. Напрашивается мысль, что если бы не марксизм-ленинизм, не было бы и замполита, а не будь его, солдатики не получали бы писем от любимых девушек. Кому бы они тогда стали писать, что "лучше Северный Кавказ, чем Южная Сибирь", и посылать приветы "из Бурятии, страны вечнозеленых помидоров"? Теперь все эти солдатские радости под вопросом, потому что Колпаков сидит на гауптвахте, а Кичигина увезли в госпиталь...»

Жохов просмотрел еще несколько писем. Все начинались одинаково: «Дорогие мама, папа и бабушка!» Подпись имела варианты: Борис, Боря, Б., ваш Бобка. Это, видимо, был Богдановский-младший. Служил он на станции Дивизионная, первой железнодорожной станции к западу от Улан-Удэ. Жохов не раз проезжал ее по дороге в Монголию и обратно.

«Час ночи, — писал Борис, — но спать совсем не хочется. Только что вернулся со стрельбища. Стреляли второе упражнение с БТРа, командиры взводов — тоже. Пристраиваешься с автоматом у бойницы, совмещаешь в восьмерку белые фосфорные кружочки на насадках для ночной стрельбы и бьешь по вспышкам. Мишени — пулемет и две грудные. Трассирующие пули красиво рикошетят от мерзлой земли, высекают снопики бело-зеленых брызг и уходят в темноту. Осветительные ракеты взлетают с треском раздираемой марли. В коробках от боеприпасов горит промасленная ветошь, обозначая рубежи. Через сопку, на танковом полигоне, стреляют танкисты...»

В следующем письме бабушка исчезла из числа адресатов, остались только папа и мама. Похороны прошли без Бориса. Замполит Кичигин посчитал, что смерть бабки — не причина увиливать от дивизионных учений с проверяющими из штаба округа.

Среди писем попалось выдранное из школьной тетради сочинение ученика 8-го класса «А» Богдановского Бориса на тему «Кто из героев прочитанных книг является для меня примером в жизни». Глаз выхватил из середины: «Рассказ Максима Горького "Старуха Изергиль" я знаю с шести лет. Мне читала его мама. Когда она дошла до того места, где неблагодарные люди растоптали сердце Данко и рассыпалось оно голубыми искрами по степи, я горько, навзрыд, заплакал. Навсегда останется в моей памяти гордый красавец Данко, потому что он думал не о собственном благополучии, а всего себя отдал людям. Я хочу быть похожим на Данко, хочу тоже отдать свою жизнь за людей, за светлое будущее...»

Газета пошла на растопку, а письма и сочинение вернулись на прежнее место — поверх книг на одной из полок. Дрова разгорелись, Жохов пощелкал клавишами магнитофона, отматывая пленку назад, задернул шторы, потушил свет и вышел во двор встретить Катю.

Мысль о двадцати пяти тысячах не уходила ни на минуту. Иногда она немного отдалялась, но все равно постоянно была с ним, питая душу своим теплом. Чувствовать его было приятно, как держать в кулаке только что сваренное яйцо.

Он попробовал распорядиться этими тысячами. Для начала отдал Гене его десять процентов, поделил еще пять штук между второй женой и матерью, но оставшаяся сумма при всей ее невообразимой громадности почему-то сразу поблекла, словно из нее вынули душу. Жохов поплевал через левое плечо и заставил себя думать о другом.

Катя появилась в четверть восьмого.

— Тут хлеб, масло, колбаса, несколько яблочек на сладкое, — показала она принесенный с собой пакет. — Мяса у меня нет, колбаски пожарим.

Поднялись на крыльцо, Жохов открыл одну дверь, вторую. «Стоять!» — приказал бесплотный голос. Катя вздрогнула, он проворно заслонил ее своим телом. «Стой, стреляю!» — раздалось из комнаты. Загремели выстрелы, зеленый огонек запульсировал в темноте. Пошатнувшись, Жохов со стоном схватился за грудь, но Катя все поняла быстрее, чем накануне сообразил он сам.

— Не поможет, — сказала она с пониманием всей важности проблемы. — По дачам лазали и будут лазать, но есть способ сделать так, чтобы, по крайней мере, не попортили мебель и не нагадили прямо на диване. Когда уезжаете, оставьте на столе бутылку водки. Тогда бомжи возьмут только то, что им нужно, а пакостить не станут. Переночуют и уйдут.

— Старинный русский обычай?

— Да, как зажигание спички для девушек. Советую сделать это перед отъездом.

Включили верхний свет. Раздеваясь, Катя заметила на столе газету «Сокровища и клады».

— Хотите найти клад?

— Уже нашел, — масляно глядя на нее, отозвался Жохов. — Знаете, что я больше всего ценю в женщинах?

Она промолчала, пришлось отвечать самому:

— Умение устраивать маленькие праздники.

— А большие?

— Это многие умеют.

Он отыскал штопор, откупорил «Каберне», попутно набивая ему цену рассказом о том, что это вино входит в обязательный рацион подводников и работников атомных электростанций, оно выводит из организма продукты радиоактивного распада.

— Не с того начинаете. Вскипятите лучше воду для вермишели, — велела ему Катя и принялась выкладывать на стол еду из пакета.

Магнитофон продолжал работать, отшипела пустая дорожка. Танго «Маленький цветок» напомнило о том времени, когда на каждую вечеринку шла как на встречу с судьбой. Мутное чувство, с каким она теперь ходила в «Строитель» за ужином или в кино, надеясь познакомиться там с каким-нибудь мужчиной, было пародией на то давнее, пронзительное ожидание счастья. В юности, особенно летними вечерами, его обещала случайная музыка из чужого транзистора, блики на мокром асфальте, внезапный шум ветра в листве, а непреложнее всего — полосы света и тени, бегущие по потолку от фар проехавшей под окном машины. Это продолжалось даже в те месяцы, когда мама после операции ходила с выведенной из живота резиновой трубкой и баночкой в кармане халата, и квартиру приходилось все время проветривать.

Днем Катя постригла ногти на ногах и подровняла волосы на лобке. Она уже знала, что останется здесь на ночь, но чтобы не сглазить, сказала:

— Давайте побыстрее. Я ненадолго.

— Здрасте! — огорчился Жохов. — Чего это?

— Постирать надо. Скоро весенние каникулы. Тетка с дочерью приедут, спать не на чем.

— Завтра постираете. Чего на ночь-то глядя?

— Сегодня я в машине постираю, а завтра опять электричества не будет. Вам моих рук не жалко?

Жохов решил не торопить события. В Монголии ему объяснили, что единственный верный способ направить ход вещей в нужную сторону — не вмешиваться в их естественное течение.

— Вот Чингисхан, между прочим, под страхом смерти запретил монголам стирать одежду, — рассказал он, ставя на плитку кастрюлю с водой. — Постельного белья у них, сами понимаете, не было, а то за него тоже бы секир башка.

— Почему?

— Сами догадайтесь. Вы же библиотекарь.

— «Мойдодыра» не читали? — догадалась Катя.

— Нет, серьезно. Зачем Чингисхан издал такой указ?

— Чтобы воины приучались к лишениям?

— Нет.

— Тогда не знаю.

— Дело в воде, — подсказал Жохов.

— Ее надо было экономить?

— Ее нельзя осквернять. Вода священна.

Он достал из серванта стопку тарелок, дунул на верхнюю и, решив, что мыть их необязательно, спросил:

— Вы воду кипяченую пьете?

— Да, здесь она неважная. Можно подцепить инфекцию.

— Ерунда! Я везде пью сырую.

Жохов зачерпнул из ведра кружкой и отхлебнул пару глотков.

— М-мм! Отличная водичка!

— Поносом прохватит, будете знать.

— Не прохватит. Монголы считают, что плохой воды в принципе не существует. Есть только наши плохие мысли о ней. Если, например, я сейчас дурно подумаю об этой воде, мои мысли могут причинить мне вред. А сама вода тут ни при чем.

— Интересно.

— Монголы — мудрый народ.

— Бывали в Монголии?

— Да, с экспедицией.

— Что вы там искали?

— Счастье, — сказал Жохов. — А заодно — вольфрам.

Вода вскипела, он засыпал в нее вермишель, незаметно выловил ложкой всплывшие на поверхность мышиные экскременты и взялся резать хлеб, объясняя, что настоящий буддист должен быть занят исключительно тем, чем он в данный момент занимается. Если он режет хлеб, он просто режет хлеб и ни о чем не думает, а если начинает думать, то думает, иначе невозможно противостоять беспорядочному потоку дхармы.

Этим потоком его опять вынесло к серванту. Жохов снял с полки и выставил на стол два фужера, предварительно звякнув ими друг о друга, чтобы по этому камертону настроить дальнейшее течение вечера. Закуривая после трудов, посмотрел на висевшую в простенке большую фотографию хозяина дачи. К вечеру он научился распознавать его в любом возрасте. Архитектор Богдановский, уже абсолютно лысый, с отекшими подглазьями и удлинившимся к старости носом, был снят крупным планом на фоне занавески. Фотограф сумел ухватить на его лице усталость от жизни и одновременно гордость за то, что она прожита достойно.

— Вылетело из головы, как зовут вашего брата, — сказала Катя.

— Борис. А что?

— Мне тетка рассказывала... Жена Александра Семеновича, когда была беременна, очень хотела девочку. После родов ей сказали, что у нее мальчик, она расстроилась. «Ой, — говорит, — а куда же бантик?» А врачиха ей: «Бантик на крантик».

— Остроумно.

— Во всяком случае, так просто не забудешь. Тетке рассказал сам Александр Семенович, она как-то напомнила эту историю его жене, а та все забыла. Странно, да?

Катя смотрела выжидающе.

— Да, — подтвердил Жохов ее невысказанную гипотезу, — это было с моей матерью. Отец перепутал.

Кастрюлю на плитке сменила сковорода, на ней шипели и брызгали расплавленным маслом ломтики колбасы. В две руки перевернули их, чтобы с другой стороны тоже обжарились. Он орудовал ножом, она — вилкой. Ломтики пузырились, приходилось придавливать их к сковороде, отчего они начинали пищать, как живые.

Катя виновато вздохнула:

— Вообще-то сейчас Великий пост...

— А Пасха когда?

— Еще не скоро, восемнадцатого апреля. Говорят, в пасхальную ночь монахов будут резать.

— Кто?

— Неизвестно. Ходят такие слухи.

— То евреи боятся, что кто-то их резать будет, то монахи, — сказал Жохов, шлепая по тарелкам непромытую вермишель.

Катя придерживала ее вилкой, чтобы не перевалилась через край.

— Перед Новым годом я ездила в Москву, — вспомнила она, — и в электричке говорили, что нынешний год — год антихриста. Если сложить единицу, две девятки и тройку, в сумме получается двадцать два. Это почему-то нехорошо.

— Почему?

— Не знаю. Так считается.

— Зато, — нейтрализовал Жохов эту опасность, — по восточному календарю сейчас год Петуха. Петух — враг сатаны, он криком разгоняет тьму.

— Что-то плохо он ее разгоняет, — заметила Катя.

Жохов усадил ее лицом к двери, чтобы не дуло в спину, сам сел напротив. То, как она ловко и красиво разложила на столе свою жалкую снедь, вызывало умиление. Это было чистое чувство и верный признак, что, когда дойдет до дела, ей не придется работать с ним, как с глиной.

Садясь, Катя расправила юбку. Она постоянно помнила, что в правом кармане лежит упаковка с двумя презервативами, и временами ощупывала их сквозь шотландку. Пачка таких пакетиков из фиолетовой фольги обнаружилась в коробке с гуманитарной помощью, которую ей выдали на работе вместе с выходным пособием. У нее тогда слез не хватило оплакать себя, сидящую на полу с этой пачкой в руках.

Жохов разлил вино, поднял бокал.

— Ну, за знакомство?

— Давайте лучше за эру Водолея, — предложила Катя. — Водолей покровительствует России.

На просвет вино было неоднородным, багровый туман клубился в нем, как кровь укушенного акулой аквалангиста в морской воде, а на вкус отдавало такой жгучей кислятиной, словно если бы его не открыли сегодня, уже завтра оно превратилось бы в уксус. Катя пригубила, но допивать не стала. Жохов выпил до дна и оценил:

— Вполне.

Начали есть. Он спросил:

— До лета вы здесь, а потом что собираетесь делать?

— Не знаю. Может, газетами торговать пойду.

— Ну зачем же так! Что-нибудь придумаем, — ободрил ее Жохов и посмотрел на часы.

Полчаса назад его сумка в «Строителе» подорожала на двести рублей.

18

За столом Жохов рассказывал про дворец Богдо-хана, монгольского монарха и живого будды, умершего в один год с Лениным.

В уставленных чучелами дворцовых апартаментах на нижнем этаже, в просторной зале с белеными стенами и трещиноватыми, но по-прежнему мощными потолочными балками, которые в сухом здешнем климате почти сто лет продержались без ремонта, знакомая монгольская геологиня показала ему маленькую юрту не из войлока, а из ста восьми леопардовых шкур — сказочный по щедрости дар одного из расстрелянных позднее аймачных князей. Полог был откинут, над входом горела голая электрическая лампочка на допотопном витом шнуре. Жохов наклонился и заглянул в пахнущий нафталином полумрак. Внутри было уютно, как в кукольном домике.

После революции Богдо-хан с женой, тоже богиней, целые дни проводили в этой юрте. Здесь они ели, спали, изредка по-старчески любили друг друга. Из дворца их не выселили, но теперь он стал для них слишком велик, шаги чересчур гулким эхом отдавались в его опустевших анфиладах. Несколько лам, завербованных в соглядатаи, передвигались по комнатам, как тени, лишь дважды в году дворец оглашался грохотом сапог и полными жизни голосами — это прибывали с официальным визитом юные члены революционного правительства во главе с Сухэ-Батором. Их сопровождал представитель Коминтерна. В такие дни хозяевам приходилось вылезать наружу, слушать непостижимые речи, принимать ненужные подарки. Дары были тем беднее, чем выше стоял даритель на лестнице власти. Тот, кто находился на самом верху, не дарил ничего. Представитель Коминтерна тоже являлся с пустыми руками, потому что занимал место на другой лестнице, а на этой его ступень была скрыта от посторонних глаз и не шла в расчет. Когда гости уходили, старики снова, как в нору, по-монгольски — нюхт, забивались в свою пятнистую юрту. Только там, за двойной оградой кирпичных и меховых стен, два этих одиноких, больных, избывших свою силу и никому больше не нужных божества могли спрятаться от непонятной новой жизни.

— И кто из них умер первый? — спросила Катя.

Этого Жохов не знал, но ответил уверенно:

— Как всегда. Мужчины умирают раньше.

Доев, она попросилась в туалет. Сортир находился во дворе, уже стемнело, Жохов пошел с ней, несмотря на ее протесты. Каблуком на снегу она отчеркнула расстояние от будки, ближе которого ему подходить запрещалось, и скрылась за дверцей с прорезанным над ней отверстием в виде сердечка. За отсутствием электрического света туда должен был литься дневной или лунный, чтобы в темноте не провалиться в другую дырку, очертаниями сходную с этой. Жохов весь обратился в слух, но запретной черты не переступал.

Затем отправился он, а она ждала его на том же рубеже. Вернулись в дом, связанные этим походом, как общей тайной. Катя что-то поклевала со стола и подошла к макету дворца культуры на угловом столике. Она давно к нему присматривалась. В детстве мать каждое лето отправляла ее в ведомственный пионерлагерь под Воронежем, в соседнем райцентре был почти точно такой же. От его узнаваемости щемило сердце. Вино еще действовало, совсем нетрудно было внушить себе иллюзию, будто дворец настоящий, но кажется игрушечным, потому что уменьшен расстоянием до него. Если прищуриться, пыль в складках рельефа казалась тенями от вечернего солнца.

Макет был выполнен с исключительной подробностью. Это казалось восхитительно-бессмысленным, как рисовое зернышко, на котором маньяк-умелец выгравировал устав ВЛКСМ. В окнах имелись переплеты, в балконных оградках — столбики. Лепной орнамент на фризе, сплетенный из книг, театральных масок, балетных туфель и музыкальных инструментов, просматривался в каждой своей детали, вплоть до колков арфы и завязок на пуантах. Читались даже вывески на первом этаже: «Кино», «Кафе "Аэлита"». Там, где стоял этот дворец в натуральную величину, по вечерам они когда-то вспыхивали бедным советским неоном с увечными от постоянно перегорающих трубок буквами. Та бедность теперь казалась естественной, как отсутствие собственных денег у ребенка.

Она сняла пальцем пыль с карниза, сдула ее и вспомнила, как на крыше девятиэтажного дома через улицу от их собственного вечерами вспыхивал красный неоновый лозунг «Решения XXIII съезда КПСС — в жизнь!». Последнее слово постепенно лишилось всех букв, кроме начальной, но никого, кроме мамы, это не волновало, кощунственный призыв долго светился в ночном небе над Москвой.

Фронтон с гербом СССР венчали три статуи. Наверху стоял сталевар со своей кочергой, похожей на папский посох, по бокам — солдат с автоматом и колхозница с серпом и снопом. Их лица с едва намеченными чертами имели выражение несокрушимого покоя, словно за спинами этих троих теснились легионы им подобных.

Перед дворцом, как перед всеми такими макетами, расстилалась безбрежная эспланада. Своим мажорным простором она, вероятно, радовала членов экспертных комиссий, но в реальности вряд ли существовала. Часть ее занимал квадратный скверик без ограды. Плоские кроны деревьев-недоростков были сплошь белыми, как в зимнем лесу, и одинаковыми, как в регулярном парке. Среди них торчал бюст неизвестного мужчины с двумя крошечными золотыми звездами на пиджаке.

— Я знаю, — сказала Катя, — почему он здесь. При Брежневе всем дважды Героям Социалистического Труда ставили бюст у них на родине.

— На малой родине, — уточнил Жохов.

В точке пересечения двух идущих по диагонали аллей находилась площадка со скошенным постаментом в центре. На нем зеленела миниатюрная модель танка Т-34, развернутого к дворцу задом, к комнате — передом, с маленькой пушечкой. Жохов щелкнул по ней ногтем.

— Памятник в честь Уральского добровольческого танкового корпуса. На Урале этих танков больше, чем было в самом корпусе. После института я по распределению работал в Свердловской области, у нас в городе был точно такой же. В нем жила баба Дуся.

— Прямо в танке?

— Да, как Гаврош в деревянном слоне. Помните?

— Конечно. Он привел туда двоих потерявшихся малышей, ночью они спали в этом слоне и укрывались проволочной сеткой от крыс. Гаврош стащил ее в зверинце. Мне ужасно нравилось это место. Я его без конца перечитывала.

— Что вас тут привлекало?

— Чувство уюта среди опасностей. Девочки любят такие вещи... А почему она жила в танке, эта ваша баба Дуся?

— Жить было негде.

— И все об этом знали?

— Нет, она выходила оттуда только по ночам.

— А днем что делала?

Жохов засмеялся и объяснил, что это миф, местная легенда с антивоенным уклоном. На Урале говорили: «Мы всю неделю работаем на войну, а на себя — в пятницу после обеда».

— Теперь небось рады получить какой-нибудь оборонный заказ, а нету, — заметила Катя.

В углу скверика белела чаша фонтана. В центре кружком стояли три голых мальчика в той популярной у худфондовских скульпторов позе, которая позволяла изобразить их без половых органов, не отступая при этом от реализма. Каждый держал в руках округлую рыбину, наставив ее головой вверх, как автомат при салюте. Из рыбьих ртов должны были извергаться водяные струи, поступающие снизу, по одной общей для человека и рыбы железной кишке.

Вокруг парами гуляли человечки из папье-маше. Жохов двумя пальцами обласкал одну такую парочку, застывшую посреди аллеи в позе полета к счастью.

— Это могли быть мы с вами. Лет двадцать назад. Хотя что я говорю! Вы тогда еще ходили в детский сад.

— Не подлизывайтесь. Я ненамного вас младше.

Тут следовало изумиться, но Жохов ограничился комплиментом и продолжил:

— Например, мы бы познакомились в кино. В таких очагах культуры билеты стоили дешевле, чем в кинотеатрах. Я мог подсесть к вам на вечернем сеансе. Перед началом сеанса увидел вас в фойе и захотел познакомиться.

— Я бы вас прогнала.

— В «Строителе» же не прогнали.

— Сейчас другое дело. Тогда я была девушка гордая.

— А я бы сел на законных основаниях.

— Как это?

— Элементарно. Заметил, где вы сидите, и, пока не потушили свет, успел поменяться билетами с вашей соседкой.

— Чего это она стала с вами меняться?

— У вас места были за двадцать пять копеек, а у меня — за тридцать пять.

— Ого! Откуда такие деньги?

— Повышенная стипендия.

— И какой фильм мы смотрели?

Жохов задумался.

— «Зеркало» Тарковского, — решила за него Катя. — Честно говоря, мне этот фильм не очень понравился, но я считала, что таким девушкам, как я, должны нравиться такие фильмы.

— А мне нравились девушки, которые так считали. К ним-то я и подсаживался.

— Интересно, как вы их обнаруживали?

— Интуиция. В Монголии я бы без нее пропал.

— Почему?

— Такая страна.

На волне этой недоговоренности, за которой угадывалось многое, что ему там пришлось пережить, он приобнял Катю за плечи. У нее мгновенным жаром опахнуло подмышки. Ей всегда нравились ровесники. Общие воспоминания не нужно было наживать в муках совместной жизни, родство душ подтверждалось совместной памятью о чернильницах-непроливашках или пионерских галстуках не из шелка, как носили дети богатых родителей, а из быстро махрящегося сатина. От песни, которую оба услышали и полюбили в седьмом классе, легко увлажнялись не только глаза. Год назад у нее был недолгий роман с коллегой старше на четырнадцать лет, поэтому с ним так и не удалось получить разрядку. Слово «оргазм» Катя не любила, от него веяло зачитанными до сальной желтизны дефицитными брошюрками времен ее студенчества, где рекомендовалось начинать половую жизнь вместе с началом трудовой деятельности, а сведения об устройстве гениталий перемежались цитатами из Энгельса. Она давно знала про себя, что для полноты ощущений ей нужно иметь с мужчиной общее прошлое, и чем оно протяженнее, тем сильнее и слаще все кончается под ним, на нем или даже вовсе без него.

— После сеанса мы вместе вышли на улицу. Шли по аллее, и я наплел вам, что это, — указал Жохов на бюст дважды Героя Соцтруда, — мой отец.

— А я бы поверила, — улыбнулась Катя. — Мама так меня воспитывала, что я всему верила и ничего не боялась. Я боялась в жизни двух вещей — атомной войны и хулиганов.

— Хулиганы сюда не показывались, тут пост народной дружины. Мы с вами остались вдвоем в этом саду. Сидели на скамейке, вдруг все фонари погасли.

— Диверсия?

— Откуда? Просто в то время улицы разделялись по категориям. Экономика была экономной, до утра фонари горели только на улицах первой категории. На второй освещение отключали после часа ночи, на третьей — после одиннадцати.

— А это, по-вашему, какая?

— Смотря где. В Москве — третья, в Перми — вторая. В том райцентре, где я работал по распределению, — первая. Короче, стало темно.

Верхний свет был потушен, горело лишь настенное бра в форме раковины. Щепотка сухих мотыльков темнела на дне плафона. Катя подула на этот последний оставшийся в комнате огонь. Жохов дернул шнурок, служивший выключателем, грубо притиснул ее к стене, но поцеловал нежно, давая понять, что в нем есть и то и это. Винный дух наложился на вкус гигиенической помады. Губы у Кати все равно были обветренные. «Покупает самую дешевую», — подумал он с такой острой жалостью, будто ей приходится голодать, и, сострадая, нащупал языком ее язык, сначала мягко уклонившийся от встречи, но затем призывно отвердевший. Она судорожно сглотнула, вовремя вспомнив, что у нее слишком много слюны, стоматологи вечно с ней мучились. Жохов принял это за рефлекторный сигнал о готовности включить основные рецепторы и начал стаскивать с нее свитер. Под ним не оказалось ничего, кроме бюстгальтера.

Его пальцы были теплее, чем ее тело, это придавало уверенности. С первой женой чаще бывало наоборот, а у второй кожа мгновенно меняла температуру в любую сторону, чтобы совпасть с его собственным градусом. Купаться в такой воде было неинтересно.

Катя послушно подняла руки, низ свитера без труда миновал чашечки бюстгальтера, наполненные отнюдь не до краев, но ворот зацепился за сережку с александритом.

— Подожди, ты мне ухо оторвешь, — попросила она и стала вынимать из ушей сережки.

Чтобы разглядеть хоть что-нибудь уже сейчас, Жохов отдернул штору на окне. Потянуло холодом. Ни звезд, ни луны не видно было за облаками, но снег, как слюда, отражал их растворенный в воздухе свет.

Наконец Катя сняла свитер. Жохов начал нашаривать у нее между лопатками застежки бюстгальтера. Настал тот момент, когда женщина легко может понять, насколько опытен раздевающий ее мужчина. Он знал об этом со школы, но к сорока трем годам так и не овладел искуством на ощупь определять тип крепежной конструкции. Не вытерпев, она сама завела руки за спину. Щелкнуло, ему осталось лишь спустить с ее плеч бретельки.

Первой жене нравилось, если ее одежду швыряют куда ни попадя, второй — если аккуратно вешают на спинку стула. Он выбрал средний вариант и бросил бюстгальтер на диван. Катя стояла столбом, соображая, как лучше будет подсунуть ему презерватив.

Прежде чем перейти к юбке и рейтузам, Жохов немного помял ей обе груди, уважительно приподнял их, пробуя на вес. Они были почти невесомы. Он нагнулся и со слабым стоном взял в губы напрягшийся левый сосок. «Стонет сизый голубочек», — подумала Катя.

После третьего класса они с теткой ездили в Ленинград и в Летнем саду видели голую мраморную нимфу с блаженным и от этого почему-то неприятным лицом. Одну руку нимфа поднесла к груди, на ней сидел голубь, тоже мраморный, но загаженный живыми. Раскрытым клювиком он тянулся к ее соску. Тетка сказала, что глупая птица приняла его за ягоду, и все-таки было чувство, будто этот гадкий голубь и хищноватое блаженство на лице его хозяйки преступно связаны между собой.

— Не смотри. У меня там волосики, — шепнула она.

— Где?

— На груди. Вокруг сосков.

Только сейчас он заметил, что темноты больше нет. Заоконный свет, обволакивая перекрестье рамы, сочился сквозь быстро сереющее стекло, слишком слабый для того, чтобы предметы начали отбрасывать тень, но обращающий в тени все, к чему прикасался.

Сумка по-прежнему стояла у дежурной под стойкой. Сосед Жохова показал ее Севе. Тот сказал, что выйдет.

на улицу покурить, вышел и подошел к машине, которую Ильдар предусмотрительно поставил за углом. Ни с крыльца, ни с центральной аллеи заметить ее было невозможно.

Хасан открыл переднюю дверцу. Сева вкратце проинформировал его о положении дел, вернулся в холл главного корпуса и устроился в кресле справа от дверей, чтобы незаметно выскочить наружу за спиной у Жохова, когда тот пойдет за сумкой к рецепции.

Сосед примостился рядом. Коротая время, он рассказывал, как осенью ездил к брату в Воронеж и как там административно-командная система до того изгадила всю природу, что люди травятся собранными в лесу белыми грибами. Внезапно глаза у него побелели от ненависти.

— Я эту породу знаю, они меня всю жизнь унижали моей зарплатой, — сказал он куда-то в пространство между рецепцией и стендом фотографа в углу. — Я с пятнадцати лет на производстве, был начальник участка на ЗИЛе, а перед получкой придешь в столовую и, как цуцик, просишь на раздаче: мне, пожалуйста, девушка, один гарнир, без мяса.

19

Дня за два до того как отправиться в Эрдене-Дзу, Шубин с женой осматривали Ногон-Сумэ — Зимний, или Зеленый, дворец Богдо-хана в Улан-Баторе.

Сто лет назад иркутские каменщики построили на берегу Толы это двухэтажное здание под выкрашенной в зеленый цвет железной крышей. Монголия входила тогда в состав Китая, хозяин дворца считался ее духовным владыкой, но не светским. Стиль его новой резиденции вызвал недовольство Пекина. Чтобы избежать обвинений в пророссийских симпатиях, пришлось в спешном порядке навесить под крышей дощатые карнизы с буддийским орнаментом и вырезать на фасаде изображения лотоса.

Потом Поднебесная империя стала Китайской Республикой, Внешняя Монголия — теократической монархией с живым буддой на престоле. После социалистической революции Коминтерн учел тот факт, что простодушные кочевники любят своего монарха, и до его естественной смерти разрешил не устанавливать в Халхе республиканский строй. Старого слепого Богдо с женой оставили доживать век в Ногон-Сумэ. Когда он умер, его личные покои на втором этаже использовали как базу для антирелигиозной пропаганды. Упор делался на развратной жизни последнего хутухты, чье супружеское ложе имело зеркальные стенки, но позже эту деятельность потихоньку свернули, и дворец превратился в мемориальный музей.

Внутри две девушки, уже не говорившие по-русски, продавали входные билеты. Здесь же начиналась экспозиция, одинокая японка щелкала цифровой фотокамерой все подряд, словно это нужно было ей для отчета. Вдали виднелись стеклянные коробки с чучелами зверей и птиц, а в витрине прямо напротив кассы лежал расшитый золотом слоновий чепрак из темно-красного бархата, рядом — такой же наголовник с серебряными бляхами и пышными кистями.

Слона подарил Богдо-хану не то Николай II, не то какой-то купец из Красноярска, но индийский гость не пережил первой монгольской зимы. После смерти из него сделали чучело. На железных штырях смонтировали скелет, укрепили его распорками и вбитыми в землю кольями, обмазали глиной, обмотали войлоком, сверху обтянули бычьими шкурами. В дальнейшем планировалось приладить искусственный хобот, покрыть всю конструкцию предохраняющей от распада золотой краской и установить на площади перед дворцом.

В то время Халха-Монголия только что свергла китайское иго. Слон должен был олицетворять могущество ее монарха и силу ее народа, но установку монумента отложили из-за финансовых трудностей. За это время в нем завелись крысы. Однажды из сарая, где находилось чучело, раздался звук, похожий на шум осыпающихся по горному склону камней. Открыли двери и увидели, что слон лежит на земле грудой составных элементов. Изъеденная обшивка лохмами висела на подточенных крысиными зубами костях. Скелет не выдержал собственной тяжести и обвалился.

Все это рассказал монгольский приятель Шубина, водивший их с женой по дворцу.

— Снизу, — добавил он, — в животе у слона оставили отверстие, чтобы что-то поправить внутри, если что не так. Один старик, дед моего друга, рассказывал мне... До революции он был хуврэком при здешнем храме.

— Это мальчик-послушник, — пояснил Шубин жене.

— Они с другим хуврэком, — досказал приятель, — забирались в этого слона и там спали. Прятались от взрослых лам.

На следующий день в Республиканской библиотеке Шубину принесли русское издание «Отверженных» Гюго. Нужный фрагмент нашелся в четвертой части, книга 6, вторая глава. Здесь описывался «причудливый монумент» на площади Бастилии. Воздвигнутый в годы Первой Империи, он пережил ее лет на двадцать и превратился в «грандиозный труп наполеоновской идеи». Ее воплощал «слон вышиной сорок футов, сделанный из досок и камня, с башней на спине». В нем жил и воевал с крысами храбрый Гаврош.

— «В пустынном и открытом углу площади, — вслух прочел Шубин жене, — широкий лоб колосса, его хобот, клыки, башня, необъятный круп, подобные колоннам ноги вырисовывались ночью на фоне звездного неба страшным, фантастическим силуэтом. Что он собой обозначал, неизвестно. Это было нечто вроде символического изображения народной мощи».

Жена ответила ему улыбкой, за которую он когда-то ее полюбил, и у него опять, как накануне в Ногон-Сумэ, сжалось сердце. Недаром она всюду находила двойников. Тайное единство мира проявляло себя в разделенных пространством и временем копиях скрытого от смертных оригинала.

Проехали километров двести, оставалось еще столько же, но Баатар честно предупредил, что доберутся до Эрдене-Дзу не раньше вечера. Теперь ему поминутно приходилось объезжать гигантские выбоины на старом, халтурно настеленном асфальте. Временами щебенка начинала щелкать по днищу и шуршать под колесами. Кое-где прямо из-под покрытия вылезала голая земля. До этого участка трассы у китайских строителей руки не дошли, а сами монголы считают ниже своего достоинства заниматься дорожными работами. Их дело — ездить.

Дорога по-прежнему вела строго на запад. Они двигались туда, где двое блаженных вечно живут в райском саду, но пока что вокруг не видно было ни единого дерева. Машина шла в пустоте, лишь иногда, серая на желтом, показывалась и уплывала назад одинокая юрта или отара овец буро-рыжим дымком стелилась по степи. Дважды дорогу перебегали земляные белки.

Вдруг Баатар сказал:

— Тут раньше вольфрам добывали.

Справа, среди сухой травы и щебенистых осыпей, возник выморочный поселок с двухэтажными блочными домами. Вид у них был такой, будто по ним только что прошел метеоритный дождь. Штукатурка осыпалась или вздулась пузырями, оконные рамы не сохранили даже следов краски. На крышах колосилась выжженная солнцем трава. Половину стекол заменяла фанера вперемешку с листами кровельного железа, но из окон кое-где торчали жестяные трубы печек-времянок. Стены над ними были в потеках копоти. Одно это и свидетельствовало, что поселок все-таки обитаем.

Отопление не работало, видимо, с тех пор, как закрылись шахты. То, что от них уцелело, издали выглядело как гигантские кучи строительного мусора, пронзенного перебитыми в суставах стальными мачтами с болтавшимся на них тряпьем. Руда здесь давно кончилась, а поселок остался, как остается пустой кокон, когда из него уходит шелкопряд.

В одном из домов настежь распахнуто было окно на первом этаже. В нем Шубин увидел мужчину и женщину, сидевших по разные стороны стола лицом друг к другу. Перед ними на столе что-то стояло, какая-то еда и, может быть, даже бутылка местной водки, по гуманному монгольскому закону обязанная иметь не больше тридцати градусов, но чувствовалось, что для обоих это не имеет никакого значения. Кроме них, в комнате никого не было, на улице тоже не наблюдалось ни души, кругом царили тишина и мерзость запустения, а эти двое сидели там, как в уличном кафе среди шумной толпы, когда лишь полнейшей погруженностью друг в друга и можно отгородиться от мира. Так когда-то, уложив сына, Шубин с женой вечерами садились на кухне и молчали. Любой разговор мгновенно упирался в то, о чем не имело смысла говорить.

Поселок в считаные секунды пролетел мимо. Баатар опять начал рассказывать о том, как любят монголы красную икру. Он давно пытался выяснить, не знает ли Шубин, где именно ее вынимают из рыбы и закладывают в банки по низкой цене. Требовалось точно дислоцировать самое выгодное из таких мест, тогда один богатый человек, не жулик, даст ему кредит, чтобы прямо оттуда поставлять этот продукт в Улан-Батор.

— Все места не объездишь, надо знать, где выгоднее всего, — говорил Баатар, — а ваши ничего не знают. Я сколько ни спрашивал, все без толку.

Он вынул из бардачка и через плечо передал Шубину сложенную в несколько раз географическую карту. Они с женой развернули ее на коленях. Это была старая административная карта советского Дальнего Востока с разбросанными по ней условными значками в виде красных треугольников, нарисованных от руки и густеющих по направлению к тихоокеанскому побережью. Сахалин был покрыт ими почти без остатка. Жена первая сообразила, что все они стоят вдоль русла рек, по которым идет на нерест икроносная рыба, и обозначают рыбзаводы.

— Брать надо прямо на месте. Главное, чтобы без посредников, — сказал Баатар.

Десять лет назад и в России это была всеобщая мечта. Она незаметно сменила столь же повальную тягу к свободе, но вобрала в себя ее энергию. Поиск прямых контактов превратился в манию, слово «наценка» обрело апокалиптический смысл. Жена тоже поддалась этому порыву и однажды купила у незнакомой женщины, позвонившей к ним в квартиру, трехлитровую банку разведенной олифы, которую ей выдали за натуральный, прямо с пасеки, гречишный мед. На женщине был белый передник поверх пальто, она, как сирена, пропела, что товар от непосредственного производителя, без торговой накрутки. Перед покупкой жена тщательно продегустировала его из отдельной баночки. Потом она полночи рыдала, временами бегая в ванную, а Шубин курил в кухне, дожидаясь того момента, когда позволено будет утешить ее единственным доступным ему способом.

Он сложил карту и вернул ее Баатару. Тот спрятал свое сокровище обратно в бардачок, сказав:

— Мне за нее пятьдесят долларов давали, я не отдал.

20

На кухне Катя согрела немного воды в чайнике. Презерватив пришлось вынимать самой, при этом были небольшие потери. Она слегка помылась над поганым ведром, а заодно пописала туда же, маскируя предательский звон жести плеском экономно расходуемой воды. Жохов из комнаты уловил этот звуковой перепад и умилился ее стыдливости. Настроение было хорошее. Даже в презервативе все прошло на редкость удачно для первого раза.

Мелькнула мысль на часок оставить Катю здесь, самому смотаться в «Строитель», забрать сумку и до утра спрятать где-нибудь в сенях, чтобы не объяснять, откуда она взялась. Тогда завтра можно будет не ходить взад-вперед, а прямо отсюда двинуть на станцию. Нужно только придумать предлог для отлучки. Он встал с дивана, подкинул в печку пару поленьев и снова лег. Пламя бурно загудело в дымоходе. Это была любимая музыка его молодости.

Из кухни не доносилось ни звука. Ведро отзвенело, невозможно было понять, чем Катя так долго там занимается. Мысли не возникало, что у голой женщины может быть с собой косметичка. Наконец она вернулась, взяла со стола последнее из принесенных ею яблок и забралась под одеяло. Вдеть его в пододеяльник не успели, но простыня была постелена, лежали голова к голове, по очереди откусывая от этого яблока и передавая его друг другу, как Адам и Ева в райском саду.

— Вообще-то по паспорту я Аида, — сказала Катя. — Мама у меня русская, а отец по отцу татарин. Когда я родилась, в нем взыграли национальные чувства по мужской линии. Русское имя он мне давать не захотел, мусульманское вроде как тоже ни к чему. Хорошо еще, Виолеттой не назвали. У нас в классе была одна казашка и одна армянка, обе — Виолетты.

— Почему же ты — Катя? Тебе нужно быть Идой или Адой.

— Адой я быть не могла, потому что маму звали Раей. Получалось, будто она хорошая, а я плохая. А Ида — еврейское имя. Еще хуже, чем Аида.

Жохов уже знал, что мать у нее умерла, и поинтересовался, жив ли отец. Она ответила, что понятия не имеет, мать выгнала его, когда ей было три года. Он сильно пил, однажды, пьяный, взял их кошку и грозился бросить с четвертого этажа, если не дадут денег на бутылку. Денег в доме не было, мать стала скручивать с пальца колечко, чтобы ему отдать, а снять не может. Отец дернул и сломал ей палец.

Они с мамой и бабушкой жили в Дегтярном переулке, за гостиницей «Минск», тогда еще не построенной. Дом начинался огромной мрачной аркой, зимой там всегда дуло, мама поворачивала маленькую Катю лицом к себе, вжимала носом в свою черную цигейковую шубу и пятилась вместе с ней в спасительно-тихий двор, пока страшная арка не оставалась позади.

— Мамы скоро десять лет как нету, — вздохнула Катя, — а шуба цела, лежит в кладовке. В пятьдесят пятом году бабушка стояла за ней в очереди трое суток. Рука не поднимается снести это чудовище на помойку.

Вынимать лицо из шубы не полагалось, но краем глаза она успевала ухватить темные камни арочных столбов. Снег до них не долетал, их секла только жесткая изменчивая поземка, поэтому и сами они, и голые клинья асфальта рядом с ними казались зловеще мерзлыми. Во дворе мама обнаруживала, что на валенках у дочери всего одна галоша, втыкала в сугроб санки, чтобы она могла держаться за них, стоя на одной ноге, а сама шла назад через завывающую ветром арку — искать вторую. В конце концов они добирались до их коммунальной квартиры, и после долгих уговоров Кате разрешалось покрутить ручку механического дверного звонка.

Кроме них в квартире обитала рабочая семья Слоновых с двумя детьми и человек без запаха, которого мама и бабушка за глаза звали Дистолятором, а в разговоре — Авелем Наумовичем. У него были зеленые пижамные штаны в полоску. Что находилось выше, Катя не помнила. При нем состояла Дистоляторша в гремящем шелковом халате, но тоже не имевшая ни головы, ни тела. От нее пахло за двоих, сладко и опасно. Когда она, сидя на табурете в кухне, притягивала Катю к себе и зажимала между коленями, жутко было чувствовать ее колючие, как у ведьмы, голые ноги. Мама ног не брила. Позже Катя начала понимать, что если сам Дистолятор существует в единственном числе, то и Дистоляторша у него должна быть одна, но в разговорах мамы с бабушкой проскакивала еще какая-то прежняя, другая Дистоляторша, а за ней, совсем уж в тумане, маячила третья. При попытках внести ясность в это невероятное положение дел бабушка говорила «ш-ш-ш» и показывала на дверь страшными глазами.

Жохов слушал, не перебивая. В постели обе жены так же подробно рассказывали ему о своем детстве, а он им — никогда.

— Всего комнат было четыре, в четвертой жила детский врач Орлова, — говорила Катя. — Она пользовалась непререкаемым авторитетом. Мне казалось естественным, что в булочной орловский хлеб стоит на копейку дороже, а докторскую колбасу можно давать маленьким детям.

Она заметила, что Жохов ладонью елозит у себя под спиной.

— Что там? Пружина вылезла?

— Нет. Крошки откуда-то.

— От яблока, — объяснила Катя. — Мы с тобой только что съели яблоко.

— И от него крошки?

— Оно же было крошечное.

Растрогавшись, Жохов поцеловал ее, как ребенка, в лоб. Она положила огрызок на пол и закинула руки за голову. Небольшие грудки растеклись по ребрам. Имя Аида подходило ей больше, чем Катя.

Он провел пальцем по ее животу.

— А животик у тебя все-таки имеется. В одежде кажется, что его совсем нет.

— Его и нет. Просто сейчас в нем скопилось кое-что лишнее.

— Женщины! — покровительственно улыбнулся Жохов. — Воздушные создания, страдающие запором.

— Бывает, — не стала отрицать Катя. — Мне, например, в детстве никто не объяснил, что какать нужно каждый день. Мать вечно пропадала в своем институте.

Она лежала на спине, смоляные волосики возле сосков свивались, как подстилка в птичьем гнездышке. Знак восточной прививки к славянской плоти, наследие самки примата на теле интеллигентной женщины с высшим образованием. Эта поросль возбуждала своей неуместностью, как нагота в деловом интерьере. Он начал обшаривать постель в поисках упаковки от презерватива, полчаса назад впопыхах отброшенной куда-то к стене. Там еще оставался один неиспользованный.

Шел двенадцатый час, когда Сева сошел с крыльца главного корпуса и направился к стоявшей за корпусом машине.

— Поздно, сегодня уже не придет, — виновато доложил он Хасану, при его приближении опустившему стекло в окне. — Завтра с утра надо приехать. Сумка там стоит.

— Что в ней?

— Хер его знает! Он тут какую-то дачницу подцепил. У нее, наверное, ночует, — поделился Сева сведениями, добытыми у соседа Жохова.

Он полез в салон, но Хасан, перегнувшись через сиденье, выпихнул его наружу и захлопнул заднюю дверцу.

— Придет, посмотришь, куда денется. Только по-умному.

— И что с ним делать?

— Ничего. Позвонишь, мы приедем.

— Спать-то мне где? — спросил Сева, но Хасан уже поднял стекло.

Ильдар прикрыл глаза, беззвучно пошевелил губами и повернул ключ зажигания с таким видом, словно при-

водил в действие высшую силу, ниспосылающую в мотор
божественную искру с ночных небес. Через пару минут
задние огни ярко вспыхнули в конце аллеи, погасли, пока
сторож открывал ворота, снова загорелись тусклым будничным светом и окончательно исчезли за изгибом дороги. Слышнее стало, как ветер шумит в голых деревьях
парка.

В лесу этот шум перешел в протяжный мощный гул,
идущий по вершинам елей и сосен, но за стеклами, за
гудением мотора почти не слышный. Машина вылетела
к дачному поселку, одолела подъем и втянулась в сжатую
заборами улицу. Нигде не светилось ни одно окно. Дома
стояли пустые, черные, но в одном из них теплилась
жизнь. Хасан заметил, что над крышей скромной дачи
в глубине участка белеет сносимый ветром дымок. Две
звездочки, протаявшие среди облаков, дрожали в теплых
струях идущего из трубы воздуха.

— Останови, — приказал он Ильдару.

21

Фиолетовый пакетик с мягким колесиком внутри нашелся между диваном и стенкой.

— Ловко ты мне его подсунула, — вспомнил Жохов,
пряча его под подушку.

— Пришлось проявить инициативу. Хотя женщине
трудно это сделать, если мужчина ей нравится.

— А если не нравится?

— Тогда легче.

Он благодарно погладил ее лобок. Чувствовалось, что
на днях здесь побывали ножницы.

— Подожди, — отвела она его руку, — давай сначала поговорим о чем-нибудь таком... Тебе снятся эротические
сны?

— Мне никакие не снятся, — слукавил Жохов, считавший сон без сновидений признаком мужественности.

— А мне снилось недавно, что меня хотят изнасиловать трое бомжей. Ночью бегут за мной по улице, я кричу, зову на помощь, а кругом — никого. Загнали меня в какой-то тупик между заборами. Дальше бежать некуда, я повернулась к ним, а сама вся трясусь от страха. Один выходит вперед с такой мерзкой ухмылочкой на роже, расстегивает штаны, достает член. Вдруг вижу — член у него отваливается и падает на снег. Он как в столбняке смотрит себе на то место, где было и нету, а я начинаю хохотать, хохотать и сквозь хохот кричу голосом ведьмы: «Следующий!»

— Ничего себе эротика.

— Просто это уже в подсознании. Очень хочется, чтобы у них все поотваливалось.

— У кого у них?

— У Гайдара, например. Или даже у Ельцина.

— Ты, что ли, против референдума? — удивился Жохов.

Катя повернулась к нему, приподнявшись на локте.

— Какая у тебя в детстве была любимая книжка?

— «Занимательная минералогия» Ферсмана.

— А из художественной литературы?

— «Тайна Соколиного бора», — честно признался он, хотя мог бы назвать что-нибудь посолиднее.

— Кто автор?

— Не помню. Что-то про партизан.

— А моей настольной книгой был «Мышонок Пик» Бианки. Читал?

— Сто раз.

— И я! — обрадовалась Катя. — Я представляла, что стала такой же крохотной, как он, и мы с ним вместе от всех прячемся. Забьемся в норку, прижмемся друг к другу и сидим.

— Это детская сексуальная фантазия, — определил Жохов.

— Возможно. Знаешь, кстати, как мышкуют лисы?

Он не знал. Она стала рассказывать, что лиса в поле гонится за мышкой, та раз — и в норку. Тогда лиса начинает прыгать сверху на всех четырех лапах. Мышка, бедненькая, сидит в своей комнатке, а стены уже в трещинах, как при землетрясении, люстра качается, в шкафу посуда вдребезги. Потолок вот-вот рухнет, а выскочить нельзя, там — рыжая.

— Я постоянно чувствую себя этой мышкой, — закончила Катя.

— Пойми, — сказал Жохов, — Господь Бог сподобил нас жить в такое время и в такой стране, что за несколько недель можно составить себе состояние. Сумеем, еще и внукам хватит. Дураки будем, если не рискнем. Всю жизнь потом жалеть будем.

Рядом лежала мышка, которая хотела стать ведьмой, дочь фараона с Дегтярного переулка. Он перевалился на живот и ткнулся носом ей в грудь. Впервые в жизни приятно было нюхать женщину не до, а после. Она слабо пахла чем-то горьковато-аптечным, как сушеная лекарственная трава.

Калитка была заперта на вертушку. За ней, чуть заметные в темноте, двойной цепочкой тянулись следы. Прошли двое, мужчина и женщина.

Хасан просунул руку между штакетинами, повернул деревянный брусок на гвозде, шагнул во двор и позвал:

— Эй, хозяйка!

Окна в доме остались темными, но над головой у него зажглась лампочка, спрятанная в ветвях дерева за оградой. Конусообразный жестяной колпак направлял ее стосвечовый свет на пространство у входа во двор. Теперь Хасан виден был как на ладони, а сам не видел ничего.

Лязгнули запоры, заскрипело крыльцо. Мужской голос спросил:

— Чего надо?

Не ответив, Хасан отступил в сторону, чтобы выйти из освещенного круга, мешавшего разглядеть человека на крыльце. Еще секунда, и опоздал бы. От дома, беззвучно стелясь по снегу, прямо к нему неслась низкая черная тень. Он еле успел выскочить на улицу и захлопнуть за собой калитку. Громадный ротвейлер, хрипя, стал бросаться на ограду, пока его за ошейник не оттащил крепкий старик в телогрейке.

Подбежал Ильдар с пистолетом в руке.

— Поехали, — сказал ему Хасан. — Это не он.

Глава 8
НОВЫЕ ЛИЦА

22

Очерк о самозваном цесаревиче Шубин состряпал за один день после разговора с Кириллом. Основа была, еще в перестройку ему попались записки одного колчаковского офицера из томских студентов, не без юмора вспоминавшего, как в феврале 1919 года, под Глазовом, неизвестный подросток ночью вышел к их позициям со стороны красных. Подойдя ближе, он, чтобы в темноте не шлепнули по ошибке, громко затянул «Боже, царя храни». Шел и пел, пока не наткнулся на этого томича, который на выборах голосовал за народных социалистов. Тот с размаху врезал ему по скуле. Певец взмахнул руками и сковырнулся в сугроб. «Запомни, — склонившись над ним, строго сказал автор записок, — мы не за царя воюем, а за Учредительное собрание!» Он сдал этого монархиста в штаб и наутро узнал, что съездил по физиономии не кому-нибудь, а чудом спасшемуся цесаревичу Алексею.

Позже стало известно его настоящее имя — Алексей Пуцято. Он бегло говорил по-французски, умел держаться в обществе и, видимо, вырос в интеллигентной семье. Про его родителей известно было только то, что они умерли от тифа по дороге из Петербурга в Сибирь. Алеша был тремя годами старше убитого в Екатеринбурге тезки, но выглядел моложе своих лет. Этим исчерпывалась достоверная информация о нем, да и она выплыла не сразу.

В сибирских и уральских деревнях то и дело объявлялись малолетние бродяжки, выдававшие себя за несчастного цесаревича. Россия не была бы Россией, если бы им никто не верил. На этой ниве они собирали свой урожай — подаяние, скромный ужин, ночлег на теплых полатях. Алеша Пуцято был среди них не первый и не последний.

К весне 1919 года его доставили в Омск. Сам Колчак встретиться с ним отказался, но желающих поучаствовать в этой игре нашлось немало, вокруг Алеши составилась целая партия. Когда он появлялся на публике, дамы, по словам очевидца, «впадали в такое же экстатическое состояние, как пастухи при виде Вифлеемской звезды». Природный артистизм помог ему вжиться в роль. Прибившиеся к нему активисты устраивали собрания, закатывали банкеты, заказывали благодарственные молебны, а главное — собирали пожертвования, в итоге исчезнувшие без следа. В Алешу вложили множество сведений о его детстве в кругу императорской семьи, но предусмотреть все детали было невозможно. Однажды он не сумел назвать имя любимого спаниеля, в другой раз перепутал каких-то кузин, не ответил на вопросы, заданные ему по-английски, наконец на очередном банкете так увлекся ликерами, что замять скандал не удалось. Его взяли под домашний арест, а незадолго до падения Омска эвакуировали в Забайкалье.

В январе 1920 года он оказался в Чите, у атамана Семенова. Тот с ним церемониться не стал и засадил в тюрьму на общих основаниях. Это еще был не худший вариант, незадолго перед тем атамановцы до смерти забили палками китайца-парикмахера, промышлявшего в бурятских улусах под именем японского принца Куроки.

Осенью Читу заняли красные, узники вышли на свободу. Алеша провел в заключении девять месяцев, за это время и арестанты, и тюремщики сменились неоднократно. Никто уже не помнил, за что именно его посадили. Он объявил себя жертвой семеновского режима, вступил в РКП(б) и как человек, прошедший школу тюрем и подпольной борьбы, был принят на службу в Военпур — Военно-политическое управление при штабе Народно-революционной армии ДВР.

Из Читы его перевели в Верхнеудинск, он успешно поднимался по карьерной лестнице, пока в 1922 году не грянула партийная чистка. На этом-то отделении агнцев от козлищ Алеша и погорел. Когда он предстал перед высокой комиссией, один из ее членов, сидевших по другую сторону застеленного кумачом стола, с изумлением опознал в юном политработнике бывшего соседа по камере. Товарищи по несчастью знали тогда Алешу как страдальца совсем не за те идеалы, за какие страдали они сами. В тот же день он был арестован и, пока шло следствие, сидел на гарнизонной гауптвахте в поселке Березовка близ Верхнеудинска.

Последний эпизод Шубин вычитал в мемуарах одного сибирского эсера, написанных уже в эмиграции, в Китае. Тот сам проводил обыск на квартире арестованного и обнаружил тетрадь с конспектами по астрологии, но лишь бегло проглядел ее, прежде чем подшить к делу. Позднее он по памяти воспроизвел единственную из содержавшихся в ней выписок, да и то не ручаясь за точность: «Звезды и созвездия есть творения предвечных душ, созидаемые ими на пути к воплощению. Там эти души пребывают до вселения в то или иное тело на планете Земля. Когда предвечная душа повторно погружается в человеческую плоть, перед нами суть не разные люди, а всего лишь различные формы ее земного существования».

После присоединения Дальневосточной республики к РСФСР этот мемуарист не сошелся с новой властью во взглядах на автономию Сибири и уехал в Харбин. Дальнейшая судьба Алеши Пуцято осталась ему неизвестна. Шубин знал о ней из другого источника.

В 1972 году он служил в Забайкалье, носил лейтенантские погоны и командовал взводом в мотострелковом полку. Десятью годами раньше, сокращая армию, Хрущев провел массовые увольнения офицеров, позже в частях стало не хватать младшего командного состава. В институтах появились военные кафедры. Шубина, как многих его ровесников, призвали на два года после университета.

В то время готовились к большой войне с Китаем, всё новые дивизии перебрасывали на восток из западных округов. Одесский военный округ вообще упразднили. Их полк стоял на станции Дивизионная, бывшей Березовке, — первой железнодорожной станции к западу от Улан-Удэ. К ней прилегали военный городок и поселок, раскинувшийся между сопками по правому, высокому берегу Селенги. Он делился на три участка и собственно Березовку.

Первый участок состоял из барачного типа КЭЧевской гостиницы, в прошлом конюшни атамана Семенова, и одной блочной пятиэтажки. Горячее водоснабжение от кочегарки делало ее предметом мечтаний всех офицерских жен. Получить в ней квартиру даже для подполковника считалось величайшим счастьем. Майоры тут попадались или штабные, или многосемейные.

На втором и на третьем участках стояли типовые казармы времен Русско-японской войны. Это были двух- или трехэтажные здания из неоштукатуренного кирпича с полутораметровой толщины стенами, узкими окнами и необъятными подвалами. Рассказывали, будто их подземная часть равна по высоте наземной, потому что построены на песке. Из удобств здесь имелся только водопровод. В этих домах обитал младший и средний офицерский состав до майора включительно.

Четвертым участком называли кладбище. Разбросанное по склонам сопок над Селенгой, оно делилось на военное, гражданское и японское. На последнем лежали умершие в здешних лагерях и госпиталях пленные японцы из Квантунской армии. Когда в поселке кто-то умирал, про него говорили, что переехал на четвертый участок. Утешительный местный эвфемизм трактовал смерть как переезд из квартала в квартал внутри одного населенного пункта.

Сплошь деревянная Березовка располагалась между первым участком и вторым. Не считая квартирантов, ее население было сугубо мирным, но улицы назывались как линейки в полевом лагере — Гарнизонная, Саперная, Нижняя и Верхняя Артиллерийские. Шубин снимал комнату на Гарнизонной, в бревенчатом доме с печным отоплением и водой в колонке за углом. Дом принадлежал скорняку дяде Пете с женой. Показывая восьмиметровую жилецкую комнатешку, он широким жестом обвел ее облупленные стены и сказал: «Двадцать рублей, и живи не крестись!» Тем самым Шубину гарантировалась полная автономия, включая право приводить сюда женщин.

Другие хозяева просили четвертную, пятерка была сброшена за то, что в доме стоял неистребимый кислый запах щелока и сырой мездры. Офицеры и прапорщики носили дяде Пете песцовые, рысьи, лисьи, а то и собачьи шкуры, из которых он шил шапки их дочерям и женам. В 1921 году его из Воронежской губернии забрили в Красную Армию и послали в Верхнеудинск, после демобилизации он здесь женился, да так и осел на всю жизнь. В родных местах с тех пор ни разу не бывал, но продолжал считать Забайкалье чужбиной и, выпив, говорил с неподдельной горечью: «Дом за горами, а смерть за плечами». Эту поговорку Шубин ни от кого больше не слыхал. Ее даже у Даля не было.

В тот день они встретились в продуктовом магазине на третьем участке и вместе возвращались домой с покупками. Тема беседы не отличалась новизной. С зимы дядя Петя лелеял огульное, в общем-то, подозрение, будто сосед, бурят-костоправ Доржи Бадмаевич, поставил жучок и ворует у него электричество. По дороге ему опять явилась мысль восстановить справедливость с помощью Шубина. Этот план вынашивался им давно. Шубин должен был предстать перед соседом во всем блеске своего, так сказать, официального положения — в форме, при пистолете и, желательно, с парой-тройкой вооруженных автоматами солдат, но что дальше, дядя Петя плохо себе представлял.

— Пульни, — говорил он, — на дворе-то, чтоб знал, дьявол!

Шубин отговаривался тем, что должен отчитываться за каждый израсходованный патрон.

От Доржи Бадмаевича разговор перекинулся к его квартиранту Боре Богдановскому, такому же, как Шубин, лейтенанту-двухгодичнику из второго батальона. Оба они были историки, только Шубин учился на Урале, а Боря окончил Историко-архивный институт. В Москве у него осталась жена, поэтому постоянную женщину он не заводил, зато чуть не каждую субботу приезжал из города с новой девицей. Как интеллигент, Боря промышлял в пединституте и в институте культуры. Военного училища в Улан-Удэ не имелось, при нарушенном балансе полов срывать цветы с этих клумб можно было охапками. Чтобы иметь свободу действий, он съехал из офицерской гостиницы на первом участке и снимал комнату во вражеском пятистенке через забор. За полгода все его дамы, слегка помятые с недосыпа, прошли по Гарнизонной и растаяли в тумане, по утрам доползавшем от Селенги до автобусной остановки перед шубинским окном.

Дядя Петя таких вещей не одобрял. Моральные соображения его не занимали, просто ему казалось, что это лишено смысла.

— Они ж все одинаковые! — сердился он, отметая приводимые Шубиным аргументы в пользу разнообразия женской природы. — Ты им всем по очереди сунь туда палец да оближи. Разница будет, нет?

На втором участке навстречу попался старший лейтенант Колпаков из роты связи. Он давно задолжал Шубину десятку, но отдавать не спешил.

— Понимаешь, — жарко заговорил Колпаков, отведя его в сторону, — сейчас отдать не могу, извини. Пятого Галка получит зарплату, — подключил он сюда свою жену, работавшую в военторговской автолавке, — и я тебя найду. Или ты меня найди. Или Галка тебя найдет. Или лучше ты сам после пятого зайди к ней в лавку. Скажешь, что я тебе должен, она отдаст. По-моему, так будет проще всего.

Дядя Петя ждал возле здания одной из бывших казачьих казарм с монументальным порталом в духе ропетовской теремной готики. Оно, как утес, возвышалось над грязной пеной обступивших его дощатых сараев, дровяников, нужников.

— Тут в подвале она и была, губа-то. Я к ему сюда в караул ходил, — сказал дядя Петя, когда Колпаков ушел.

— К кому? — не сразу сообразил Шубин.

— К царевичу, ети твою... Беспамятный, что ли?

Шубин вспомнил, что еще прошлой весной ему рассказано было про цесаревича Алексея, сидевшего здесь на гауптвахте. Будто бы офицеры выкрали его в Екатеринбурге, подменив двойником.

«Они его сперва к Колчаку привезли, — излагал дядя Петя эту историю, — а как наши-те Омск взяли, хотели с им в Китай уйти, да протетехались. Куда ни глянь, до Байкала одна советская власть, ихнего брата на станциях метут подчистую. Ну, думают, мы тоже не пальцем деланы, наладимся к югу и побредем на Ургу. Думали у монголов лошадей купить — и в Калган. До Иркутска по железке доехали с чужими паспортами, оттуда тропами пошли на Косогол. Шли по тайге, решили ночевать. А в траве роса, под утро выпадает, ну и легли прямо на тропе. Сухо, так другое не ладно. Буряты там охотничали, набрели на их. Офицеров постреляли, а царевич объявил им, кто он есть, они его начальству сдали. Он у нас на губе сидел, потом караульный один, из кулаков, дверь ему отпер и гимнастерочку свою отдал. Его самого за такое дело на четвертый участок свезли, а царевич ушел в Монголию».

— Вы с ним разговаривали? — спросил Шубин.

— Раз было. Он вечером вон в то окошко смотрел, — показал дядя Петя зарешеченное подвальное оконце, на треть присыпанное песком пополам с опилками, — а мы с караула сменились, покуриваем наверху. Стемнело уже, он мне говорит снизу-то: «Отойди, земеля!» Какую-то, вишь, звезду я ему загородил.

— Какую?

— Врать не буду. Забыл.

— А вы что?

— Ничего. Переступил на шаг и стою.

— А в Монголию он как ушел?

— Как все, так и он. Падями.

— Там его и поймали?

— Не, ушел с концами.

Шубину это показалось нелогично.

— Если не поймали, как знаете, что в Монголию?

— Видели его там.

— Кто?

— Разные люди. Он, может, еще живой. Поживат себе, — сказал дядя Петя, и они не спеша двинулись дальше — мимо второго участка к себе на Гарнизонную.

После ужина Шубин снова сел за машинку. Ничего другого ему не оставалось. Шел только девятый час, но сын болел, телевизор не включали, и узнать новости про Абхазию и референдум он не мог. Газеты они перестали выписывать с прошлого года, когда это стало не по карману. Раньше Шубин ходил читать их на стендах возле кинотеатра «Прага», но осенью там исчезли сначала газеты, потом и сами стенды. Кинотеатр еще держался, хотя дневные сеансы отменили, а на вечерних показывали в основном эротику.

В большой комнате верхний свет был потушен, горела лишь настольная лампа под накинутым на нее платком. Сын лежал в кроватке горячий от жара. Негромко звучал рояль, жена опять пела ему про трех братьев-скитальцев и домоседку-сестру:

Проходит год за годом, зима сменяет лето,
Сестрица одинокая скучает.
А братья все не едут, скитаются по свету,
И весточки никто не присылает.

С юга не шлют, с востока не шлют,
С запада ветер один лишь мчится, воя.
А братья все не едут ни сушей, ни водою,
И стала их сестра совсем седою.

23

Утром Катя проснулась оттого, что где-то рядом неожиданно стих шум автомобильного мотора. Обледеневший за ночь снег коротко прохрустел под колесами. За окнами было уже совсем светло. Жохов спал как младенец, из уголка его рта стекала на подушку блаженная сонная струйка слюны.

Она босиком прошлепала к окну. Из стоявшего у ворот красного «фольксвагена» вылез молодой мужчина в натуральной замше и помог выйти элегантной стройной блондинке с некрасивым лицом и жидкими волосами. Джинсики нежно голубели под расшитой лиловыми лилиями коротенькой дубленкой нараспашку.

Катя комом схватила со стула одежду и кинулась к Жохову.

— Вставай! Борис приехал!

— Борис?

— Твой брат. Я его узнала по фотографии.

Заскрипело крыльцо, ключ зашебуршал в замке. Она успела натянуть трусики, трико, юбку, но бюстгальтер пришлось сунуть в карман и надеть свитер на голое тело. Приятельница научила, что если под грудью держится карандаш, без бюстгальтера ходить нельзя, если нет — можно. У нее, слава богу, пока не держался.

В сенях Борис что-то негромко сказал своей спутнице, та мелодично рассмеялась. Когда они вошли в комнату, Кате оставалось застегнуть сапоги, а Жохов в трусах и футболке скакал на одной ноге, пытаясь другой попасть в штанину.

— О-ля! Извините! — пропела блондинка.

Ее мягкий приятный акцент в устах западных людей всегда казался Кате свидетельством полнейшей оторванности от забот низкой жизни. О чем бы ни говорили женщины вроде этой, в их голосах звучала весть о том, что есть, значит, на свете такие места, где, будучи наивным человеком, можно тем не менее очень хорошо прожить.

Борис помалкивал, пытаясь оценить обстановку. На его месте Жохов повел бы себя точно так же. Время такое, что не стоит делать резких движений. Никто не знает, кому что позволено и кто за кем стоит.

Он влез в свитер, а уж потом застегнул брюки. Физические данные у него были средние, не стоило их демонстрировать.

— Простите, вы кто? — осторожно спросил Борис.

Катя решила, что вопрос обращен к ней, ведь не мог же он не узнать брата.

— Я племянница Натальи Михайловны, — объяснила она, — у нее здесь дача. Максимова Наталья Михайловна, у вас в семье ее зовут Талочкой.

— Талочка — ваша тетка?

— Да, я тут сторожем по ее рекомендации.

— И у вас есть ключи от дач?

Катя умоляюще взглянула на Жохова. Тот молча снял с вешалки ее кролика.

— Вы в ссоре? — спросила она одними губами.

Борис взял со стола связку ключей, многозначительно позвенел ими друг о друга.

— Кто вам их дал? Талочка? Ну, я с ней поговорю! Не знал, что у нее такие шустрые племянницы.

Жохов помог Кате надеть шубку и стал одеваться сам. Борис увидел трикотажную шапочку грузинского производства, куртку из фальшивой, с зеленоватым отливом, замши. Джинсы плебейской голубизны и литые белорусские ботинки с черными от пота стельками он разглядел еще раньше. Все вещи были достаточно дешевы, чтобы не принимать их владельца всерьез, но и не настолько плохи, чтобы его опасаться.

Он понюхал винную муть в одном из фужеров, подошел к дивану и грубо откинул постель к стене. Обнажилась светлая обивка с темнеющим посередине белковым пятном в форме облака на китайских картинках. Катя похолодела от стыда. Второй презерватив порвался, как советский, хотя изготовлен был в не знавшем социализма Гонконге.

— Хоть бы что-нибудь подстелили... Водите сюда мужиков, поите их, весь дом загадили. Какого хера?

— Сережа, скажи ему! — потребовала Катя. — Он все-таки твой брат.

— Чего-о? — изумился Борис.

— Не знаешь, значит, — констатировал Жохов. — Понятно.

— Что тебе понятно?

— Я думал, ты про меня знаешь. Мне-то отец много про тебя рассказывал. Мы с ним частенько встречались, когда ты в армии служил. Под Улан-Удэ, кажется. У тебя там дружок был из кадровых, он вашему замполиту голову проломил. Было такое?

Борис потрясенно кивнул. Успокоившись, Жохов рассказал, что у них в батарее тоже замполит был — песня. Жена его пьяного домой не пускала, так он, если выпьет, ходил спать в караульное помещение. Придет и начнет придираться: то не так, это не по уставу. Потом — хоп, и нету его. Только сапоги торчат, хромовые среди кирзовых. Завалился с отдыхающей сменой.

— Упал? — участливо спросила блондинка.

Никто ей не ответил.

— Когда бабушка умерла, — вернулся Жохов к семейной теме, — на кладбище я был, а на поминки к вам домой не пошел, естественно. Мы с отцом отдельно ее помянули. Отец сильно на тебя обижался, что ты на похороны не приехал.

— Меня из части не отпустили.

— Мог и без спросу. Чего бы они тебе сделали?

Он протянул Борису пачку «Магны». Тот покачал головой.

— В прошлом году, — закуривая, вспомнил Жохов, — у меня было воспаление легких, врачи велели бросить курить, а то всякое может случиться. Выхожу я после рентгена из поликлиники, достаю сигарету. Кручу ее в пальцах и думаю: если только эта маленькая белая палочка отделяет меня от смерти, то стоит ли жить?

Катя за рукав потянула его к выходу. Он высвободился.

— С какой стати? У нас такие же права, как у них.

— По-твоему, должны уйти мы? — осведомился Борис.

— Никто вас не гонит. Тут две комнаты, места всем хватит.

В тишине слышно стало, как потрескивают обои на выстывающих стенах. Блондинка запахнула свою дубленку и на всякий случай улыбалась всем по очереди, не понимая, видимо, что здесь происходит.

— Ладно, — вздохнул Борис, — давайте знакомиться. Это Виржини, она из Франции.

Жохов представился без фамилии, как на встрече с Денисом.

— Я хотел уступить тебе хату и ничего не говорить, — сказал он тоном оскорбленного великодушия. — А теперь извини, сам напросился.

Борис попросил его помочь загнать машину во двор. Виржини вышла вместе с ними, но вернулась раньше, неся в обеих руках гроздья разноцветных, по-разному шелестящих пакетов. Катя едва успела убрать постель и прикрыть пятно на диване газетой «Сокровища и клады».

Во дворе мягко запел немецкий мотор, снег захрустел под колесами вползающей в ворота машины. Слышно было, как Жохов командует:

— Еще, еще на меня! Так-так-так... Оп! Хорош.

Виржини глазами указала за окно.

— Нет? Не жена?

— Нет. А вы?

— Я тоже нет.

Обе рассмеялись, Виржини принялась выкладывать на стол нарядные свертки, баночки, коробочки. Катя почувствовала себя дикаркой, считавшей самым изысканным лакомством жареную саранчу и попавшей в Елисеевский магазин. Пирожные в прозрачных коконах и лукошко с клубникой под целлофановым флером тонули среди чего-то нездешнего, привезенного из краев, где каждый день — праздник. Обрубок сырокопченой колбасы смотрелся тут камнем среди цветов.

— Девочкой я жила в Дегтярном переулке, в самом центре Москвы, — сказала Катя, понимая, что говорить об этом не нужно, но не видя другого способа сразу обозначить свое место в мире. — Я знала, что СССР — лучшая в мире страна, Москва — лучший город в СССР, а улица Горького — лучшая улица в Москве. Дегтярный переулок выходил на улицу Горького. Я думала: какая же я счастливая, что живу в таком месте! Там был большой «Гастроном» на углу Тверского бульвара, однажды я увидела, что перед ним стоят иностранные туристы, указывают пальцами в витрину и смеются. В витрине были выставлены огромные круглые банки с сельдью. Больше — ничего, только эти банки. Мне было лет десять, но я сразу поняла, что они смеются надо мной, над моим счастьем.

На крыльце затопали, сбивая снег с ботинок. Вошел Жохов и с порога стал кричать, что сидеть дома в такую погоду — преступление. Катя шепнула ему, что они столько всего вкусного навезли, а им совершенно нечем их угостить. Она возьмет судок и сходит в «Строитель». Суп брать не будет, только второе.

— Тогда возьми заодно мою порцию, у меня за обед заплачено, — пожалел Жохов, что добро пропадает. — Четырнадцатый стол. Скажешь официантке, она знает.

Катя ушла, не дождавшись денег, которые он собирался ей дать, но слишком долго нашаривал по карманам. Растопили печку, Борис принес из машины дипломат, выставил бутылку «Белой лошади».

— Странно все-таки, — покрутил он головой, разливая виски, — что я ничего о тебе не знаю. Отец никаких тайн хранить не умел, особенно от матери, а она бы мне рассказала. Она мне все рассказывала. Когда у нее нашли рак, я первый узнал. Мать взяла с меня честное слово, что не скажу отцу, он еще полгода ни о чем не догадывался. Отец, конечно, законченный эгоист, но она его любила. Он ее — тоже. Если у него что-то бывало на стороне, сам ей потом признавался, каялся, и она его прощала. Понимала, что все это несерьезно. Что-то серьезное было у него только с Элкой Давыдовой, они в одном классе учились. Мать всю жизнь ее терпеть не могла.

Жохов нахмурился:

— Какая она тебе Элка!

— Извини, отец ее так называл. Раньше она ему иногда звонила.

— Мою мать зовут Элла Николаевна.

— Она же Абрамовна!

— Это по отчиму, — молниеносно отреагировал Жохов. — А по отцу и по паспорту — Николаевна.

— Но она мне сама говорила: позови к телефону папу, это Элла Абрамовна.

— Она так представлялась, потому что не хотела обижать отчима. Отличный был мужик, хотя и Абрам. Он мне рассказывал, — воспроизвел Жохов жалобу Марика, остро переживавшего свое еврейство, — что первый раз женился на еврейке. Соседи сказали: евреи всегда женятся на своих. Второй раз женился на моей матери. Она чистокровная русачка, но соседи и тут сразу все поняли: ага, мол, евреи любят русских женщин. Он мне говорил: «Как ни поступи, Сережа, все равно получается, что поступаешь как еврей».

— Уезжать не собираешься? — спросил Борис, наливая по второй.

— Куда?

— Хотя бы в Израиль.

— Я же тебе говорю, у меня мать — русская. У нее только отчим еврей.

— Можно и по отцу. Там таких, как мы, принимают.

Это была интересная новость. Прясло в углу, иконы в серванте и сама изба, в которой они сидели, никак не

206

наводили на мысль о том, что хозяин — еврей, но Жохов не слишком удивился. Марик, например, в подпитии обожал петь русские народные песни.

Виржини от виски отказалась и попросила чаю. Жохов мечтательно поцокал языком.

— Чай! Знаете, как я летом готовлю себе чай? Я встаю рано утром. Рано-рано, когда еще не поют птицы. Босой, я иду на берег лесного озера и серебряной ложечкой собираю росу с кувшинок. Дома сажусь и жду, пока зазвонят к заутрене. С первым ударом колокола развожу огонь в печи, ставлю чайник.

— Вы человек православный? — уважительно спросила Виржини.

Бабушка крестила Жохова, когда он уже ходил в первый класс. Ей приснилось, будто идет она по лесной поляне, там множество детей, они смеются, играют в мяч, солнце светит, а внука нигде нет. Она идет дальше, входит в лес и видит, что под елками, в темноте, в сырости, он сидит один и плачет. Бабушка поняла, что дети не хотят с ним играть, потому что они все крещеные, а Сереженька — нет. Тайком от отца, состоявшего в заводском парткоме, она отвела его в церковь и окрестила.

— Я — дзэн-буддист, — ответил Жохов. — Мое кредо: все подвергай сомнению. Встретишь Будду — убей Будду.

Он чихнул.

— Будьте добры, — сказала ему Виржини, беря чайник и уходя с ним в кухню.

— Никак не может запомнить, что нужно говорить, если при ней чихают, — объяснил Борис.

— Где ты ее подцепил?

— По работе знакомы. Я тут сколотил команду, создаем с французами совместное рекламное агентство.

— Они случайно не интересуются никелем? — оживился Жохов.

— У тебя есть никель?

— На тридцать процентов дешевле, чем на Лондонской бирже. Я выхожу на непосредственного производителя, директор комбината — мой однокурсник.

— Еще что есть?

Караваевский список остался в сумке, Жохов по памяти назвал несколько позиций. Борис записал все в книжечку.

— Приеду в Москву, проконсультируюсь.

— Только давай пооперативнее, а то уйдет. Эти вещи быстро уходят.

После третьей рюмки выяснили, кто где живет в Москве. Борис жил на Ленинградском проспекте, возле фонда Горбачева. Жохов сказал, что Горбачев — современный Данко, неблагодарные люди растоптали его сердце, осветившее им дорогу к свободе, и рассыпалось оно голубыми искрами по степи.

Как и Борису, «Старуху Изергиль» ему в детстве читала мать. На этом месте он тоже распустил нюни, но не желал признавать за собой постыдную слабость. Мать со смехом уличала его, он топал ногами, орал: «Нет! Нет!»

Выпили еще, и слезы подступили к горлу вместе с пронзительным чувством, что все советские люди — братья.

24

Накануне вечером Сева дал уборщице триста рублей, и та положила его на раскладушке в бельевой. С утра он маялся бездельем, потом помогал охраннику чинить его «девятку», то и дело поглядывая в сторону ворот, откуда должен был появиться Жохов. Сосед Жохова топтался возле, но в ремонте участия не принимал.

Охранник сменился с дежурства и собирался ехать в Москву.

— Поедешь? — спросил он Севу, когда все отрегулировали.

Время шло к обеду, а Жохов не появлялся. Может, вообще не придет. Сева объяснил соседу, что должен срочно быть в Москве, призвал его к бдительности, отвалил на жетоны еще тысячу и сел в машину.

Ворота были закрыты, возле них сторож сыпал с лопаты шлак на подмерзшую колею. Он сделал знак подождать.

— Так-то я электрик по горношахтному оборудованию, — сказал охранник. — При Мишке в Индии работал по контракту, пробивали стратегический туннель на пакистанской границе. А индусы, они слабосильные. На мясо денег нет, едят одну траву. Если землю копают, над штыком у лопаты к черенку веревку привязывают. Один человек за ручку держит, другой — за веревку. Тот копнет, а этот за веревку вверх тянет, чтобы тому полегче было. Получается, по два человека на лопату.

— У нас скоро по четыре будет при таких-то зарплатах, — предрек Сева.

Выехали на лесную дорогу. Сияло солнце, охранник опустил козырек на лобовом стекле.

— Что у них хорошо, — опять вспомнил он про Индию, — водители все вежливые. Надо назад сдать — сдаст, слова не скажет. Ездят на солярке, а ДТП почти нет. Зато по статистике двести человек в год от слонов погибает.

— Ну-у, — сказал Сева, — если посчитать, сколько в одном нашем Серпухове за прошлый год народу от паленой водки перемерло...

— Это — да, — согласился охранник. — У нас раньше на водочно-ликерном фильтры меняли раз в неделю, по вторникам. Поглядишь сквозь бутылку — на внутренней стороне наклейки дата разлива проставлена. Смотришь, какой был день недели, отсчитываешь от вторника, и все дела. Лучшая водка — в среду, в четверг похуже, в понедельник — самая гадость. А сейчас хер разберешь.

— Другой темп жизни, надо привыкать, — отозвался Сева. — В Союзе темп жизни был низкий, поэтому отстали от Запада. Они там уже поссут, а у нас и не пито.

На повороте за окном промелькнула женщина в кроличьей шубке, с судком в руке.

Сосед Жохова узнал ее сразу. В столовой она выяснила у него, кто обслуживает четырнадцатый стол, и сказала официантке, что за этим столом сидит ее знакомый, он просил взять его порцию.

— Нельзя, — осадила ее официантка.

— Почему? У него заплачено.

— Откуда мне знать, кто вы такая? Я вам сейчас отдам, а он после придет и станет требовать.

— Он не станет.

— Все так говорят. А с меня потом вычитают.

— Тогда, пожалуйста, четыре шницеля с пюре, — смирилась эта женщина, вручая официантке судок и деньги.

Та, сосчитав, сказала, что на четыре не хватит, со вчерашнего дня отменили скидку для тех, кто берет обеды на дом. Сошлись на трех с двойным гарниром.

Сосед дохлебал рассольник, запил киселем, положил в карман шницель, обернув его салфетками, оделся и занял позицию у входа. Утром он все-таки рассказал Севе про европий. Тот крепко пожал ему руку, без слов подтверждая эту догадку, а он так же молча дал понять, что все останется между ними. У него не было ни детей-бизнесменов, ни даже брата в Воронеже, с каждым месяцем жить становилось все страшнее, зато сейчас, прохаживаясь возле крыльца, он не испытывал ни малейшего страха. Сила, которая за ним стояла, давала забытое за последние годы ощущение прочности жизни.

Молодая мать, жившая в комнате справа по коридору, подвезла к крыльцу санки с четырехлетним сыном, поставила его на снег и повела в столовую. Мальчик упирался, орал, рвался назад к своим саночкам. Она поддала ему по затылку, тут же бурно расцеловала, снова шлепнула и поволокла его, ошалевшего от мгновенной перемены ее настроений, на обед. Он не сопротивлялся. Так камень, чтобы расколоть его, попеременно поливают то горячей водой, то холодной.

Навстречу им спустилась по ступеням женщина в кроличьей шубке. Сосед на безопасной дистанции двинулся за ней и минут через двадцать увидел, как она отворила калитку на главной улице дачного поселка по дороге на станцию.

Выждав, он подошел ближе. За щербатым штакетником открылся необшитый бревенчатый дом с забранными в дощатые короба углами. На южном скате крыши снег подтаял, обнажилось покрытое зеленой краской железо. Рядом с щелястым сараем сверкала на солнце красная иномарка. Определить ее породу сосед не сумел, прочесть номер тоже не смог, но хорошо рассмотрел этот дом, а на обратном пути посчитал и запомнил, каким по счету будет он от поворота на «Строитель». Телефон, по которому следовало сообщить об увиденном, был написан у него на сердце.

25

Очерк об Алексее Пуцято был закончен наутро после разговора с Кириллом. Ближе к обеду Шубин позвонил в редакцию и попросил его к телефону. Мужской голос ответил, что Кирилл у них больше не работает.

У него упало сердце, но усилием воли удалось побороть искушение сразу положить трубку. Он покосился на жену. Она только что вернулась с оптового рынка, по дороге вынув из почтового ящика несколько рекламных листовок, и теперь изучала поступившие предложения. Ей хотели построить дачу, продать квартиру, дубленку, теннисный стол фирмы «Кеттлер», принять у нее вклады в рублях и в валюте. Большой мир не баловал ее вниманием, писем она не получала и в глубине души рассматривала эти послания как обращенные к ней лично.

Сейчас они находились в одинаковом положении. Ей не хотелось, чтобы он присутствовал при разборе ее интимной корреспонденции, ему — чтобы она слышала его разговор. Волоча за собой шнур, Шубин понес телефон в свою комнату и по дороге узнал, что Максим уволился вместе с Кириллом.

— Странно, — сказал он, стараясь держать ровный мужественный баритон, чтобы не выдать накатившего отчаяния. — Я был у них вчера, они мне ничего не говорили.

Отвечено было туманно:

— У нас сменились приоритеты.

Видимо, смена приоритетов грянула как гром с ясного неба вчера вечером или сегодня утром.

Шубин стал выяснять, нужны ли им очерки про самозванцев или это уже вчерашний день. Жена из кухни уловила непорядок в его голосе, вошла и встала рядом. Пары реплик хватило ей, чтобы все понять.

— Скажи им, что тебе выплатили аванс, — просуфлировала она шепотом.

Он сказал. Это произвело впечатление.

— Приезжайте, — пригласил голос в трубке, — поговорим.

Терпеть до завтра было выше его сил. Шубин выразил готовность приехать прямо сейчас, хотя жена отчаянно сигналила ему, что нельзя так откровенно выдавать свою заинтересованность. Договорились на сегодня, на пять часов.

Здание, где размещалась редакция, принадлежало отраслевому НИИ с непроизносимым названием. Его еще можно было прочесть на треснувшей табличке у входа. Почти лишенное гласных, оно напоминало имя злого волшебника из советской кукольной пьесы с намеками на культ личности. Бюро пропусков упразднили, вертушка на проходной свободно открывалась перед любым желающим. Вахтер в черной шинели с зелеными петлицами безучастно сидел в своей будке.

Лифт не работал, на этажах мигали неисправные трубки дневного света. На подоконниках грудами лежали папки и скоросшиватели с никому не нужными документами. В мужском туалете половина кабинок была заколочена, в ржавых писсуарах стояла моча и плавали окурки. Облупились огнетушители на площадках, линолеум прилипал к ногам. В углах выросли мусорные термитники. Пучки разноцветных проводов лианами свисали из дыр, грубо пробитых в стенах лабораторий, и тянулись по коридорам. Там, где помещения арендовали коммерческие фирмы, порядка было больше, хотя он тоже казался непрочным. Стальные двери вызывали тревогу, слишком яркие краски отдавали истерикой. Из-под пластиковых панелей вылезали мокрицы и попахивало гнилью.

Редакция занимала несколько комнат на шестом этаже. В той, куда он ходил раньше, одиноко пялился в монитор худенький паренек в черной водолазке. Шубин мельком видел его во время прежних визитов. Он был не старше Кирилла с Максимом, но представился Антоном Ивановичем, добавив с неочевидной улыбкой:

— Запомнить легко.

— Да, — согласился Шубин, — есть такой фильм.

— Какой фильм?

— «Антон Иванович сердится».

— Не знаю.

— Ну, кинокомедия. Ее сняли перед самой войной, — начал объяснять Шубин с ненужными деталями, которые от неловкости всегда сыпались из него с фламандским изобилием, — а на экраны выпустили в октябре сорок первого. Все ломились на него как ненормальные. Моя тетка училась тогда в десятом классе, так она, дурында, отказалась уезжать из Москвы в эвакуацию, потому что не успела посмотреть этот фильм.

В ответ сказано было уже без улыбки:

— Так звали генерала Деникина. Вы ведь историк, должны знать.

Антон Иванович без комментариев принял машинописные странички с очерком про Алексея Пуцято, вооружился карандашом для редакторских помет.

Пока он читал, Шубин оглядел комнату. На первый взгляд смена приоритетов выразилась лишь в том, что на журнальном столике в углу появился электрический чайник вместо кофеварки. Ее, видимо, унесли с собой Кирилл и Максим. Печенье и чашки остались те же.

Добравшись до третьей страницы, Антон Иванович волнистой чертой на полях обозначил свои сомнения.

— Вы пишете: «Звезды и созвездия есть творения предвечных душ, созидаемые ими на пути к воплощению. Там они пребывают до вселения в то или иное тело на планете Земля. Когда предвечная душа повторно погружается в человеческую плоть, перед нами суть не разные люди, а всего лишь различные формы ее земного существования».

— Это не я пишу. Это цитата, — уточнил Шубин.

— Неважно, мы не будем пропагандировать идеи такого сорта. Пятый Вселенский собор однозначно осудил теорию предсуществования душ. Если хотите с нами сотрудничать, придется учитывать наши требования. Не то приплетите сюда еще метампсихоз и ступайте в общество Рериха, они вас примут с распростертыми объятьями.

Он дочитал до конца, иногда пуская в ход свой цензорский карандаш, и вынес вердикт:

— Многовато иронии. Ирония — симптом изоляции от общего смысла народной жизни.

В окно било пьянящее мартовское солнце. От весеннего авитаминоза у Шубина слегка кружило голову. Фрукты они с женой давно не ели, нормальное мясо тоже начало исчезать из рациона. Его заменили баночки детского мясного питания, у которого вышел срок годности, поэтому для сына оно уже не подходило. Одна стограммовая баночка растягивалась на два дня. Хотелось горячего сладкого чаю, но перебить деникинского тезку он не решался.

— Когда-то жертвенная царская кровь должна была отвести от народа гнев небес, обеспечить непрерывность обновления жизни, — отвлекшись от екатеринбургской трагедии, заговорил тот с внезапным вдохновением, подсказавшим Шубину, что они набрели на тему его студенческих или аспирантских штудий. — В древности престарелых царей приносили в жертву, позже возникли особые ритуалы, призванные продемонстрировать юношескую свежесть верховного правителя, его способность и дальше быть посредником между людьми и небом. Например, церемония ваджапея в ведической Индии, ритуальный бег фараона в Египте.

— Заплыв Мао Цзэдуна через Янцзы, — дополнил Шубин и встретил недоумевающий взгляд.

Пришлось пояснить:

— В годы китайской культурной революции. У нас об этом была статья в «Советском спорте». Будто бы на восьмом десятке председатель Мао побил мировой рекорд по плаванию на длинные дистанции.

— Видите! — воодушевился Антон Иванович. — Линейное время годится для Запада, у них там все проходит и никогда не возвращается. У нас и на Востоке по-другому. Узловые моменты нашей истории повторяются вновь и вновь, как в сакральном цикле. Убитый в Екатеринбурге цесаревич вечно умирает и вечно воскресает.

— Как Осирис?

— Если угодно — да. Самозванчество обычно связывают с корыстью или политическими интригами, хотя

216

оно метафизически не имеет никакого отношения к обману. Тут совсем другая история. Это ответ русской народной души на богооставленность мира... Чаю хотите?

Пересели за журнальный столик. Антон Иванович воткнул в розетку вилку чайника, выложил на блюдце печенье. Ручки у него были маленькие, белые, с тонкими запястьями.

— В Западной Европе обряд миропомазания при коронации уподоблял монарха ветхозаветным царям Израиля, на Руси — самому Христу, — сказал он, разливая по чашкам заварку. — Наше цареубийство несет в себе принципиально иной смысл, чем на Западе. Оно, как взрыв, разрушает устоявшийся пространственно-временной континуум. Из исторического времени оно выносит нас в вечность.

— Это хорошо или плохо? — спросил Шубин.

— Давайте-ка мы Романовых вообще трогать не будем, — не ответив, решил Антон Иванович. — Есть ведь и другие кандидатуры.

Он достал синопсис, по наследству перешедший к нему от Кирилла. Его карандаш задумчиво покружил около вавилонского армянина Арахи, посаженного персами на кол, но в конце концов под сильным шубинским нажимом остановился на Анкудинове.

За полтора года, прожитых в Риме, Анкудинов сумел завязать множество знакомств. С ним водили дружбу венецианские и генуэзские сенаторы, испанский посол и представитель Дубровницкой республики в Ватикане обращались к нему за советом. В домах римских аристократов он считался желанным гостем. Иезуиты охотно снабжали его деньгами, на богослужениях в соборе Святого Петра паломники из разных стран Европы указывали на него как на будущего владыку московитов, но такая жизнь не могла продолжаться вечно. Когда-то нужно было приступать к исполнению взятых на себя обязательств. Намеки он понимать не желал, тогда ему урезали содержание, перестали приглашать на светские приемы наконец прямо заявили, что пора возвращаться на родину и, как он обещал Иннокентию X, «приложить все старания к тому, чтобы вывести свой народ к свету истинной веры».

Незадолго до отъезда к нему явился иезуит Джулио Аллени, ученик прославленного Маттео Риччи. Оба многих лет проповедовали слово Божье в Китае. Аллени выразил надежду, что князь Шуйский, заняв московский престол, вышлет эмиссаров на Восток, чтобы обратить в христианство монгольских номадов, недавно совращенных в буддийскую веру. Анкудинов это ему обещал. Согласился он и с тем, что уже сейчас ему полезно будет узнать кое-какие приемы, практикуемые иезуитами в полемике с китайскими последователями религии фо, иначе говоря — буддистами.

«Прежде всего, — начал Аллени, — следует говорить, что в мире не может быть двух или нескольких богов, ведь если это так, то все они либо не равны, либо равны. Если они не равны, то одного, наиболее могущественного, было бы достаточно. Если же они равны и ни один не в состоянии уничтожить остальных, значит, ни один из них не обладает всей полнотой божественной власти».

Он переждал сильный порыв ветра за окном, от которого захлопали беспризорные ставни, и продолжил «Обычно китайцы с этим соглашаются, но иногда высказывают мнение, что мир велик, в нем есть десять тысяч царств и восемь краев и управление некоторыми из них Господь вполне мог поручить буддам и бодисатвам. Монголы могут заявить то же самое. На это надо отвечать, что Бог всемогущ и в наместниках не нуждается».

Наместника в лице римского папы Анкудинов благоразумно касаться не стал, но поинтересовался, как можно доказать монголам, что этот единственный Бог — Господь Вседержитель, а не какой-нибудь буддийский кумир.

«Это нетрудно сделать, — научил его Аллени, — доказав прежде, что никем якобы не созданная, безначальная и бесконечная вселенная, каковой мыслят ее буддисты, в принципе существовать не может. Никакая вещь не в силах породить самое себя, все они происходят одна из другой — из утробы, яйца или семени и далее до первопричины в лице Творца всего сущего. Если желтошапочная религия проповедует обратное, она есть учение ложное. Отсюда вытекает, что все составные части этого учения тоже суть заблуждения. Включая самое из них опасное — о том, будто душа человека после смерти переселяется в другое тело».

«А если будут приведены достоверные случаи, когда такое бывало?» — спросил Анкудинов.

«Тогда, — отвечал Аллени, — нужно говорить, что это бесы вселяются в живых людей, а потом вопиют из них голосом умершего или как-нибудь иначе показывают, что его душа пребывает в новом теле. Помните, дьявол смущает нестойких путем распространения ложных учений».

«По себе сужу, святой отец, — вздохнув, заметил Анкудинов, — даже ради истинной веры тяжко человеку оставить веру прародителей своих».

«На самом деле, — возразил Аллени, — человек должен отвернуться лишь от своих ближайших предков, забывших истину. Что до предков более далеких, им она была открыта. Тому есть немало свидетельств, нужно лишь отыскать искры божественного света во тьме восточных лжеучений. К примеру, китайский иероглиф «запад» изображает двоих людей под деревом. В буквальном переводе это слово означает место, где двое живут в саду. Следовательно, когда-то в древности китайцам известно было про Эдем, располагавшийся к западу от Поднебесной империи, а значит, и про его Создателя. Думаю, монголы в старину тоже об этом знали».

На прощание Аллени рассказал несколько смешных случаев из своей миссионерской практики и один страшный. Смешные в основном сводились к вопросам, которые ему задавали китайцы. Их, например, занимало, есть ли у Бога живот, носит ли Он шляпу, и если да, то какую — с плоскими полями или загнутыми вверх. Особенно часто спрашивали, почему у Бога всего один сын, не следует ли в ближайшее время ожидать появления на свет его брата или сестры. Китайцам с их плодовитостью казалось неразумным иметь единственного ребенка. При беседах они обычно проявляли доброжелательность, хотя однажды Аллени чудом избежал гибели. Буддийские монахи, побежденные им в открытом диспуте, решили ему отомстить и распустили слух, будто при отпевании покойников он тайком вырывает им глаза и продает португальским купцам. Те якобы вывозят их в Европу, чтобы использовать для производства фальшивого серебра.

«Как им такое на ум пришло?» — поразился Анкудинов.

На этот вопрос внятного ответа он не получил. Аллени так и не сумел узнать, откуда взялось такое странное суеверие. Остальное объяснялось просто. Китайцы хоронят своих мертвых с открытыми глазами, но тем из них, кто уверовал в Христа, он по христианскому обычаю опускал веки после смерти, так их и предавали земле. От него требовали вырыть мертвецов из могил и показать, что под веками у них есть глазные яблоки. Он отверг это святотатство, тогда разъяренная толпа едва его не растерзала.

«К счастью, — улыбнулся Аллени, — в Монголии ваши люди будут в безопасности. Ничто подобное им не угрожает. Со времен Чингисхана много воды утекло, под влиянием буддизма монголы превратились в самый, может быть, мирный из азиатских народов».

Анкудинов подумал, что если так, неплохо бы им и дальше оставаться во тьме язычества, но оставил это мнение при себе.

В марте 1650 года, на Благовещение, он покинул Вечный город. Имевшаяся при нем папская грамота призывала всех светских и духовных правителей, через чьи владения будет проезжать князь Шуйский, всячески содействовать его желанию поскорее достичь границ Московского царства.

Впрочем, спешить Анкудинову было некуда. Не торопясь, двигался он на север. Ему не исполнилось еще и тридцати трех лет, он был полон сил и надежд. Апеннинская весна в самом своем разгаре томила душу предчувствием счастья, как в юности. На закате неумолчно трещали вещие цикады, зеленые светляки роились над дорогами, и низко висела над горизонтом путеводная, пламенно-белая звезда Венеры. По своей науке астрологии Анкудинов знал, чтó сулит она людям и народам, появляясь в том или ином созвездье, а прекрасная нимфа с бритым лобком, так и не сумевшая заманить князя Шуйского к себе на ложе, наконец научила его находить в небе эту покровительницу пастухов и любовников.

Мед полевых цветов растекался в воздухе, колеблемом дыханием близкого моря. На пахотных неудобьях снежными россыпями белел печальный асфодель. Княгиня Барберини говорила, что этот цветок вырастает над погребенными в земле руинами древних дворцов и городов.

Пару недель Анкудинов с комфортом прожил в Венеции, оттуда направился в Триест. Здесь начинались владения Габсбургов, дальше путь в Москву пролегал по территории Речи Посполитой, но в Польше он уже бывал, ничего хорошего там его не ожидало. На родине ему тем более совершенно нечего было делать, поэтому за Альпами он изменил маршрут, принял к востоку и к концу лета оказался в Трансильвании, у владетельного князя Дьердя Ракоци.

Тот признавал себя вассалом султана и еще на Пасху получил от него фирман с повелением объявить войну новому польскому королю Яну Казимиру. Самому Ракоци поляки тоже порядком насолили, он не прочь был с турецким ветром подпустить им угорских вшей, но тягаться с королем в одиночку ему было не под силу. Турки воевали с венецианцами из-за острова Крит, ждать от них серьезной помощи не приходилось. Он обратил взор на Украину, где шляхетная кавалерия дважды показала хвосты казакам Богдана Хмельницкого, и решил заключить с гетманом союз против поляков. Тут-то ему и подвернулся Анкудинов.

Ракоци сразу понял, что для таких переговоров князь Шуйский является идеальной фигурой. Русский язык был языком его матери, польский — его музы. Запорожцы говорили на смеси того и другого, да и по крови приходились ему родней. Воспитанный в той же греческой вере, он знал, какие ключи подходят к их грубому сердцу, какие слова заставляют их по приемлемой цене вынимать из ножен острые казацкие сабли.

Анкудинов охотно взялся исполнить поручение. Через неделю, получив от Ракоци обстоятельные инструкции, кошель с дукатами и секретное письмо к Хмельницкому, он под охраной нескольких венгерских дворян выехал в ставку мятежного гетмана — Чигирин.

Глава 9
ДВОРЕЦ

26

Днем Борис водил Виржини гулять и смотреть горку, где он в детстве сломал ногу, катаясь на лыжах. Здесь начиналась территория соседнего совхоза. Под горкой, обнесенный дощатым забором, темнел на снегу барак из силикатного кирпича. Лет пятнадцать назад его с большой помпой построили как телятник, а на следующий год втихую переделали под птичник. Первоначальный проект учитывал недостаток кадров на селе. Предполагалось, что вручную убирать навоз не придется, он своим ходом будет стекать в отстойник по наклонным бетонным желобам. Чтобы придать ему необходимую для этого жидкую консистенцию, следовало изменить рацион, телятам назначили особые добавки к силосу, но при постоянном поносе они стали дохнуть, к тому же конструкцию рассчитали на другой климатический пояс. В морозы любой навоз в желобах все равно замерзал, кормов хронически не хватало, а по курам тогда вышло какое-то постановление.

С горки видно было, что в половине окон выбиты или вынуты наружные стекла. Уцелевшие не мыли, наверное, с брежневских времен. Толь на крыше выцвел и сморщил-

224

ся, словно с тех пор, как его настелили, здание непонятным образом уменьшилось в объеме. С правого торца обнажился халтурно сложенный фундамент. Громадные щели между плитами уходили куда-то вниз, в подземную тьму. О том, что внутри еще живут и чем-то питаются совхозные куры, свидетельствовал лишь трупный дух птичьей неволи, смешанный с запахом влажного дерева и вытаивающей из-под снега земли. Земля пахла свежо и чисто. В последние годы у совхоза не хватало денег на минеральные удобрения, сеяли без них, соответственно, и урожай собирали сам-три, как при Юрии Долгоруком.

Спустились вниз и двинулись вдоль забора. Пропитанные сыростью черные доски на солнце обволакивались паром. Борис рассказывал, что раньше удобрения с полей смывало дождями в здешний пруд, поэтому из-за химии купаться в нем было нельзя, а теперь — можно. Нормальная рыба тоже появилась, а то была горбатая, иной раз — слепая, и воняла ассенизацией, от нее даже кошек тошнило, но к прошлому лету окуни извели этих мутантов. Жизнь возвращалась к первозданной чистоте. Еще год-другой, и умолкнет в полях гул тракторов, развалятся силосные башни, подстанция зарастет травой, а на руинах церкви Рождества Богородицы, в которой попеременно размещались то котельная, то ремзавод, бывшие совхозники воздвигнут Перунов болван и начнут приносить ему жертвы.

Борис вел Виржини под руку. Вдруг, вскрикнув, она спрятала лицо у него на груди. Перед ними торчал вбитый в землю кол, на нем висела перехваченная грязной веревкой за шею мертвая собака. Ее окостеневшие передние лапы по-заячьи были поджаты к груди, голова откинута набок. Глазницы запеклись, в слизистых ноздрях и в полуоскаленной пасти шевелящейся массой кишели черви.

Появился сторож в телогрейке и солдатских сапогах. Оказалось, тут в заборе дыра, бродячие собаки повадились таскать через нее кур, пришлось подстрелить одну и повесить в назидание прочим.

— И помогает? — спросил Борис.

— Ненадолго. Их менять надо, а то к одной они привыкают. Одна повисит, потом другая.

— А забор залатать?

— Чем? — оскорбился сторож. — Все порастащили, в конторе гвоздя не допросишься. Стройматериалов никаких не выписывают, вон крыша вся погнила.

Он еще долго плелся сзади, рассказывая, кто из прежних и нынешних обитателей Кремля должен висеть здесь вместо этой собаки, наконец отстал.

На дачу вернулись в шестом часу. Борис налил Виржини немного виски, взглядом давая понять, что после всего пережитого ей это просто необходимо. Катя разогрела на электроплитке столовские шницели с картофельным пюре, но сама за стол не села. Шницелей было три, на четвертый не хватило денег. Она сказала, что у нее сегодня разгрузочный день, и неприятно поразилась тому, как легко Жохов в это поверил. Мог бы предложить ей половину своей порции.

От огорчения потянуло на сладкое, Катя решила съесть йогурт, о котором много слышала, но не пробовала ни разу. Нежная желтоватая масса с крохотными кусочками консервированных персиков показалась пищей богов. Отвернувшись, она вылизала коробочку и взяла с дивана газету «Сокровища и клады».

С советских времен у нее осталась привычка просматривать газеты с конца. В отличие от первых полос, там иногда попадалось что-нибудь стоящее, вроде заметочек о лосях, среди бела дня забежавших в город, или о ребенке, который выпал с пятого этажа, но отделался испугом. Теперь таких случаев больше не бывало. Дети убивались насмерть, а сохатые держались подальше от людей, зная, что их без всякой лицензии пустят на пельмени.

Здесь на последней странице публиковались присланные в редакцию рассказы о сокровищах, счастливо найденных не теми, кто их спрятал.

«В совхозе у нас, — писала читательница из Волоколамска, — жила семья, мать с отцом и девочка-дошкольница. Детский сад был на центральной усадьбе, от нашей деревни 5 км. Родители дочку туда не водили, а когда шли на работу, запирали дома одну. Только они уйдут, из подполья другая девочка выходила, играла с ней и все просила ударить ее, но та девочка не соглашалась...»

Читая, Катя слышала голос Жохова:

— У Ленина настоящая фамилия Ульянов, у Троцкого — Бронштейн. А у Свердлова?

— Так и есть, — ответил Борис.

— Не Шнеерсон?

— Нет.

— Блин! Проспорил.

— На что спорили?

— На щелбан, — сказал Жохов.

Так мог бы ответить маленький мальчик. Катя тут же простила ему этот шницель и продолжала читать:

«Однажды мать собралась на ферму, а дочка говорит ей: "Мама, уходи скорее, ко мне девочка придет, мы играть будем". Мать удивилась, спрашивает: "Какая девочка?" Дочка ей и рассказала. А раньше у них в доме жил богатый человек, в коллективизацию его раскулачили. Мать сразу все поняла и наказывает дочери: "Как эта девочка придет, поиграет с тобой и попросит ее ударить, ты, доченька, так и сделай". А дочь не захотела. "Нет, —

отвечает, — мне ее жалко, она маленькая". Мать говорит: "Ты легонечко ударь". Потом научила, что дальше делать, сама ушла, а дочка осталась. Сразу же вышла к ней та девочка. Поиграли, она опять стала просить: "Ударь, ну ударь меня!" Хозяйская девочка тихонько стукнула ее в плечико, та и рассыпалась сухой землей. А мать велела дочери не пугаться, не охать и, как только ее подружка рассыплется, все сложить на платок, завязать в узелочек и бросить в подпол. Дочка так и сделала. Мать вернулась, полезла туда, узелок развязала, а там — золото».

Катя показала заметочку Жохову. Он ее не читал, до последней полосы у него руки не дошли. Она сказала, что история восхитительная, и вызвалась прочесть вслух. Никто не возражал.

— Это душа клада, — сразу определил Борис природу маленькой мазохистки из подполья.

Когда она рассыпалась прахом и обратилась в золото, Жохов ощутил странное волнение. Тот мужичок, выпивший его водку в гостиничном ресторане, тоже кричал ему: «Ну дай мне в морду! Дай! Дай!» Вспомнилось, как толкнул его в плечо, как он исчез, а потом так же внезапно возник уже с европием в своей кошелке. Захотелось немедленно позвонить Гене, хотя никаких новостей быть еще не могло. Денис велел связаться с ним после восьми.

Возникло предчувствие, что на этот раз все будет хорошо, надо лишь забыть, не думать, отдаться потоку жизни. Душа просила музыки. Жохов включил магнитофон, качнулось все то же танго. Он взял за руку Виржини и повел ее танцевать, одновременно перелагая на русский бессловесную исповедь саксофона. В ней якобы говорилось о том, что вечером все цветы складывают свои лепестки, засыпая на ночь, но один маленький, очень маленький цветок распускается именно в это время. Его имя — тайна.

— Ты куда? — вскинулся он, заметив, что Катя снимает с гвоздя своего кролика.

— Обойду участки. Мне за это деньги платят.

— Я с тобой.

— Не надо. Лучше посуду вымой.

Она сердито дернула и оборвала вешалку. «Ревнует», — подумал Жохов. Он поднял упавшую шубку, встряхнул, демонстрируя заботу. Воздух наполнился ворсинками меха, лезущими из нее при каждом прикосновении, как из кошки, зараженной стригущим лишаем.

— Будьте добры, — сказала Виржини, когда он чихнул.

Катя влезла в рукава, надела свои варежки на резинке и вышла во двор. Жохов встал у окна, чтобы помахать ей, когда она оглянется. Она не оглянулась.

Борис нашел в серванте окаменевшую пачку грузинского чая.

— Смотри, — показал он Виржини. — Высший сорт, значит, напополам с индийским. Если первый, то индийского меньше половины. Второй и третий — один грузинский. А если написано, что индийский второго или третьего сорта, значит, с добавлением грузинского. Такая была система.

— Потому и началась перестройка. Надоело, что пишут одно, а думают другое, — завершил Жохов это политзанятие.

Он достал спичечный коробок, ногтем расщепил спичку. Ковыряя в зубах, вспомнил, как студентом ехал в электричке, вышел в тамбур покурить и один мужик продемонстрировал ему надпись на коробке: 50 шт. «Ты пересчитай, пересчитай», — приставал он к Жохову. Эти спички только что были куплены на станции, всем пятидесяти полагалось быть на месте. Высыпали их на ладонь, стали считать. Оказалось, на три штуки меньше. «Мне один умный человек сказал, я сперва не поверил. Потом сам сколько раз считал, ни разу полсотни не было», — говорил этот правдоискатель, выходя на широкие обобщения.

Заварили чай, Жохов порезал копченую колбасу, объясняя Виржини, что сейчас Великий пост, надо есть рыбу, но лучшая рыба — это колбаса, а лучшая колбаса — чулок с деньгами.

К месту он рассказал, как один старый монгол, ветеран МНРП, с гордостью за основателя партии уверял его, что Сухэ-Батор имел половой член размером с женский чулок, в котором лежат восемьдесят восемь серебряных китайских долларов.

— Почему именно столько? — спросил Борис.

Жохов ответил, не задумываясь:

— У буддистов восемь — священное число.

Люстру еще не зажгли, дворец и эспланада со сквером белели в сумерках, как владения Снежной королевы. Лишь болотного цвета уральский танк и золотые звезды на пиджаке дважды Героя Соцтруда инородными пятнами выделялись на этом фоне.

Виржини порылась в сумочке, вынула тюбик губной помады. Наклейка с него перешла на стену дворца, прилепленная ее крепким пальчиком с обрезанным по самое мясо ногтем. Она отступила на шаг и склонила голову к плечу, оценивая эффект. Крошечное золотое пятнышко поколебало тяжеловесную симметрию обоих крыльев.

Вдохновившись, Борис капнул на бутылку виски горячей водой из чайника, снял оплывший ярлык с белой лошадью и наклеил его на другое крыло. Несколько окон исчезли под ним, как когда-то в Перми, где стоял этот дворец в натуральную величину, дважды в году они исчезали под гигантским кумачовым полотнищем с портретами вождей или лозунгами дня, вечно актуальными, потому что лишь специалисты могли отличить их от прошлогодних. Многие из этих призывов Жохов помнил до сих пор и знал, что до смерти не забудет.

В его родном городе перед 1 мая и 7 ноября такие же алые паруса растягивали на домах по маршруту следования праздничной колонны. В детстве отец брал его с собой на демонстрации. Рано утром являлись на сборный пункт возле заводской проходной, там лилась из динамиков музыка, бесплатно раздавали воздушные шарики, флажки, красные гвоздики из рифленой бумаги, прикрученные проволокой к срезанным с тополей веткам, листовки с текстами песен, которые потом, в шеренгах, все равно пели не дальше второго куплета.

Колонна строилась по цехам, заводоуправление с отцовским плановым отделом — в авангарде, вслед за двумя грузовиками ГАЗ-51. Первый, как боевой слон в триумфальной процессии, был целиком вмонтирован в фанерные щиты с названием завода и двумя его орденами на фоне доменных печей и труб, у второго кузов с откинутыми бортами превращался в движущийся пьедестал. В ноябре на нем стояла громадная двухзначная цифра — порядковый номер празднуемой годовщины. Обе ее составляющие тоже выпиливали из фанеры, оклеивали цветной фольгой и обрамляли фестонами алого сатина. Каждую осень мир вокруг Жохова становился немного прочнее, потому что это число счастья прирастало новой единицей. Оно величественно плыло над толпой, как хоругвь над крестным ходом, следом шел оркестр и несли переходящие знамена. Их тяжелые, шитые золотом шелка грузно обвисали на древках, но на плотине старого заводского пруда, где весной и осенью задувало от перепада температур, сами собой начинали разворачиваться и хлопать на ветру. В такие минуты горло перехватывало не понятно откуда взявшимися слезами. Он еще не понимал, что это слезы восторга перед той силой, которая признавала его, маленького, своей составной частью.

Все детство Жохов страстно мечтал пройти с демонстрантами до конца, до трибуны на главной городской площади, но мать отлавливала его по дороге и уводила домой. Отец махал им рукой и вместе со всеми шел дальше — мимо стадиона, мимо фабрики-кухни, мимо районного музея. В одном из его залов со скрипучими полами, среди набитых опилками тетеревов и зайцев, представлявших небогатую местную фауну, стояло чучело двухголового теленка. Школьники младших классов замирали перед ним в священном трепете. Когда-то его рождение послужило сигналом к началу кулацкого мятежа, полыхнувшего по уезду на рубеже между продразверсткой и продналогом. Якобы какие-то знаки на четырех едва проклюнувшихся рожках непреложно свидетельствовали о наступлении царства антихриста. Экскурсоводша горячо рассказывала, как этих ни в чем не повинных сиамских близнецов распяли на воротах председателя комбеда и сожгли вместе с воротами, домом, самим председателем и всей его семьей, а музейное чучело много позже было сшито из двух отдельных телячьих шкур, оно лишь имитирует оригинал.

Эта версия была официальной, но не единственной. Поговаривали, будто второй такой же гаденыш родился совсем недавно, при Хрущеве, он-то и стоит в музее, а искусственное чучело ночью сожгли на заднем дворе. Потом поеденного молью монстра тихо убрали из экспозиции, отправив не то в запасник, не то прямиком на свалку. Причину Жохов узнал от матери, а та — от директора музея, с которым у нее был роман. Спьяну директор выболтал ей то, о чем дал расписку в райкоме, что будет молчать до гробовой доски. Оказывается, в музей вдруг толпами повалили экскурсанты из соседнего сельского района, сроду в нем не бывавшие. Они приезжали торговать продуктами с приусадебных участков, а перед отъездом шли смотреть на двухголовое чудище. Бесстыдно выставленное напоказ в государственном учреждении, оно подтверждало истинность слухов о том, откуда растут ноги у идеи укрупнения колхозов. «Сейчас там должен народиться третий», — подумал Жохов.

Шотландская лошадь была слишком велика, слишком натурна для этого кукольного царства. Виржини поморщилась, как от фальшивой ноты. Она сходила за оставленным в машине французским журналом и маникюрными ножницами принялась кромсать полосы с фотоиллюстрациями. Через четверть часа под ее умелыми ручками дворцовый фасад покрылся пестрыми коллажами из прихотливо нарезанных на куски людей и вещей, между ними вклинились однотонные квадраты в духе прирученного большевиками авангарда, но похожие и на пустые щиты для наружной рекламы. С фронтона, как масонский знак или недреманое око над церковным порталом, взирал опушенный накладными ресницами единственный женский глаз. Казалось, он тревожно высматривает в комнате что-то такое, чего обоими увидеть нельзя.

В сквере перед дворцом заснеженные кроны деревьев украсились цветами и фруктами тропической яркости, с балконов свесились флаги несуществующих стран. Их древки Виржини смастерила из спичек. От эстетики минимализма она уже отказалась, в ход пошли этикетки от упаковок с продуктами, оберточная бумага, ярлычки, ленточки. В качестве клея использовался лак для ногтей. С его помощью Борис заклеил герб на фронтоне циферблатом с рекламы швейцарских часов «Морис Лакруа» и впечатал значок доллара в лоб Герою Соцтруда. Он наносил прицельные удары по символам старого режима.

Жохов тоже включился в работу. Вместо того чтобы мыть посуду, он одолжил у Виржини ножницы, состриг листья с торчавших за зеркалом искусственных ромашек, зажег две найденные в серванте свечи и, покапав на аллею расплавленным стеарином, прочно установил их в скверике у фонтана. Пластиковые листочки круговым веером прикрепил сверху. Если бы дворец оставался белым, с этими пальмами он мог бы сойти за профсоюзную здравницу где-нибудь в Гаграх. Мать ездила туда по путевке и неосторожно привезла домой несколько групповых фотографий, на каждой из которых рядом с ней стоял один и тот же усатый мужик в войлочной панаме. Отец, впрочем, обнаружил его спустя много лет. В этом плане он был полный лопух, мать всю жизнь водила его за нос как школьника.

Когда вошла Катя, Жохов едва успел загородить собой макет.

— Катенька, закрой глаза... Умница! Давай руку. Так-так-так, иди сюда... Оп! Можешь открывать.

Через минуту он бежал за ней к выходу, норовя ухватить за локоть и спрашивая, что случилось, хотя уже догадывался, в чем дело. В сенях удалось прижать ее к стене. Она попыталась вырваться, извиваясь всем телом, как пойманная русалка.

— Прости меня! — с чувством сказал Жохов. — Я был дурак, но сейчас я все понял. Мы сейчас это поправим. Пойдем, пожалуйста. Сейчас всё сделаем как было.

27

Виржини сняла ботинки, прилегла на диван и закрыла глаза. Укрыв ей ноги дубленкой, Борис погасил люстру, зажег спичку и стал водить ею над преображенным дворцом, над эспланадой со сквером, над бюстом, над фонтаном. При движении пламя вытягивалось, в его неверном свете части становились больше целого, все делалось зыбким и в то же время объемным, кусками оплывало в тень, размывающую границу между тем миром и этим. Нетрудно было, как в детстве, вообразить себя живущим в этом дворце человечком величиной с наперсток. Никогда и нигде больше ему не бывало уютнее, чем здесь.

Он опустил руку ниже, повел медленнее. Освещенное пространство сузилось, догорающая спичка поочередно выхватывала разноцветные нашлепки на фасаде, стеариновые стволы уральских пальм, фонтанных гермафродитов с их рыбинами, округлыми, как щуки, но с наивногубастыми мордашками пескарей. Выплыл из тени танк с пацифистским цветочком на лобовой броне. Цветы были всюду, зато сталевар, солдат и колхозница на крыше остались нетронутыми.

Борис осветил их еще одной спичкой. Колеблясь, они проступили из темноты. Он видел эти фигуры словно сквозь текучую воду. Три андроида с тупыми лицами, борцовскими шеями, тяжелыми торсами анатомических муляжей и строго функциональной мускулатурой рабочей скотины, подданные беловодского царя, всегда готовые к труду и обороне, сейчас эти истуканы вызывали что-то вроде сострадания к их поруганной человеческой природе. Прежде незаметная, она проступила в них, как написанные молоком буквы на горящей бумаге.

Он бросил спичку, включил торшер, вылил в фужер остатки виски и с фужером в руке подсел к Виржини. Другой рукой приспустил ей носок, погладил щиколотку. Она по-прежнему лежала с закрытыми глазами, не шевелясь. Ладонь все глубже забиралась под брючину, прохладная гладкая лодыжка сменилась теплой, колкой от эпиляции кожей на голени. Это возбуждало, как будто под его пальцами воздушная фея обзаводилась волосатым и жарким женским мясом. Ее молчание приглашало двигаться дальше, но зайти с другой стороны. Борис расстегнул ей пуговицу на джинсах, потянул молнию. Он не замечал, что у него за спиной, вокруг упавшей на дворцовые ступени спички, начал желтеть пенопласт, потемнел краешек флага, свисавшего с балкона ниже других. Сквозняки вкрадчиво взялись раздувать тлеющую бумагу. Черные змейки поползли по прилепленным к фасаду картинкам, заглатывая их оттопыренные края, кое-где завилась в трубочки и распалась бумажная лапша, праздничными гирляндами перекинутая с дерева на дерево. Запахло горелым.

Борис обернулся и машинально плеснул на макет недопитым виски из фужера. Там сразу все вспыхнуло синеватым спиртовым пламенем. Пенопласт поплыл, вздуваясь пузырями, прямо на глазах возвращаясь в то состояние, из которого был сотворен другим огнем.

В большом чайнике воды не оказалось, заварочный был полон на треть, но из забитого носика потекло вялой струйкой, тут же иссякшей. Борис большим пальцем сковырнул крышку и полил через верх. Вместе с коричневой жижей оттуда комом вывалилась разбухшая заварка. Он стал развозить ее по скверу, ею же закидывая плавящийся фасад, и не обернулся, когда скрипнула дверь. Зажглась люстра. Грянули шаги, сзади схватили за плечо.

— Ты что, бля! Ты что делаешь! — заорал Жохов, косясь на Катю, словно лишь ее присутствие мешало врезать этому гаду по-мужски.

— Был маленький пожар, мы его залили чаем, — мелодично известила его Виржини, не слезая с дивана.

Борис молчал. Жохов шумно выдохнул воздух, задержанный в легких на тот случай, если придется отвечать криком на крик, и перешел к нравственной стороне дела:

— Эх ты! Отец строил...

— Ой, только этого, пожалуйста, не надо! Это же гнусь, типовуха. Он таких ублюдков по всему Союзу наплодил. У нас дома еще две штуки стоят.

Катя обреченно смотрела на погибший сад, на изгаженный дворец. Почернелый, в раскисших наклейках, облепленный мокрой заваркой, как водорослями, он выглядел так, будто сначала его подожгли, а потом по нему прокатилось цунами. Бурые лужи стояли в аллеях. Лишь слева на фасаде чудом уцелел шотландский конь бледный. Те двое из папье-маше, мужчина и женщина в юбке колоколом, гулявшие здесь вчера вечером, лежали рядом двумя скукоженными трупиками, как после атомной войны. Судьба давала ей знак, что и этот ее роман окончится ничем, как все предыдущие.

— Он же в искусстве — во! — постучал Борис по столу костяшками пальцев. — Зодчий с большой буквы «зэ». С детства задолбал меня своей эстетикой. Я хорошо рисовал, он отдал меня в художественную школу, а потом сам порвал мои рисунки. Был дикий скандал. Я, видите ли, рисовал уродов. Он, гуманист, всю жизнь поклонялся красоте, а его сын рисует уродов. Трагедия! Он ненавидел Пикассо, потому что Пикассо, оказывается, презирал человека. А отец — нет, не презирал. Всю жизнь всем лизал жопы. В человеке же все прекрасно! Жопа в том, числе... Твое счастье, что ты с ним никогда не жил. У него рубля не допросишься! Зарабатывал как поэт-песенник, а мать по пять лет в одном пальто ходила. Он все на книжку складывал. Завел десять книжек, прятал их по всей квартире. Теперь все сгорело, так Гайдар ему виноват, что холодильник плохо морозит. Мать еще при Брежневе просила у него денег на новый холодильник, не дал... Твоей-то матери он деньги давал?

— Само собой.

— Что-то не верится.

— Он регулярно переводил нам деньги! — отчеканил Жохов. — Мы с матерью ни в чем не нуждались.

— Рад за вас. Кстати, у него есть чему поучиться. Один его совет я запомнил на всю жизнь... Сказать?

— Давай.

— На ушко.

Отошли к окну.

— Я когда в университет поступил, — рассказал Борис, — мы дома выпили по этому поводу. Мать на кухню вышла, отец говорит: «Ты теперь взрослый, скажу как мужчина мужчине. Старайся не водить женщин к себе, а посещать их на дому. В собственной койке они как-то раскованнее»... Короче, у меня здесь такой возможности нет, а ты можешь переночевать у нее, — кивнул он на Катю. — В доме единственный приличный диван, в той комнате — топчан и раскладушка. Вдвоем не ляжешь, и от печки далеко.

— Надо меньше мяса есть, чтобы ночью ноги не мерзли, — посоветовал Жохов.

— Не понял.

— А то во сне член встает, одеяло стягивает.

— Я серьезно. Тут вот какое дело. Даже если вы уступите нам диван, мне здесь в любом случае ничего не светит. Виржини не может, когда мы с ней вместе, а в квартире еще кто-то есть.

— Можно подумать, — сказал Жохов, — сексуальная революция была у нас, а социалистическая — у них.

— Катюша, — обернулся к ней Борис, — мы тут обсуждаем проблему ночевки. Как вы смотрите на то, чтобы забрать Сергея к себе?

Последний раз она прибиралась, перед тем как пригласить на ужин того майора. Дома у нее был чудовищный бардак с морозоустойчивыми тараканами в придачу. Пришлось наврать, что АГВ не работает. Завтра придет мастер со станции, а сегодня ночевать там нельзя.

— Можете поехать в «Строитель», — предложил Жохов. — У них полно свободных номеров.

— Почему мы? Почему не вы?

— Ты же на колесах.

— Могу подбросить.

Борис достал из бумажника двадцатидолларовую купюру и, держа ее двумя пальцами за кончик, покачал другой конец, показывая, что расходы он берет на себя.

Впервые Жохов увидел настоящие доллары лет пять назад, у Марика. Особых чувств они тогда не вызвали, их час еще не пробил. Странно казалось, что Марик придает им такое значение. Банкноты были разного достоинства, он разложил их на столе, сличал президентов и говорил тоном человека, жалеющего о напрасно потраченной молодости: «Мы же росли полными идиотами, ничего не соображали! Что для нас был доллар? Девяносто копеек!» Имелся в виду курс иностранных валют по отношению к рублю. Раз в месяц его публиковали на последней полосе «Известий», в самом низу, рядом с погодой. Печатать чаще не имело смысла, рубль годами стоял, как скала, возвышаясь над долларом на девять, десять, а то и одиннадцать копеек, как вдруг, еще при Горбачеве, Жохов ночью ехал в такси и водитель предложил купить у него валюту по пятнадцать рублей за бакс. С той ночи мир вокруг начал стремительно меняться.

— Оставь мне свой телефон, — сказал Борис. — Про никель я помню.

Купюра в его пальцах продолжала раскачиваться с характерным ломким шелестом хлопковой бумаги. Так пускают волной веревочку, чтобы в нее вцепился котенок.

— Пошел ты со своим никелем! — рассвирепел Жохов.

На двухкомнатный люкс с холодильником, цветным телевизором и двуспальной кроватью почти как у Богдохана хватило бы и пяти долларов, но он знал, что если возьмет эти деньги при Кате, сегодня ночью ей придется работать с ним, как с глиной.

— Сережа, перестань! — испугалась она. — Действительно, пойдем в «Строитель».

— Да пошел он!

У Бориса сделалось непроницаемое лицо. Жохов схватил с окна его дипломат, смел туда со стола недоеденные продукты, надавил коленом, защелкнул замок и вышвырнул за дверь. В сенях сгромыхало, но Борис даже не поглядел в ту сторону.

— Завтра позвоню отцу, ключи от дачи ты больше не получишь. Это я тебе гарантирую... Одевайся, — велел он притихшей Виржини.

— Да, — благодарно кивнула она, — я немножко замерзла.

— Надевай куртку, мы едем в Москву.

— Я не хочу в Москву.

— Поехали, поехали. Там горячая вода, примешь ванну.

Расшитая лилиями дубленка полетела на диван. Одевшись, Виржини подошла к Кате и обняла ее.

— Я вас полюбила, Катя, — сказала она со своим ангельским акцентом. — Я чувствую, мы будем подруги.

Через пять минут пение немецкого мотора смолкло вдали. Идти в «Строитель» было лень, Жохов решил, что позвонит Гене с утра, подмигнул Кате и нажал клавишу магнитофона. Маленький цветок расцвел над развалинами дворца, нежный и печальный, как асфодель.

Эти цветы, вырастающие над погребенными в земле руинами древних дворцов и городов, в Италии попадались на каждом шагу, но не росли на Украине. Под землей тут была только та же земля, а на земле, под безоблачным августовским небом, убирали жито, сады стояли полные плодов, белые хатки в зарослях мальвы манили тишиной и покоем. Анкудинов почувствовал себя почти дома. Его переговоры с Хмельницким ни к чему не привели, казацко-трансильванский союз не заладился, но назад к Ракоци он не поехал и остался в Чигирине.

Итальянская жизнь поправила его здоровье, на вид никто бы не дал ему больше тридцати, а среди казаков, чьи отцы и деды в Смуту хаживали на Москву, какой-нибудь умник непременно вспомнил бы, что царь Василий умер сорок лет назад, поэтому Анкудинов назвался его внуком, а не сыном. Не стоило говорить и о том, что он дорогим гостем жил в Ватикане, причащался опресноками и припадал к стопам злейшего врага всего казацкого племени — римского папы. Теперь Анкудинов рассказывал, как в разных государствах, через которые он проезжал, короли, князья и герцоги звали его к себе на службу, но он не соглашался, потому что не хочет отстать от православной веры.

Слухом земля полнится. Скоро в Москве проведали, что чертов Тимошка всплыл на Украине, живет в чигиринской ставке при Богдане Хмельницком и гетман его жалует. Опять встал вопрос: «Как бы нам того вора достать?» Дело поручили Шпилькину как подьячему Польского приказа, тот спешно выехал в приграничный Путивль, и вскоре двое тамошних торговых людей объявились в Чигирине по своим торговым делам. Заодно они втайне известили князя Шуйского, что если он приедет в Путивль, великий государь его своим жалованьем пожалует против гетманского жалованья вдвое.

Анкудинов обрадовался и отвечал, что давно хочет послужить великому государю, но одним словесным речам верить нельзя, пускай ему пришлют опасную грамоту. За этим дело не стало, Шпилькин в два счета накатал такую грамоту от лица путивльского воеводы, князя Прозоровского. «Тебе бы ехать ко мне тотчас без всякой опаски, — писал он, ликуя, — а великий государь тебя пожаловал, велел принять и в Москву к нему отпустить».

Гонец из Путивля доставил грамоту Анкудинову. Прочитав ее, тот со слезами на глазах объявил: «Рад я к великому государю в Москву ехать!» Назавтра он позвал гонца к себе на обед, выпил чару за здоровье царя и великого государя Алексея Михайловича, но вдруг, потемнев лицом, сказал: «С мудрыми я мудрый, с князьями — князь, с простыми — простец, а с изменниками государевыми и моими недругами рассудит меня моя сабля!» С этими словами он схватил со стены саблю и стал гонять шпилькинского посыльного по хате, пока не вышиб за дверь. На том все и кончилось.

Шпилькин предпринял еще ряд попыток выманить Анкудинова в Путивль, пробовал подослать к нему наемных убийц, но из этого тоже ничего не вышло. Анкудинов окружил себя ватагой прикормленных казаков, состоявших при нем в двойной роли собутыльников и телохранителей, они безотлучно жили у него на дворе и ходили с ним даже в церковь. Лазутчики доносили, что человек он нескудный и ему есть что давать. Его благополучие покоилось на дружбе не только с Хмельницким, но и с войсковым писарем Иваном Выговским, человеком едва ли не более могущественным, чем сам гетман. Оба искренне полюбили князя Шуйского за верность православной вере и веселый нрав, но готовы были с кровью оторвать его от сердца, если представится случай выменять на него что-нибудь хорошее у москалей или ляхов. Достойных предложений, однако, ниоткуда не поступало. В Кракове им не интересовались, а бояре не хотели выкупать самозванца соболями. Соображения у них были те же, по каким Зульфикар-ага в Стамбуле рекомендовал Телепневу и Кузовлеву не ввязываться в это дело. Затевать торговлю казалось небезопасно и для казны, и для государской чести. Мало посулишь — не отдадут, много — тоже не отдадут, потому что уверуют в Тимошку как в истинного царевича, раз ему кладут такую цену, и запросят еще больше, а вдобавок раззвонят о его царском чине и в Крыму, и в Польше с Литвой, и в валахах. Очевидно было, что добром этот человек все равно не кончит, можно и подождать, пока сам свернет себе шею. В итоге на Анкудинова не то чтобы махнули рукой, но до поры оставили в покое. Он продолжал припеваючи жить в Чигирине, а Шпилькина отозвали в Москву и наложили опалу за поруху государеву делу.

В это время Венеция, изнемогавшая в затяжной войне с султаном из-за острова Крит, лихорадочно искала союзников для борьбы с турками. До сената Яснейшей Синьории дошли известия о храбром «генерале Хмельницци» и опустошительных набегах его казаков вплоть до гаваней Адрианополя. Чтобы заключить с ним военный союз, в Чигирин прибыл венецианский посол Альберто Вилина. Здесь он был встречен с казацким гостеприимством. Атаман Федор Коробка повел его в шинок, потребовал бочонок горилки, заказал музыку, пел, плясал и, выкатив бочонок на дорогу, угощал всех проходивших и проезжавших мимо.

На другой день, зеленый с перепою, Вилина сидел на устроенном в его честь обеде. Присутствовала вся запорожская старшина, в том числе сам гетман. За столом, расписывая могущество Венеции, Вилина сказал: «Город наш так огромен, что даже я, родившись и проживши в нем всю жизнь, блуждаю порой, как чужеземец, по его бесчисленным улицам и должен прибегать к помощи прохожих, чтобы найти дорогу домой».

Толмач перевел, воцарилась тишина. Всех потрясли размеры великого города. Неожиданно с дальнего конца стола раздался спокойный голос. Там сидел молодой человек в запорожской свитке, но без чуба, с прямыми черно-русыми волосами до плеч. «А я так и здесь, коли пьян, дверей не нахожу», — проговорил он сначала на латыни, затем по-польски и по-русски. Ему ответил громовой хохот.

«Князь Шуйский», — шепнул толмач, и Вилина сразу вспомнил, где он видел эту чуть отвисшую нижнюю губу, эти изломанные брови, из которых одна казалась выше другой. Встречались прошлой осенью в Ватикане.

Тут же он рассказал Хмельницкому все, что знал об этом шутнике. В гневе гетман схватился за саблю, чтобы зарубить папежского пса, но дал удержать себя от смертоубийства. Наутро уличенный в латинстве Анкудинов отослан был в Лубны, в тамошний Преображенский монастырь на покаяние.

В монастыре он тоже недурно устроился. Деньги у него были, ему отвели теплую келью, дали в услужение послушника, ходившего за ним, как за паном. Настоятель сквозь пальцы смотрел на его явно недостаточное усердие в посте и молитве. Анкудинов сытно ел, сладко спал, в охотку каялся, а на досуге сочинял польские и русские вирши, предсказывая в них, что скоро ангел Господень огненным мечом поразит его гонителей и они падут, как то произошло с султаном Ибрагимом и великим визирем Ахмет-пашой.

В Лубнах он познакомился с одним реестровым казаком, имевшим в работницах еврейскую девушку Сару. Ее родителей убили в Немирове вместе с другими евреями числом до шести тысяч. Все они отказались написать на роге своего быка, что отрекаются от Бога Израиля, и погибли за святость Его имени смертью мучеников. У одних сдирали кожу, а тело бросали собакам, другим отрубали руки и ноги, сжигали в домах, побивали дубьем и камнями, заживо закапывали в землю или настилали на дороге, как бревна моста, и ездили по ним на телегах. Детей рубили на куски, как рыбу, беременным вспарывали чрево, а плод швыряли им в лицо, иным женщинам зашивали в живот живую кошку и связывали руки, чтобы они не могли ее достать. Младенцев, насадив на вертел, жарили на огне и вынуждали матерей есть их мясо. Такова была ненависть черкасов к этому племени, в несчастьях своих несчастнейшему из всех племен земли, а в счастье так много говорящему о своих несчастьях, словно ничто подобное им больше не угрожает, не стоит заботиться о том, чтобы заклясть ужас молчанием.

Сару, однако, пощадили красоты ее ради. Было в ней что-то такое, что ее даже не изнасиловали. За хорошие деньги этот лубненский казак, которому она варила кулиш, уступил жидовочку Анкудинову. Он нанял в местечке хату, привел туда Сару и, как говорили у них в Вологде, хотел расчесать ей нижние кудри, но она заплакала так горько, что чесальщик лег и вставать не желал. При виде ее слез улетучилась вся его мужская сила. По природе своей, отличной от казацкой натуры, брать женщин насильно он не умел.

Тогда, отступившись, Анкудинов поведал Саре, что он сам — еврей, рожден от еврейских отца и матери. Много лет назад казаки вырезали его семью, а девятилетнего мальчика, окрестив, увезли с собой. Он стал джурой — оруженосцем при одном из сечевиков, научился ездить в седле, владеть саблей, стрелять из самопала, вступил в Запорожское войско, но в душе остался тем, кем был рожден. Днем ходит в церковь, а ночами молится Богу Израиля по-русски или по-польски, потому что родной язык ушел из его памяти.

Она не верила, пока Анкудинов не показал ей свой обрезанный уд. Тогда Сара заплакала еще горше. «Сказано в Талмуде, — выговорила она сквозь слезы, — из самого же леса берут топорище для топора». Имелось в виду, что он, еврей, заодно с погубителями Израиля, да будут стерты их имена.

В тот же вечер Сара взялась учить его языку предков. На первом уроке она рассказала, что если взять слово «Хмель», истинное прозвание злодея Хмельницкого, да будет стерто его имя, то входящие в него четыре буквы есть начальные буквы четырех слов, из которых по-еврейски можно составить фразу: муки, возвещающие приход мессии. Значит, недолго осталось ждать избавления.

Анкудинов ей не перечил. Второй урок закончился на ложе, где он сам стал учителем, а она — ученицей. Через неделю она уже шептала ему, что отныне они до могилы будут вместе, а Бог их не оставит и укажет им путь, и выведет туда, где верные открыто приносят Ему плоды уст своих.

Как-то раз они лежали вместе, вдруг Сара сказала: «Я открою тебе мою тайну. В Немирове злодеи собирались надругаться надо мной, и ты тоже хотел взять меня силой, но никто из вас не сумел этого сделать, ибо меня хранит мой ибур».

«Это твой оберег?» — спросил Анкудинов.

«Это моя вторая душа», — ответила она и объяснила, что, как учит живший в Святой земле рабби Аризаль, все души во всех своих видах изначально пребывали в прародителе Адаме: одни гнездились в его голове, другие — в глазах, во всех порах и членах его тела. Они заключали в себе беспримесный божественный свет, но после грехопадения он смешался с тьмой, и ныне мир полон чистыми душами, имеющими в себе крупицы зла, и душами нечистыми, захватившими в плен искры добра и божественного света. Чтобы отделить одно от другого, Бог предусмотрел два способа. Первый — это когда душа праведника, уже существовавшая прежде в телесной оболочке, вселяется в новорожденного младенца и остается в нем до смерти, постепенно пропитывая светом его тело, как живительные древесные соки, поднимаясь от корней, достигают последнего листочка на вершине. Такая душа называется гилгул. Другой способ — когда вторая душа, называемая ибур, входит в отрока или во взрослого человека. Иногда она делает это ради самой себя, потому что в прежнем теле не смогла исполнить завещанное ей Богом, а иногда — ради самого человека, чтобы наставить его на путь спасения. В первом случае она остается в нем, пока не исполнит все то, что не исполнила в прежней жизни, во втором — лишь до тех пор, пока этот человек идет по пути праведности. Если он свернет на путь греха, ибур покидает его навеки.

«В меня вошла душа царицы Савской, моим родителям открыл это наш святой гаон, рабби Иехиель, когда я была еще девочкой, — сказала Сара. — Вот почему ни ты, ни те казаки не посмели причинить мне зло. Теперь я чувствую, что мой ибур скоро покинет меня, потому что я легла с тобой и полюбила тебя, хотя ты идешь путем зла вместе с Хмелем, да будет стерто его имя».

С минуту Анкудинов лежал молча, потом вскочил и начал ходить по хате, хватаясь то за саблю, то за нательный крест, то за баклагу с горилкой. Он понял, что в нем живет душа царя Василия Ивановича, но не знал, ибур это или гилгул.

Тем временем возобновилась прерванная перемирием война между Хмельницким и королем Яном Казимиром. Константинопольский патриарх прислал гетману окропленную святой водой саблю, а король получил от римского папы меч, освященный на Гробе Господнем. Оба поспешили пустить их в дело. Казаки опустошали Волынь, дым сожженных местечек застилал горизонт. Лужи крови, где плавали трупы евреев, панов и ксендзов, закипали от огня пожаров, мертвецы варились в них, как в котле. Поляки жгли и грабили православные церкви в Киеве, истерзанные тела с черными от пытошного железа ступнями выносило на днепровские плесы. Из Крыма шел Ислам-Гирей со своей ордой. Журавли и карлики развоевались не на шутку. Анкудинов решил уносить ноги, пока цел. Его могло смолоть в муку этими жерновами.

Еще в Чигирине до него дошла весть, что в Пскове посадские люди побили московских приказных, что себе на корысть учинили хлебную дороговизну, а воеводу прогнали, поделили меж собой хлебный запас и приговорили сами собой владеть без Москвы, по-старому, как в старину было. А кто против старины пойдет, тех гнать из города и животы их грабить. Не мешкая, Анкудинов отписал псковичам, что он, царевич Иван Шуйский, прощает им, что они от его отца, великого государя Василия Ивановича, отступились неправдой, преступив крестное целование. Он за старину готов стоять до последнего, пусть не сомневаются, зовут его к себе на царство, он к ним придет и своим жалованьем пожалует. Грамоту повез верный казак, но ответа на нее не поступило. Теперь, выбирая, куда бы ему приткнуться, Анкудинов выбрал Стокгольм. Оттуда до Пскова было рукой подать. Его грела надежда, что псковичи еще отзовутся, а шведы помогут ему деньгами и войском.

Сидя в Лубнах, он написал письмо Дьердю Ракоци с предложением отправиться от него послом в Швецию. Мол, если гетман себе на горе не захотел заключить союз против поляков, почему бы не попытать счастья с королевой Кристиной Августой? Гонец-валах благополучно добрался до адресата, одобрившего эту затею, и привез в Лубны княжеское послание. Анкудинову предстояло доставить его в Стокгольм.

Подделав секретарский почерк, он на латыни сочинил еще одно письмо королеве. В нем трансильванский князь рекомендовал ей князя Шуйского как ученого астролога и опытного дипломата. На эту эпистолу Анкудинов перевесил княжескую печать с третьего письма, год назад привезенного от Ракоци к Хмельницкому и тогда же возвращенного ему за ненадобностью. Покончив с этим, он стал готовиться к отъезду.

Саре он объявил, что должен оставить ее, ведь это будет лучше, чем если она лишится ибура, ведущего ее по пути спасения. Она заплакала, но Анкудинов был непреклонен в своем желании уберечь божественный свет в ее душе от поглощения тьмой.

Наконец, вытерев слезы, она сказала: «Зло на земле потому лишь и способно сражаться с добром, что удерживает в себе искры изначального света. Иначе ему неоткуда было бы взять силу, ибо вся она — от Бога. Поэтому казаки не убили тебя, а увели с собой. Ты и тебе подобные дают им силу творить то, что они творят».

Затем она умолкла и больше не отвечала ему, что бы он ни говорил. Глаза ее с этого дня всегда были сухи.

Анкудинов нашел одного монаха, за три дуката взявшегося помочь ей добраться до соплеменников, но и тут Сара не произнесла ни слова. Даже не взглянув на него, она поступью царицы Савской ушла в темноту, и сам он той же ночью тайно покинул Лубны. На нем было казацкое платье, а в суме, под овсом для коня, — польское, чтобы по обстоятельствам надевать одно или другое. Камень безвар оставался при нем. Анкудинов совсем было собрался на прощание подарить его Саре, но в последний момент передумал.

Он был одет как шляхтич, когда из засады с визгом высыпали на дорогу всадники Ислам-Гирея. Они хотели увести его в Крым и продать туркам, постоянно нуждавшимся в новых галерах для морской войны с Венецией и в новых гребцах для этих галер, но Анкудинов громко прочел магометанскую молитву, которую выучил в Стамбуле, а после показал татарам то, что показывал Саре. Изумленные, они отпустили его на все четыре стороны, забрав лишь коня. Через Польшу он пришел в Данциг и сел на корабль, идущий в Стокгольм.

Ночью он без сна лежал на палубе. Плыли в Швецию, а мысли были об Италии. Ее пейзажи стали для него такими же родными, как пейзажи его северной родины, они часто являлись ему во сне, и сердце болело от желания увидеть их снова.

Море было спокойно, светильником в небесном дворце стояла за кормой почти полная луна. С одного боку Господь немного прикрыл ее рукавом, чтобы ободрить нуждающихся в надежде. Чуть ущербная по левому краю, она сулила успех всем предприятиям, начатым в эту ночь. От нее изливалось ровное сильное сияние.

Случайно он взглянул туда, где, вытянутая вдоль тела, лежала его левая рука, и вдруг понял, что через ее кожу, мясо и кости ясно видит доски палубы. Глаз различал каждую трещину, каждый сучочек. Похолодев, он сотворил крестное знамение и сказал молитву, но видение не исчезло, напротив — за другими его членами другие предметы начали открываться взгляду. Его, Тимошки Анкудинова, рожденного в Вологде от отца Демида и матери Соломониды, больше не существовало, множество поселившихся в нем душ так долго и с такой силой тянули его тело в разные стороны, что оно истончилось до полной прозрачности. Лунный свет проходил сквозь него, как сквозь стекло.

Глава 10
СОКРОВИЩЕ

28

Обычно Шубин засыпал быстрее, чем жена, но в эту ночь она уснула первой. Он думал о том, что никогда не бывал в Италии, а теперь уж точно до конца жизни не увидит ни Рим, ни Венецию. Он видел долину Толы, где расположен Улан-Батор, и хотя старинные путешественники, бывавшие и там и там, утверждали, что она похожа на роскошные долины Ломбардии, его это не утешало. Стоило закрыть глаза, в шуме ветра, тревожащего металлический хлам на открытых лоджиях, слышался шум иссохшей под южным солнцем листвы. Раньше он звучал как обещание отпускного счастья, а сейчас вызывал в памяти звон жестяных венков на далеком уральском кладбище с могилами деда и бабушки. Когда они стали жаловаться на мать, что та положила их не рядом, Шубин понял, что спит.

Рано утром разбудил телефонный звонок. Звонил Марик.

— Не забыл еще? — спросил он весело.

— Что?

— Значит, забыл. Я сегодня именинник, давай приходи к пяти часам на старую квартиру. Будут только старые друзья, из новых — никого.

Шубин выговорил себе право прийти с женой и с удовольствием сообщил ей, что они приглашены в гости. В последнее время это случалось нечасто, но она поджала губы.

— Иди один. Я не пойду.

— Почему?

— Сам будто не знаешь. Мне же не в чем.

— Можно в черном свитере с джинсами. Или с клетчатой юбкой.

— Ага! Чтобы ты потом весь вечер меня пилил, что я не так выгляжу?

Жена закрыла тему и, не вылезая из постели, начала излагать свой сон, прерванный звонком. По утрам она подробно пересказывала Шубину свои сны, чтобы их ночная разлука не была такой фатальной. Ей казалось, что те несколько часов, которые они еженощно проводят в разных мирах, со временем могут отдалить их друг от друга. Просыпаясь, она по горячим следам старалась припомнить все случившееся с ней во сне и от Шубина безуспешно требовала того же. Ее идеалом было смешать все до такого состояния, когда невозможно понять, кому из них что именно привиделось.

Сегодня ночью оба они странствовали в одних и тех же краях. Ей снилось, будто она идет по пустынному зимнему кладбищу с уходящими в бесконечность крестами и надгробиями. Метет метель, из нее проступает неподвижная, сама напоминающая надгробный памятник, мужская фигура. Со спины в этом человеке мерещится что-то знакомое, почти родное. Жене страшно, что сейчас он обернется, и она узнает в нем кого-то из близких, но через пару шагов становится ясно, что это Ельцин стоит над свежей могилой матери. Вокруг — никого, ветер свистит и звенит венками из ржавой жести. Вдруг из-за крестов появляется другой мужчина, худой и бледный, в черной мантии до пят. Он подходит к Борису Николаевичу и с издевательским поклоном подает ему свернутое в трубочку, перевязанное шнурком решение Конституционного суда об отмене референдума.

— Как ты догадалась, что это оно? — спросил Шубин.

— Я не такая дура, как ты думаешь, — сказала жена и потянулась за халатиком.

Было уже светло, белесое небо стояло в незанавешенном оконном проеме. Осенью в квартиру соседки с десятого этажа, бывшей балерины Большого театра и хозяйки полутора километров телефонного кабеля, воры забрались через окно по спущенной с крыши веревке, теперь жена боялась спать с задернутыми шторами. Ей чудилось, что за ними кто-то прячется. За окном всю ночь светил прожектор, в его луче воры вряд ли решились бы лезть к ним в квартиру, но разумные аргументы на жену не действовали. Она боялась инфляции, бандитов и надвигающейся гражданской войны, как первобытный человек — грозы или лесного пожара, не умея проникнуть в природу этих разрушительных сил. Иногда ей казалось возможным заклясть эти силы ускоренным продвижением по пути реформ. Мысль о том, что их можно умилостивить общенародным покаянием в преступлениях тоталитарного режима, тоже ее посещала.

Позднее Шубин редко вспоминал то время, но в Монголии оно вдруг схватило за душу и не отпускало, как будто все эти годы ждало своего часа. По дороге от Улан-Батора к Эрдене-Дзу они с женой постоянно туда возвращались.

Жена вспомнила, как однажды их шестилетний умник, глядя на кота, высказал заветную мечту: «Может, он нам когда-нибудь котяток родит!» Шубин стал его стыдить, говоря, что он большой мальчик, должен знать, что детей рожают женщины, котят — кошки, а не коты. «Конечно, папа, — ответил сын, — я это знаю. Но иногда-а...» Смысл был тот, что в жизни всегда есть место чуду. Жена нервно прижала сына к животу, поцеловала в макушку. Глаза у нее намокли, и Шубин понял, что не от умиления. Им самим тогда только на чудо и оставалось надеяться.

Остановились посмотреть петроглифы на придорожной скале. За неимением фотоаппарата жена самоотверженно взялась перерисовывать их в записную книжку, чтобы дома показать сыну, который плевать хотел на такие вещи. Пока она трудилась, Баатар залез под капот, пояснив, что машина старая, есть проблемы.

Копаясь в моторе, он рассказал, как на семинаре у норвежцев одна девушка не могла понять, почему у Бога-отца всего один сын, Иисус Христос, как в Китае, где если имеешь одного сына, то по закону больше нельзя. Норвежцы не умели ответить ей так, чтобы она от них отвязалась, тогда Баатар встал и сказал: «У Бога много сыновей и дочерей, все мы Его дети, все мы братья и сестры». За это восхищенные норвежцы обещали прислать ему приглашение на следующий семинар в Гонконге и оплатить билеты. На корейском семинаре он вновь выступил с той же идеей, хотя там никто этим вопросом не задавался, но успеха не имел, жадные корейцы ничем его не поощрили.

Жена закончила работу и залезла в машину. Сев за руль, Баатар вынул из бардачка тряпку — вытереть руки. Лежавшая там карта напомнила ему о его бизнес-проекте.

— Такие уж мы люди, — сказал он, включая передачу, — любим красную икру.

Леонид ЮЗЕФОВИЧ

За всю дорогу попутчики не подсаживались к ним ни разу. На обочинах никто не голосовал, но уже на середине пути вдали показалась женщина, жестом попросившая Баатара остановиться. Тот затормозил, сидевший впереди Шубин открыл дверцу. Перед ним стояла старая монголка с лицом ушедшей на покой и забросившей свои притирания гейши. Темную кожу глубоко бороздили морщины, каких у европейских старух не бывает. Маленькая, в теплом синем дэли, но с непокрытой, несмотря на холодный ветер, головой без единого седого волоса, держалась она с царственным спокойствием.

Шубин пересел на заднее сиденье, а женщина села рядом с Баатаром. Они о чем-то поговорили между собой, потом она замолчала и больше не проронила ни слова.

— Овец у нее угнали, — пересказал Баатар содержание их разговора. — Дети у ней в Улан-Баторе, сама зимой с ними живет, летом здесь. Это овцы всей семьи. Она зашла в юрту попить чаю, а воры стадо угнали. Тридцать голов.

— И что теперь? — спросил Шубин.

— Надо искать, но трудно будет. К ней другая женщина в гости пришла, они три часа чай пили.

— За три часа далеко могут угнать?

— Один человек — не так, как двое. Вдвоем на лошадях могут далеко.

— Куда же она едет?

— К родственникам. У нее тут родственники живут.

— А если овец в другую сторону погнали?

— Конечно, — согласился Баатар, — но что ей делать? Она старая, на лошади быстро ездить не может.

Жена достала шоколадку и неловко начала совать ее попутчице. Та взяла, улыбнувшись благодарно и неожиданно молодо. Шубин все сильнее поражался ее спокойствию.

Он спросил, сколько стоит овца. Баатар ответил, что долларов тридцать—тридцать пять.

— Очень жирная сорок долларов может стоить в Улан-Баторе, — добавил он для точности.

Жена посчитала в уме и ужаснулась:

— Тридцать овец — это тысяча долларов?

— Да, в Улан-Баторе. Тут меньше.

— Это ведь для вас очень много!

— Да, очень.

— И что она собирается делать?

— Приедет к родственникам, велит им, чтобы искали. Родственники поедут искать.

— И могут найти?

— Могут. Могут и не найти.

— А если у воров ружья? — не отставала жена.

— Это ничего, — успокоил ее Баатар, — они стрелять не станут. Догонишь, отдадут по-хорошему. Мы — мирный народ.

Женщина пошуршала фольгой и уже пару раз откусила от шоколадки, невозмутимо глядя на бегущую навстречу трассу, словно украденные у нее овцы могли появиться прямо на шоссе.

Жена стала рыться в рюкзаке, чтобы подсластить ей горе еще каким-нибудь кондитерским изделием, но остались только бутерброды. Она вздохнула:

— Жалко ее! Детей, наверное, боится. Что она им скажет?

— Скажет, что чай пила, а овец угнали, — сказал Баатар.

— Всю семью без мяса оставила, причем сама тоже виновата. Ох, и попадет же ей от детей!

— Нет, так не будет.

— А как будет?

Баатар промолчал. Казалось, он знает что-то такое, о чем не хочет говорить. Жена притихла. Позже она призналась Шубину, что в тот момент предположила самое страшное. Ей известен был древний обычай уводить в пустыню потерявших трудоспособность стариков и оставлять их там на верную смерть без пищи и воды.

— Она будет сильно ругать своих детей, что послали ее сюда одну, — объяснил наконец Баатар, что ждет их попутчицу. — Очень сильно будет их ругать.

Жена от изумления раскрыла рот. Минуту назад она бесконечно жалела эту женщину, а теперь так же страстно ей завидовала.

Через десяток километров Баатар остановил машину. На прощание пассажирка с достоинством кивнула всей компании, вышла, сошла с шоссе и твердой походкой двинулась к невидимым отсюда родственникам. Шубин прочертил взглядом ее дальнейший маршрут и понял, что путь ей предстоит не близкий. Там, куда она шла, не видно было ничего, кроме травы, камней и островерхих фиолетовых гор на горизонте.

29

Утром первая мысль была о том, что надо мотать отсюда как можно скорее. Наверняка Борис уже позвонил отцу. Нетрудно представить, что за этим последует.

Дочь фараона спала рядом тихо, как мышка. Жохов разбудил ее и сообщил, что у него много дел, надо пораньше быть в Москве. Завтракать было нечем, ночью подмели все вплоть до зеленых сухарей. Вместе дошли до теткиной дачи, находившейся на квартал ближе к станции. Жохов обещал на обратном пути заглянуть сюда прямо с электрички.

Расстались легко. К утру Катя почувствовала, что за двое суток ее любовь к Жохову достигла того предела, за которым сам он пока не нужен. Хотелось остаться наедине со своей к нему любовью. После прощального поцелуя, призванного наполнить предстоящий день памятью о минувшей ночи, она отворила калитку и ушла, унося его с собой не таким, какой он стоял сейчас у забора, а припавшим к ней под одеялом, в теплой норке посреди ледяной пустыни. Маленькие, дружные, они там надежно укрылись от мира. Мир ловил их, но не поймал.

Поверх штакетника Жохов видел, как она идет через участок, уходя из его жизни. Сегодня же ей донесут, что к семье Богдановских он имеет такое же отношение, как к дому Романовых. Возвращаться он не собирался, но в последний момент все-таки окликнул ее и сказал, что совсем забыл, вечером придется на пару дней уехать в Питер, у него там партнеры. Пусть запишет его московский телефон. Ему ей звонить некуда, а она может позвонить из «Строителя».

Номер на Тверской-Ямской был записан прутиком на снегу, чтобы потом переписать. «Захочет, позвонит», — решил Жохов, трезво оценивая свои шансы после неминуемого разоблачения. Он сделал несколько шагов по направлению к станции, но едва за Катей закрылась дверь, изменил маршрут на противоположный, через двадцать минут был в «Строителе», за шестьсот рублей выкупил на рецепции сумку, посмотрел расписание электричек и позвонил Гене. Тот доложил, что с пробой все в полном ажуре, Денис ждет звонка.

— Я его сориентировал насчет цены, — похвалился он.

— По телефону?

— Нет, он сам предложил пересечься и потолковать. Я подумал, что это не помешает.

— Значит, ты с ним вчера виделся?

— Да, с обоими. Они вдвоем приезжали.

— А я тебе что велел? — разозлился Жохов. — Какого хера ты с ними встречаешься без меня?

— Успокойся, ничего не случилось, — осадил его Гена. — Нормально поговорили.

На вопрос о том, на какую цифру он их вывел, отвечено было, что это не телефонный разговор. Жохов назначил ему свидание на Сухаревской, около метро, тут же позвонил дядьке, предупредил его, что зайдет в час, в полвторого, и зашагал к воротам, на ходу закинув сумку на плечо. С этим движением к нему всегда приходило радостное предвкушение перемены жизни. Портила настроение лишь новость о том, что Гена встречался с этими ребятами. Не понятно было, зачем он им понадобился.

У ворот как раз стоял рейсовый автобус, идущий от Рождествено на станцию с заходом в «Строитель». Электричка тоже подошла без опоздания, но, едва отъехав, мертво встала в чистом поле. Жохов достал из сумки отцовского «Чингисхана» и стал читать о том, как султан Джелаль-эд-Дин, гоняясь по Каракумам за джейранами, встретил мудрого дервиша Хаджи-Рахима, сказавшего ему: «Я хожу по этому плоскому подносу земли между пятью морями, посещаю города, пустыни и оазисы, ищу людей, опаленных огнем неудержимых стремлений».

Напротив сидели два подростка в косухах, с одной банкой пива на двоих. Тот, что занимал место у окна, под выцарапанной на раме надписью «Ельцин = Эльцен», рассказывал другому, почему женская измена по тяжести не сравнима с мужской. Жохов прислушался. Оказалось, то самое, чем изменяют, мужчина потом может вымыть с мылом, а у женщины там есть такие закоулки, что за месяц не отмоешь.

Наконец тронулись. Похмельный мужской голос в вагонном динамике запоздало пробухтел что-то про ремонтные работы на линии, которых нигде не видно было и следа. По Казанской дороге Жохов ездил редко. Поплыли мимо туманные поля, замелькали мокрые платформы с незнакомыми названиями станций. Он не успевал их прочесть, а когда заранее готовился, виском прижимаясь к стеклу, и прочитывал, потом жалел, что зря старался, такими никчемными были эти имена. Изредка на темных от снежной влаги насыпях с плетями прошлогодней травы проступали остатки советских лозунгов, когда-то любовно выложенных дерном или беленым кирпичом. Они казались следами цивилизации, которая процветала в этих краях много столетий назад.

Парень в косухе продолжал поучать товарища:

— Чего ты от нее хочешь за пиво-то! Другое дело, ты ее сводил в хороший ресторан. Тогда, если девчонка честная, она тебе может и раком дать.

Сзади кто-то положил руку на плечо. Жохов обернулся. В проходе стояла Катя, улыбаясь ему так, словно он долго искал ее и не мог найти, а она — вот где.

— Я почти сразу побежала за тобой. Стою на платформе, жду, жду, а тебя нет. Ты где ходил так долго?

— Зашел к одному человеку. Он сам из Питера, снимает квартиру тут на станции. Забрал у него кое-какие образцы, документацию. Вместе с тарой, — объяснил Жохов происхождение сумки у него на коленях.

— Я сидела вон там, — показала Катя. — Полчаса за тобой наблюдаю, а ты ни разу не оглянулся. Не чувствуешь, когда на тебя смотрят?

Она села рядом и погладила его по руке.

— Ты так смотрел в окно, совсем как маленький мальчик. У меня сердце защемило от того, как ты смотришь в окно. Жаль, не знала тебя мальчиком.

— Я был хороший мальчик, — сказал Жохов.

Мимо них тянулись вагонные коробейники с одинаковыми, в слоистую бело-сиреневую клетку, сумками из легчайшей, но прочнейшей синтетики, любимой тарой уличных торговцев и челноков. Оттуда, как из мешка Деда Мороза, являлись на свет стрекочущие зажигалки для газовых плит, обувные распорки, тройники, переходники, безопасные розетки с крышками, походные миксеры на батарейках, чудо-машинки для фигурной нарезки овощей или подтягивания петель на колготках, наборы поддельных ножей «Золлинген», пачки фломастеров, сборники кроссвордов, анекдотов и кулинарных рецептов, зажимы для белья, сетки от комаров, которые за последние несколько лет размножились по всей Москве, как в годину казней египетских.

Их стойбища находились под землей, в подвалах блочных и панельных домов с безнадежно изношенными трубами теплоцентралей. Круглый год там клубился пар и стояли лужи, облепленные мириадами комариных выводков. Век у них был короток, за множество поколений, сменившихся между смертью Брежнева и августовским путчем, эти твари стремительно мутировали, научились передвигаться по вентиляционным каналам внутри зданий, ориентироваться по воздушным потокам, взлетать до верхних этажей шестнадцатиэтажных башен, хотя раньше от них запросто спасались на дачных чердаках, и откладывать личинки даже зимой. Уже с конца марта они начинали совершать вылазки по квартирам, а самые стойкие держались до ноября. Теща говорила, что сколько она себя помнит, такого никогда не бывало.

В метро выяснили, кому куда надо. Кате нужно было зайти домой, забрать у жильцов деньги за квартиру и часть отдать тетке.

— У нее, наверное, заночую, — сказала она.

Жохов понял, что сегодня разоблачение ему не грозит, и спросил, обязательно ли ей там ночевать.

— А то этот человек, — объясняюще похлопал он по своей сумке, напоминая, о ком речь, — сам, оказывается, вчера все привез. В Питер можно не ездить. Могли бы встретиться где-нибудь в городе и вместе вернуться на дачу.

Катя с радостью приняла его план. Жохов записал теткин телефон, обещал звякнуть, как только освободится, и полетел на Сухаревку. Поднимаясь по эскалатору, увидел на одном из высоких матовых фонарей, плывущих навстречу и уходящих вниз, маленький стикер с компьютерной распечаткой: «Христос грядет». Он прочел и забыл, следующие фонари были пусты, но пятый или десятый явил новый слоган: «Время жить в правде». Точно рассчитанная пауза усилила эффект, хотя и это был не конец проповеди. По закону триады почти на самом верху возник последний листочек. На нем темнело единственное слово: «Покайтесь». Отсутствие восклицательных знаков придавало интимность этим призывам. В них была интонация ночного шепота, убедительность конфиденциальной записки, набросанной карандашом.

Гена ждал на улице. Зашли в чебуречную, он хотел взять по сто, ну по пятьдесят, но Жохов не позволил.

— Расскажи толком, зачем они тебя вчера вызвали, — велел он, когда встали с чебуреками за столик.

— Обговорить цену. Я предупредил, что от меня ничего не зависит, но они хотели узнать хотя бы порядок цифр.

Жохов насторожился. Ничто не мешало Денису озаботиться этим при встрече в институте. Недостаток видимой логики заставлял подозревать существование другой, скрытой. Гена, конечно, тоже повел себя странно, хотя эти ребята запросто могли его задурить. Практичностью он никогда не отличался.

— И какую цифру ты им назвал? — спросил Жохов.

— Как ты сказал. Тридцать, — ответил Гена, оглядевшись и понизив голос, как будто в этой занюханной чебуречной кто-то мог понять, что речь идет о тридцати тысячах долларов.

— И что они?

— Сказали, что больше двадцати не дадут.

Гена приступил к подробностям. Выходило, что он стоял на этой цене как спартанцы в Фермопильском ущелье, но после жестокого боя пришлось отступить.

— В итоге вышли на двадцать, — сказал он так, словно благодаря его предусмотрительности удалось избежать худшего.

— Прямо с тридцати?

— Ну, не прямо, поэтапно. Ты сам говорил, что пятерку или даже десятку можно будет скинуть.

— Это не тебе решать. Без моего разрешения ты вообще не должен был с ними встречаться.

Гена покаянно молчал. Жохов надкусил чебурек, высосал из дырки горячий сок. Цифра казалась фантастической во всех вариантах. Пять тысяч туда, пять — сюда, черт с ним, неважно.

— Ладно, забыли. У них есть эта сумма?

— Я так понял, что да. Они готовы хоть сегодня.

Этой минуты Жохов ждал восемь месяцев, но сейчас не испытывал ничего, никаких чувств, кроме нарастающей тревоги. Все складывалось как-то чересчур гладко.

— В субботу я звонил Марику, — сказал он, — сегодня у него день рождения. Собирает всех наших к пяти часам на старой квартире.

— Знаю. А при чем здесь это?

— К пяти я с товаром буду у Марика, привезешь их к нему. Это самый безопасный вариант.

— Ты говорил, в машину к ним не садиться, — напомнил Гена.

— Теперь можно, они же понимают, что ты пустой.

— Они это и раньше понимали. Не вижу разницы.

— Разница большая, — возразил Жохов, но в чем она состоит, не объяснил. — Впрочем, я тебе не навязываю, дело твое. Если боишься, можешь по телефону сказать им адрес и встретить возле дома. Только квартиру не называй.

— Я сяду, — решил Гена.

— Как хочешь, никто тебя не насилует.

— Сказал, сяду — значит, сяду.

— Слушай дальше. Когда приедете, Дениса возьмешь с собой, а второй пусть останется в машине. Обоих не бери. Вдвоем подниметесь к Марику. Там будет полно народу, и Марик наверняка придет с охранником. Он без него никуда не ходит. Выйдем в другую комнату или на кухню, отдадим товар и возьмем деньги.

Гена засомневался:

— Думаешь, он один с деньгами пойдет в незнакомую квартиру?

— Ну, пусть вдвоем пойдут.

— А если они скажут, чтобы я вызвал тебя на улицу?

— Скажут, вызовешь. Возьму с собой ребят и выйду.

— На их месте мне бы не понравилось, что с тобой кто-то есть. Могут дать по газам и уехать. Это в лучшем случае.

265

— Значит, выйду один, а ребятам велю стоять в подъезде. Свистнем их, в случае чего.

— Я свистеть не умею, — сказал Гена.

— Я свистну. Короче, сейчас позвонишь им и назначишь встречу. Пусть приезжают с деньгами. Только на пять не назначай, а то у Марика может еще никого не быть, он что-то рано все затеял. Назначь на семь.

— Не поздно?

— Нет, в самый раз. Буду ждать вас в начале восьмого у Марика. Ему пока ничего говорить не надо, поставим его перед фактом.

Салфеток на столе не имелось, вместо них в стакане кульком стояла газетная нарезка. Жохов с трудом обтер ею жирные пальцы и двинулся к выходу.

Таксофоны шпалерами выстроились возле метро, но Гене требовался телефон-автомат старого образца. Нашли и такой, он достал из бумажника многоразовый жетон, выточенный в институтской мастерской. К нему, впаянная прямо в металл, крепилась рыболовная леска с петелькой для пальца на другом конце. Когда соединение устанавливалось, жетон за леску извлекался обратно из приемника.

Гена скрылся в будке, а Жохов закурил под козырьком магазина. С невидимого неба сеялся дождь пополам со снегом. Рядом одиноко серела на стене листовка патриотической оппозиции. На ней сердитая Родина-мать в съехавшем на плечи красном платке призывала всех, кому она даже в непогоду дорога, прийти на митинг в поддержку решения Конституционного суда об отмене референдума. Оберточная бумага, на которой ее напечатали, уже начала расползаться от сырости.

Гена вышел из будки и, глубоко вздохнув, отрапортовал:

— Все. К семи они будут.

— Где встречаетесь?

— На Академической. Оттуда пять минут езды.

Лоб у него блестел от пота. Он еще раз вздохнул и сказал:

— Надо Марику подарок купить.

— Не надо, — отмел Жохов эту идею. — Скажем, что покупать всякую дрянь не хотелось, а на что-то хорошее денег нет. Ему приятно будет, что у нас нет денег, а у него есть.

По дороге к метро опять поговорили про Хасана. Гена, как в прошлый раз, начал доказывать, что все это ерунда, нечего от них бегать.

— Они, между прочим, и убить могут, — оборвал его Жохов, надеясь на аргументированные возражения, но их не последовало.

— Хасан с тебя пол-лимона хочет, — сказал Гена. — Ты можешь объяснить ему, что он ошибается, за меньшую сумму.

— Как я ему объясню?

— Обратись к Марику. У Марика есть такие люди.

— Ну ты даешь! — удивился Жохов не самой идее, а тому, что она исходит от Гены.

Прошли еще метров пятьдесят. Гена постепенно замедлял шаги, пока совсем не остановился.

— Понимаешь, — ответил он с опозданием, — я долго не решался завести этот разговор, но подумал, что правильнее будет сказать, чтобы потом не жалеть, что не сказал. Мы чаще жалеем о том, чего не сделали, чем о том, что сделали.

— Сказал и сказал. Я понял.

— Нет, ты не понял. Я не о том... Конечно, для меня в наших с тобой отношениях есть большой плюс. Я могу быть спокоен, что ты по-любому меня не кинешь, мы с тобой полжизни знакомы. У нас все построено на доверии, но ситуация сложилась так, что я в ней — главное действующее лицо. Изначально предполагалась другая степень моего участия. Я нашел покупателей, веду переговоры, рискую, а ты, прости за откровенность, являешься на готовое.

— Имеешь в виду свой процент? — догадался Жохов.

— Почему я не могу сказать? — оскорбился Гена. — Когда ты предложил мне десять процентов, я тебе ни слова не сказал, но ситуация изменилась. Я молчал до последнего, ждал, что ты сам поднимешь эту тему. Извини, Сережа, мне кажется, я имею право на пятнадцать.

Десять процентов от суммы сделки составляли две тысячи долларов, пятнадцать — на тысячу больше. По сравнению с тем, что оставалось самому Жохову, разница абсолютно несущественная. Все равно этих денег ему до смерти хватит.

— Пятнадцать так пятнадцать, — сказал он и, дружески ткнув кулаком в грудь ошеломленного легкостью победы Гену, зашагал по Сретенке в сторону памятника Крупской.

Рядом находилась пивная под открытым небом, в былые годы — безымянная. Из идеологических соображений таким точкам запрещалось давать красивые имена рек, гор, цветов, космических аппаратов, столиц союзных республик и стран социалистического содружества, а некрасивые не допускались в принципе. Как все шалманы, где выпивали в стоячку и закуску позволялось брать по минимуму, пивная имела только номер, но по местоположению была известна в народе под названием «У Наденьки». Как ее окрестили теперь, Жохов забыл. Дядькин дом примыкал к этому загону из панелей цвета морской волны, как парадная офицерская форма.

У самого подъезда дорогу загородили четверо хорошо упакованных парней. Попросили закурить. Жохов протянул им свою «Магну». Один по-хамски, всей пятерней, опустошил пачку почти полностью, и они двинулись дальше, не взглянув на него, не сказав ни слова. Возмутиться он не посмел, но для поддержания достоинства все-таки крикнул вдогонку:

— А спасибо?

Тот, что брал сигареты, обернулся, смерил его тяжелым взглядом, прикидывая, видимо, какой кары заслуживает подобная наглость.

— Сам спасибо скажи, что всю пачку не взяли, — решил он проявить великодушие и пошел догонять товарищей.

Сердце облилось горячей злобой. Жохов со всей силы пнул вслед этим говнюкам валявшуюся на асфальте банку из-под пива. Гремя, она подкатилась им под ноги. Задние оглянулись. Он обматерил их, используя элементарный набор, но за счет суффиксов добившись эффекта цветущей сложности, и с тремя пальцами наготове, чтобы с ходу ткнуть в нужные кнопки наборного замка на двери, юркнул в подъезд.

30

Впустив племянника, дядька взялся жарить картошку, настрогал буженины, порезал, похваляясь благосостоянием, тепличный помидор сказочной цены. Попутно выяснилось, что его многолетняя работа над фамильным родословием, о чем Жохов слышал еще на отцовских похоронах, подошла к концу, результаты сведены в таблицу, вычерчено генеалогическое древо. После обеда оно было предъявлено единственному наследнику.

— Умру, возмешь себе, — сказал дядька, раскатывая на столе лист ватмана, слишком просторный для их скромной семейной истории.

У него с матерью Жохова были разные отцы, и о своем он от бабушки так ничего и не добился. Пришлось ограничиться предками по женской линии, но и они упорно не желали выходить из тумана, хотя последние двести лет безвыездно проживали в том же поселке и работали на том же градообразующем заводе углежогами, доменщиками, кузнецами, горновыми, молотовыми или кричными мастерами. Эти потерянные колена обозначались пустыми кружочками, говорящими лишь о том, что они — были.

Ближе к вершине дерева ветвилась ближайшая бабушкина родня. Среди токарей, вальцовщиков, прокатчиков и преподавателей заводского ПТУ звездой первой величины сиял ее старший брат, воевавший у Колчака и безвестно сгинувший где-то в Сибири. То, что он по дурости не сумел спрятаться и был мобилизован, не умаляло его славы. Другой брат, тоже по мобилизации служивший у красных, был задвинут на периферию.

Мысли крутились вокруг того, как сложится вечером у Марика, но Жохов заставил себя отвлечься и слушать. Один монгол из тех, с кем он работал в экспедиции, говорил ему, что удача отворачивается от человека, не способного ни на минуту забыть о своей цели. Понимание этой буддийской мудрости пришло с возрастом.

— Вот ты, — показал дядька кружок почти на самой вершине.

Выше была только Лелька. Дядька знал, что у Жохова есть дочь, но ее имя и год рождения не держались у него в памяти. Под диктовку он начал вписывать их красным фломастером. В отличие от записей, сделанных черной пастой и относящихся к мертвецам, красный цвет анкетных данных свидетельствовал, что этот плод на родовом древе еще не засох. Мощные корни гарантировали ему бесперебойное поступление живительных соков из родной почвы.

— У Ленина-то бабка по отцу, оказывается, родная дочь его же деда, — к месту припомнил дядька. — Дед у него был женат на собственной дочери. Писатель Солоухин пишет, он ее в младенчестве отдал на воспитание мещанину Алексею Смирнову, а как выросла, сам же, чурка, на ней и женился.

— Забыл, что ли?

— А хрен его знает! Он ведь калмык был, и она, получается, тоже калмычка. У них не разберешь. Ленин потому таких дел и наворотил, что отец у него от кровосмесительного брака родился.

— Выходит, Ленин наполовину монгол?

— Калмык.

— Это одно и то же, никакой разницы. Вот буряты, те немного другие.

— Полукровки страшнее всего, — матернулся дядька. — Чистокровные, те хоть знают свое место, а эти ни туда ни сюда. Болтаются, как говно в проруби, и всюду гадят.

Жохов вышел в коридор и позвонил по теткиному номеру. Номер не отвечал. После шестого гудка он положил трубку и вернулся в комнату.

За чаем дядька рассказал, как мальцом, в голодуху, ходил с крестной собирать конский щавель, чтобы сушить, толочь и добавлять в муку, шли над прудом и возле старой заводской плотины увидели русалку-лобасту. Сам он, правда, этого не помнил, крестная ему потом описывала в подробностях. Русалка плыла под берегом, высоко выставившись из воды, будто не плыла, а шла по дну. Ее безобразные, неописуемо длинные, как у всех лобаст, зеленоватые груди были закинуты назад, за плечи, не то мешали бы плыть. Она в упор смотрела на маленького дядьку и механически-ровным голосом, какой бывает у глухих, приговаривала: «Колеса катать, колеса катать». В детстве он не верил крестной, имевшей слабость расшивать свою куриную жизнь златоткаными павлиньими узорами, но недавно в нем заронилась мысль, что тем самым предсказывалось его увлечение нумизматикой. В свете этого пророчества оно обретало смысл, выводивший его далеко за рамки обычного хобби.

Монголы вообще не признавали никакого значения за событием, если никто не потрудился его предсказать. Такие события проходили бесследно и не запечатлевались в народной памяти, будь то даже война, чума или засуха. Об этом Жохову говорила знакомая монголка из министерства геологии. Он не подозревал в ней диссидентку, но когда после экскурсии во дворец Богдо-хана остался у нее на ночь, она прямо в постели доверительно сказала ему, что пребывание МНРП у власти никем никогда не было провозвещено, поэтому его следует рассматривать как мираж, как нечто на самом деле несуществующее, иначе святые провидцы и праведники знали бы о нем заранее. Судьбоносное будущее им открыто, бесплодное — нет, потому что не имеет корней в прошлом. Недаром конная статуя Сухэ-Батора в центре столицы воздвигнута на том месте, где при вступлении красных в Ургу конь основателя МНРП сделал лужу. Памятник ему — порождение телесных миазмов, когда-нибудь он растает как снег, исчезнет как сон. Голая женщина лежала рядом и говорила, говорила. Заткнуть ей рот не удавалось даже поцелуем. В ту ночь Жохов был ошарашен ее постельным откровением, но позднее не раз прилагал его к быстро меняющейся реальности. Что бы там кто ни болтал и на каких бы прозорливцев ни ссылался, нынешнюю жизнь никто не предвидел, следовало поскорее взять от нее все, что можно, пока ей не свернули шею.

Вооружившись этой монгольской теорией, Жохов решил, что газета «Сокровища и клады» не случайно явилась в его жизни. Богатство было предсказано ему историей про волшебную девочку из подполья. Ее корни лежали в его прошлом, значит, есть перспектива расплеваться и с Караваевым, и с Семеном Иосифовичем. Лелька поступит в полное его распоряжение, мать сможет наконец выйти на пенсию, а сам он купит две однокомнатные квартиры — одну сдавать, в другой жить и наслаждаться свободой. Катя будет навещать его в новой шубе, которую он подарит ей взамен ее кролика. Будущее насыщалось зримыми деталями, вплоть до реакции матери с ее армянином на внезапное появление в их квартире грузчиков со стиральной машиной последнего поколения.

Дядька тем временем обратился к судьбам знакомых нумизматов. Сам он пострадал еще при Сталине, но и при Хрущеве, и при Брежневе немало его товарищей, людей очень достойных, отбывали срок по обвинению в спекуляции. Продавать монеты запрещалось, разрешали только обмен. Московский клуб коллекционеров был наводнен шпионами, все места, где они собирались нелегально, контролировала милиция. Случались облавы с приводами, протоколами и сигналами по месту работы. В дядькином изложении эти воскресные сходки в лесопарковой зоне выглядели как революционные маевки при царизме.

Он стал вспоминать проданную коллекцию:

— Музейные были экземпляры! Траурный рубль Екатерины Первой, ее же — с локоном в волосах, оба в идеальном состоянии. Анны Иоанновны пробный рубль, орел на реверсе цепью окружен. У него коэффициент редкости — три. Больше не бывает. Петра Третьего полный рублевый набор был, всех монетных дворов. Павловский крестовый ефимок вообще уникум, цена ни в одном каталоге не указана.

— Как же его оценивают?

— А никак. Дураков нет продавать. Один нашелся, — сказал дядька и протяжно посмотрел в окно.

После уроков Катя забрала дочь с продленки. При виде матери та ни малейшей радости не выказала и с ходу начала перечислять все то, что тетка обещала ей купить, но не купила. Кое-что из списка посчастливилось приобрести в ближайшем газетном киоске. Наташа подобрела, взяла Катю за руку и стала рассказывать про одну девочку, дружившую раньше с другой девочкой, которая предложила меняться с ней календариками из серии про котят, а сама дала из другой серии, хотя эта девочка собирает с котятами, поэтому она теперь с той девочкой не дружит, а хочет дружить с Наташей и сегодня на перемене рассказала ей очень страшную историю.

— Рассказать? — спросила дочь по дороге к теткиному дому.

Отказаться Катя не посмела.

— Значит, — приступила Наташа, — в одном городе жила одна семья — мама, папа и дочка. Мама у них была колдунья, но дочка с папой это про нее не знали. Однажды она подарила дочке стеклянную куклу, необычайно красивую. Дочка стала играть с куклой, а мама пошла на работу. Она на заводе работала.

— Колдуньи на заводах не работают, — заметила Катя.

— Мам, ты чего? — рассердилась Наташа на ее непонятливость. — Она же нарочно, чтобы не догадались, что

она колдунья. А папа у них был в отпуске. Он дома сидел, все делал по хозяйству. Обед сварил, зовет дочку:
«Идем обедать!» Дочка пошла, а куклу во дворе оставила. Первое съела, второе, чай, опять вышла во двор,
а кукла куда-то делась. Они с папой поискали ее, нигде
нету. Папа говорит: «Ладно, сама найдется» — и начал
дрова колоть. Они в деревянном доме жили, с печкой.
Топором размахнулся, вдруг кукла откуда-то появилась,
и он ей случайно руку отрубил. Дочка заплакала, но что
тут поделаешь? Стала с ней дальше играть, с безрукой.
А вечером мама приходит с работы, и у нее тоже одной
руки нету. Дочка с папой говорят ей: «Ты иди в больни-
цу!» А она никуда не идет, легла спать. Утром снова на
завод ушла.

— Без руки?

— Не хочешь слушать, могу не рассказывать, — при-
грозила Наташа.

— Хочу, хочу.

— Тогда не перебивай... Дочка стала играть с куклой,
и та опять куда-то пропала. А папа как стал дрова колоть, она ему под топор подвернулась, и он ей вторую
руку отрубил. Вечером мама приходит совсем без рук,
но к врачу не пошла, выспалась и снова на работу. Дочка с папой смотрят, у нее уже обе руки на месте. Они
потом узнали, что когда где-нибудь кому-нибудь руку,
например, трамваем отрежет, она колдовством умела эту
руку себе приставлять. Или ногу. А тогда они еще ничего не поняли, решили, что им это все приснилось. Дочка опять стала с куклой играть, и папа ей первую ногу
отрубил. Кукле, — уточнила Наташа. — Вечером мама
приходит с работы на костылях, без одной ноги. Они
всей семьей поужинали, легли спать, а утром она встает
с постели на двух ногах.

— А кукла?

— Кукла уже и без рук, и одноногая, но дочку все равно тянет к ней как магнитом. На четвертый день снова стала с ней играть, а папа нечаянно отрубил ей последнюю ногу, и оттуда выползла змея. Она хотела ужалить дочку, но папа успел разрубить ее топором.

— Кукла же стеклянная. Как они в ней змею-то не заметили?

— Она такая туманная была, не видно, что у нее внутри. В общем, папа вызвал милиционеров, они все расследовали. Оказывается, эта змея была душа их мамы, а сама она превращалась в куклу. Хотела спрятать там свою душу, а когда ей всё по очереди поотрубают, выползти оттуда и ужалить дочку до смерти.

— Зачем? — спросила Катя, благоразумно не касаясь вопроса о том, почему змея не выползла из первой же дырки.

— Не любила ее, — легко объяснила дочь.

Конец истории был скомкан, потому что уже поднялись к себе на площадку. Катя достала ключи. Наташа, морщась, переступала с ноги на ногу. Ясное дело, в школе не удосужилась пописать и терпела уже из последних сил.

— Потом все ребята, кто слушал, стали говорить свое мнение, что на свете самое страшное, — торопливо досказывала она. — Про покойников говорили, про то, что уснешь и не проснешься, что Хасбулатов будет президент вместо Ельцина, про вампиров. Я тоже сказала...

Вошли в прихожую.

— И что же ты сказала?

— Я сказала, — гордо ответила дочь, поворачиваясь вокруг себя, чтобы ей развязали шарф на затылке, — самое страшное, это когда мама своим детям хочет злое.

Катя присела перед ней на корточки, начала целовать в лоб, в нос, в щеки. Они были сообщающиеся сосуды, это проклятое время стояло в них как вода — на одной отметке.

— Прости меня, девочка моя! — шептала она сквозь прихлынувшие к горлу слезы. — Прости меня, дуру!

В эту минуту зазвонил телефон.

Глава 11
ПОСЛЕДНИЙ ШАНС

31

Шубин немного опоздал. Старые друзья уже сидели за столом, Марик рассказывал своим живодерским басом:

— У меня приятель на Рождество летал в Нью-Йорк, ему там сказали, что Бродский склоняется к католичеству. Мне, честно говоря, не понятно, как русский поэт может быть папистом, хотя в данном конкретном случае все не так страшно. Страшнее всего, когда католиком делается православный человек. Дракула не случайно стал вампиром.

Он прервался, ожидая недоуменных вопросов о связи между тем и этим, но гости молчали. Их оказалось всего четверо. Слева от именинника сидела полная женщина с молодым лицом, впустившая Шубина в квартиру. Ее звали Лерой, и у них с Мариком был институтский роман. По его рассказам, она влюбилась в него еще на вступительных экзаменах. Он ее не замечал, пока после третьего курса вместе не очутились на производственной практике в Челябинской области. Марик тогда вернулся в Москву переполненный впечатлениями. Первый раз все произошло во время обеденного перерыва, в подсобке, поэтому она сняла только трусы, а он положил их себе в карман, потому что на ней была юбка без карманов. Сгоряча оба про них забыли и до конца смены переглядывались, как два террориста среди толпы, не подозревающей, что у одного из них в кармане спрятана бомба. Потом пошли в городской сад, и, самое удивительное, когда она за кустами, прямо при Марике, подхватив юбку, натянула эти трусы, это ее движение взволновало его куда больше, чем то, каким они были сняты. В чем тут дело, он постичь не мог и допытывался у Шубина, бывало ли с ним такое, или он, Марик, какой-то уникум. С тех пор Лера на птичьих правах присутствовала в его жизни. Независимый вид, с каким она сейчас курила сигарету-гвоздик, выдавал ее с головой. С одного взгляда становилось понятно, как важно ей быть здесь.

Стул справа от хозяина занимал такой же, как Шубин, отдельный старый друг в свитере с безнадежно растянутым воротом. Раз в несколько лет они встречались за этим столом, но в промежутках его имя с необъяснимым постоянством выпадало из памяти. Видно было, что он не ушел и никогда не уйдет из своего НИИ, где ему платят шесть долларов в месяц, зато позволяют досыта забавляться любимыми игрушками. За это Марик, изменивший науке, но уважавший тех, кто сохранил ей верность, почтил его местом одесную себя.

Дальше сидел Жохов. Он учился в институте вместе с Мариком и Геной, и Шубин не удивился, увидев его здесь. При нем состояла стриженная под мальчика шатенка явно не из этой компании. Ее татарские глаза были затуманены теплом и выпивкой, в руке она держала вилку с криво насаженным на нее куском сервелата и смотрела на него так, будто использовала этот предмет для медитации. Сводчатая верхняя губа блестела от бесцветной помады, которую с нижней она уже обкусала, но продолжала этим заниматься.

— Он, — продолжил Марик про Дракулу, — был трансильванский князь, по национальности румын, а румыны такие же православные, как мы. Позже венгры обратили его в католичество. До этого он причащался хлебом и вином, а у католиков причастие вином только священникам полагается. Мирянам — фиг. Короче, Дракуле стало не хватать крови, ну он и добирал как мог. Бродскому, слава богу, это не грозит, он никогда православным не был.

Марик жизнерадостно захохотал.

В начале перестройки он крестился, воцерковился и одно время на каждом углу трубил о том, что этот глубоко интимный факт его духовной биографии абсолютно никого не касается. Пометавшись между РПЦ и Зарубежной церковью, Марик отвлекся на кооперативную деятельность, оттуда ушел в бизнес, но временами его заносило в прежнюю колею. «Я еврей не корпоративный», — говорил он о себе. Это значило, что ему чужды те группы взаимоподдержки, членство в которых не то чтобы определяется происхождением, но так или иначе с ним связано.

— Галка-то где? — поинтересовался Шубин, имея в виду его жену.

— А зачем она здесь? Мы обычно без жен собираемся, — ответил Марик и ухарски подмигнул Лере.

На отсутствие шубинской жены ему тем более было наплевать.

Выпили, он опять начал рассказывать:

— В восьмом классе мы все вступали в комсомол, а Толик отказался. «Я, — говорит, — не понимаю, зачем ваш комсомол вообще нужен». По тем временам колоссальное было ЧП. Созвали собрание, стали доказывать ему, что без комсомола — ну, никуда. Потом дали слово обвиняемому, чтобы признал свои ошибки. А он уперся. «Вы, — говорит, — никаких логических доказательств не приводите, все ваши аргументы построены на том, что это аксиома». И тут черт меня дернул! Встал и говорю: «Необходимость комсомола — не аксиома, а теорема, доказанная кровью наших отцов и дедов!»

Лишь теперь Шубин понял, каким образом эта история связана с предыдущей. Мысль Марика скакнула от одной крови к другой.

— Во сказанул! — закончил тот, смеясь и закусывая. — Все прямо рты поразевали. Сколько лет прошло, а не могу себе простить. Он-то меня простил, — локтем ткнул Марик сидевшего рядом старого друга в свитере, — а меня до сих пор совесть грызет за эту подлянку.

Похоже, грызла она его не очень сильно. Выглядел Марик отлично. Дела у него резко пошли в гору, после того как одна из пяти или десяти учрежденных им фирм выиграла тендер, объявленный какой-то западной гуманитарной организацией, и успешно поставила из Москвы в Китай сколько-то тысяч китайских же одеял и курток для пострадавших от наводнения китайцев. Теперь возле подъезда стоял его «мерседес», в кухне сидел охранник в ослепительно белой сорочке с ремнями на плече и кобурой под мышкой. Он был в два раза шире шефа, чтобы в случае чего гарантированно прикрыть его своим телом от пули киллера. Даже без пиджака этот малый занимал полкухни. Лера тарелками носила ему туда салаты. Раз в году она исполняла при Марике роль хозяйки, и сегодня был красный день ее календаря. Насчет ночи у Шубина имелись большие сомнения.

— А Гена чего не пришел? — спросил он у Жохова.

— Обещал позже. Знакомься, это Катя, — представил тот свою соседку.

Она была уже сильно под градусом и то и дело норовила упасть ему головой на плечо.

Позвонили в дверь, Лера пошла открывать.

— Что я говорил! — завопил Марик. — Все придут, еще не вечер!

Появились двое их однокурсников, памятные Шубину по прежним, куда более разгульным застольям. Для обоих геология стала далеким прошлым, хотя один все-таки старался держаться к ней поближе и торговал не гербалайфом, а закупаемыми в Кунгуре селенитовыми зверюшками. Второй пристроился в префектуре Центрального округа. В прошлый день рождения, пока все бурно спорили о Гайдаре и Чубайсе, он лишь посмеивался, словно для него эти двое, да и сам Марик тоже, — смешные зверюшки, резвящиеся на воле, пока хозяин тайги спит в своей берлоге. Свою задачу он, вероятно, усматривал в том, чтобы вовремя завести будильник. Такие фигуры рождаются из пены, но не оседают вместе с ней, а затвердевают, как пенопласт, и не тонут, когда одни, более тяжелые, идут ко дну, а другие, не выдержав ими же раздутого жара, переходят в газообразное состояние.

Начался общий галдеж, только Шубин с Катей остались в стороне. Ее плывущий взгляд остановился на нем. Она откровенно его изучала, слишком, пожалуй, откровенно для женщины, которая пришла с мужчиной. В ней чувствовалась пьяная женская нервозность, знакомая Шубину по собственной жене. В худшем случае у жены это состояние чревато было беспричинными слезами, в лучшем — горячечными воспоминаниями о тверской филармонии, где она год проработала после консерватории, или страстным желанием немедленно высказать ему всю правду о том, как предвзято он подходит к ее отношениям с давным-давно отбывшей за океан подругой Жанной.

— Вы друг Сережи? — осведомилась Катя, с трудом фиксируя голос на интонации, худо-бедно подходившей к этим словам.

Шубин не стал ничего уточнять, просто кивнул, чтобы отстала, и напрасно. Она решила, что с ним можно иметь дело. Следующий вопрос был задан громче, с расчетом на публику:

— Какая, по-вашему, самая страшная книга на свете?

— «Коммунистический манифест», — услышав, откликнулась Лера. — Там про призраков.

Однокурсники включились в викторину. Торговец селенитом назвал «Собаку Баскервилей», работник префектуры — учебник по сопромату, которого он на своем геофаке в глаза не видывал, но слыхал про этот ужас. Марик сказал, что страшной может быть любая книга, если человек за всю жизнь прочтет только ее одну.

Катя покачала головой, как учительница, не получившая правильного ответа на поставленный вопрос.

— Страшнее всего — этимологический словарь, — объявила она. — Читаешь и видишь, на каких первобытных основах все держится, вся наша жизнь.

— Например? — полюбопытствовал школьный друг Марика, чье имя Шубин снова успел забыть.

— Например, я узнала, что слова «удовольствие» и «удаль» происходят от слова «уд».

— Хуй, значит, — смачно прокомментировал Марик. — Даешь ему волю, получаешь удовольствие. Несешь его в даль, то есть насилуешь женщин из соседнего племени, считаешься удалым добрым молодцем.

— Правильно, — кивнула Катя. — Всё остальное — только суффиксы.

— Что — всё? — спросила Лера.

— Всё вообще. Современная цивилизация — это суффиксы, приставки и окончания.

— И что тут страшного?

— Как только это поймешь, начинаешь осознавать, что туда очень легко вернуться.

— Куда туда?

— В ту жизнь. Мы уже возвращаемся, вы же видите.

Лера засмеялась. При Марике ей было море по колено.

— Вы что, ничего не видите? — заволновалась Катя.

— Представьте себе, нет.

— А вы?

Вопрос обращен был к Шубину.

— Да, — сказал он, прекрасно понимая, о чем она говорит.

С прошлой весны им владела та же тревога. Было чувство, будто его привели в подвал огромного здания, в котором он спокойно прожил всю жизнь, и показали, что эта многоэтажная конструкция с электричеством, лифтами и водопроводом держится на трех связанных пальмовым лыком бамбуковых сваях.

— Так объясните же ей! — привстав, потребовала от него Катя. — Что вы молчите?

Шубин растерялся и ничего не ответил. Она взяла тоном выше:

— Почему вы все молчите? Неужели никто не может объяснить ей, что происходит!

— А что происходит? — ухмыльнулась Лера.

— Сережа! — навзрыд закричала Катя. — Объясни ей, или я сейчас уйду!

Жохов силой усадил ее обратно на стул. Она заплакала и начала падать головой куда-то набок. Там, как ей, вероятно, казалось, должно было находиться его плечо. Когда оно наконец нашлось, то не понадобилось. Катя переключилась на Жохова.

— Зачем ты меня сюда привел? — спрашивала она, отталкивая его, но при этом вцепившись ногтями ему в запястье. — Думаешь, твои друзья смеются надо мной? Они над тобой смеются!

Марик протянул ей рюмку водки:

— Выпей, деточка. Клин клином вышибают.

Она ударила его по руке и стала кричать в сторону телевизора, где без звука шли новости по второму каналу:

— А я еще за них голосовала, дура, дура, какая дура, господи! Они же нас за людей не считают! Сами живут дома с детьми, а у меня дочь в Москве, я — черт-те где! Прихожу домой, там чужие люди. Почему я должна так жить?

Жохов обнял ее, она продолжала говорить, но все тише и тише и только ему одному:

— Я терплю, терплю, никому не жалуюсь. Почему я все время должна терпеть? Я больше не могу, не могу больше так жить...

На нее перестали обращать внимание. Кто-то принес из соседней комнаты гитару, через пару минут Лера уже аккомпанировала и подпевала Марику, оравшему:

> Если случится когда-нибудь
> Мне в океане тонуть,
> Я на твою фотографию
> Не позабуду взглянуть.

Вразнобой вступили другие голоса, в том числе еще один женский. Катя запела вместе со всеми. Лицо ее светилось вдохновением, глаза горели. Потекшая с них тушь размазалась по щекам. Жохов сунулся к ней с платком, но был отодвинут локтем, чтобы не мешал.

Шубин видел, с каким мстительным азартом выкрикивает она дорогие, видимо, ее сердцу слова:

> Буду лежать я на дне морском
> Грудою белых костей!
> Вот что такое романтика
> В жизни бродячей моей!

Марик орал самозабвенно, громче всех, но в какой-то момент Шубин поймал на себе его спокойный взгляд и заметил, что он так же оценивающе поглядывает на остальных. Наверное, сравнивал приобретения с потерями и не жалел об утраченном. Этот праздник потому и был назначен на пять часов, что ближе к ночи его ждал другой.

Покончив с одной песней, затянули следующую. Шубин хорошо знал этот репертуар, но не пел. На ухо ему медведь наступил, и жена с ее консерваторским образованием давно отучила его от песенной ностальгии по тем временам, когда вечерами собирались у костра в стройотряде, в байдарочном походе, на уборке картофеля.

— Покурим? — перегнувшись к нему через стол, спросил Жохов, тоже молчавший.

В руке у него брякнули спички.

— Многофункциональная вещь, — туманно объяснил он, почему пользуется ими, а не зажигалкой.

Встали у окна, Шубин взял сигарету из предложенной ему пачки «Магны» и узнал, что Жохов покупает ее блоками на Киевском вокзале, так дешевле.

— Ты ведь историк, — сказал он, затянувшись и выпустив дым. — Как по-твоему, цесаревича Алексея расстреляли в Екатеринбурге или он все-таки спасся?

— Чего ты вдруг?

— Увидел тебя и вспомнил про Монголию. Он там жил.

Шубин сразу сообразил, что это Алексей Пуцято, но следующая мысль была уже о себе самом. За такими совпадениями всегда чудился перст судьбы.

— Раньше я часто ездил туда с экспедициями, — договорил Жохов. — В тот год у нас лагерь был на Орхоне, возле Хар-Хорина.

— Это где монастырь Эрдене-Дзу?

— Точно. Недалеко была русская старообрядческая деревня дворов на десять, он оттуда в Хар-Хорин ходил за хлебом.

Рассказать о нем Шубин не успел, помешал телефонный звонок. Марик, взяв трубку, с ходу зарычал в микрофон:

— Гена! Ты где, бля, мы тут все...

Он умолк, перехватил трубку, как пистолет, и наставил ее сначала на Леру, потом на Жохова, но в конечном итоге нацелил Шубину в лоб.

— Пх-х! Тебя.

Звонила жена.

— Помнишь, — сразу перешла она к делу, — на Новый год мы с тобой возвращались от мамы и я потеряла ключи от квартиры?

Вопрос был риторический. Еще бы он не помнил, как под утро, раскисший от шампанского, на одиннадцатом этаже перелезал с соседской лоджии на их собственную.

— Мне кажется, кто-то их нашел, — поделилась жена своей заботой, — а ночью откроет дверь и войдет.

— Сейчас еще семи нет.

— А мне страшно.

Шубин понял, что сделал неверный ход, и воззвал к ее логике:

— Ты сама подумай! Даже если кто-то их нашел, как он поймет, что это наши ключи?

— Не знаю. Приходи, пожалуйста.

— Прямо сию минуту?

— Да, — сказала жена виновато, но твердо.

Застольный хор умолк, Жохов снова возился со своей Катей. Она тихо рыдала, уткнувшись лицом в сложенные на столе руки.

— Не видишь, что ли? Подожди, — отмахнулся он, когда Шубин хотел вернуться к прерванному разговору.

Китайская куртка, бесплатно выданная ему Мариком из тех излишков, что остались у него после помощи пострадавшим от наводнения, валялась на полу в прихожей. Жена опять забыла пришить к ней вешалку. Шубин оделся и, ни с кем не прощаясь, чтобы не заставили пить на посошок, спустился во двор.

Пасмурное небо начиналось прямо над крышами домов, сквозь голые кроны деревьев сеялся редкий снежок. Он оседал на ветвях, но внизу мгновенно таял. Земля оставалась черной. Над ней висел в воздухе узор заснеженных веток, не имеющих, казалось, ничего общего со стволами. Пейзаж был совершенно потусторонний.

На скамейке возле песочницы сидела молодая женщина в лохматой фиолетовой шубе, перед ней стоял зареванный малыш с ведерком в одной руке и совочком в другой. Женщина говорила ему:

— Еще раз полезут, сразу надо давать в лоб. Понял? Сразу в лоб.

Жена встретила его у подъезда.

— Ну что? — ехидно поинтересовался Шубин. — Не приходил еще?

В ответ она произнесла путаную оправдательную речь. В ней было много не относящихся к делу воспоминаний и постоянно повторялись наречия «всегда» и «никогда» в сочетании с ее любимыми выражениями «все люди» и «ни один человек». Пару раз проскочило собирательное местоимение «они», обозначавшее у нее те безличные темные силы, которые повышают цены, устраивают путчи, поддерживают дедовщину в армии, вычитают тринадцать процентов из ее нищенской зарплаты, а теперь еще задумали перенести трамвайную остановку на квартал дальше от дома, чтобы ей труднее было поспевать на работу и таскать с оптового рынка тяжелые сумки с продуктами.

Шубин поцеловал ее, она немного поплакала, и они пошли домой. Весь хмель выдуло по дороге, в начале десятого он вставил в машинку чистый лист, но не успел ударить по клавишам, как появилась жена со словами:

— Ты вот все хаешь этого Шпилькина, а твой Анкудинов, оказывается, тот еще жох. Шпилькин не зря его ненавидел.

Она выложила на стол несколько ксерокопированных страниц из книги «Путешествие в Московию и через Московию в Персию и обратно» Адама Олеария, секретаря голштинского посольства к царю Алексею Михайловичу. Ксерокс Шубину сделали в Ленинской библиотеке. На всю книгу денег он пожалел, потратился только на главу об Анкудинове. Хотя Олеарий лично с ним не встречался, он немало слышал о нем от своих московских знакомых, в основном из числа сотрудников Посольского приказа. Среди них был и Шпилькин, не упустивший случая лишний раз очернить ненавистного кума.

Жена ногтем отчеркнула абзац, заставивший ее изменить отношение к шубинскому любимцу. Здесь описывалось то время, когда Анкудинов еще жил в Москве и в страхе перед ревизией пытался покрыть растрату.

«Увидев, что при предстоящем отчете ему недостанет ста рублей, — писал Олеарий, — он пустился на всяческие хитрости и выдумки, чтобы пополнить раскраденную казну. Между прочим, отправился он к писцу Василию Григорьевичу Шпилькину, своему куму, который неоднократно оказывал ему благодеяния, и сказал, будто прибыл из Вологды знатный купец, добрый его друг, и завтра пожалует к нему в гости. Чтобы нарядить жену и, как принято у московитов, вывести ее к гостю с чаркою водки, Тимошка попросил одолжить ему жемчужный ворот и украшения, принадлежавшие жене Шпилькина, обещав после возвратить их в полной сохранности. Шпилькин, не подозревая ничего дурного, охотно и без залога исполнил просьбу кума, хотя украшения его жены стоили более 1000 талеров. Тимошка, однако, не только забыл их вернуть, но когда кум ему о том напомнил, стал все отрицать, требуя доказательств. Шпилькин призвал его на суд и добился его осуждения, но так как других улик против него не имелось, Тимошку отпустили на поруки».

— Почему ты об этом не пишешь? — спросила жена.

— Мы же не знаем, какие у них были отношения, — оправдался Шубин. — Задним числом Шпилькин мог обвинить Анкудинова в чем угодно.

— Тут еще написано, что он любил мальчиков.

— Компроматом и тогда не брезговали.

Жена проницательно усмехнулась:

— Я замечаю, тебе вообще нравятся жулики. В принципе это вопрос для психоаналитика, почему они тебе нравятся, хотя я могу высказать свое мнение. В глубине души ты им завидуешь, но сам таким быть не можешь, поэтому не желаешь признавать, что они — не как мы. Тебе спокойнее думать, будто все люди — люди, и ты думаешь, что если они переносят трамвайную остановку к комиссионному магазину, значит, так нужно для уличного движения, а на самом деле, мне мама сказала, этот магазин принадлежит бывшему секретарю райкома, только записан на другое имя, и хозяин, естественно, заинтересован, чтобы люди сходили с трамвая и садились на трамвай возле его магазина, вот и все.

Она посмотрела на часы, ахнула и пошла укладывать сына. Через пять минут за стеной зазвучал рояль. Три брата вновь ушли искать счастье на три стороны света, сестра осталась их ждать, но за много лет ни один не прислал весточки о себе:

С юга не шлют, с востока не шлют,
С запада ветер один лишь мчится, воя,
А братья все не едут ни сушей, ни водою,
И стала их сестра совсем седою.

Сегодня ей не довелось узнать об их судьбе. Сын заснул раньше, чем жена допела песню до конца.

32

Анкудинов прибыл в Стокгольм поздним летом 1651 года. Вскоре он был принят канцлером Акселем Оксеншерной и вручил ему оба послания Дьердя Ракоци — настоящее, с предложением союза против поляков, и поддельное, в котором князь Шуйский рекомендовался как человек, своими талантами могущий принести пользу шведской короне. Ни то ни другое Оксеншерну не заинтересовало. Он, однако, понимал, что претендент на московский престол пригодится ему в дипломатической игре с Москвой, и согласился представить его королеве.

Латынь второго письма оставляла желать лучшего, что шведы снисходительно списали на трансильванское невежество, естественное для такого захолустья. Впрочем, сами они тоже не могли похвалиться избытком образованных людей. Их зазывали сюда со всей Европы, соблазняя деньгами и пожалованием дворянства, но охотников находилось немного. Еще свежа была память о Рене Декарте, полтора года назад приехавшем из Парижа в Стокгольм по приглашению королевы Кристины Августы. Под его руководством она пожелала изучать философию и с такой страстью отдалась этим урокам, что даже зимой, когда северные ночи растягиваются на полсуток и солнце выплывает из морозного тумана едва ли не к обеду, если показывается вообще, Декарту предписывалось являться во дворец к пяти часам утра, чтобы его ученица имела свежую голову для занятий. С постели он вставал на час раньше. За ним присылали карету, но в карете было так же холодно, как на улице. Мороз, вьюга, пронизывающий ветер с моря влияли на это расписание не более чем на распорядок церковных служб или на время побудки в военном лагере.

Единственное дитя великого воителя Густава Адольфа, Кристина Августа с детства воспитывалась как мальчик, ее тело было закалено гимнастикой, верховой ездой, купаниями в ледяной воде. Декарт подобной закалкой не обладал. В лютую январскую стужу, страшась опоздать к началу урока, он подхватил воспаление легких и на девятый день умер, перед смертью написав ученице письмо о сущности любви. Юную королеву волновал этот предмет, еще не постигнутый ею на практике. Впоследствии она не раз касалась его в разговорах с Анкудиновым.

На первой аудиенции ему предложено было рассказать о себе. Он рассказал про отца, про наместничество в Перми Великой, про поход на Крым и турецкую тюрьму, откуда его вывел ангел Господень, но умолчал о жизни в Ватикане. Шведы придерживались лютеранского учения, поэтому Анкудинов опять изменил свою легенду. Якобы еще в Стамбуле, услышав о мудрой северной Зенобии, он решил искать у нее покровительства и прямиком из Турции, через Трансильванию и Польшу, направился в Стокгольм. Князь Ракоци и польский король звали его поступить к ним на службу, но он не захотел.

«Почему же, — спросила Кристина Августа, — вы не пожелали служить нашему брату, королю Яну Казимиру?»

«Потому что вы, ваше величество, — отвечал Анкудинов, — людьми правите по Божьему изволению, а он — по многомятежному человеческому хотению. Вы ими самодержавно владеете, а он им лишь устроение дает, да и то его не слушают. В вашем риксдаге окна все целы, а в польском сейме шляхта промеж себя дерется, иной раз и саблями, стекла побиты вконец, новые вставить никого не докличешься, и то все у них зовется Речь Посполита, сиречь республика».

Королева слушала с большим вниманием. Странный московит, разительно не похожий на своих соплеменников, пробудил ее любопытство. Она распорядилась поселить его на постоялом дворе в центре столицы, положить достойное содержание и приставить толмача для обучения шведскому языку. Через несколько дней была назначена вторая аудиенция, частная.

Утром Анкудинова привели в дворцовый сад и в полном одиночестве оставили у мраморной скамьи среди цветников. Кристина Августа вышла к нему без свиты, в сопровождении только двух фрейлин, одетых в цвета полярной ночи и страшных как смерть. Обе держались от нее на расстоянии выстрела из пистолета.

Здесь не было ни стражи с двухсаженными протазанами, ни придворных, больше похожих на солдат, в ботфортах до колен и в черном сукне от колен до шеи, как подобает всем отвергнувшим греховную роскошь Ватикана. Анкудинов увидел королеву глазами, не ослепленными ее величием. Перед ним стояла мужеподобная особа небольшого роста, широкая в кости, бледно-смуглая, с крупным носом и маленькими глазками. Он не подозревал, что в этой женщине соединились дуб и роза, алмаз и глина, лев и двуутробка.

Ей не исполнилось еще и двадцати пяти лет, и почти двадцать из них Кристина Августа провела на троне. В семь лет она дискутировала с университетскими теологами, в пятнадцать знала шесть языков и зачитывалась Фукидидом, в восемнадцать держала речи к сенату, приказывала министрам, издавала законы и командовала войсками на маневрах. Народ ее обожал. Иноземные принцы, герцоги и курфюрсты, искавшие ее руки, неизменно получали отказ. Юная королева намеревалась всецело посвятить себя благу государства. От отца она унаследовала ум и железную волю, однако на двадцать третьем году жизни, после смерти Декарта, в ней ожила ее мать — привязчивая до слабости, но при этом коварная, чувственная, постоянно жаждущая любви и развлечений. Королева стала капризна, расточительна, завела фаворитов, которых то приближала, то изгоняла, то осыпала подарками, то устраивала им сцены ревности или стравливала между собой. Анкудинов явился в тот момент, когда предыдущий фаворит был отставлен, а новый пока не сыскался.

Денек был погожий, как в Вологде при начале бабьего лета. Солнышко пригревало, листва еще не пожухла. Цветы, прежде чем увянуть под дыханием осеннего моря, испускали предсмертный, болезненно-терпкий аромат. Кристина Августа села на скамью, пригласив Анкудинова сесть рядом. Он долго отнекивался, но в конце концов подчинился. Говорили на латыни, временами переходя на немецкий. Переводчик был призван после того, как речь зашла о материях столь тонких, что Анкудинову стало не хватать слов. Королеве захотелось испытать, насколько изощрен его ум.

«Философ Декарт учит, — сказала она, — что в природе существует два вида любви, животная и сознательная. Первая зарождается в нижних органах тела и от них восходит к голове, вторая проделывает свой путь в обратном направлении. Что вы, князь, об этом думаете?»

«В природе, — ответил Анкудинов, припомнив, как Джулио Аллени в Риме учил его объяснять монголам, почему в мире не может быть двух или нескольких богов, — не может быть двух разных видов любви, ведь если это так, то они либо не равны, либо равны. Если они не равны, то одного, наиболее сильного, было бы достаточно. Если же они равны и сознательная любовь не в силах победить животную, как животная — сознательную, значит, ни одна из них не обладает всей полнотой власти над человеком. Отсюда следует, что любовь едина и двух ее видов быть не может».

Королеве понравился этот ответ.

«Декарт учит также, — продолжила она, — что сознательная любовь имеет три разновидности: привязанность, дружбу и благоговение. В первом случае предмет любви ценят меньше себя, во втором — наравне с собой, в третьем — больше себя самого. Не значит ли это, что первая из трех разновидностей, являясь наименее сильной, не заслуживает права называться любовью?»

«Нет, ваше величество, — ответил Анкудинов. — Если мы признаем, что Декарт прав и любовь можно разделить на два вида, животную и сознательную, то первая разновидность последней, она же привязанность, находится весьма близко к любви животной, а благоговение отстоит от нее далее всего. Оно соединяет души, но не тела, в которых они обитают. Напротив, привязанность имеет следствием слияние тел и посему с полным на то правом может быть названа любовью», — заключил он, памятуя, что ничто так не располагает женщину к мужчине, как вовремя сказанная почтительная дерзость.

С этого дня их встречи сделались регулярными. Анкудинов много рассказывал о битвах с крымскими варварами, о московских и турецких обычаях. Исчерпав эти темы, перешел к науке астрологии, стараясь, чтобы такие беседы приходились на светлое время суток или на пасмурные вечера, в которых тут не было недостатка. Он хорошо знал повадки звезд и планет, но находить их на небе не умел и боялся, что королева захочет перейти от теории к практике. Поначалу она принимала его в саду, а когда погода испортилась и зарядили дожди — в личных покоях. В остальное время он пользовался полной свободой.

В Стокгольме имелось русское подворье, где останавливались купцы, приезжавшие сюда по торговым делам из Новгорода и Москвы. Там была православная церковь со священником, Анкудинов часто туда захаживал, исповедовался и причащался. Он соскучился по русским людям, но только открывал рот, как по привычке начинал обличать лихоимство приказных людей, неправедный суд, неспособность воевод противостоять крымским набегам и прочие московские неправды. Купцы стали шарахаться от него, как от зачумленного.

Ни на Украине, ни в Польше он про псковские дела ничего проведать не мог, там все потонуло в огне и в дыму новой войны между журавлями и карликами, вселившимися в казаков и ляхов, но шведы рассказали ему, что князь Хованский давно привел мятежников к покорности. Отныне на Руси никто его не ждал, рассчитывать было не на кого. Понимая, что рано или поздно в Москве о нем прознают и потребуют его выдачи, он решил перейти в лютеранство, дабы канцлер Оксеншерна мог на законных основаниях показать государевым послам большой шиш. В придворной кирхе Анкудинов повторил за пастором статьи Аугсбургского вероисповедания и присягнул на вечной верности лютеранскому закону, подняв вверх три пальца правой руки, а левую возложив на первую страницу «Евангелия от Иоанна» со словами о том, что Бог есть слово, и в слове — Бог.

Затем, пообедав, он отправился замолить грех в церкви на русском подворье. Едва вошел в ворота, как наскочили двое купцов с челядинцами, сшибли на землю, скрутили руки. Один достал из-за пазухи бумагу и прочел вслух: «Волосом черно-рус, лицо продолговато, одна бровь выше другой, нижняя губа поотвисла чуть-чуть». «Он и есть, точь-в-точь», — подтвердил второй. Анкудинова заперли в хлебном амбаре, чтобы с ближайшей оказией переправить в пограничный Орешек, но счастье опять ему улыбнулось.

Купцы напали на него вблизи ворот, снаружи охраняемых шведскими алебардщиками. Те донесли своему офицеру, дело дошло до Оксеншерны. Канцлер хотел сам выдать князя Шуйского царю в обмен на ответные любезности и не собирался терпеть подобное самоуправство. Наутро пленника освободили.

Королева уже знала, что он перешел в лютеранство. При очередном свидании она спросила, трудно ли было ему оставить веру своих отцов и дедов.

«Мартин Лютер, да будет благословенно его имя, — отвечал Анкудинов, — возвратил нас к изначальному завету Господа нашего Иисуса Христа, испорченному патриархами и папами. Мне пришлось отвернуться лишь от моих ближайших предков, забывших истину. Что до прародителей моих, им она была открыта», — закончил он теми словами, какими Аллени на примере иероглифа «запад», буквально означающего место, где двое живут в саду, растолковывал китайцам их собственную древнюю веру.

Они вдвоем сидели в дворцовом саду. Ночью выпал первый снег, но было тепло. На этот раз вместо придворных дам Кристина Августа привела с собой любимого лапландского карлика ростом с розовый куст. Он лепил в стороне снежных кукол, что-то лопотал на своем языке и тихо смеялся.

При взгляде на него Анкудинов вспомнил, что не рассказал королеве про войну карликов с журавлями. Приступив, он увлекся и наговорил немало такого, о чем не упоминал в беседах ни с краковским каноником, ни с княгиней Барберини. В частности, рассказано было, что противники воюют между собой не абы как, но ежегодно встречаются в двух регулярных сражениях. Первое бывает весной, когда журавли прилетают в Пермь Великую из южных стран. Построившись боевыми клиньями, они шумно несутся над землей, с воинственным кличем нападают на своих извечных противников и неизменно их побеждают. Множество карликов гибнет в бою, остальные бегут, прячутся по лесам и оврагам, но к сентябрю, недели за две до Воздвижения, опять собираются в сильное войско. Пока журавли, захватив их вотчины, вьют гнезда и выводят птенцов, побежденные готовятся к осенней битве. В ней всегда берут верх карлики. Уцелевшие журавли покидают родные гнездовья, собираются в караваны и с печальным криком тянутся на юг, чтобы весной вернуться и отомстить.

Слушая, Кристина Августа вновь порадовалась тому, что три года назад сумела прекратить войну между папистами и протестантами в Германии. По жестокости те и другие не уступали карликам и журавлям, словно их предки тоже были созданы Богом в разные дни творения. Вестфальский мир положил конец этой войне, которая тянулась тридцать лет, почти вечность. Всякая победа в ней оборачивалась поражением, как поражение — победой.

«Карлики знают, — продолжал Анкудинов, — что как бы храбро ни сражались они на весенней брани, ратное счастье никогда не будет на их стороне. То же самое журавлям ведомо об осенней сече, но от веку такого не бывало, чтобы те или эти хоть единый раз уклонились от боя. Покорные судьбе, выступают они навстречу смерти, за это через полгода судьба же их и вознаграждает».

Королева внимала, затаив дыхание. Вдохновленный, он припомнил учение рабби Аризаля, изложенное ему Сарой, и добавил в эту картину завершающий мазок: «Осенью среди карликов обязательно есть один журавль, заодно с ними воюющий против своих же сородичей, а среди журавлей весной — один карлик. Те и другие потому лишь и способны одолеть врага, что удерживают в себе часть его силы. Иначе никому никого победить нельзя».

«Почему?» — спросила королева.

«Потому что крупица смерти входит в состав жизни, которая без нее невозможна», — объяснил он с поклоном.

«Жизнь невозможна без любви, — возразила она. — Царь смерти не видит нас, когда мы любим. Любовь окутывает смертных волшебным покрывалом, непроницаемым для его глаз».

«Нет, — не согласился Анкудинов, — он не видит нас по другой причине. В минуты любви мы находимся так близко к нему, что он не может нас разглядеть».

Внезапно Кристина Августа встала и двинулась по аллее, сделав знак следовать за ней. Остановились возле укромной дверцы в ограде.

«Запомните это место, — приказала королева. — Завтра в полночь здесь будет стоять моя служанка. Она проведет вас ко мне в спальню».

Анкудинов затрепетал.

«Ваше величество, — заговорил он не сразу и почти шепотом, — я питаю к вам третью разновидность сознательной любви, иными словами — благоговение. Боюсь, оно не позволит мне дать вам те наслаждения, каких вы заслуживаете как женщина».

Она молчала. Глаза, и без того небольшие, превратились в щелочки, как у ее лапландца. Анкудинов собрал все свое мужество и сказал: «Мне нужно время, чтобы привести душу и тело в согласие с желаниями вашего величества. Вначале я должен соединиться с вами в мыслях моих».

Королева что-то шепнула своему карлику, тот сбегал во дворец и принес хозяйке прелестную серебряную табакерку. Она вручила ее Анкудинову, приказав открыть немедля.

Он повиновался. На дне обнаружился миниатюрный портрет самой Кристины Августы в королевском одеянии, со скипетром в руке. Лицо и вся ее поза были исполнены державного величия.

«Придете к себе, нажмите вот сюда», — показала она чуть заметный шпенечек в правой стенке, загадочно улыбнулась и ушла.

На постоялом дворе он раскрыл табакерку, надавил на шпенечек. Раздался щелчок, в ту же секунду его будто громом поразило. Венценосная особа исчезла, вместо нее явилась она же совершенно нагая, возлежащая на ложе, как Даная в ожидании золотого дождя.

Испугавшись, Анкудинов снова щелкнул шпенечком. Опять возникла королева во всех своих регалиях.

Никогда не приходилось ему держать в руках такое чудо. Мало-помалу страх прошел, он стал забавляться игрушкой. Нажал еще раз, другой, третий, десятый, двадцать пятый. Вдруг внутри хрустнуло, и сколько он ни терзал заветный шпенечек, северная Зенобия оставалась лежать на дне табакерки в чем мать родила.

Анкудинов долго смотрел на нее, пытаясь пробудить в себе животную любовь, затем сунул табакерку в карман и пошел в харчевню пить пиво. Под хмельком проще было избавиться от благоговения перед высочайшими прелестями. Домой он вернулся разве что не на четвереньках, завалился спать, а утром полез в штаны и ахнул — табакерка исчезла.

В то утро Оксеншерна принял московского гонца Василия Шпилькина, прибывшего в Стокгольм на прошлой неделе. Как человека низкого звания к королеве его не допустили, и он, для виду поупрямившись, согласился отдать царскую грамоту канцлеру. Тот сам с ней ознакомился, будучи облечен полномочиями прочитывать такие документы.

Царь Алексей Михайлович эту грамоту не писал, не диктовал и даже в глаза не видел, но по приговору Боярской думы посольский дьяк начертал от его лица, что если его сестра, королева Кристина Августа, по-прежнему хочет быть с ним, великим государем, в дружбе и в любви, ей надлежит без всяких зацепок выдать самозваного князя Шуйского, который шестой год бегает по разным государствам и теперь обманом пристал к свейскому двору.

Говоря с Оксеншерной, Шпилькин изъявил готовность целовать перед ним крест на том, что царь Василий Шуйский по грехам своим был бездетен, у его братьев рождались одни дочери, а государское имя воровским обычаем возложил на себя беглый подьячий Тимошка Анкудинов. Ему же, выблядку, ни в чем веры иметь нельзя, он воню испустит при остатнем дыхании своем, и что скверный его язык ни возглаголет, все то суть песья лая.

Вечером Оксеншерна лично сообщил об этом Кристине Августе. Он предложил отправить самозванца в Москву, чтобы не портить отношения с царем, но королева заупрямилась. «Ложь! – заявила она. – Простой писарь не может иметь столь изощренный ум». Пришлось напомнить ей, что из Новгорода поступает в Швецию дешевый хлеб по твердым ценам, не стоит рисковать благополучием подданных из-за сомнительного иностранца. Этот аргумент королеву также не убедил, тогда, рассыпавшись в извинениях, Оксеншерна подал ей табакерку со сломанным шпенечком. Внутри несменяемо красовалась она сама в костюме Евы.

Табакерка выпала у Анкудинова из штанов, когда он, как принято у людей благородного звания, накануне снимал их с себя, ложась спать. Это ему почти удалось, но закрыть дверь в комнату сил уже не хватило. Чертовы салакушники пиво варили ярое, да еще приправляли его хлебным вином.

Рано утром, пока он дрых без задних ног, хозяин постоялого двора, проходя мимо, через дверь положил глаз на валявшуюся за порогом табакерку. Он решил, что у пьяного украсть, все равно как на улице найти, греха нет. Подобрал тихонько серебряную коробочку, унес к себе, открыл, ужаснулся и побежал с ней к знакомому ратману. Вскоре она со всеми предосторожностями, обернутая двумя слоями сукна, была доставлена Оксеншерне. Направляясь во дворец, тот прихватил ее с собой на случай, если королева не пожелает внять доводам разума.

Канцлер догадывался, каким образом эта вещица оказалась у пройдохи-московита, но дипломатично держал язык за зубами. Он коротко рассказал о том, как она попала к нему самому, и добавил: «Вчера князь Шуйский показывал ваш портрет собутыльникам в трактире, дерзко похваляясь любовью к себе вашего величества».

Эффект превзошел его ожидания. Королева, как львица, заметалась по кабинету. Оксеншерна испугался, что сделал чересчур сильный ход и русский царь не получит самозванца живым. «Ваше величество, — заметил он, — уступите его московским палачам. Они хорошо знают свое дело».

Эти необдуманные слова только подлили масла в огонь. Наконец, немного успокоившись, Кристина Августа повелела сегодня же посадить князя Шуйского на любой корабль и выслать в Копенгаген, Ревель, Ригу, куда угодно, лишь бы духу его тут не было. Оксеншерна пытался возражать, но ничего не добился. Характером королева пошла в отца, а перед Густавом Адольфом дрожала вся Европа.

«Скажите московитам, — приказала она, — что он скрылся от нас и мы не в силах его разыскать. Мы всем сердцем желаем порадовать великого государя, нашего брата, и быть с ним в дружбе и в любви, но не в нашей воле выдать ему князя Шуйского».

Ночью алебардщики во главе с офицером дворцовой стражи подняли Анкудинова с постели, привели в гавань и посадили на любекский галион «Элефант», идущий

в Ревель с грузом железа из королевских рудников в Ки-
руне. Ему ничего не объяснили, но он сам смекнул, что
ввиду прибытия московского гонца северная Зенобия
мудро решила спровадить его подальше от Стокгольма.

Дул попутный ветер, с рассветом взяли курс на восток. Анкудинов без печали смотрел на удаляющийся берег. Он верил в свою звезду и почти готов был поверить
в ангела с огненным мечом, который вывел его из Семибашенного замка, а теперь невидимо летит над ко-
раблем, направляя кормчего на безопасный путь среди
рифов и мелей. Камень безвар, хранящий его в бурях
житейского моря, лежал за пазухой. Недавно Анкудинову исполнилось тридцать четыре года, в этом возрасте мужчина чувствует, что весь мир лежит у его ног. Будущее его не страшило, любовь королевы снизошла на
него как чудо и позволяла предполагать впереди чудеса
еще большие.

Он не подозревал, что офицер, сопровождавший его
на борт, вручил капитану «Элефанта» секретное письмо
Оксеншерны. Сразу по прибытии в Ревель капитан должен был передать это письмо коменданту города, графу
Делагарди. Ему предписывалось арестовать князя Шуйского, едва тот сойдет на берег, посадить его в крепость,
хорошо стеречь и ждать дальнейших распоряжений. Старый канцлер знал цену капризам взбалмошной двадца-
типятилетней женщины. Отказываться от своих планов
он не собирался, рассчитывая, что к тому времени, как
дело будет сделано, королева найдет себе другую забаву.

Оксеншерна и предположить не мог, до какой степени оправдаются его расчеты. Трудно было предвидеть,
что вскоре Кристина Августа добровольно оставит престол, перейдет в католичество, уедет в Рим, еще полный
воспоминаний о московском царевиче, и проживет там

до конца жизни, постоянно рассказывая о войне журавлей и карликов, которая незримо идет по всему подлунному миру, делая его юдолью слез и обителью скорби. «Я отреклась от власти, чтобы не быть втянутой в эту войну и всецело посвятить себя философии и любви», — говорила она своим бесчисленным любовникам. Рене Декарт и Тимошка Анкудинов побудили ее принять такое решение.

Прервавшись, Шубин пошел на кухню попить чаю, заодно послушал по радио новости про референдум, а когда вернулся, обнаружил жену за своим столом. Ее палец прошелся по последнему абзацу.

— Это правда, что она не захотела править и уехала в Рим?

— Да, — подтвердил Шубин. — В Риме есть ее дворец, его показывают туристам.

Жена задумалась, но ненадолго.

— Извини, — сказала она без тени раскаяния, — вообще-то я прочла все, что ты написал про этого жоха.

— И как тебе? — не удержался он.

— Написано хорошо, но не в том дело. Я же все прочла — и про Сару, и про его роман со шведской королевой. Тоже скажешь, что это все правда?

— Ну, — слабо трепыхнулся Шубин, — при Хмельницком он жил, с Кристиной Августой встречался и очень ей понравился. Русские послы просили выдать его, но она им отказала.

— Не передергивай! Ты меня отлично понял. Откуда ты знаешь, о чем они говорили с Сарой в постели? Или про табакерку с голой королевой? Вряд ли Анкудинов кому-то о ней рассказывал. Он же не дурак, чтобы болтать о таких вещах.

Это были еще не самые страшные обвинения, которые она могла ему предъявить. Вымысла у него хватало, хотя в целом история Анкудинова была подлинная, свои узоры он расшивал по реальной канве. Совсем без вранья воссоздать правду жизни этого человека оказалось невозможно. Более того, только на нем она и держалась, как вода на мыльном пузыре, но легко проходила сквозь сито достоверных фактов, оставляя на нем только пену.

Глава 12
ЗАПАДНЯ

33

Всласть напевшись и нарыдавшись, Катя принялась вперемешку есть сразу три салата. Жохов предупредил, что будет тошнить после выпивки. Ноль внимания. Он опять взглянул на часы. Когда смотрел на них в предыдущий раз, было пятнадцать минут восьмого, теперь — восемнадцать, а казалось, что прошло минут десять. Гена должен был встретиться с этими ребятами в семь, пора бы им и приехать. От Академической тут езды всего ничего.

Он поймал себя на том, что сам ест эти салаты, запуская вилку то в один, то в другой и совершенно не чувствуя разницы. Потребовалось усилие, чтобы заставить себя слушать Марика. Тот рассказывал про одного знакомого американца, который никак не мог взять в толк, почему в России так восхищаются фильмом «Маленькая Вера», абсолютно, по его мнению, неправдоподобным.

— Помните, там пьяного папашу запирают в сортире, чтобы не буянил? — спросил Марик.

Ответили, что да, помнят. Фильм был шумный, смотрели все, кроме школьного друга, не слышавшего даже названия.

Рассказ потек дальше:

— Он меня спрашивает: «Как такое может быть?» Я говорю: «Почему нет? Мы же не конфуцианцы». Он говорит: «Не в том дело, что это отец. Туалет запирается изнутри, снаружи никаких задвижек не бывает. Зачем они там нужны? Просто режиссеру понадобилось временно выключить героя из действия, вот он и придумал эту задвижку. После этого я уже ничему в его фильме не верю».

Марик посерьезнел.

— А ведь он прав! Действительно, зачем?

— Строят некачественно, — сказала Лера. — Двери перекашивает, они открываются.

— Не в том дело! У меня у самого на туалете такой же шпингалет, привинтили даже на новой квартире. А там качество — зашибись. Кого мы все собираемся запирать в наших сортирах? Каких, бляха-муха, врагов? Или хотим, чтобы заперли нас самих? Даешь железный занавес, границы на замке, остаемся нюхать собственное дерьмо, ура! Вот что у нас в подсознании.

— Ничего, скоро наступит эра Водолея, — вставила Катя.

— И что?

— Водолей покровительствует России.

Школьный друг предположил, что психология вороватого раба, готового терпеть наличие наружных запоров на любой двери, берет начало в крепостном праве. Марик возразил, что в Сибири крепостного права не было, а задвижки на туалетах есть, он недавно летал в Хабаровск, жил в лучшей гостинице, но в номере все равно имелась такая задвижка. Жохов посмотрел на Катю. Тема дискуссии явно перестала ее занимать. Она побледнела и, похоже, больше интересовалась тем, что творится у нее в животе.

Гена не появлялся. Жохов опять подумал, что Денис может взять его в заложники и попытаться сбить цену —

это в лучшем варианте. В худшем — выпустить в обмен на товар, такие случаи бывали. Он закурил и с отвращением ткнул сигарету в пепельницу. Нервы начали сдавать, за последние полчаса дважды ходил отлить, хотя весь вечер почти ничего не пил. Нужно было как-то успокоиться, но без спиртного. Жохов перешел в смежную комнату, где стоял телефон, и позвонил второй жене.

— Слушай, Ленок, — начал он мягко, как не говорил с ней сто лет, — у меня тут намечается серьезная сделка. Хочу купить машину.

— Ты еще в прошлом году хотел, — напомнила жена.

— Будем ехидничать или будем слушать дальше? — спросил Жохов.

Она выбрала последнее. Он продолжил:

— Март уже кончается, потом апрель, май, июнь. В июне — каникулы. Отпустишь Лельку со мной на машине в Крым?

Отвечено было, как всегда:

— Не знаю, надо хорошенько подумать. Июнь не скоро, мы с мамой подумаем.

Это значило, что Лелька ему не отломится. Вместе с мамой они еще ни разу ничего хорошего не придумали.

— Прежде чем покупать машину, неплохо бы заплатить алименты, — добавила жена. — Я не спрашиваю, какие у тебя доходы, все равно ты не скажешь, но имей в виду, Леля не понимает, почему мы часто не можем купить то, что ей хочется. А ты обвиняешь нас, будто мы ее против тебя настраиваем.

В укор им, двум коровам, представилось, как ночью хватил стакан коньяка в круглосуточной придорожной рыгаловке, снова сел за руль, ведь Лельки с ним нет, а собственную жизнь он не ценит и в хохляцкую гривну, летит под сто по скользкому после грозы горному серпантину и, не вписавшись в поворот, сбивая ограждение, с высоты рушится вниз, на камни. Бензин течет из пробитого бака, но немецкий мотор продолжает работать. Взрыв, огненный столб поднимается из ущелья.

— Мне тут недавно пришло в голову, — сказал он, — что если со мной что-то случится, тебя могут вызвать в милицию на опознание. Бывают ситуации, когда нужно опознать тело.

— Вызывают родственников, а мы с тобой разведены. Официально я тебе никто.

Жохов промолчал. Она забеспокоилась:

— Что с тобой может случиться?

— Что угодно. Время сама знаешь, какое.

— Подожди, — ответила она после паузы, — я посоветуюсь с мамой.

— О чем?

— Я не понимаю, к чему ты это говоришь.

Он решил разыграть партию до конца.

— Не бойся, убивать меня никто не собирается. Просто на днях лечу по делам в Америку. Допустим, самолет разобьется, и я буду обезображен до неузнаваемости. Сможешь меня опознать?

— Смогу, наверное.

— Как?

— Ну как-нибудь.

— Ты хоть знаешь, где у меня шрамы?

В ответ — тишина. Ничего-то она не знала, хотя прожила с ним четыре года. Он перечислил самые заметные:

— Во-первых, на левом запястье. Тушенку в армии открывал штык-ножом и проткнул себе руку. Потом под лопаткой такая круглая ямочка от дробинки, довольно глубокая. В экспедиции один гад дробью выстрелил.

— Под левой лопаткой или под правой? — деловито спросила жена.

По интонации он догадался, что все это она записывает в книжку для телефонных номеров, лежавшую возле аппарата. Поликлиника, химчистка, дежурные аптеки, шрамы бывшего мужа — то, что всегда должно быть под рукой.

— Дура! — с наслаждением сказал Жохов, кладя трубку.

Спокойнее не стало. Возвращаться за стол не хотелось, он сел на диван. Комната была длинная, как пенал, и запущенная. Марик в этой квартире не жил, но и сдавать ее не хотел, денег у него хватало. Обои выцвели, слой пыли лежит на книжных полках с памятными безделушками, упорно напоминающими о том, что давно пора забыть. К стене прикноплен детский рисунок с кошкой о пяти лапах и криптограммой из развернутых не в ту сторону печатных букв разной величины. Жизнь, которая когда-то шла в этих стенах, казалась прожитой вчерне. Чистовик хранился в районе Цветного бульвара, в новом доме с охраной, подземным гаражом и видеокамерами у подъездов.

Сидеть одному в полутемной комнате было еще хуже, чем за столом. Тревога не отпускала. Он подошел к окну. Оно выходило во двор, с пятого этажа видны были только пушистые от налипшего снега провода, черно-белые кроны деревьев и детская площадка, обрамленная кружевным узором заснеженных веток, как на японской гравюре. В песочнице копошился одинокий ребенок, его сторожила женщина в лохматой фиолетовой шубе. Оба казались вырезанными из другой картинки и наклеенными на эту.

Квартира всю зиму стояла пустая, окна не заклеивали. Стекла в тюрьме, наверное, бывают чище. Последний раз рамы красили много лет назад, в прошлой жизни. Они рассохлись, шпингалеты не влезали в пазы. Нижний был поднят, верхний опущен. Жохов дернул одну раму, вторую, высунулся наружу. Влажным воздухом остудило лицо. За стеной опять солировал Марик с рассказом о том, как в Китае он ел собачатину. Его мемуар мог заменить Кате два пальца в рот, если она для этого уже созрела.

Время шло к восьми, быстро темнело. Машины въезжали через арку во двор, но пересекали его или сворачивали в противоположную сторону. В пять минут девятого Жохов запретил себе смотреть на часы. Его уже подташнивало от неизвестности, наконец лучи фар от арки двинулись туда, куда надо, серебристая «ауди» проползла вдоль дома и остановилась прямо под ним. Передние дверцы распахнулись, направо вышел Денис, налево — тот, что позавчера привозил его к институту. Оба с непокрытыми головами, в долгополых, вальяжно расстегнутых черных пальто.

Расслабившись, он хотел окликнуть их, но осекся, увидев, что вслед за ними вылез незнакомый парень в киллерской шапочке, с маленьким лицом и угрожающе мощной шеей. Под камуфляжной курткой угадывались круглые плечи штангиста или борца. Последним из глубины заднего сиденья неуклюже выбрался Гена.

Чтобы не заметили снизу, Жохов подался назад, продолжая держать их под наблюдением. События развивались не по его сценарию. Штангист остался караулить Гену, а Денис со своим компаньоном направились к подъезду. С полпути они вернулись, компаньон начал что-то втолковывать Гене. Гена возбужденно отвечал. Жохов напряг слух, но из арки накатывал уличный гул, слова не долетали до пятого этажа. Внезапно парень в камуфляже взял Гену за плечо, втолкнул в салон и захлопнул дверцу.

Присутствие этого амбала еще можно было списать на естественную осторожность при походе с деньгами в чужую квартиру, но такой финт ни в какие рамки не укладывался. Надежда, что все как-нибудь обойдется, и так-то слабая, растаяла окончательно. Жохов еле успел отступить в темноту, когда Денис поднял голову и посмотрел вверх, выискивая, видимо, нужные окна. Ноги ослабли от страха, но не за Гену. Гене ничего не грозило, они его просто изолировали на время предстоящей операции. Номер квартиры он им, конечно, сказал.

Гена попытался вылезти из машины, его запихнули обратно. Денис опустил руку за пазуху, вынул какую-то вещь и переложил в правый карман пальто. Жохов понял, что это пистолет.

Он бросился в большую комнату.

— Твоя — там, — кивнул Марик в сторону туалета. — Блюет.

— Охранник твой где?

— За сигаретами пошел. А что?

— Сейчас будут звонить в дверь, не открывай.

— Кто будет звонить?

— Потом объясню.

На повороте в прихожую из туалета донесся хриплый стон, рвотная масса булькнула в унитазе. Жохов приоткрыл входную дверь, прислушался. Тихо. Значит, еще не вошли в подъезд. Выглянул на площадку и убедился, что бежать некуда, выше только чердак. Ведущая туда лестница в середине пролета перегорожена решеткой.

Взгляд обостренно фиксировал каждую мелочь. Жестянка с окурками на подоконнике, засохшая лужа мочи в углу, надпись на стене: «Мы сделаем из ваших кладбищ свои города, а из ваших городов — ваши кладбища». Вероятно, цитата из какого-то рок-шлягера.

На потолке чернели следы от горелых спичек, редчайший образец старинного, почти забытого искусства харкнуть на зажженную спичку, а затем подбросить ее так, чтобы прилипла к потолку, повиснув на харкотине, и продолжала гореть. Когда-то Жохов умел проделывать этот фокус, но не практиковался лет тридцать. В голову лезла всякая дрянь, как при начале медитации.

Внизу хлопнула дверь подъезда. Лифта нет, шаги гулко отдавались в бетонном колодце, но голосов не слыхать. Поднимались молча. У кого-то из них ботинки были с подковками, не поймешь, вдвоем идут или втроем, заперев Гену в машине.

Жохов бесшумно прикрыл дверь, повернул замок на два оборота, до упора. Накинул цепочку. В голове было пусто, так и стоял столбом, пока не раздался звонок.

Выплыла Лера, исполнявшая обязанности хозяйки. Жохов знаками показал ей, что открывать не нужно. Она растерялась. Из туалета вновь донеслось бульканье извергаемых в унитаз салатов.

Позвонили еще раз, настойчивым тройным звонком — два коротких, один длинный. Появился Марик.

— Не открывай! — шепотом предупредил Жохов.

— Да что случилось-то? Кто это?

Глазка на двери не было.

— Кто там? — спросила Лера.

— Откройте, пожалуйста, — вежливо сказали за дверью.

— Это же Гена! — заорал Марик. — Гена, ты?

— Я, я. Чего не открываете?

Значит, они его все-таки прихватили с собой, чтобы не вызывать подозрений. Припугнули, он и говорит, что велено.

— Я тебя прошу! Не надо! — зашипел Жохов, заслоняя дверной проем.

— Да ну тебя на хер!

Марик оттолкнул его плечом. Он уперся в косяк, но при повторном тычке пробкой отлетел в угол. В Марике было за сто килограммов. Звякнула откинутая цепочка, Лера сделала радостно-строгое лицо, подобающее хозяйке дома при встрече желанного, но непростительно запоздавшего гостя.

Сумка с европием стояла под вешалкой. Застывшая в смертоносном броске алая пума отчетливо виднелась на черном боку. Денис видел ее в институте и не мог не запомнить. Жохов двумя пинками развернул сумку пумой к стене. Ничего другого ему не оставалось.

Щелкнул замок, из-за спины Марика он увидел на площадке всех четверых. Денис держал правую руку в кармане пальто. Видно было, что пьяный галдеж в комнате ему не понравился.

Гена выглядел как всегда, словно все шло по плану.

— Марик, я с ним, — глазами указал он на парня в камуфляже, — ненадолго выйду на улицу, а потом приду насовсем. Не обижайся, ладно? Эти ребята поговорят с Серегой и уйдут. Серега тебе все объяснит.

— Ты как? — со значением спросил у него Жохов.

— Нормально, не волнуйся. Они просто перестраховываются.

— А чего так долго?

— Бак пустой. На заправке в очереди стояли, — оправдался Денис.

Жохов животом почувствовал, как расправляются сведенные страхом внутренности. Все, слава богу, прояснилось. Гена брыкался, потому что ему запретили идти с ними в квартиру. Этот амбал должен был оставаться при нем, для того они и взяли его с собой. Денис решил употребить Гену в качестве заложника и хотел оставить в машине, но передумал, сообразив, что разумнее будет сначала предъявить его Жохову, а после под конвоем отправить обратно во двор.

— Мы зайдем в кухню на пять минут буквально, они даже раздеваться не будут, — сказал он Марику. — Через пять минут я тебе все объясню.

Марик пожал плечами и вместе с Лерой вернулся в комнату. Гена с конвоиром двинулись по лестнице вниз, их голоса звучали вполне мирно. Жохов повел гостей в кухню, по дороге захватив из-под вешалки сумку с европием.

В туалете зашумела вода, показалась белая как полотно Катя. Глаза у нее разъезжались в разные стороны. Она попыталась посмотреть на Жохова сразу обоими, но не смогла. Он велел ей съесть лимон и толкнул кухонную дверь, пропуская этих двоих вперед. Вошел только Денис. Его товарищ остался в коридоре, чтобы держать под контролем прилегающее пространство, как у них, видимо, было обговорено заранее. Оба заметно нервничали. Это успокаивало.

Товар и деньги следовало предъявить одновременно. Жохов сдвинул на край стола грязную посуду, не спеша расстегнул молнию на сумке, многообещающе зашуршал полиэтиленом, но диск вытащил не раньше, чем Денис достал из правого кармана и с плотным звуком припечатал к столу пачку зеленых в банковской упаковке, крест-накрест перечеркнутой полосатыми бумажными лентами георгиевских цветов. Финансовые конторы активно использовали эти беспризорные цвета русской воинской доблести, никем в должном порядке не запатентованные. Сочетание черного с темно-оранжевым на подсознательном уровне вызывало доверие у клиентов.

Пачка была подозрительно тонкой.

— Сколько здесь? — не прикасаясь к ней, спросил Жохов.

— Пять штук.

— А остальные?

— Будут и остальные.

Денис извлек из бумажника крошечный треугольник, выпиленный позавчера в институте, а теперь идеально вставший на место.

— Короче, такое дело, — сказал он, глядя в сторону. — У нас есть десять штук.

— То есть как? — опешил Жохов.

— Так. Больше нету.

— И не будет?

— В настоящее время — нет.

— Договорились на двадцать, — предательски потоньшавшим голосом сказал Жохов. — Чего вы раньше-то думали?

— Ну, мы тоже не сами себе хозяева, — мутно ответил Денис.

Оба замолчали. Жохов прикинул свои возможности. Искушение взять вдвое меньше, зато прямо сейчас, было велико. Испытывать покупателя на прочность у него кишка тонка, он это понимал, но все-таки для приличия немного подергался, прежде чем сказать с интонацией пассажира, ради скорости готового махнуть рукой на удобства:

— А-а! Хрен с вами.

Торговля, однако, не прекратилась. Денис сделал следующий шаг:

— Пять сейчас, пять — после.

— После чего?

— После того, как мы его реализуем.

Это уже было чересчур. Жохов решительно стал заворачивать диск в полиэтилен, показывая, что разговор окончен.

— Если сомневаешься насчет гарантий, можем дать их в письменном виде, — предложил Денис.

— Расписку, что ли, напишешь?

— Не только. У меня своя фирма, проведем через бухгалтерию как отложенный платеж.

— Такой формы не существует.

— Ты знаешь! Мне мой бухгалтер сам подсказал этот вариант.

— У тебя есть бухгалтер?

— Есть. Приходящий.

— Когда придет, скажи ему, что он мудак.

Денис проглотил это без звука.

— Короче, не хочешь?

— Нет.

— Уверен?

— Ты меня слышал, повторять не буду.

Денис взял деньги и направился в прихожую. Компаньон, ни о чем не спрашивая, последовал за ним. Их движения казались замедленными, словно им требовалось одолеть притяжение лежавшего на столе металла, и они с трудом, но бесповоротно выходили из-под его власти.

Ботинки с подковками были у Дениса. Дверь в квартиру осталась открытой, Жохов сидел на кухне, вслушиваясь в затихающее цоканье и надеясь, что вот сейчас оно замрет, а затем вновь начнет приближаться. Надежда убывала с каждой секундой. Где-то в районе первого этажа раздался глухой удар, заунывный гул вибрирующего железа поднялся снизу и заполнил весь подъезд. Кто-то из них со злости пнул стойку под перилами. Это означало, что возвращаться они не собираются.

Жохов рванул окно, свесился над карнизом.

— Э-эй!

Спустя двадцать минут сделка состоялась. Взятый напрокат у дядьки определитель валюты ни разу не подал сигнала тревоги. Жохов получил пятьдесят стодолларовых купюр с аптечной резинкой взамен разорванной банковской упаковки, Денис — товар в пакете, тут же снятом и брошенном под стол. Компаньон заменил его своим, фирменным. Обмыть это дело они отказались и сразу ушли.

Жохов налил себе стопочку, выпил, не закусывая, сосредоточившись на мысли, что все хорошо, все отлично, но никакой радости не чувствовал. Мантры не помогали, водка — тоже, он, может быть, не так ждал самих этих денег, как той минуты, когда они окажутся у него в кармане, все будет кончено и наступит покой, но возбуждение не проходило. Мучило даже не сожаление об упущенных возможностях, а сознание, что его, в сущности, кинули, как он сам кинул того мужичка, всучив ему три сотни вместо пяти, только тут пропорция выходила совсем дикая — один к четырем, и то если не считать обещанных Гене пятнадцати процентов.

Он выглянул в окно. Гена стоял возле машины, придерживая рукой переднюю дверцу, и что-то говорил тому, кто сидел рядом с водителем, вероятно — Денису. Жохов видел его просительно согнутую спину в сером китайском пуховике. Внезапно Денис ребром ладони с силой рубанул Гену по пальцам, чтобы отцепился. Машина сорвалась с места, обдав его талой жижей из-под колес, свернула в арку и пропала.

Левой рукой Гена помял пострадавшую правую, затем обоими стал отряхивать пуховик ценой в подкладку от хорошего пальто. Его унижение Жохов пережил как свое собственное. Хватил еще стопарик и вышел на лестницу встретить друга.

— Плюнь, не расстраивайся, — сказал он, когда Гена поднялся к нему на площадку. — Что есть, то есть.

Вошли в прихожую. Жохов отсчитал и протянул ему семь сотен.

— Держи. Полсотни за мной.

— Что это ты мне даешь? — не понял Гена.

— Твои пятнадцать процентов — семьсот пятьдесят баксов. Полсотни отдам, когда поменяю.

— Обожди! Пятнадцать процентов от двадцати тысяч — это три штуки.

— Да, но сторговались за пять. Я решил взять хоть сколько-нибудь, а то вообще ничего не получим.

У Гены сморщилось лицо.

— Ты что, Сережа? Мы же с тобой полжизни знакомы!

— Они тебе разве ничего не сказали? — изумился Жохов.

Непонятно было, за что ему дали по пальцам и окатили грязью, если не за попытку выразить возмущение этой суммой.

— Что они должны были мне сказать?

— Что сторговали за пять. У них больше нету.

Жохов ощутил на себе чей-то взгляд, обернулся и увидел Катю.

— Мне плохо, — пожаловалась она.

— Иди ляг, я скоро.

— Мне очень плохо. Я хочу на воздух.

Она стала снимать с вешалки своего кролика. Секундой позже из комнаты вышел Марик, за ним волочился телефонный шнур. В одной руке он держал аппарат, в другой — трубку, протягивая ее Жохову.

Звонила теща. Дома у них был определитель номера, и она его запеленговала. В ушах взорвался ее голос:

— Завтра же пойду в американское посольство, скажу им, что у тебя дочь, что алименты за три месяца не заплачены! Они аннулируют твою визу, никуда ты не полетишь! У них не как у нас! У них семья — это всё, дети — это всё!

Он бросил трубку.

— Зачем ты это делаешь? — со слезой в голосе выговорил Гена. — Ты же не подлец, сам потом жалеть будешь, я тебя знаю. Ты теперь богатый человек, что тебе эти мои две тысячи?

— Деловые вы! Куда нам с грыжей, — сказал Марик, унося телефон в комнату.

— То-то ты так легко пошел на мои пятнадцать процентов, — горестно вспомнил Гена.

Он стоял несчастный, в заляпанном пуховике. Из бокового кармана свисала шапочка.

— Если они тебе не сказали, что сторговали за пять, чего тогда ты к ним полез? — спросил Жохов.

— Когда?

— Только что. Я из окна видел.

Гена молчал. Его растерянное лицо и явное нежелание отвечать на этот простой вопрос вызывали смутное подозрение, додумывать которое сейчас было некогда, Катя уже спускалась по лестнице. Жохов прибавил к семи сотням еще одну, для наглядности веером разложил их на столике в прихожей, закинул полегчавшую сумку на плечо и с курткой в руках выскочил на площадку.

Через четверть часа были в метро. Когда сели в поезд и голос в динамике предупредил, что двери закрываются, мелькнула мысль схватить Катю за руку и выскочить с ней обратно на платформу, чтобы проверить, нет ли слежки, но на этот раз он счел такую предосторожность излишней. На кольце сделали пересадку, доехали до «Комсомольской» и под землей перешли к выходу на Казанский вокзал.

Перед самой станцией Хасан поменялся местами с Севой. Тот сел на переднее сиденье, рядом с Ильдаром — показывать дорогу. Сосед Жохова позвонил еще вчера, но выбрались только сегодня вечером.

Проехали безлюдную привокзальную площадь, после торгового дня усеянную мусором и по периметру окруженную разномастными ларьками. Кучи пустых картонных коробок заполняли пространство между этими будками. Те, что побогаче, не с окошечком, а со стеклом в половину или четверть передней стенки, светились в ночи, как подсвеченные изнутри аквариумы. От них улицы отходили в кромешный мрак. Там, казалось, нет и не может быть никакой жизни, но временами оттуда являлись покупатели польско-ямайского рома, спирта «Ройял», паленой водки с именами былинных богатырей и старых добрых номерных портвейнов в бурых бутылках с грубо закатанными или залитыми сургучом горлышками. На каждой бутылке наваривали теперь столько, что ради нескольких штук наемные сидельцы до утра кемарили в своих душегубках, где спирали нагревателей сжигали весь кислород.

За станционным поселком свернули на бетонку. Замелькали вдоль дороги дома дачного кооператива с безжизненно темными окнами, но Сева так же спокойно смотрел прямо перед собой, словно до цели было еще далеко.

— Рано, — сказал он, когда Ильдар на всякий случай сбросил газ, и объяснил, что нужно доехать до поворота на «Строитель», затем вернуться назад и посчитать дома по правой стороне. — От поворота шестой дом. Один этаж, бревно, не обшит, крыша железная, зеленая, — перечислил Сева его приметы.

У развилки Хасан велел Ильдару съехать на обочину и заглушить мотор. Хозяева не должны слышать, как он замолкнет возле их забора. Вышли все втроем и пешком двинулись в обратном направлении. Машины здесь проезжали редко. Вокруг стояла могильная тишина.

В шестом доме, как и в предыдущих справа и слева, ни одно окно не горело, но за штакетником снег был истоптан. От ворот в обе стороны расходились полосы с узором автомобильных покрышек. Ильдар присел над ними, всматриваясь в отпечатки. Прожив полтора года в Москве, он умел различать следы всех зверей, водившихся в этих местах.

— «Фольксваген», — определил он уверенно.

— А говорил, нет машины, — вспомнил Хасан, открывая калитку.

— Может, не его? — предположил Сева.

— Не его, значит, на электричке приедет. Еще не поздно.

Гуськом пересекли участок, стараясь наступать в старые следы, чтобы не насторожить хозяев, если ночь будет лунная, и встали за домом — с той стороны, откуда просматривалась дорога на станцию. Здесь она шла на подъем, чуть дальше ее прямая черта ясно виднелась в промежутке между дачами.

В начале десятого на ней зажглись фары, проступили габаритные огни. Показался рейсовый автобус, идущий на Рождествено с заходом в «Строитель», но без остановки прошел мимо. За уютно желтеющими окнами виднелся пустой салон.

34

На следующий день после того, как «Элефант» прибыл в Ревель, Анкудинова арестовали. Делагарди доложил об этом Оксеншерне, а тот втайне от королевы известил Москву, что самозванец сидит в ревельском замке, русские вольны его оттуда забрать. Как обычно, дело поручили Шпилькину. На радостях он устроил пир для сослуживцев и, напившись, похвалялся, что дело сладилось благодаря его твердости на переговорах со шведами, но торжествовать было рано. Кристина Августа тоже не дремала. Едва верные люди донесли ей об аресте князя Шуйского, она снарядила нарочного к графу Делагарди.

Стоял ноябрь, сезон бурь. В это время даже опытные капитаны не рискуют пускаться в плавание, но один отчаянный норвежец за хорошие деньги согласился поднять паруса. Судьба была к нему благосклонна, Геркулес помедлил разрушать пещеру ветров, но выпустил из нее одного, нравом умеренного, дующего с запада на восток. Пока Шпилькин с сопровождавшими его дворянами по осенней распутице волочился из Москвы в Ревель, королевский посыльный поспел туда морем и вручил коменданту письмо Кристины Августы. В письме повелевалось немедленно выпустить князя Шуйского на свободу с условием, что он навсегда уберется из шведских владений в Прибалтике.

Граф Делагарди не смел ослушаться ни королеву, ни всемогущего канцлера, поэтому Анкудинова он не отпустил, но и в заточении не оставил, а через доверенных лиц сам же тайно устроил ему побег. Шпилькину опять пришлось возвращаться домой несолоно хлебавши. Хитрые салакушники сказали ему, будто самозванец, подкупив часовых, бежал из ревельского замка неведомо куда.

На самом деле его посадили на корабль и спровадили в Любек. Тамошние купцы смекнули, что за такой товар в Москве можно заломить любую цену, но Анкудинов понял это раньше, чем они начали торговлю. Не обманываясь их гостеприимством, он из Любека улизнул в Бранденбург, затем двинулся дальше на запад и к весне 1652 года оказался в Брабанте, при дворе герцога Леопольда, ревностного католика из дома Габсбургов. Здесь он с большим успехом пропел свою серенаду о Перми Великой, походе на Крым и Семибашенном замке, откуда его вывел ангел Господень, огненным мечом поразивший султана Ибрагима и великого визиря Ахмет-пашу, но как только отзвучали апплодисменты, над ним стали сгущаться тучи.

В то время австрийские Габсбурги искали дружбы с Москвой для совместной борьбы против турок. Желая услужить царю, они настоятельно попросили брабантского родственника прислать князя Шуйского в Вену. Анкудинов еле унес ноги за Рейн.

Этот случай раскрыл ему глаза на то, что все католические князья так или иначе связаны со Священной Римской империей, надо держаться от них подальше. Он сунулся было в протестантский Лейпциг, к саксонскому курфюрсту, но, не добившись даже аудиенции, уехал в Виттенберг. Прославленный университет принял его под свое крыло, для чего пришлось еще раз отречься от веры предков. В университетской кирхе он вновь, как в Стокгольме, повторил за пастором статьи Аугсбургского вероисповедания и присягнул на вечной верности лютеранскому закону. Что однажды это уже было им проделано, Анкудинов, естественно, умолчал.

Вскоре один из здешних профессоров заинтересовался его теорией о карликах и журавлях, которые воюют между собой посредством казаков и поляков, венецианцев и турок, лютеран и католиков, евреев и христиан. Кто именно в кого вселился, Анкудинов не знал, но профессор объяснил ему, что оно и не важно. «Карлики, — говорил он, — это духи земли, пригнетенные к породившей их тверди, недаром у прибрежных народов они считаются покровителями потерпевших кораблекрушение. Напротив, журавли — воздушные создания, порождение высших сфер, вот почему в полете их стаи выстраиваются треугольником. Треугольник есть знак стремления всех вещей к высшему единству в Боге. Эта война — война двух враждебных стихий, горней и дольней, во всем противоположных друг другу, но не способных существовать по отдельности. Своим вечным противоборством они поддерживают единство Божьего мира».

Анкудинов ему во всем поддакивал, рассчитывая на место при университете. В нем впервые за многие годы поселилась усталость. Он оставил политические амбиции и хотел одного — покоя и денег, что, в сущности, одно и то же. Это казалось возможно, его покровитель начал хлопотать о получении им кафедры. Предполагалось, что с нее князь Шуйский будет излагать свое учение о двух мировых силах, действие которых он воочию наблюдал во время многолетних странствий по Европе и Азии, а сам профессор, всю жизнь просидевший в Виттенберге под жениной юбкой, возьмет на себя очищение этого материала от ненужных наслоений и его толкование в духе лютеранской теологии с ее осторожным отрицанием дьявола как главного источника вселенского зла. План сулил обоим немало выгод. Московский царевич-протестант, с университетской кафедры читающий лекции на латыни, должен был вызвать повышенный интерес и привлечь денежные пожертвования от просвещенных людей со всей Северной Германии.

Хлопоты шли успешно, Анкудинов присмотрел себе дом с садом, нанял слугу и подумывал о женитьбе, как в одночасье все изменилось. Он заблуждался, полагая, что после Ревеля сумел надежно замести следы. В Москве о нем не забыли и не оставили попыток заполучить его живым или мертвым. По германским княжествам и вольным городам были разосланы специальные эмиссары с известием, что человек, называющий себя князем Шуйским, суть беглый подьячий Тимошка Анкудинов, пошлый казнокрад, поджигатель и женоубийца, и кто даст ему пристанище, тот будет великому государю Алексею Михайловичу недруг, а кто схватит его, тот будет царю друг. Эти люди добрались и до Лейпцига. К счастью, саксонский курфюрст, в чьей земле находился Виттенбергский университет, не пожелал выдать им единоверца, заявив, будто ничего не знает об этом человеке. Впрочем, иметь из-за него неприятности он тоже не захотел и распорядился выслать Анкудинова за границу своих владений.

Ему вновь повезло, но теперь по пятам за ним всюду шли царские уполномоченные. Они больше не упоминали о том, что вор Тимошка влыгается в государское имя, и требовали выдать его как преступника уголовного, а не политического. Новая тактика начала приносить плоды, впереди беглеца катилась дурная слава. Анкудинов бросался из города в город, но вести жизнь частного лица он не умел, для достойной жизни ему нужна была публичность, и эта же публичность всякий раз его губила.

В конце концов он решил затаиться, перебрался в Голштинию и обосновался в Нейштадте, не пробуя даже попытать удачи у голштинского герцога. Здесь от полного безденежья Анкудинов предложил свой безвар одному лекарю из итальянцев. Тот загорелся, рассчитывая перепродать это сокровище кому-нибудь из владетельных князей, но прежде чем купить волшебный камень, рожденный в коровьем желудке, освидетельствовал его у коллег. Те подтвердили, что безвар подлинный и действительно имеет «силу и лечбу великую от порчи и от всякой болезни». Поначалу за него обещано было пятьсот талеров, потом сумма постепенно сокращалась, пока не дошла до двух сотен. Анкудинов, гонимый кредиторами, вынужден был согласиться и на них.

Едва сделка состоялась, в Голштинии объявился новгородский купец Петр Микляев, торговавший моржовой костью, но, как все русские купцы за границей, имевший поручение проведывать о самозванце. Итальянский лекарь решил с его помощью вернуть свои деньги назад, снесся с ним и за двести талеров указал дом, где квартировал князь Шуйский.

За домом установили наблюдение. В тот же день Анкудинов был опознан на улице по полученным от Шпилькина приметам. Микляев со своими людьми устроил ему засаду, связал, посадил под замок и собирался увезти в Новгород, но не смог сохранить дело в тайне от нейштадтских властей. Голштинский герцог Фридрих, как и Оксеншерна в Стокгольме, не потерпел самоуправства. Он приказал доставить князя Шуйского к себе в Готторф, а к царю направил гонца с предложением выдать преступника в обмен на дарование голштинским купцам права беспошлинной торговли с Персией через Москву и Астрахань. Запрос был высок, но велика и услуга. Все понимали, что дело касается не заурядного растратчика и убийцы, а претендента на московский престол.

Боярская дума приговорила позволить голштинцам торговать с Кизилбашским царством, если они вправду изловили вора Тимошку и выдадут его государевым послам. В Посольском приказе изготовили жалованную царскую грамоту на александрийской бумаге, с большой печатью на красном воске, забранной в серебряный ковчежец. Послом назначили Шпилькина. Он знал Анкудинова в лицо и, перед тем как отдать грамоту адресату, должен был удостовериться, что со стороны герцога нет никакой ошибки или хитрости и голштинцы поймали того, кого надо.

Со Шпилькиным прибыло два десятка дворян и детей боярских, чтобы охранять Тимошку по пути в Москву. В наказе им предписывалось «везти его бережно, дабы в дороге он никакого дурна себе не учинил».

Их первое свидание состоялось во дворце, в присутствии самого Фридриха. Своего должника Шпилькин не видел почти десять лет, тем не менее сразу его узнал, хотя тот был без бороды и в польском жупане. Он заговорил с ним по-русски, но Анкудинов прикинулся, будто не понимает русского языка. По-немецки он изъяснялся не без затруднений, поэтому попросил польского толмача и через толмача объявил себя шляхтичем Стефаном Липовским, подданным короля Яна Казимира.

«Вы, ваша светлость, — обратился он к герцогу, — сами можете видеть, что я нисколько не похож на московита ни лицом, ни платьем, ни манерами, ни знанием латыни. А этого человека, будто бы крестившего моих детей, я впервые вижу и очень сомневаюсь, что слуга великого государя, присланный по столь важному делу, может носить подобную фамилию. Она пристала не послу, а торговцу шпильками. Вероятно, его рекредитивы поддельные, и сам он не тот, за кого себя выдает».

Анкудинов держался с таким спокойствием, что заставил герцога поколебаться. Шпилькин, однако, при всей его неудачливости был отнюдь не прост. Он сумел добиться разрешения видеться с кумом наедине и за две или за три встречи убедил его подать челобитную патриарху Никону, готовому якобы вымолить ему прощение у государя. Это ему удалось, потому что Анкудинов был уже не тот, что прежде. Усталость давала знать о себе слабостью в ногах, болями в пояснице, а главное — утратой былого нюха на опасность. Он клюнул на приманку и в своем стиле настрочил патриарху длиннейшее письмо с заверениями в том, что всегда хотел послужить великому государю и давно служил бы ему верой, правдой и отцовской саблей, по рукоять омытой в басурманской крови, если бы изменники государевы своей собацкой изменой не умышляли на него и на великого государя. Далее рассказывалось, как в Царьграде, дабы покарать этих изменников, он думал наслать на Москву триста тысяч турецких мечей, но ангел Господень отвратил его от такого намерения.

На следующий день Шпилькин предъявил это послание Фридриху как доказательство, что самозванец отлично владеет русским языком. Привели Анкудинова. Тот все отрицал, а когда ему показали его же письмо, отвечал, что оно писано самим Шпилькиным или кем-то из свитских дворян.

«Ваша светлость, — сказал он, — прикажите дать мне бумагу и чернил, и я дам вам для сравнения свою истинную руку».

Его просьбу исполнили, он взял перо и, как научился еще в бытность подьячим Новой Четверти, написал несколько фраз совершенно другим почерком. Герцог не знал, кому верить. Пользуясь его замешательством, Анкудинов принялся издеваться над Шпилькиным — ставил под сомнение его полномочия и говорил, что продавцы шпилек, как вообще все русские торговые люди, привыкли дела делать обманом, они кого хошь обуют в чертовы лапти. В конце концов он довел Шпилькина до того, что тот плюнул ему в лицо и бросил в него этим письмом. Не растерявшись, Анкудинов тут же порвал его в клочья.

Он был хороший актер, но против него свидетельствовало слишком многое, в том числе изъятые при аресте бумаги. Получив царскую грамоту о беспошлинной персидской торговле, Фридрих с легким сердцем выдал его Шпилькину.

Пока шли приготовления к отъезду, Анкудинов продолжал сидеть в тюрьме. В одну из последних ночей ему приснилось, будто он стал птицей и перепархивает с ветки на ветку, с дерева на дерево, а охотники бегают за ним с силками, суетятся, кричат, набрасывают на него сети, но поймать не могут. Наутро он изложил свой сон в письме к герцогу.

«Сие предвещает, — писал Анкудинов, — что вы, ваша светлость, и другие государи, и знатные нобли, и ученые мужи в разных государствах, христианских и бусурманских, потщитесь понять, кто я был таков, от кого послан и для чего ездил много лет по разным государствам, и станете узнавать путь мой по звездам и улавливать меня мысленными тенетами, но духа моего пленить не сможете. Тайна сия непостижна есть для смертных, ведают ее ангелы в небеси, и то лишь серафимского чина».

Дальше шло совсем уж невразумительное: «Коли царь московский всядет на конь и пойдет на вас всей силой, со всем своим войском, пешим и конным, то если вы — карлики, я среди вас — журавль, дающий вам силу против моих собратий, а если природа ваша журавлиная, то я — карлик, и без меня все вы падете, яко назем на пашню и снопы позади жнеца».

Это темное пророчество оставлено было без внимания. Под конвоем его из Готторфа повезли в Травемюнде, чтобы оттуда плыть морем. В дороге по обеим сторонам от него посменно сидели двое дворян с саблями. У левого из них сабля, как обычно, висела на левом боку, а правый из осторожности перевешивал ее на другой бок, подальше от арестанта.

Анкудинов хорошо знал, что его ждет на родине. Когда один из сидевших рядом караульщиков начал клевать носом, он, улучив момент, со связанными руками ухитрился выброситься из повозки и подсунуть голову под колесо, но почва здесь была песчаная, повозка еле ползла. Лошадей успели остановить. Ему лишь слегка придавило ободом шею.

Его стали привязывать к сиденью, и все-таки до Травемюнде он еще дважды пробовал лишить себя жизни: один раз в огне очага на постоялом дворе, другой — с помощью рыбьей кости, а позднее, на корабле, чуть не спрыгнул за борт, но в итоге остался цел и невредим. При всем том до Новгорода он постоянно был весел, лишь в Новгороде сделался печален, а по пути от Новгорода до Москвы не хотел уже ни пить, ни есть.

Проснулся сын. Жена дала ему попить, сводила в туалет, но он никак не засыпал. Ей пришлось опять сесть за рояль. Песня про трех братьев, ушедших искать счастье на три стороны света, и сестру, которая осталась их ждать, теперь была пропета до конца:

> Однажды поздно ночью домой вернулись братья
> И тихо у порога постучали.
> Сестра им отворила: «Ну где же ваше счастье?»
> Три брата на пороге отвечали:

> «Слушай, сестра, мы счастье нашли.
> Счастье — Отчизна, леса, поля и нивы».
> Сестра сказала, плача: «Вы все остались живы,
> И я могу считать себя счастливой».

Слушая, Шубин решил дополнить свой очерк абсолютно правдивым рассказом о Константине Конюховском, подьячем Разбойного приказа и приятеле Анкудинова.

В 1643 году тот сманил его с собой за границу, уверяя, что «им там будет хорошо». Конюховский целиком от него зависел, смотрел ему в рот и слушался как старшего. Наверняка между ними было еще что-то, кроме чистой мужской дружбы, однако интимную сторону их отношений Шубин не приоткрыл даже намеком. Кирилл с Максимом радостно приветствовали бы эту правду жизни, а насчет Антона Ивановича такой уверенности не было. Из моральных соображений он мог осудить пропаганду однополой любви, но в данном конкретном случае мог и одобрить — из расчета, что бегающего по заграницам и копающего под русскую государственность самозванца полезно дискредитировать в плане морали. Какие принципы возьмут верх, Шубин не знал и предпочел не рисковать.

Он вернулся к началу очерка, затем сделал пару вставок в середине. Из них вытекало, что друзья вместе бежали из Москвы в Краков, оттуда — в Молдавию. Господарь Василий Лупа отправил обоих в Стамбул, где они тоже были неразлучны, пока Анкудинова не посадили в Семибашенный замок. После этого Конюховский нашел приют в каком-то болгарском монастыре, но на Украине вновь присоединился к приятелю и последовал за ним в Швецию. Там их пути окончательно разошлись. Милость королевы на Конюховского не распространялась, в Стокгольме его повязали и выдали русским послам.

Ему, впрочем, удалось избежать казни. В Москве он сразу признал свои вины, честно рассказал об Анкудинове все, что знал, в том числе про его занятия астрологией, и был помилован. Конюховского приговорили к ссылке в Сибирь и отсечению трех пальцев на правой руке, но поскольку тогда он не мог бы осенить себя крестным знамением, по ходатайству патриарха Никона правую руку заменили на левую. О его дальнейшей судьбе никаких известий не сохранилось.

Сын уснул, за стеной раздался скрип раздвигаемого на ночь дивана. Брякнула крышка ящика для белья. Постелив постель, жена заглянула в комнату к Шубину.

— Я ложусь. Ты долго еще?

— Хочу сегодня кончить. Осталась последняя глава.

— Про его смерть?

Он кивнул.

— Хоть тут-то постарайся не врать, — сказала жена, уходя в ванную.

Шубин встал с сигаретой у окна. Прожектор на крыше еще не зажгли, в заоконной тьме Анкудинов как живой возник перед глазами. Веселый, он сидел на палубе ганзейского галиона и ел рыбу без костей, которые стражники, чертыхаясь, вынимали из рыбьей мякоти, чтобы не воткнул себе в горло. В тот вечер Шубин и помыслить не мог, что вспомнит о нем через одиннадцать лет, в монгольской степи, где ветер и запах сухой травы окликают сердце памятью всех прошлых жизней.

Казалось, до Эрдене-Дзу они не доберутся никогда, но Баатара это не занимало. Планов у него было много, с красной икры он переключился на норвежских миссионеров. Его беспокоило, что они не сдержат слово и не пришлют ему приглашение на семинар в Гонконг или пришлют, а билеты на самолет не оплатят. Свою поездку туда он каким-то образом связывал с возможностью поменять машину, но от прямого ответа уклонялся.

Эта машина была старая, без амортизаторов. Стоило прибавить газу, как ее начинало подбрасывать на выбоинах. Жена пару раз стукнулась головой о потолок, но продолжала зорко смотреть по сторонам. Она не оставляла надежду увидеть тарбагана. Шубин много рассказывал ей про этих очаровательных зверьков, хотя сам видел только одного. У них на стрельбище под Улан-Удэ этот глава семейства забеспокоился и вылез из норы, когда стали выжигать высокую траву, заслонявшую мишени. Колпаков тут же срезал его очередью из автомата. Солдатики потаскали мертвого сурка за лапы и бросили в полосу травяного пала. Шубин иногда вспоминал о нем, если под пальчиками очередного ученика или ученицы, которые все реже появлялись в их доме, начинала звучать бессмертная мелодия: «По разным странам я-а бродил, и мой сурок со мною...»

На совести деда-эпидемиолога было немало тарбаганьих душ. Пушистые симпатяги с умильными мордочками являются переносчиками чумной бациллы, но Шубин об этом умолчал. Не хотелось портить жене впечатление от встречи с ними, если они соизволят показаться ей на глаза.

Тарбаганы славятся неуемным любопытством. Баатар говорил, что летом, рискуя жизнью, они часто выходят к трассе посмотреть на проезжающие машины, хотя по ним запросто могут пальнуть прямо из салона, но сегодня не появился ни один. Вероятно, любознательность у них носила сезонный характер и к осени резко шла на убыль.

— А вообще их едят или только шкурки сдирают? — поинтересовалась жена.

— Кое-что едят, кое-что не едят, — ответил Баатар.

Жена покивала.

— Понятно. Как у всех животных.

Оказалось, что не как у всех.

— У них под лопатками есть кусок мяса, такое немного сладковатое. На вкус — чисто человечина, — объяснил Баатар. — Его даже собакам не дают, вырезают и выбрасывают. Остальное едят.

На жену это произвело сильнейший эффект.

— Такое только у тарбаганов есть? — спросила она.

— Да, больше ни у кого. У нас говорят, они раньше людьми были, но не захотели.

— Не захотели быть людьми?

— Да.

— Почему?

— А что хорошего? — усмехнулся Баатар.

Он надолго умолк, а Шубин подумал, что эксклюзивная способность тарбаганов разносить чуму прекрасно укладывается в эту теорию. Выходя к шоссе, они с презрением смотрели на тех, кем были раньше, и не жалели об утраченном.

35

Тибетские ламы на морозе умеют жаром своего тела высушивать накинутую им на голые плечи мокрую простыню. Для этого они должны представить, как внутри у них, от макушки до ступней, проходит тончайшая, тоньше волоса, огненная нить, которая постепенно раздается в ширину, набухает, крепнет, пока не превращается в заполняющий все тело раскаленный столп, похожий на глубинно-красную стальную полосу в прокатном цехе. Жохов видел такие, когда в девятом классе всех мальчиков из их параллели водили туда на экскурсию в рамках программы по профориентации.

Сейчас он испытывал сходные ощущения. Радость пришла и не уходила. В электричке было холодно, пар шел изо рта, но от кармана, где лежали четыре тысячи двести долларов, по телу разливалось ровное умиротворяющее тепло. «Деньги — это покой», — всплыла в памяти чья-то мудрость, явно не восточная. Сумма была умопомрачительная. То, что она могла быть вчетверо больше, не имело значения. Все равно хватит на несколько лет, даже если никуда ничего не вкладывать, просто жить.

Катя дремала у него на плече. Он придвинул к себе ее сумочку и удивился скрытой в ней тяжести. Спросил, что там. Оказалось, тот самый пистолет, подаренный доброхотом-дачником. Жохов захотел посмотреть на него.

— Только осторожно, — предупредила Катя. — Он заряжен.

Никто их не видел, редкие пассажиры сидели по ходу поезда, к ним спиной. Короткоствольный стартовый пистолет успокаивающе отяжелил кисть. Жохов поинтересовался, как его заряжают, и узнал, что в дуло вставляется такая маленькая зеленая штучка. Их продают в спортивных магазинах, по пять штучек в обойме.

Он потрогал пальцем спуск в виде выдвижного выступа по всей длине рукояти.

— Что ж ты его так возишь? Еще нажмешь нечаянно.

— Нет, там пружина очень тугая.

— Я ведь говорил тебе, спрячь и забудь. Никого ты им не напугаешь, только разозлишь.

— Знаю, но мне с ним как-то спокойнее. Если поздно возвращаюсь из города, беру его с собой. Я же не думала, что поедем вместе.

Жохов защелкнул сумочку, а пистолет положил себе в карман. Если завелись деньги, должно быть и оружие, такова жизнь. Бывают случаи, когда и эта штуковина может пригодиться.

Катя теснее прижалась к нему, понимая, что вместе с пистолетом он берет на себя ответственность за нее.

Желтые огни спальных районов ярусами вставали за окном и отходили в темноту, потом справа и слева все стало черно, лишь иногда проносились мимо скудно освещенные платформы, мигал семафор или вырастал одинокий фонарь в жалком нимбе собственного света. Пропитанный сыростью воздух делал эти круги пушистыми, похожими на головки одуванчиков. Станции были погружены во мрак, виднелись только привокзальные пятачки с ларьками. Низкие оконца проплывающих вдали деревянных домов горели порочно и тускло, как окна воровских притонов.

Пару раз возникли на горизонте призрачные сполохи заводских печей. Некоторые непрерывные производства, не способные впасть в спячку и сохранить себя до лучших времен, еще работали, чтобы чуть позже забыться вечным сном.

Жохов смотрел в окно. В дороге ему всегда хорошо думалось, и то смутное подозрение, которое поселилось в нем при разговоре с Геной, быстро превратилось в уверенность, что инициатором вчерашней встречи был не Денис, а сам Гена. Если принять это за основу, все странности его поведения укладывались в элементарную схему. Торговаться он и не думал, они еще раньше договорились, что его задача — сбить цену, поэтому Денис в институте даже не заикнулся о цене. Вчера они только уточнили взаимные обязательства. Потом в чебуречной вдруг выплыла эта цифра — двадцать тысяч вместо тридцати. Гена сразу повел двойную игру, решив поиметь процент не только с Жохова, но и с этих ребят тоже. Они что-то пообещали ему за труды, какие-то деньги, а когда он стал требовать обещанное, дали по рукам и уехали.

Жохов подумал об этом без злорадства, но и без печали, что Гена его предал. Предательство друга позволяло острее ощутить высоту взятого рубежа. Все богатые люди через это проходят. Если идешь по трупам собственных иллюзий, значит, дорога выбрана верно. Он жалел лишь о том, что оставил Гене лишние полсотни баксов. В такой ситуации можно и недодать.

— Когда я поступила в институт, — заговорила Катя, открыв глаза, но по-прежнему лежа головой у него на плече, — весь первый курс послали в колхоз на картошку. На курсе у нас были одни девочки и единственный мальчик. Интеллигентный такой, все старались ему угодить, ухаживали за ним. Ну и я, дура, туда же. Естественно, надоели мы ему до смерти, в перерывах он всегда садился в стороне, отдельно от нас. Как-то раз на поле объявили перерыв, девочки пошли в кустики, а я набралась смелости, взяла хлеба с тушенкой и понесла ему. Он сидел ко мне спиной и меня не видел, пока я к нему подходила. А я вижу, он что-то держит в одной руке, а другой рукой там ковыряется. Подхожу ближе, смотрю, у него в кулаке полевка, только носик наружу торчит, и на шерстке — капельки крови. Он, гад, булавкой тычет ей в голову. Увлекся, ничего не замечает. Мне чуть дурно не сделалось. Закричала, кинулась к нему. Девчонки прибежали... И что выяснилось! Он, оказывается, вовсе не мучал эту мышь, наоборот. Хотел, видите ли, нащупать у нее в мозгу центр наслаждения, чтобы она стала счастливой.

— Это ты к чему?

— Я же тебе говорила, что постоянно чувствую себя мышкой. Кстати, тот мальчик тоже был рыжий.

— Что значит — тоже? Как лиса?

— Как Чубайс.

Жохов обнял ее покрепче. Теперь он мог дать ей защиту от всех этих рыжих.

Один умный человек сказал ему, что задача что-нибудь кому-нибудь толкнуть, положить деньги в банк и жить на проценты стала в России национальной идеей. Гена, тот давно мечтал сорвать куш и залечь на дно, ходить с сыном в театр, читать русских религиозных философов, снова взяться за диссертацию. Жохов сознавал, что это утопия. Деньги должны делать деньги, иначе покоя не будет. У него была одна оригинальная бизнес-идея, не имеющая аналогов в мировой практике.

Он взял Катину руку и засунул ее себе во внутренний карман куртки. Пальцы нащупали там что-то бумажное, но твердое, незнакомое, но смутно и тревожно узнаваемое, как воплотившийся сон.

— Доллары, — сказал Жохов, упреждая ее догадку.

— Откуда столько?

— На улице нашел.

Она обиделась.

— Не хочешь говорить, так и скажи. Я к тебе в карман не лезла, но на моем месте любой бы поинтересовался. Ты же для чего-то их мне показал.

— Просто хочу, чтобы ты знала, что они у меня есть. У тебя, кстати, как с английским?

— Читаю со словарем.

— Этого мало. Займись на досуге, мне скоро понадобится помощница.

Катя благодарно потерлась щекой о его плечо и опять закрыла глаза. От этой щеки по всему телу разливалось блаженное тепло. Оно сладко усыпляло, но и мешало заснуть, хотелось чувствовать его как Божий дар, а не использовать как снотворное. Желудок был пуст, голова чуть кружилась, но тошнить перестало.

Под веками оживал ее лесной дом, где Жохов поселился два дня назад. То, что в этом мире уже произошло между ними, там было только в проекте. Оба понимали, к чему все идет, но считали непростительной глупостью кидаться в койку на вторые сутки знакомства. Там время текло не так, как здесь, каждый воробьиный шажок навстречу друг другу становился праздником и наполнял сердце радостным предвкушением следующего. С того момента, как он, нарочно не ополоснув чашку, из которой она пила, туда же налил себе чай, и до первого поцелуя на лестнице могла пройти вечность.

За окном поплыл волнистый асфальт очередной дачной платформы, с неравномерным стуком разъехались вагонные двери. На следующей остановке нужно было выходить. Уже в тамбуре Жохов сообразил, что на дачу к Богдановским лучше не показываться. Он с озабоченным видом начал шарить по карманам.

— Ч-черт! Оставил в офисе ключи. Придется идти к тебе.

На станции через виадук спустились к автобусной остановке. Фонарь над ней не горел. Жохов спичкой осветил циферблат наручных часов, потом — табличку с расписанием. Последний автобус на «Строитель» ушел полчаса назад. Потопали пешком.

За крайними домами поселка сразу посветлело от раскинувшихся по обеим сторонам дороги снежных полей. Сейчас на них не видно было ни брошенной сельхозтехники, ни проталин с нищенскими подмосковными суглинками, ни мусора и ржавого железа вдоль обочин. Тучи разошлись, в прогалах выступили редкие звезды.

С асфальта свернули на бетонку. Справа потянулся березовый колок с чахлыми, как на болоте, деревцами. Про деньги не заговаривали, но мысль о них заставляла Катю невольно убыстрять шаги. Их окружала пугающая тишина, не хотелось нарушить ее ни звуком, ни словом. Даже хруст подмерзших лужиц под ногами тревогой отдавал в сердце, а Жохов болтал без умолку. Сейчас он рассказывал, что, согласно «Бардо Тходол», промежуток между смертью и новым рождением длится ровно сорок девять дней, это не случайная цифра. В Тибете и Монголии ламы удаляются от мира как минимум на тот же срок, и современные психологи считают, что за меньший период никакими тренингами невозможно перестроить свое сознание, но задача существенно упрощается, если в полном одиночестве, как Катя, живешь среди этих полей, под этим небом, при одном взгляде на которое вся московская суета отодвигается куда-то далеко-далеко, в область кармических иллюзий, где ей, собственно, и место.

«Бардо Тходол», она же «Тибетская книга мертвых», теперь свободно продавалась в магазинах, а совсем недавно была дефицитом почище Булгакова и Мандельштама. Жохову она досталась в слепой машинописной копии на папиросной бумаге, хотя стоила как подарочное издание. Слова с трудом складывались из неверных, как тени на зимнем закате, бледных букв, зато, не в пример Гене и Марику с их Солженицыным, он уже тогда стал понимать, что сознание иллюзорности этого мира дает силы мириться с его несовершенством. Царь смерти не видит тех, кто сознает свою призрачность.

Он начал объяснять, как важно увидеть Ясный Свет в первый день после смерти и стремиться к нему, не обманываясь другими огнями, более красивыми и яркими. Нужно узнать его, как в сказках крестьянская девушка узнает переодетого принца в толпе разряженных придворных. Там все будет иллюминовано легионом звезд, морем огней, но не надо думать, будто у бедного больше шансов различить Ясный Свет, чем у богатого. Буддисты считают, что человек должен что-то иметь, чтобы потом отдать, отдающий получает преимущество перед не имевшим, причем отданное ценится по номиналу, а не по субъективной ценности. Нищий, отдавший другому нищему последний кусок хлеба, оказывается в положении менее выгодном, чем раджа, который раздал голодающим хотя бы часть запасов риса из своих амбаров. В радикальном варианте даже голодающие не обязательны, рис можно просто сжечь, результат будет тот же.

Катя думала о своем. Жохов понял это, услышав, что в случае чего ей хватило бы характера выстрелить из настоящего пистолета, характер у нее довольно сильный. Он спросил, в чем это выражается.

— Вот один пример, — сказала она. — После седьмого класса я поехала в пионерский лагерь и взяла с собой новое платье. Соседка привезла его из Венгрии, а мама у нее для меня купила. Такое голубенькое, с двумя аппликациями в виде букетика цветов — слева на груди и справа на подоле. По тем временам — шик неимоверный, но оно у меня до конца смены пролежало в чемодане. Другие девочки все свои наряды использовали в первые же дни, а я надела это платье только в последний вечер перед отъездом.

— Почему?

— Хотела, чтобы меня запомнили именно в нем.

— Да, — признал Жохов, — сила воли прямо нечеловеческая.

Пару раз их обгоняли машины, вдруг одна резко затормозила сзади, в полудесятке шагов. Катя оглянулась. В лучах фар к ним кинулись трое мужчин. Свет бил им в спину, лица казались темными. Жохов бросил сумку и метнулся от них вдоль дороги. В панике он даже не попытался нырнуть в березняк, так и бежал по прямой, как заяц, попавший в луч прожектора.

Расстояние было слишком мало, чтобы ему дали уйти. Передний на бегу вытянул руку, но хватать не стал, напротив — с профессиональной сноровкой еще и толкнул в спину, припечатав между лопаток открытой ладонью. Ноги не поспели за внезапно рванувшимся вперед телом. На заплетающихся ногах Жохов пробежал еще несколько шагов, сознавая, что сейчас упадет, и упал. Сзади истошно завизжала Катя.

Через секунду навалились вдвоем, лицом вдавили в мерзлый бетон, заломили руку. Один пригнул голову вниз, другой оседлал сверху. Орудуя поясницей, Жохов попробовал сбросить его с себя и получил ребром ладони по затылку. Второй сказал:

— Еще и подмахивает, блядина!

Третий подоспел позже. В захвате он не участвовал, стоял сбоку, не подавая голоса. С земли Жохов видел только его ботинки и низ джинсов с ровной фабричной махрой.

Тех двоих он тоже не разглядел, но мгновенно понял, кто они и что им нужно. Обычная практика — расплатиться, забрать товар, а после вернуть назад свои деньги. Караулили, значит, во дворе у Марика. С ними был кто-то четвертый. Он добирался туда сам, чтобы не показываться на глаза Гене. Адрес Гена сказал им уже в машине, поэтому и зарулили на заправку. Кто-то из них вышел, позвонил этому кадру и сообщил, куда ехать. Он дежурил у подъезда, потом, пользуясь тем, что Жохов не знает его в лицо, спокойно вошел вслед за ними в метро, доехал до вокзала, подслушал или спросил в кассе, до какой станции Катя взяла билеты, и по телефону связался с Денисом. На такой машине обогнать электричку по пустынному ночному шоссе – это им запросто. Они ждали его здесь, просто дали отойти подальше от домов.

Все это пронеслось вереницей сменяющих друг друга видений. Слов не было, в глазах стояла тьма с радужными проблесками от удара лбом о бетон. Лежа плашмя, придавленный сверху, Жохов грудью чувствовал во внутреннем кармане куртки пачку из сорока двух стодолларовых бумажек. Расстаться с ними было все равно что умереть.

Он никогда не плакал от горя, только от умиления, восторга и каких-то сложных сочетаний того и другого – например, если в телевизоре показывали уходящих на фронт солдат и мужской хор пел «Вставай, страна огромная», – но сейчас, когда дернули за ворот и поставили на ноги, лицо было в слезах.

Глава 13
КОНЕЦ ПУТИ

36

Анкудинова привезли в Москву в декабре 1653 года. Прямо с дороги его повели в застенок, но ни кнут, ни каленое железо, ни жестокие встряски на дыбе не смогли вырвать у него признание в том, что он — беглый подьячий Тимошка Анкудинов, а не князь Иван Шуйский. Современники допускали четыре причины этого поразительного упорства.

Первая: он мог надеяться, что его сочтут одержимым бесами и не казнят, а отправят в монастырь.

Вторая: ни малейшей надежды остаться в живых у него не было, он заботился о своей посмертной славе, твердостью показаний желая укрепить иностранных государей в том о себе мнении, какое сумел им внушить.

Третья: он понимал, что избежать адского пламени все равно не удастся, но думал, что лучше уж и в аду быть среди первых, чем идти за уряд, как случилось бы при его раскаянии.

Наконец, четвертая: душа, которую он объявил своей, не вполне чужда была его телу.

Под пыткой Анкудинов рассказал, как ребенком жил в Вологде, на владычнем дворе, и архиепископ Варлаам неизменно дивился его уму, называл отроком «княжеского рождения» и «царевой палатой», отчего у него «в мысль вложилося», что настоящим его родителем был какой-то князь или боярин. Вскорости ангел Господень открыл ему, от чьего семени он рожден, и велел послужить царю и великому государю, но изменники государевы сговорились извести его, князя Шуйского, своей изменой, потому он и поехал в соседние государства.

К вечеру Анкудинов стал заговариваться, но пытки прекратили не раньше, чем он впал в беспамятство. Наутро палачам позволили отдохнуть и начали уличать его с помощью свидетелей.

Первым привели Григория Пескова, в прошлом тоже подьячего Новой Четверти. К нему накануне побега Анкудинов отвел сына и дочь. Песков признал бывшего сослуживца, а тот его — нет. Потом перед ним поставили уже взрослого сына. Последний раз он видел своих детей десять лет назад, в то время дочери шел четвертый год, и она его забыла, зато сын узнал отца с одного взгляда. Анкудинов на это заявил, что хотел бы иметь в сыновьях такого славного паробка, но Бог не дал ему потомства. Прочих людишек, когда-то знавших его и пытавшихся напомнить об их знакомстве, он не удостоил ни словом.

После всех ввели его мать Соломониду. Год назад она второй раз овдовела, постриглась в монахини под именем Степаниды и была в иноческом платье. Днем раньше ее привезли в Москву из Вологды.

Увидев распростертое на полу тело с вывихнутыми руками, страшно истерзанное, окровавленное, покрытое свежими язвами от пытошного огня, несчастная застыла соляным столбом. Все в ней окаменело, даже глаза остались сухи.

Ей дали время посмотреть на него, но близко к нему не подпустили. Стали спрашивать: «Это твой сын? Это твой сын?»

Ничего не добившись, прикрикнули построже: «Говори! Это твой сын?»

Она не отвечала. Ее поманили в сторонку и сказали: «Ежели он твой сын Тимошка Анкудинов, за его воровство не миновать ему Сибири, а ежели он царя Василия истинный сын и наводил чужеземных государей на православную веру и Московское государство, за такую его измену быть ему на плахе».

Тогда, заплакав слезами, она прошептала: «Это мой сын».

Ее опять подвели к нему, и она повторила громче: «Это мой сын».

Наступила тишина. Никто не смел подать голос, все смотрели на Анкудинова. Прошло время, прежде чем он спросил: «Инокиня, как тебя звать?»

«В миру звали Соломонидой, теперь — Степанидой», — ответила она.

Анкудинов закрыл глаза и долго молчал. Наконец, желая мать, но не желая признавать ее матерью, сказал: «Эта женщина мне не мать, но когда отца моего, государя Василия Ивановича, поляки взяли в Польшу, я остался у ней на воскормлении. Она вырастила меня и была ко мне добра, как мать».

Его опять отдали палачам. Чтобы хоть ненадолго избавиться от невыносимых мучений, он объявил, что откроет всю правду лишь боярину Никите Ивановичу Романову, дяде царя, ибо эти речи — тайные, никому другому нельзя их слышать, не то всей православной вере будет большая беда. Послали за Романовым. Тот, приняв во внимание важность дела, согласился прийти в застенок.

Пока его ждали, Анкудинов попросил пить. Ему принесли квасу в простой чашке. Возмутившись, он потребовал меду, и не в деревянной посуде, а в серебряной, как подают князьям и боярам, пригрозив, что иначе даже с Никитой Ивановичем говорить не станет. Запрос исполнили, однако от слабости пить он уже не мог и лишь пригубил.

Явился Романов, но и тут никаких тайн не раскрылось, Анкудинов сказал ему то же самое, о чем рассказывал прежде, ничего более. Пытки возобновились, и теперь от него не сумели добиться ни слова. К рассвету он был так плох, что мог умереть в любую минуту. Дознание решили прекратить. Безвестная смерть в застенке была ему не по чину, к тому же могла вызвать слух о его чудесном спасении.

Утром Анкудинова вывезли на Красную площадь, зачитали перед народом его вины и объявили приговор о четвертовании. При этом присутствовал польский посланник Станислав Довойно, заблаговременно доставленный к месту казни. Он должен был донести до короля Яна Казимира и других монархов Европы весть об ужасном конце самозванца.

Раздетого донага Анкудинова положили на плаху, палач отрубил ему сначала правую руку до локтя, потом левую ногу до колена, потом левую руку, правую ногу и голову. «Все это, — записал Олеарий, который приехал в Москву позже, но подробно расспрашивал свидетелей, — он вынес как бесчувственный».

Голову и отрубленные члены, насадив их на колья, выставили на площади, а туловище с обрубками рук и ног бросили здесь же на снегу. Ночью его съели собаки.

Шубин убрал машинку в футляр и пошел спать.

В большой комнате не горели ни люстра, ни торшер, но было почти светло. Шторы остались раздвинутыми, луч прожектора, висевшего под крышей и освещавшего машины у подъезда, белой полосой с дымными краями рассекал темноту за окном.

Жена лежала в постели, но не спала.

— Закончил? — спросила она.

— Да.

— Ничего не наврал?

Он промолчал, хотя в последней главе не прибавил от себя ни слова. Протоколы допросов и свидетельства очевидцев казни не требовали его вмешательства, но оправдываться не хотелось. Была уверенность, что если бы сам Анкудинов прочел его очерк с начала до конца, обижаться бы он не стал. Мертвым оскорбителен не вымысел, а недостаток любви. В этом Шубин был перед ним чист.

— Я знаю, почему ты решил дать волю своей фантазии, — сказала жена, когда он лег рядом.

— Почему?

— Потому что пишешь для себя. Они решили тебя не печатать, или у них кончилось финансирование, и ты боишься мне сказать.

Она прижалась к нему и, целуя, шепнула:

— Не бойся, у меня есть заначка. Зимой я ходила заниматься с дочерью одной маминой знакомой из мэрии, а тебе не говорила. Они мне платили бешеные деньги, два с половиной доллара за урок.

37

Один из этих бугаев был ровесник Жохова, второй — сильно младше. Оба в камуфляже, в ботинках с высокой шнуровкой. Ни того ни другого он никогда раньше не видел, но при взгляде на третьего сразу полегчало, хотя в ушах стоял гул, соленая жидкость из носоглотки текла в горло, копилась под носом. Пошатывало, голова моталась, как у китайского болванчика, когда Катя начала вытирать ему кровь на губах.

— Он случаем не обещал вам жениться? — спросил Борис. — Вы просто созданы для того, чтобы стать жертвой брачного афериста.

— Говно ты, — сквозь туман сказал Жохов и получил кулаком в ухо.

Бил молодой. В правом глазу полыхнуло радужным огнем с черной каемкой, но боль почти не чувствовалась. Мысль, что про деньги им ничего не известно, действовала как наркоз. Лишь бы не стали шарить по карманам.

Повели к машине. Один забрался на заднее сиденье, второй втолкнул туда Жохова, профессиональным движением пригнув ему голову, и всей тушей плюхнулся с другой стороны. В воздухе между ними повис чесночный дух пивных сухариков.

На вопрос, куда его повезут, ответили, что в ментовку. Он мгновенно успокоился. По нынешним временам — идеальный вариант. Сотни баксов хватит, чтобы потом порвали протокол и с почетом проводили до дежурки. Хватило бы половины, но полсотни нету. Теперь нужно было незаметно вытянуть эту сотню из пачки, а после засунуть в другой карман, будто она там одна только и есть, бедненькая. Тогда все выйдет естественно, менты вряд ли станут его обыскивать.

Подбежала Катя, подобрав по дороге выброшенную им сумку.

— Я поеду с ним! Откройте!

Она принялась дергать запертую переднюю дверцу. Жохов потянулся к защелке, ему дали по руке. Борис сел за руль и впустил Катю в салон.

— Я хочу знать, — сказал он, не оборачиваясь, — откуда тебе это обо мне известно?

— Что — это?

— Про Колпакова, что он нашему замполиту голову проломил. Что меня к бабушке на похороны не отпустили.

— Отец рассказывал.

— А если в лоб?

— Говорю как есть. Он просто боится тебе про меня сказать.

— Чего он боится?

Жохов скосил глаза на Катю. Она смотрела на него с надеждой, что сейчас все объяснится.

— Потому что, — без труда нашел он причину, — квартира нам обоим завещана, пятьдесят на пятьдесят. Отец от тебя это скрывает.

Конвоиры слушали внимательно. Молодой спросил:

— Где квартира-то?

— На проспекте Мира, — ответил второй. — Я ему туда продукты возил. Трехкомнатная, в сталинском доме. Тысяч двадцать долларов стоит.

— Слышь, Боря, — предложил первый, — давай мы его тут кончим, пидараса, а ты нам по штуке баксов отвалишь. Не то десять отдашь. Помрет батя, сэкономишь восемь штук.

— Больше, — накинул второй, — если не завтра помрет. Квартиры быстро дорожают.

Жохов поежился. Не понятно было, есть ли в этой шутке доля шутки.

Включив свет, Борис покопался в бумажнике, вынул две купюры по двадцать долларов и через плечо протянул их назад.

— Спасибо, мужики.

Двадцатки были аккуратно вынуты у него из пальцев, одинаковым движением вскинуты к лампочке под потолком и проверены сначала на просвет, затем — на свежесть, а то в обменнике могли скостить десять процентов от номинала. Старший заложил свою в паспорт, младший — в извлеченную из куртки брошюру «Как правильно составить бизнес-план».

— Малая у меня котенка со двора принесла, назвали Баксом, — хохотнул он, снимая обычное при денежных расчетах напряжение.

— Бакс, Макс, херакс. У нас кот — Джохар, — сообщил второй. — Бандюган тот еще и тоже, можно сказать, бывший летчик. Летом с девятого этажа спикировал, и ничего, жив.

— Не мало? — осведомился Борис, имея в виду их гонорар.

— Нормально.

— Тогда все. Езжайте в Москву.

— Не понял, — удивился младший.

— Свободны. От вас больше ничего не требуется, сами разберемся.

— До электрички не подбросишь?

— Нет. Здесь ходу пятнадцать минут.

Они молча вылезли из машины и зашагали в сторону станции.

— Охранники у нас в офисе, — вслед им сказал Борис.

В них чувствовалась угрюмая выучка людей другого полета, знающих себе цену. Она складывалась из многих факторов, и умение подчиняться тем, кто не стоит их мизинца, считалось одним из важнейших. Ребята явно были с биографией — КГБ или спецназ. Там тоже шло сокращение штатов, борьба со шпионами и диверсантами стала делом еще менее актуальным, чем охота на вольфрам в монгольских степях. Проще было получить финансирование на поиски философского камня.

Через четверть часа сидели на теткиной даче — щитовой, но утепленной слоем стекловаты. Дребезжало треснутое стекло, откликаясь на мучительные содрогания холодильника «Саратов». Комната составляла одно целое с кухней. Бугристый от выпирающих пружин диванчик был застелен тюлевой занавеской вместо покрывала, одну ножку заменял неошкуренный чурбачок. Над диванчиком висела политическая карта мира с красным Советским Союзом, желтым Китаем и зажатой между ними оранжевой Монголией. На старых картах она всегда соединяла в себе цвета двух своих великих соседей. К востоку от Тайваня темнели следы раздавленных в Тихом океане клопов.

Обои полопались, фанерный потолок пошел волной, но имелось и оружие для борьбы с этими обстоятельствами жизни — томик Ахматовой, тюбик крема «Лесная нимфа», пудреница фирмы «Поллена», цыганские тени для век и огрызок карандаша «Живопись» для глаз. Все это было аккуратно разложено на подоконнике.

Умывшись, Жохов промокнул полотенцем покорябанный лоб. Катя огуречным лосьоном обработала ему ссадины.

— Значит, так, — приступил Борис, дождавшись конца процедуры. — Завещания нет, я точно знаю. У Элки Давыдовой вообще детей не было, никаких алиментов отец ей не выплачивал.

— Я этого и не говорил, — отозвался Жохов.

— Как же не говорил!

— Мать на алименты не подавала, он просто переводил ей деньги. Почтовые квитанции она до смерти хранила. Приеду домой, посмотрю в ящиках. Может, еще остались.

Катя махнула веником у них под ногами, поставила на газ чайник. В шкафчике нашлась половина батона, в холодильнике — остатки масла и миска вареной картошки, черной от разложившегося крахмала. В сумке у Жохова лежала прихваченная с именинного стола бутылка «Смирновской». Она не разбилась, потому что сумка упала не на бетон, а в снег.

Он свинтил фирменную головку, разлил на троих. Катя залпом осушила рюмку. Борис пить не стал, сказав, что он за рулем.

После второй порции совсем отпустило. Жохов закусил холодной картошкой и начал рассказывать про свое уральское детство, выдавая его за подмосковное дачное. Выплыл одноногий сосед-сапожник, игрец на банджо, которое на Эльбе подарил ему американский сержант-негр, за ним — ссыльная немка, продававшая на кладбище залитые парафином розы, потом Горелая падь в Черняевском лесу, где их кот с лисой дрался, всю морду ей раскровянил. Мать Элла Николаевна временами проступала сквозь эту мозаику с чашкой земляники в одной руке и кружкой парного молока в другой. Всю себя она посвятила сыну.

Много лет он не вспоминал ни этого кота, ни вечно пьяного дядю Колю с его банджо, оклеенным переводными картинками и звучавшим как балалайка, ни немку Эрику Готлибовну с ее рассчитанными на вечность бумажными цветами и попытками выдать себя за латышку, над чем она после сама же смеялась. Бескрайний Черняевский лес надвинулся душным запахом летней хвои, свалкой на опушке, артиллерийским полигоном в глубине, бочарной артелью в логу. Они с ребятами добывали там куски деревянных обручей на самострелы. Тетиву делали из эластичного бинта. Мама с бабушкой смотрели из окна, как метко их сын и внук поражает доску стрелой с наконечником из консервной крышки, а тенор по фамилии Александрович, мамин кумир, голосом кастрата, от которого она таяла и без всякой причины начинала ругаться на отца, пел в репродукторе:

Ах, до чего ж красив
Ночной залив!
Там кипарисы в ряд
На берегу стоят.

Это неаполитанская серенада звучала как песня про город Гагры, где было море, танцы, экскурсия на озеро Рица и мужик в войлочной панаме, опрометчиво запечатленный на фотографиях рядом с матерью. Сейчас там разместился штаб воюющей с грузинами абхазской армии.

Сердце сжалось от слов, забытых, казалось, навсегда. Память открывалась шире и говорила больше, чем обычно бывало в те редкие минуты, когда Жохов пытался подумать о себе отдельно от своих дел. В промежутке между ним самим и призраком, чье имя он присвоил, его душа, растягиваясь на двух этих бесконечно далеких друг от друга основах, истончилась почти до полной прозрачности. При взгляде сквозь ее разреженную материю захватывало дух.

Он подумал, что одно имя стягивает душу, порождая иллюзию ее неизменности. Оно, как скорлупа, отвердевает на ней и начинает вбирать в себя свою сердцевину. Это был путь окостенения и смерти.

— Бред какой-то! — сказал Борис. — Не пойму, чего ты добиваешься. Единственное, в чем отец мне признался, что Элка делала от него аборт. Мать тогда уже была мной беременна.

Жохов сидел лицом к окну, за ним угадывались чахлые мартовские звезды. Внезапно его охватило странное волнение. Еще до свадьбы первая жена объяснила ему, что эти огни, мерцающие в страшной бездне вселенной, сотворены предвечными душами на пути к воплощению. Если душа повторно погружается в человеческую плоть, это будут не разные люди, а лишь различные формы ее земного существования.

— У меня приятель — геолог, живет в Улан-Баторе, — вспомнил Жохов. — Зовут Сашей. Мать у него русская, а отец монгол, монгольский генерал. Член партии, само собой, но по происхождению — из вражеского сословия. В тридцатых годах был хуврэком в монастыре Эрдене-Дзу. Ну, мальчишкой-послушником... Потом коммунисты стали закрывать монастыри, и ламы подняли восстание. Сами монголы только вид делали, будто с ними воюют, в конце концов из Иркутска послали туда красную конницу. Наши воины-интернационалисты в два счета это дело развинтовали. Монахов кого пострелляли, кого по аймакам разослали на трудовое перевоспитание, а этот мальчишка понравился одному командиру полка. Он его увез в СССР и отдал в Тамбовское кавалерийское училище. Парень выучился, получил свои кубари, женился на русской. Перед началом боев на Халхин-Голе вернулся в Монголию. Воевал с японцами, при Цеденбале дослужился до генерала. Вышел на пенсию, Саша усадил его мемуары писать. Он мне все это в экспедиции рассказывал. Осенью полевой сезон кончился, приехали в Улан-Батор. Перед отъездом в Москву я у него ночевал, спрашиваю: «Как папаня-то, пишет мемуары?» — «Пишет». Через год опять приезжаем. Встречаю Сашу. «Пишет?» — «Пишет». — «Про Халхин-Гол написал?» — «Нет еще». — «А до какого времени дошел?» Смотрю, Саша как-то застеснялся. Говорит: «Он сейчас заканчивает внутриутробный период».

Жохов замолчал, глядя в окно. Зря он тогда смеялся над старым монгольским генералом. Теперь его собственная жизнь просматривалась дальше детства, глубже младенчества, и то, что ворочалось в ее темном истоке, среди туманных сгустков света, извилисто уходящих вдаль подобно огням на горном серпантине, принадлежало не ему одному. Там души перемешивались и втекали друг в друга, как клубы пара над осенней рекой.

— Боря, у вас остался этот макет. Отдайте его мне, — попросила Катя. — Вам он такой все равно не нужен.

Жохов взглядом дал ей понять, что все понимает.

— Он будет напоминать мне о моем детстве, — пояснила она не ему, а Борису. — Девочкой меня каждое лето отправляли в пионерлагерь под Воронежем. Ближайший город назывался Борисоглебск, там был почти такой же дворец. Нас водили туда в кино.

Борис покрутил головой.

— Надо же! Его ведь тоже построили по отцовскому проекту. Отец оттуда родом. Дед как купец первой гильдии имел право селиться за чертой оседлости, в Борисоглебске у него был кожевенный завод, два дома.

— Знаю, — кивнул Жохов.

— И про атамана Шкуро знаешь?

— Нет. Это — нет.

— В девятнадцатом году его казачий корпус вошел в Борисоглебск, начался еврейский погром. А сам Шкуро встал на квартиру к бабке. Ей в то время еще тридцати не исполнилось. Дед женился на ней уже в возрасте и скоро умер, после его смерти она всеми делами заправляла. Красавица была ослепительная, шатенка с зелеными глазами. На еврейку не похожа. Они, значит, с атаманом вместе поужинали и сели в карты играть. Вдруг вбегает один местный патриот, кричит: «Господин генерал, она жидовка! Прикажите, мы ее мигом кончим!» Шкуро в ответ ни слова. Продолжает играть. Бабка сидит ни жива ни мертва, но карты кладет как положено. Не знаю, во что уж они там играли. Сильная была женщина. Короче, играют они, а жидоед этот опять за свое: «Прикажите, ваше превосходительство!» Шкуро обернулся к нему, ка-ак рявкнет: «Дурак! Я же в проигрыше».

Жохов закурил вторую сигарету. Атаман, конечно, молодец, но еврейская бабка была роднее. Он животом чувствовал ее страх, ее ненависть к такому порядку жизни, при котором чужое благородство становится единственной защитой.

«Ну что во мне еврейского? Ты больше еврей, чем я», — говорил ему Марик. Действительно, это в нем было — потребность постоянно куда-то бежать, рваться то в Москву, то в Монголию, падать и подниматься, бросать жен, менять кожу, влюбляться в чужое как в свое, а свое кровное, засушив его для сохранности, беречь про запас, чтобы было чем согреться, когда последним холодом начнет дышать в лицо.

В Хар-Хорине подпольный лама-целитель говорил им с Сашей, что тяжелая болезнь ослабляет человека, рассеивает в нем случайный набор случайных элементов, который христиане называют душой, и больной может процитировать «Ганджур» или «Данджур», хотя сроду их не читал. Вечные истины являются ему в пустоте его сознания.

В то счастливое время Жохов не знал, что бывают времена, подобные болезни. Они разрушают душу, но они же открывают перед тобой вечность. Видишь, как все возвращается, повторяется, перетекает друг в друга, сбрасывает имена, скрывающие под собой разные части одного и того же, и когда проходит первый шок, начинаешь понимать, что не так уж важно, кто произвел тебя на свет в твоем физическом облике. Люди больше похожи на свое время, чем на своих родителей. Все рожденные под одной звездой — братья.

Он стал говорить об этом, с трудом подбирая слова. Слушали без интереса, пока не всплыла пачка старых писем на даче у Богдановских. С одного из них встал пьяный в дым старлей Колпаков с зажатым в руке пулеметным пламегасителем, лишь тогда они все поняли.

38

Стоять было скучно. Сева ткнул Ильдара пальцем в живот.

— Покажи тот фокус.

Ильдар вопросительно взглянул на Хасана. Тот кивнул, тогда Сева снял с себя шарф и шарфом завязал Ильдару глаза.

— Запомнил, где станция? — спросил он, затягивая узел на затылке.

Ильдар показал направление рукой. Сева обхватил его за плечи и раз десять повернул сначала по часовой стрелке, потом — против, потом — раз туда, два раза сюда и наоборот, чтобы полностью сбить с ориентации. Наконец отпустил. Не дожидаясь вопроса, Ильдар вытянул руку точно в ту сторону, куда указывал раньше.

— О, бля! — восхитился Сева. — Как ты это делаешь?

— Там станция, гарью пахнет, — объяснил Хасан.

— И он отсюда чувствует?

— У него нюх как у собаки.

Хасан выпростал запястье и взглянул на свои командирские часы. Двадцать пять одиннадцатого. В темноте стрелки и деления циферблата налились гнилушечным зеленым огнем. Он собирался отдать эти часы старшему внуку, но передумал. Все-таки фосфор, радиация.

Когда внуку исполнилось четыре года, они с женой подарили ему на день рождения сразу несколько мягких игрушек — зайца, медведя, щенка, еще кого-то ушастого, с умильными глазками. При виде этой компании именинник вдруг безутешно разрыдался. Никто не мог понять, что повергло его в такое горе. «Дедушка, — еще всхлипывая, раскрыл он причину своих слез, — я же не могу любить их всех!»

Сам Хасан лишь на шестом десятке, уже при Горбачеве, осознал пределы собственного сердца. Огромный мир, который он привычно считал своим, включая в него всю страну от Серпухова до родного аула, перестал ему принадлежать. В новой жизни не место было славянской широте души, воспитанной в нем жениной родней и тридцатью годами работы в ремонтно-строительных организациях. Отныне любви заслуживала только семья, родственники могли рассчитывать на его чувство долга, единоплеменники — на справедливое к ним отношение. Прочие ни на что рассчитывать не могли, как и он сам среди них — тоже.

Внутри первых, самых тесных кругов установился свой порядок. Отец Хасана ему не следовал, через его голову он был унаследован от дедов и прадедов и пришел на смену прежней, бессистемной любви, принеся с собой мир в душе и тайную грусть о том времени, когда мира в ней не было. Сама по себе любовь мало что значила, если не вписывалась в этот порядок. Здесь дочери были важнее жены, но как женщины менее ценны, чем внуки. Ильдар как двоюродный племянник стоял ниже, чем жена, зато как мужчина и кровный родич — выше и в итоге занимал с ней одну ступень. Соответственно, денег за труды ему не полагалось, а Севе, в силу принципиально иной степени родства стоявшему на этой лестнице далеко внизу, Хасан платил зарплату. Тот честно на него вкалывал, но имел немногим больше, чем не пригодные ни к какому делу зятья-пьяницы. С ними, правда, расчет производился не деньгами, а продуктами на всю семью, взносами по кредитам, оплатой счетов за коммунальные услуги, за теннисную секцию для старшего внука и детский садик для младшего. Дочери получали свое отдельно и по особым расценкам.

Подождали еще. У Севы начали мерзнуть ноги. Все трое были в одинаковых зимних ботинках с весенней распродажи, купленных недавно женой Хасана для всех мужчин семьи, но Ильдар с Хасаном стояли спокойно, а Сева ходил вдоль дома, энергично перенося тяжесть тела с каблука на носок, чтобы кровь шла в деревенеющие пальцы. Его кавказские родственники даже на расстоянии грелись идущим друг от друга теплом.

— Давай, — предложил он Хасану, — Ильдара оставим на стреме, а сами сгоняем в «Строитель». Там буфет, возьмем чего-нибудь.

— Нет, — коротко ответил Хасан.

— Я не про то, — вильнул Сева. — Чего-нибудь пожрать.

— А не закрыто?

— Успеем. У них до одиннадцати.

Вдвоем вернулись к развилке, Хасан сел на руль. Ильдар остался на месте, получив инструкцию на тот случай, если появится Жохов.

За тракторным скелетом, уже почти целиком вытаявшим из сугроба, въехали в лес. Здесь влажность была выше, в лучах фар дорога стала куриться туманом. Горсточка станционных огней на секунду открылась в створе просеки с опорами высоковольтной линии. Хасан думал про комнату на Тверской-Ямской.

— У меня дед под Москвой воевал, тут его и зарыли. Это моя страна тоже, — вслух сказал он кому-то незримому, грозно встающему за лесом, за полем, за лунным облаком в вышине.

Хасан сказал половину правды, но Ильдар не стал ему возражать. Дело было не только в долетавшем от станции запахе жилья и железной дороги. Зрение у него было неважное, зато с детства, с первых ночевок на горных пастбищах, он научился определять нужную сторону по движению воздуха. Если оно приносило с собой какой-то запах, ориентироваться было проще, нет — сложнее. Воздух двигался всегда, просто люди не всегда это замечали, а он даже при полном, как им казалось, безветрии чувствовал его ток и температуру и по-разному ощущал их разными частями лица. От вращения его собственного тела все ненадолго менялось, нужно было подождать, пока воздушные струи вернутся в прежнее русло.

Он привык ждать и не испытывал потребности топтаться на месте или ходить взад-вперед вдоль стены, попинывая ледяные глызки, как это делал Сева. Стоял спокойно, руки в карманах. Взгляду открывалось достаточно, чтобы не скучать. Край неба в той стороне, где находилась Москва, имел иной оттенок, деревья и крыши там становились темнее, звезды — бледнее, можно было сравнивать одно с другим и думать о том, как велик этот город, разливающий свое сияние на час пути от него, и сколько для этого требуется электричества.

Температура там была выше, чем за окружной дорогой. Облака над Москвой неделями ходили по кругу, не в силах одолеть ее притяжение. В нее, как в воронку, втягивались люди, вещи, деньги, машины. Ильдара она тоже втянула в себя против его воли. Он не хотел уезжать из дому, но теперь рад был, что уехал. За год у него собралась неплохая коллекция автомобильных значков, свинченных с чужих иномарок, и появилась еще не старая молдавская женщина, не проститутка. По утрам, когда торговля шла вяло, она, опустив щиток на окошке, иногда бесплатно ложилась с ним в своей хлебной палатке на Никулинском рынке.

С угла дома хорошо просматривалась дорога на станцию. Ее прямая черта плавно уходила в гору, исчезала на спуске и через пару сотен метров возникала опять, в поселке — серая, за последними дачами — черная среди снежных полей. За четверть часа по ней прошли две машины на Рождествено и ни одной в обратном направлении. Их огни видны были издалека. Они ненадолго скрывались во впадине, шумно выныривали и, не сбавляя скорости, проносились мимо.

Третья появилась неожиданно. В памяти почему-то не отложился тот момент, когда она спустилась в низину. Оттуда поднялся мутный свет, сначала почти неподвижно зависший над гребнем, потом все быстрее побежавший под уклон и наконец распавшийся на два длинных белых конуса, внутри которых, как в стеклянных емкостях, дымился пропитанный влагой воздух. Вспыхнули фары, через минуту красный «фольксваген» остановился у ворот.

39

До дачи Богдановских было метров триста, но поехали на машине, чтобы потом не тащить обгорелый макет в руках. В качестве тары Катя взяла с собой картонную коробку, где у нее хранилась картошка.

Пока рассаживались, Жохов объяснил ей, почему они имеют право есть мясо в Великий пост:

— Солдатам на войне это разрешается, а у нас идет война между сторонниками и противниками реформ. Линия фронта проходит через каждый дом.

Борис подхватил тему.

— Когда разлагается старый порядок, — заговорил он, выруливая на бетонку, — мы имеем четыре варианта ответа на этот вызов истории. Первый — аскетизм. Уход от мира, жизнь на лоне природы, довольство малым. Во времена крушения Римской империи это был путь философов и фиваидских пустынников, в современных условиях — дачников. Политика их не интересует, они солят грибы, варят варенье и сажают картошку на своих шести сотках.

Затормозили у ворот. Он вылез из машины, не заглушив мотор, не погасив фары. Катя не захотела отдать Жохову свою коробку и выбралась без его помощи. Она еще дулась, но Борис заметно повеселел. Видимо, сомнения насчет квартиры его все-таки мучили.

Полная луна висела над лесом. Как всегда в ветреные ночи, темные пятна на ней были хорошо видны и складывались в очертания двух разновеликих фигур, отдаленно напоминающих человеческие. От бабушки Жохов знал, что эти двое, большой и маленький, или стоящий во весь рост и клонящийся под ударом, — сыновья Адама и Евы. Каин там вечно убивает реформатора Авеля, оставившего земледелие ради более прибыльного кочевого скотоводства, поэтому собаки, верные друзья пастуха, воют на луну, оплакивая его участь.

— Второй вариант — архаизм, — стоя у машины, договаривал Борис. — В том смысле, что если настоящее тебя не устраивает, можно спрятаться от него в прошлом. Это выбор тех, кто молится на Николая Второго или ходит с ёпортретами Сталина. Третий — труантизм. От французского трюан — сброд. Внизу грубый криминал, наверху — коррупция, финансовые аферы. Там и тут война кланов, кровь, блядство, пир среди чумы. Тоже, между прочим, путь слабых.

— Ну, не скажи, — не согласился Жохов.

— По форме, может быть, и нет, а по сути — да. Сильные выбирают четвертый вариант. Они видят, что над ними трескается потолок, но сквозь трещины старого миропорядка им открывается не хаос, а космос.

Жохов вспомнил про мышку в норке, над которой мышкующая лиса подпрыгивает на всех четырех лапах, и приобнял Катю за плечи. Она отстранилась, но не так решительно, как десять минут назад. Чувствовалось, что прощение близко.

— Первые три варианта — пассивный ответ, — продолжал Борис, — четвертый — активный. В моменты исторических катастроф не нужно цепляться за обломки старого мира. Человек должен найти свое место в системе более широкой, чем та, что рухнула.

Сам он поехал в дубленке, Катя — в шубке, а Жохову в одном свитере холодно было торчать на ветру. Он направился к калитке.

Прячась за углом, Ильдар видел этих людей за оградой и хорошо слышал их голоса. О чем они говорят, он не понимал, хотя большинство слов было знакомо.

Хасан велел ему пропустить Жохова в дом, все равно, будет он один или нет, и не высовываться до их возвращения, но Жохов был без куртки и без шапки, его женщина — с пустой коробкой в руках, и мотор остался включенным. Значит, ночевать здесь они не собираются. Что-то возьмут, положат в коробку и уедут в город.

Ильдар смотрел на них, не зная, что делать. Мысли начали путаться, как при температуре. Позволить им войти в дом, а самому встать с пистолетом у дверей и не дать выйти назад? Нельзя, вылезут в окно или закроют ставни, запрутся в доме, тогда и Хасан их оттуда не достанет. Вынуть пистолет и положить всех троих на снег? Бесполезно, Жохов понимает, что стрелять в него никто не будет. Хасан хочет взять его комнату, а с мертвого что возьмешь? Бегать и прятаться он умеет. Уйдет, если даже прострелить колеса. Кругом дачи, сараи, заборы, и луну вот-вот затянет облаками.

Жохов отворил калитку и первым пошел через участок. Ильдар бесшумно метнулся за дом — с противоположной от них стороны. Ставни были открыты, он ладонями выдавил стекло, с тихим звоном осыпавшееся на стоявший у окна диван, подковырнул шпингалет, толкнул рамы. Они разошлись почти без стука. Подтянувшись на руках, Ильдар перевалился с подоконника на диванные подушки. Мысль была выскочить в сени, а когда Жохов войдет и еще ничего не успеет разглядеть в темноте, запереть дверь изнутри. Один на один совладать с ним будет нетрудно. Крючок или задвижка там наверняка есть, а Хасан и Сева вот-вот вернутся.

С пистолетом в руке Ильдар бросился к двери, чтобы попасть в сени раньше Жохова. Дверь оказалась заперта на ключ, он испугался, но тут же сообразил, что в его плане это мало что меняет. Все то же самое можно проделать не в сенях, а в комнате.

— Допустим, мы — лесовики, наша родина — дремучий лес, — в спину Жохову говорил Борис по дороге через участок. — Мы прожили в нем всю жизнь, но однажды его спалили, или он сам сгорел, сгнил, засох на корню, без разницы. Можно плакать, можно делать вид, будто ничего не произошло, и резать друг друга из-за последних грибов и ягод, а можно... можно осознать этот лес как часть окружающей среды, не более того. Тогда все становится не так трагично. Всего-то и нужно перейти с подсечно-огневого земледелия на пашенное, завести скот, научиться вносить в почву удобрения. В нашем случае это равносильно компьютерной грамотности и знанию иностранных языков.

На крыльце ему пришлось повозиться с замком. Дверь порядком окривела после взлома. Наконец вошли в сени. Другой ключ со второй попытки отомкнул замок внутренней двери. Борис потянул ее на себя, она с непредвиденной легкостью распахнулась. Повеяло сквозняком из разбитого окна, но в темноте показалось, что дует сзади, из сеней, как бывает, если открыт дымоход. Щелкнуло, знакомый баритон приказал: «Стоять!»

Катя была рядом, Жохов ощутил ее дыхание, когда она шепнула:

— Все-таки у вас похожи голоса.

Он выхватил из кармана стартовый пистолет. Рукоять легла в ладонь как влитая, указательный палец нащупал выдвижной выступ, пробуя его холостой ход, готовясь преодолеть сопротивление пружины.

«Стой, стреляю!» — предупредил тот же голос.

— Сдавайтесь, вы окружены! — комиссарским голосом объявил Жохов и, держа пистолет дулом вверх, надавил на спуск.

Вспышка была почти не видна, лишь дощатый потолок на мгновение посерел и оплыл световым пятном куда-то в угол. Двойным эхом заложило уши.

Магнитофон ответил беглым огнем, переписанным, видимо, с телевизора. По тону угадывался старый военный фильм с натуральными звуковыми эффектами. Какой-нибудь выданный под расписку студийный «ТТ» с не до конца спиленным бойком добротно бухал на фоне винтовочной трескотни, правда очень слабой, далекой, вполне способной сойти за естественный в закрытом помещении отзвук пистолетной пальбы. Еще дальше и глуше слышались подземные вздохи артиллерии калибром не меньше фронтового резерва.

— Хенде хох! Рус пришел! — заорал Жохов и шагнул в комнату, непрерывно стреляя прямо перед собой, пока навстречу не громыхнул настоящий выстрел, объемный и гулкий.

40

Прежде чем нести очерк Антону Ивановичу, Шубин дал ему денек отлежаться. Прочитав свежим взглядом, кое-что поправил и позвонил в редакцию. Было занято. Он набрал номер несколько раз подряд, потом через полчаса и еще через час. Короткие гудки стояли стеной. Раньше такого не бывало. Видимо, после смены приоритетов у них там пошла совсем иная жизнь.

Других редакционных телефонов он не знал, только этот, а на нем даже в обеденное время, когда Кирилл и Максим часа на два уходили пить пиво, прочно висел деникинский тезка. Шубин решил, что имеет полное право заявиться к нему без звонка.

Через час он вышел из метро на улицу. Пахло весной, ларек с аудиокассетами громыхал очередным шлягером. Они теперь умирали раньше, чем Шубин успевал запомнить слова.

Рядом, на пятачке между станцией и рядами лотков, расположилась группа немолодых, плохо одетых мужчин и женщин с фанерными щитами на палках. К щитам были прикноплены листы ватмана с лозунгами дня: «Даешь референдум!», «Хасбулатова в Чечню!», «Зорькин! Ты не судья, а мокрая курица». Отдельно стоял человек с плакатом «Ельцин лучше съездюков». Этот текст можно было истолковать в том смысле, что его автор поддерживает президента не безоговорочно, а как меньшее из двух зол. Толпа обтекала пикетчиков с интересом не большим, чем выбоину на асфальте.

Самый юный из них, чуть постарше Шубина, обеими руками держал дюралевый шест толщиной с лыжную палку, на нем болтался несвежий российский триколор, потрепанный митинговыми ветрами. Время от времени знаменосец принимался поводить шестом из стороны в сторону, описывая им горизонтальную восьмерку, символ вечности, тогда флаг оживал и картинно реял на фоне плывущего от недальних мангалов пахучего дыма. Все это вполне гармонировало с лотошниками и шашлычниками, с шеренгой бабок, продающих водку и шерстяные носки, с ханыгой на костылях, поющим про перевал Саланг и собирающим деньги в голубой берет десантника, в котором уместились бы две его головы.

Здание института, где арендовала помещение редакция, находилось на другой стороне проспекта. С предыдущего визита здесь ничего не изменилось, разве что крыльцо усеяно было не бланками накладных, как в прошлый раз, а упаковочной стружкой. Вахтер из своей будки обреченно смотрел на снующих мимо не то китайцев, не то вьетнамцев.

На шестом этаже пейзаж остался тот же, с кучей мусора в углу и цветочными вазонами без цветов, но, войдя в комнату, Шубин поначалу решил, что ошибся дверью. На стене появился календарь с котятами, катающими клубок мохера, чайный столик был завален продуктами. Число рабочих столов утроилось. За ними перед компьютерами сидели незнакомые девушки с однообразно ярким макияжем, рассчитанным на люминесцентное освещение.

Он поинтересовался, где можно найти Антона Ивановича. Ответили, что у них такой не работает. Название газеты ни о чем им не сказало. Шубин ткнулся в кабинет главного редактора, говорившего Кириллу, что затея с очерками про самозванцев — это у них долгосрочный проект, но дверь была заперта. Пришлось вернуться к тем же девушкам. Они послали его в соседнюю комнату, там офисный мальчик в белоснежной рубашке с галстуком вежливо объяснил, что редакции тут нет, это консалтинговое агентство.

— Я приходил сюда три дня назад, здесь была редакция, — нервно сказал Шубин.

Таким мальчикам, как этот, на службе полагалось вести себя с невозмутимостью краснокожих вождей в плену у бледнолицых.

— Извините, — произнес он так же бесстрастно, — ничем не могу помочь. Спросите у Марины.

Мариной оказалась одна из девушек в первой комнате. Про редакцию она тоже никогда не слыхала, зато от нее Шубин узнал, что позавчера они расширились и заняли это помещение. Голос ее тек медом: нет, о прежнем арендаторе ей ничего не известно, надо спросить на втором этаже, в дирекции.

Шубин поплелся в дирекцию, но к человеку, ведавшему арендой, его не пустили. На всякий случай он спросил у секретарши, не знает ли она, куда переехала редакция газеты. Секретарша взглянула на него с сочувствием.

— Много они вам должны?

Шубин начал что-то говорить, она перебила:

— Плюньте, это бесполезно. Они самоликвидировались.

Он спустился в холл, вышел на крыльцо. Автоматически включился и защелкал недавно вживленный в него счетчик, способный производить единственную операцию — делить на тридцать то количество рублей, которое в данный момент лежало у них дома в комоде под зеркалом. Шубин постоянно высчитывал, сколько можно тратить в день, чтобы хватило на месяц. Заглядывать дальше не имело смысла из-за инфляции.

Дома, едва он открыл дверь, жена сказала:

— Тебе звонили. Погиб какой-то твой старый друг.

— Кто?

— Не знаю, мама брала трубку. Фамилию она не расслышала, знает только, что его убили. Похороны завтра в десять.

— А кто звонил?

— Я же говорю, мама с ним разговаривала. Вот адрес, куда нужно приходить.

Жена принесла бумажку с адресом. Шубину он был не знаком, ей — тем более. Теща уже ушла. Он набрал ее номер, чтобы выяснить, с кем она говорила, но у нее не хватило толку спросить даже об этом.

— Не понимаю, чего ты нервничаешь, — сказала она. — Адрес я записала, завтра пойдешь туда и все узнаешь.

До вечера Шубин крепился, но после ужина не выдержал и рассказал жене о походе в редакцию. Она сделала вид, будто ничего особенного не случилось, и ушла в кухню мыть посуду. Вскоре сквозь шум водяной струи, без дела хлещущей в раковину, донеслись приглушенные рыдания. В такие минуты утешать ее было бесполезно, следовало затаиться и ждать, пока отойдет сама. Тогда можно будет внушить ей, что ситуация не безнадежна. Жена легко поддавалась на подобные внушения, если они сопровождались ласками и поцелуями. Главное — не упустить тот момент, когда она почувствует себя виноватой, и не дать ей снова заплакать от сознания того непоправимого факта, что ее поведение заставило Шубина страдать. Приступ раскаяния мог затянуться до глубокой ночи.

41

На следующий день Шубин прибыл на место ровно к десяти. Два характерных ПАЗовских автобуса издали подсказали ему нужный подъезд. У крыльца стояла кучка стариков и старух с цветами. Один старик держал целый букет, прочие — по два цветка. Шубин тоже купил у метро пару белых хризантем. Это была минимально возможная четная цифра. Четыре или шесть тех же хризантем составляли для него неподъемную трату, как, видимо, и для всех этих людей. Ни одного из них он никогда в жизни не видел.

Спрашивать, кого хоронят, казалось глупо, проще было подождать, пока вынесут тело.

Убить могли любого, но у тех, кому за последнее время удалось чего-то добиться, шансы были выше. Шубин начал перебирать варианты. Выяснилось, что его безадресная скорбь, которую он взращивал в себе по дороге сюда, легко может перейти с одного человека на другого, ничего не потеряв ни в окраске, ни в силе чувства. Сознавать это было неприятно.

Подошли двое мужчин лет пятидесяти, без цветов, но тоже вставшие у подъезда. Как понял Шубин, это были дети кого-то из стариков с цветами, пришедшие сюда из уважения к родителям. Один вполголоса рассказывал второму:

— Американцы выделили нам кредит на приватизацию предприятия, но они, знаешь, тоже не дураки. Чуть не половина кредита идет на зарплату их же консультантам. В контракте отдельным пунктом прописано. Прислали команду экономистов из университета в Колорадо, чтобы нас, дураков, учить, а они в нашем производстве ни хрена не волокут. В цеха идти отказываются. С утра наши девочки с ними русским языком занимаются, потом обед. После обеда они нам по очереди вслух читают свой талмуд — про то, как десять лет назад в Мексике приватизировали муниципальный комбинат по переработке сахарного тростника. Переводчик переводит, мы сидим, слушаем. Еще страниц пятьсот осталось.

— Надолго хватит, — сказал второй.

— Это точно. Они по часам работают. Шесть часов отсидели, шабаш, кто к девкам, кто в Большой театр. И знаешь, сколько получают?

— Откуда мне знать?

— Ну, примерно! — настаивал рассказчик.

— Тысячи полторы? Долларов, естественно.

— А пять штук в месяц не хочешь?

В подъезде ощутилось движение, послышались голоса. Шубин понял, что сейчас будут выносить гроб, и встал поближе. Шарканье многих ног сделалось громче, раздался жестяной перебор задетых чем-то тяжелым почтовых ящиков на нижней площадке. Один из водителей, куривших поодаль, направился к своему автобусу принимать покойника.

Пятясь задом, на крыльцо вышли двое мужчин. Они поддерживали узкий конец скромного гроба с белой шелковой пеной внутри, из которой торчали носки черных штиблет. В ближайшем из носильщиков Шубин узнал Мишу Данилянца. Это значило, что звонил он и убили Борю Богдановского. Других общих знакомых у них не было. Двадцать лет назад они все втроем служили в армии под Улан-Удэ.

Гроб толчками поплыл мимо. Когда его сносили с крыльца, Данилянц оступился, голова на подушке мотнулась как живая. Лицо Бори было странно маленьким, хотя всегда казалось большим от залысин. На лбу налеплена бумажная полоска с покаянной молитвой. Шубин прикрыл глаза и увидел его таким, каким он был там, на Дивизионке.

Два юных лейтенанта в полевой форме, они стояли на сопке над Селенгой, на верхнем краю японского кладбища. Здесь лежали пленные японцы, после войны умершие в забайкальских лагерях и госпиталях. Года за три перед тем кладбище привели в порядок, оно представляло собой идеально ровные ряды невысоких, в полкирпича, свежепобеленных трапециевидных оградок с черными номерами, наведенными по трафарету масляной краской. Внутри не было ничего, кроме песка и сухой сосновой хвои. Раз в год, чтобы возложить венки и прочесть молитвы, сюда приезжала специальная делегация из Страны восходящего солнца. Считалось, что в ее составе могут находиться шпионы, поэтому в такие дни солдат не выпускали из военного городка, а офицерам разрешалось показываться на улицах только в штатском. Потом местные жители растаскивали с могил все, имевшее хоть какую-то ценность. Кладбищенские сторожа с ними не связывались.

Японская делегация побывала тут пару дней назад. Строгие ряды одинаковых могильных трапеций, почти прямоугольников, чуть суженных с одного конца, были усеяны обрывками ленточек с иероглифами, палочками, шелковыми тряпочками, разноцветным бумажным хламом. Они с Борей стояли выше по склону. Перед ними раскинулось царство мертвых, ограбленных живыми, но о смерти они не думали. Она была бесконечно далека от них, дальше, чем Япония, которая и сама-то представлялась миром едва ли не потусторонним. Говорили о том, что от здешней воды выпадают волосы, особенно если мыть голову красным мылом, а не белым. Смерти они не боялись. Они боялись, что их, лысых, не будут любить женщины. «Знаешь, почему буряты и монголы до старости не лысеют? — спросил Боря и сам же объяснил этот феномен со ссылкой на парикмахера из гарнизонного дома быта: — Потому что когда баранину едят, жирные руки о волосы вытирают».

Был ясный теплый вечер ранней осени. Там, где они стояли, тянулся редкий сосновый лесок, наполненный последним светом зависшего над самыми сопками солнца. В его власти оставалось лишь кладбище на горе, в промежутке между ее топографическим гребнем и боевым. Туман полз от Селенги вверх по склонам. На границе закатного огня он розовел, ненадолго поддаваясь его обаянию, затем первые прозрачные хлопья густели и полностью растворяли в себе этот слабеющий свет.

Бумажная полоска у Бори на лбу не уберегла его тело от языческого огня. По дороге выяснилось, что направляются к Хованскому крематорию. Пошли неодобрительные перешептывания, но в том автобусе, где ехал Шубин, публика не имела права голоса. Решение приняли пассажиры другого автобуса. В нем стоял гроб и сидели родственники — отец с двумя последними по счету Бориными женами. Там же находился Жохов со своей Катей.

Данилянц опаздывал на деловую встречу и после кремации сразу исчез. Мужчины, говорившие про американцев, незаметно слиняли еще до отъезда в крематорий. Трое Бориных друзей отбыли на своих машинах, остальные опять полезли в автобусы, чтобы вернуться на поминки в ту же квартиру. Катя заняла место рядом с пожилой женщиной совсем другого, чем она, типа, но чем-то на нее похожей. Шубин подсел к Жохову. В ритуальном зале он сказал ему, что служил с Борей в одном полку, а на обратном пути стал рассказывать, как в 1972 году, во время визита в Пекин президента Никсона, их дивизию вывели на военную демонстрацию к монголо-китайской границе, причем никто не знал, будет приказ перейти ее или нет — шли с полным боекомплектом, с приданными танковыми подразделениями, а на месте их постоянной дислокации развертывался такой же мотострелковый полк по второму штату.

— Я был полный идиот, сейчас никто не поверит, что в двадцать два года можно быть таким идиотом, — говорил Шубин, умиляясь собой, своей прекрасной юной глупостью. — У меня до последней минуты была надежда, что война все-таки начнется. Думал, хоть в Китае побываю. Очень хотелось в Китай, а по-другому как съездишь? После Даманского отношения были хуже некуда. У Бори тогда бабушка умерла, из-за этих учений его не отпустили на похороны, — спохватился он, что слишком далеко отошел от темы дня.

Назад из-за пробок ехали долго, Жохов успел изложить историю с Хасаном и сахаром. Жить дома стало опасно, он сбежал в дом отдыха, познакомился с Катей, через нее — с Богдановским. У них дачи по соседству, пошли к нему в гости, там его и застрелили по ошибке. Должен был погибнуть он, Жохов, а убили Борю.

Шубину показалось, что из его истории выпало какое-то важное звено. Непонятно было, почему засаду на Жохова эти кавказцы устроили на даче у Богдановских, но от прямого ответа Жохов уклонился.

— С перепугу пальнул, сученыш, выскочил в окно и через соседний участок выбежал на дорогу. Как раз подъехал Хасан с тем малым, подхватили его и дали по газам, — закончил он свой рассказ.

— А ты что?

— Катя побежала к соседям. Там недалеко живет пара пенсионеров с телефоном. Вызвали «скорую», но было уже поздно.

Подрулили к подъезду. Две соседки заранее накрыли стол, начали рассаживаться. Старые друзья, уехавшие от крематория на своих машинах, на поминки не явились, еще несколько шубинских ровесников скоро ушли, не дождавшись горячего. Осталось человек пятнадцать.

Рядом с Шубиным сидел пожилой мужчина с орденскими колодками, составленными из одних юбилейных медалей.

— Евреи — умные люди. Они своих покойников сжигают и поближе кладут. У меня вон сестру закопали, пятнадцать километров от кольцевой. Не наездишься, — негромко сказал этот ветеран женщине слева от него.

— Как это — жечь? — возмутилась та. — Мы русские люди, крещеные.

— Славяне мы. Славяне покойников сжигали.

— Так они же были язычники. Деревянным идолам молились.

— А мы — доскам деревянным, — парировал ветеран.

В промежутках между официальными тостами поползли сторонние разговоры. Борина третья жена, с которой он, впрочем, тоже давно не жил, мирно беседовала со своей предшественницей. Темой служили возросшие коммунальные платежи. Делить им было нечего, справа от Шубина две тетки мстительно шептались, что квартиру получит сын от первого брака, хотя ни он, ни его мать не соизволили прийти на похороны. На другом конце стола спорили про референдум.

На почетном месте сидел Богдановский-старший — большеносый, абсолютно лысый старик с усыпанной кератомами головой. Шубин заметил, что он не без удовольствия играет роль убитого горем отца. Неизвестно, чего тут было больше — старческого идиотизма или природного артистизма. Ему нравилось быть в центре внимания. Две старушки, божьи одуванчики с приколотыми к дыроватым кофтам янтарными насекомыми, ухаживали за ним, ревниво отвергая заботу третьей, похожей на Катю.

— Нет, Талочка, ты не знаешь, Саша этого не ест, — говорила одна.

Вторая действовала молча. Они вытирали пиджак, который он то и дело пачкал, в две ложки что-то накладывали ему на тарелку и норовили задвинуть подальше его стопочку. Это у них не получалось.

Богдановский лихо отпил порцию водки объемом с наперсток, вилкой подцепил с блюда несколько пластиков буженины, но положил их не в рот, а в карман пиджака, предварительно обернув салфеткой.

— Кот у меня, коту взял, — объяснил он удивленно посмотревшей на него Талочке. — Пускай тоже Борьку помянет.

Шубин встал и вышел на лестницу покурить. У окна между этажами одиноко стояла элегантная стройная блондинка с некрасивым лицом и жидкими волосами. В крематории она держалась отдельно от всех, а за поминальным столом съела только кутью и выпила рюмку водки.

— Вы друг Бориса? — спросила она с мелодичным западным акцентом.

Шубин кивнул. С полминуты оба молчали, блондинка смотрела в окно. Затем, не поворачивая головы, тихо сказала:

— Мы с ним любили друг друга.

И добавила еще тише:

— Всего три раза.

Глава 14
ИСЧЕЗНОВЕНИЕ

42

В апреле Шубин сократил очерк про Анкудинова и после долгих мытарств напечатал его в одном ведомственном журнале, под давлением рынка все дальше уходившем от своей основной проблематики. Заплатили какие-то копейки, зато вскоре пришел читательский отклик из Белоруссии. Письмо поступило в редакцию, но там не нашлось денег, чтобы по почте переслать его Шубину. Предложили, если хочет, приехать самому. Он поехал и не пожалел.

Автор, доцент Гродненского пединститута, сообщал, что в областном архиве сохранилась копия реляции, которую посланник Станислав Довойно, присутствовавший при казни Анкудинова, отправил из Москвы в Варшаву, королю Яну Казимиру. Шубин откликнулся и через пару недель получил микрофильм с четырьмя кадрами. Написано было не на латыни, а на польском, худо-бедно ему доступном. Текст удалось разобрать под лупой, без аппарата.

Как и Олеарий, Довойно тоже свидетельствовал, что под топором палача Анкудинов вел себя с нечеловеческим бесчувствием, но приписывал это не его мужеству, а действию зелья, которым его опоили перед казнью. Отсюда делался вывод, что вместо человека, называвшего себя сыном царя Василия Шуйского, казнили кого-то другого. Сонное зелье дали ему для того, чтобы перед смертью не объявил народу свое подлинное имя. Сам Анкудинов, следовательно, остался жив.

В пользу этой версии Довойно приводил еще один аргумент. По его словам, некий шляхтич из состава посольства восемью годами ранее встречался с князем Шуйским в Кракове и поклялся на Евангелии, что на Красной площади четвертовали другого человека. «В Москве толкуют, — указывалось в реляции, — будто подмена совершилась по совету и при участии ближнего боярина Никиты Ивановича Романова. Он с глазу на глаз переговорил с привезенным из Голштинии человеком, после чего убедил царя втайне сохранить ему жизнь».

Догадка насчет зелья казалась вполне правдоподобной. Шубин сам об этом думал, но считал, что какое-то наркотическое средство могли дать и Анкудинову — не из милосердия, разумеется, а из опасения, что даже на плахе он не оставит своего упрямства и принародно станет «влыгаться в государское имя». Все прочее легко было списать на обычное для дипломата желание приплести к делу побольше экзотической информации с целью вызвать повышенный интерес к своим донесениям. Шубин так это себе и объяснял, пока не дошел до последнего кадра. Здесь обнаружилась такая деталь, что сердце подскочило к горлу. Он дважды перечитал это место, затем взял польско-русский словарь и для страховки проверил каждое слово. Ошибки быть не могло, он все понял правильно.

Сам Довойно не осознал чрезвычайной важности своего наблюдения. Поразительная подробность осталась для него не более чем фрагментом общей картины, он упомянул о ней вскользь, не понимая, что она-то и подтверждает истинность его гипотезы. «Когда отрубленные члены стали насаживать на колья, — писал он, — и уличные псы бросились лизать под ними снег, обильно политый кровью, я обратил внимание, что левая рука казненного имеет всего два пальца, большой и указательный. Остальные три отсутствовали. Вероятно, отрезаны были палачами в застенке».

На самом деле из этого следовало, что вместо Анкудинова на Красной площади четвертован был его несчастный приятель – Константин Конюховский.

В чужие веры он не переходил, крайняя плоть оставалась при нем. Однорукий албанец, с которым его друг и любовник сидел в Семибашенном замке, не имел никаких шансов на то, что на Страшном суде, при восстании мертвых, эта двупалая левая рука, отсеченная московским палачом, но со всеми пятью перстами воссозданная из праха и песьего кала, приложится ему, а не бывшему хозяину.

Избежать казни Анкудинов мог при одном условии — если бы сумел убедить царя и бояр, что его жизнь для них ценнее, чем смерть. Вопрос был в том, как это ему удалось.

Недавно всюду кричали про грабли, наступать на которые обречены не знающие собственной истории. Теперь вспомнили, что она еще никого ничему не научила. Читальные залы архивов на Пироговке и на улице Адмирала Макарова, где два года назад яблоку негде было упасть, стремительно пустели. Сбывать свой лежалый товар Шубину становилось все тяжелее, но некоторые не самые тиражные издания по инерции еще продолжали его печатать. В одно из них посчастливилось пристроить очерк об Алексее Пуцято.

Здесь ему ничего не заплатили, хотя обещали десять долларов. Он приезжал за ними раза четыре, но пока ехал, улетучивались или деньги, или бухгалтер. Секретарша редакции, громогласная старуха со слуховым аппаратом, ему симпатизировала, поила чаем, советовала, с кем и как лучше поговорить насчет гонорара. Она оказалась родом из Читы. Шубин признался ей, что скучает по Забайкалью, до сих пор ему снятся сопки над Селенгой, бесснежная зимняя степь с бегущими по ней призрачными шарами перекати-поля. Старуха расчувствовалась, и при очередном визите он получил от нее подарок, призванный подпитать его ностальгию, — копченого омуля с пачкой читинских газет в придачу. То и другое ей присылали оставшиеся на родине племянницы.

Как по заказу, в этих номерах с продолжением печатались «Воспоминания о моей жизни» некоего Прохора Гулыбина, ныне покойного. В предисловии публикатора они характеризовались как «бесценное свидетельство трагедии забайкальского казачества». Из биографической справки Шубин узнал, что Гулыбин происходил из семьи зажиточных караульских казаков, земляков и дальних родственников атамана Семенова. В 1920 году десятилетним мальчиком родители увезли его в Китай, в Трехречье. Когда китайская Маньчжурия превратилась в государство Маньчжоу-Го под протекторатом Токио, он за компанию с другими трехреченскими казаками поступил на службу к японцам. Этот его не вполне патриотичный поступок публикатор извинял ненавистью к большевикам.

Гулыбин, в частности, вспоминал:

«Весной 1939 года, незадолго до начала боев на Халхин-Голе, группа наших казаков-забайкальцев, куда входил и я, получила секретное задание штаба Квантунской армии. На рассвете нас, восемь человек в полном боевом снаряжении, привезли на аэродром под Хайларом и посадили в двухмоторный транспортный самолет без опознавательных знаков, сразу после погрузки вырулившый на взлетную полосу. В чем заключается наше задание, никто не знал. Командиром был назначен капитан Нагаоми из армейской разведки. Его нам представили накануне вечером. Согласно японскому военному уставу, мы должны были следовать за ним, "как тень за предметом и эхо за звуком".

Уже в воздухе через состоявшего при нем переводчика он объявил, что мы направляемся в центральную Монголию, в район поселка Хар-Хорин и монастыря Эрдене-Дзу в четырехстах километрах к западу от Урги, переименованной большевиками в Улан-Батор. Наша задача — доставить оттуда в Мукден одно важное лицо. "Думаю, этот человек знаком вам с детства, хотя никто из вас никогда в жизни его не видел, — с многообещающей улыбкой сказал Нагаоми. — Его имя объединит вокруг себя всех истинно русских людей, когда скоро вместе с японской императорской армией вы двинетесь в Сибирь, чтобы свергнуть большевистское иго". Мы были поражены, узнав, что человек этот — его императорское высочество цесаревич Алексей Николаевич. Он, оказывается, не погиб в Екатеринбурге вместе с родителями и сестрами, а чудом спасся и тайно проживает в раскольничьей деревне на реке Орхон, близ вышеназванных населенных пунктов.

Источник сведений раскрыт не был, но я предположил, что японцы получили их от своих агентов из числа бывших лам. Те ненавидели как южнокитайских революционеров, с которыми мы воевали, так и русских коммунистов, закрывших в Монголии все буддийские монастыри, включая Эрдене-Дзу. По дороге переводчик рассказал нам, что храмы там заперты и опечатаны, монахи выселены, богослужения запрещены.

Нагаоми рассчитывал провести всю операцию до наступления темноты. Осложнений не предвиделось. Конечно, летящий самолет могли заметить из Хар-Хорина, но местные милиционеры вряд ли решились бы оказать нам сопротивление. Аэроразведка не обнаружила в этом районе ни советских, ни красномонгольских воинских частей. К несчастью, данные оказались ложными.

В центральной Халхе нет гладкой, как доска, степи, характерной для ее юго-востока, но ровный участок найти можно. Погода стояла ясная, что облегчало пилоту его задачу. Мы начали снижаться. Как раз на подлете вновь подошла моя очередь смотреть в единственный иллюминатор. Неправильный белый прямоугольник монастырских стен и окружавшие его юрты ярко выделялись на фоне свежей весенней травы. Шпили многочисленных субурганов не до конца утратили позолоту. То один, то другой вспыхивал под солнцем. Зрелище было исключительное по красоте. Я не знал, почему цесаревич поселился именно здесь, но место, несомненно, того стоило.

Солнце еще высоко стояло в небе, когда мы благополучно совершили посадку в долине, раскинувшейся по правому берегу Орхона. На западе она была замкнута цепью невысоких гор, а к югу, примерно в километре вверх по течению, располагалась та самая деревня. Сверху я насчитал в ней девять дворов. Ее жители не были беженцами из Совдепии. Как все обитающие в Монголии старообрядцы, они обосновались тут задолго до революции.

Капитан Нагаоми немедленно отправился туда в сопровождении переводчика и шестерых казаков, а мне и еще одному из наших приказал охранять самолет. Экипаж машины составляли пилот, штурман и стрелок — все японцы.

Прошло часа полтора, внезапно за гребнем пологой возвышенности, скрывавшей от нас деревенские избы и огороды, послышалась беспорядочная стрельба. Она усиливалась, вскоре на склоне показались Нагаоми с переводчиком. Оба бежали вниз, к самолету, с двух сторон поддерживая под руки находившегося между ними бородатого человека в крестьянской одежде. Я догадался, что это цесаревич Алексей. Иногда Нагаоми на бегу оборачивался и стрелял из револьвера. Сзади, прикрывая их огнем из винтовок, отступали остальные шестеро.

На гребне маячило несколько фигур в островерхих народоармейских шлемах, чуть позже гурьбой появились десятка три пеших монгольских цэриков с русскими трехлинейками, из которых они палили кто во что горазд. Отсечь нашим товарищам дорогу к самолету они и не думали, напротив, старались держаться поближе к реке с ее спасительными зарослями ивняка. Один, по-видимому, старший, метался среди них, махал руками, что-то кричал, призывая подчиненных рассыпаться в цепь и ускорить движение, но из этого мало что выходило. Цэрики неохотно повиновались, затем инстинкт вновь сбивал их в кучу, как перепуганных овец. Некоторые падали и притворялись убитыми, трое или четверо в самом деле были мертвы. Наши станичники стреляли редко, но метко.

Пилот прыгнул в кабину и начал заводить двигатель. Увидев, что бортовой стрелок растерялся, я сам припал к установленному в хвосте пулемету и веерным огнем заставил монголов окончательно прекратить преследование. Этот народ обретает храбрость только в седле, и то ненадолго. Одни залегли, другие попрятались под речным обрывом или в прибрежном тальнике. Большинство заботились лишь о том, чтобы остаться в живых, и лежали, не поднимая голов, уткнувшись носами в землю. Немногие продолжали стрелять.

Нагаоми с переводчиком и цесаревичем были уже в сотне шагов от самолета, но пилот никак не мог запустить второй двигатель. Одного было недостаточно для взлета. Все попытки кончались ничем, мотор глох, едва начав работать. Штурман и мой напарник попробовали помочь ему, вращая пропеллер. Увы, из этого ничего не вышло.

Тем временем к монголам подоспело подкрепление. До сорока всадников на низкорослых мохнатых лошадках вплавь переправились через разлившийся по весне Орхон и с воинственным визгом устремились к самолету. Эти действовали гораздо более отважно. Выбравшись на берег, они стали широко раскидываться по полю с очевидной целью взять нас в кольцо. Глядя на них, пешие цэрики тоже осмелели и перебежками по двое, по трое постепенно начали подтягиваться ближе. Все-таки советские инструкторы кое-чему их научили.

В этот момент у меня заклинило ленту. Я уступил пулемет стрелку-японцу, но тот с самого начала повел себя не как подобает самураю. Руки у него дрожали, он то и дело приседал от страха. Устранить неисправность ему не удавалось.

Время шло, все наши уже собрались у самолета. Левый пропеллер превратился в прозрачный диск, но правый лишь беспомощно вздрагивал. Мотор фыркал, окутывался дымом и умолкал. Пулемет также молчал, а монголы со всех сторон осыпали нас градом пуль. К счастью, им не приходило в голову целить по топливным бакам, поскольку они просто не подозревали об их существовании. Мы заняли круговую оборону и отвечали прицельным винтовочным огнем. Двое наших были ранены, переводчик убит. Все понимали, что если в ближайшие четверть часа второй двигатель не заведется, нам — конец.

Цесаревич лежал слева от меня, между мной и капитаном Нагаоми. Будучи штатским человеком, под пулями он вел себя с совершеннейшим спокойствием, но это меня не удивляло. Скорее я удивился бы, будь иначе. Вся его поза выражала царственное достоинство. На вид ему казалось лет сорок, хотя, может быть, борода делала его старше. Он был одет и острижен как мужик, лоб и скулы потемнели от азиатского солнца, кожа огрубела, ресницы выгорели, при всем том сходство с покойным государем бросалось в глаза. Он молчал, странная улыбка блуждала по его лицу. В ней чувствовалось удовлетворение человека, в конце долгого пути нашедшего то, что искал. К сожалению, я не имел возможности выразить ему свои чувства, все мое внимание было поглощено боем. Мне пришлось отвлечься от него, и когда совсем рядом, в том месте, где находился Нагаоми, раздался револьверный выстрел, я подумал, что, значит, с той стороны монголы подобрались уже совсем близко, раз наш начальник пустил в ход револьвер. Взгляд мой скользнул влево и наткнулся на цесаревича. Он лежал лицом вниз, песок у него под головой набухал кровью.

Ужас и отчаяние охватили меня. Я решил, что виной тому монгольская пуля, но все оказалось еще страшнее. Положение наше было безнадежно, а цесаревич не мог достаться врагу живым. Нагаоми сам застрелил его, чтобы избавить от пыток и мучительной казни в застенках НКВД. Я понял это, когда вторым выстрелом у меня на глазах он снес себе часть черепа над виском.

Буквально в ту же секунду мотор неожиданно завелся. Мы бросились к самолету и через пять минут были в воздухе. Последние заскакивали на ходу. Убитых пришлось оставить там, где их настигла смерть. Поднявшись на безопасную высоту, пилот сделал круг над местом разыгравшейся трагедии, прощально покачал крыльями и взял курс на Хайлар».

Шубин чиркнул зажигалкой и встал с сигаретой у окна. Шел первый час ночи. Жили на одиннадцатом этаже, неба за окнами было много. К вечеру оно прояснилось, но звезды оставались еще по-весеннему мелкими, бледными. Лишь одна горела ярче других. Названия этой звезды он не знал, но хотелось думать, что именно ее дядя Петя загородил сидевшему в подвале цесаревичу. Она слабо, неравномерно мерцала, посылая сигналы в темную бездну вселенной. Прочесть их не составляло труда. Язык звезд не обязательно должен быть понятным, чтобы быть понятым. Шубин все понимал, но не пытался выразить это словами. «Моралитэ убивает месседж», — говорил один его старый приятель. Сам он давно уехал в Америку, а присказка осталась.

43

Жохов позвонил в середине сентября и спросил, не собирается ли Шубин в Америку. С тем же успехом он мог спросить насчет его планов приобрести остров на Адриатике или завести конюшню скаковых лошадей. Шубин поинтересовался, почему с этим обращаются именно к нему. Жохов ответил, что он всем звонит, нужно передать кое-что одному человеку, а по почте долго и дорого.

— Может, кто из твоих знакомых собирается. Поспрашивай, ладно? — напирал он.

Вспомнился проект с узбекскими халатами и монгольской юртой на французской Ривьере. Любопытно стало, что это за новая афера, но прямо спрашивать не хотелось.

— Вообще-то, — сказал Шубин, пользуясь тем, что жена не слышит, — меня приглашают прочесть пару лекций в Стэнфордском университете. Я к ним полечу, но позже.

— Когда позже?

— Через месяц.

— В Нью-Йорк или в Сан-Франциско?

— Стэнфорд, это Калифорния.

— Отлично! Давай завтра пересечемся в центре, я тебе все изложу.

Встретились в кафе «Аист» на Большой Бронной. По тому, с какой обходительностью их тут приняли, чувствовалось, что заведение в упадке. Раньше могли вообще не впустить без всяких объяснений. Эта заурядная стекляшка с парой застывших в брачном танце голенастых чугунных птиц у входа слыла бандитской, но после августовской революции завсегдатаи откочевали в другие места, достойные их статуса. Своих телок они и при старом режиме пасли на пастбищах более тучных. Меню здесь умещалось на одной странице, самую почетную позицию в нем занимали беляши.

Взяли по сто граммов, салаты, кофе. Жохов был в свежих фирменных джинсах, курил не «Магну», а «Лаки страйк» и сразу предупредил тоном, не допускающим возражений:

— Курсив мой.

Значит, платить будет он. У Марика с Геной была в ходу та же фраза, все они переняли ее у своего институтского преподавателя, джентльмена и выпивохи, водившего их в ресторан. Марик и сейчас ею пользовался, а у Гены она вышла из употребления после гайдаровских реформ.

Выпили, Жохов начал рассказывать, что весной сумел сколотить начальный капитал и сейчас успешно реализует одну свою давнюю идею, не имеющую аналогов в мировой практике. Суть дела заключалась в следующем. Он заказывал безработным художникам портреты западных политиков высшего эшелона, обрамлял их дорогим багетом и отсылал в дар тем, кто на них изображен. В ответ поступали официальные письма под шапками правительственных канцелярий, иногда за подписью самих моделей, факсимильной, правда, но способной сойти за собственноручную, если особо не приглядываться.

— У них там бюрократическая машина работает как часы, — говорил Жохов, уплетая салат из крабовых палочек. — Отвечают буквально через неделю. Бывают, конечно, проколы, но редко.

Получив такую портянку, он обзванивал или обходил частные фирмы, нуждавшиеся в улучшении своего имиджа, и за хорошие деньги впаривал им эти письма. Клиенты вставляли их в рамочку под стеклом, как сертификаты качества, и вешали на стену в офисе. Документ на бланке Белого дома или Даунинг-стрит заставлял посетителей серьезно отнестись к тому месту, где они висели.

Главную статью расходов составляли холст и багет. Фотографии, с которых рисовались портреты, Жохов брал из журналов, художникам платил от тридцати до пятидесяти баксов за полотно, переводчику сопроводительных бумаг — того меньше, а каждое благодарственное письмо приносило как минимум три сотни. Одно послание папы Иоанна Павла II ушло за штуку. Жохов послал ему четыре портрета кисти четырех мастеров с Арбата, и лишь с последним что-то не заладилось. Сейчас он решил взяться за голливудских звезд, чтобы включить в сферу своей деятельности мелкие киностудии, дома мод, салоны красоты. Первым в очереди стоял Арнольд Шварценеггер. Портрет был готов, но возникли проблемы с доставкой его в Калифорнию.

— И я должен буду идти с ним к Шварценеггеру? — спросил Шубин.

— Зачем? Тебя встретят прямо в аэропорту, у меня знакомый в Лос-Анджелесе. Передашь ему, и все дела. Я тебе потом заплачу полсотни. Или жене отдам, пока ты в Америке. Как скажешь, так и будет.

Договорились в конце месяца созвониться. Жохов продиктовал свой новый телефон.

— Ты тогда у Марика говорил про цесаревича Алексея, — вспомнил Шубин. — Будто бы он жил в Монголии, в Эрдене-Дзу.

— Возле Хар-Хорина. Я его сам видел.

— Этого не может быть, его еще перед войной японцы убили. Хотели выкрасть, но не смогли, пришлось пристрелить.

— Они другого убили. Не его.

— Как так? — поразился Шубин.

— Давай в другой раз, ладно? Я тут одному станковисту свидание назначил, он уже пришел. Вон стоит, — показал Жохов через стеклянную стену. — Лауреат государственной премии, между прочим. Маргарет Тэтчер мне сделал — заглядение, она сразу ответила. Хочу Миттерана ему заказать. С Миттераном у меня никак не складывается. Два портрета ему отправил, а он, мудак, не отвечает.

Под аистами топтался маленький старичок в теннисных тапочках. Жохов стал стучать в стекло и призывно загребать рукой воздух. Лауреат засеменил к дверям.

Шубин уступил ему место за столиком и поехал домой готовиться к завтрашним занятиям.

Деньги кончились еще летом, с начала учебного года он преподавал историю в двух школах, обычной и частной. Возвращаться в институт не имело смысла, тамошней зарплаты хватило бы разве коту на мойву, да и ее не платили.

Листая учебники, он обнаружил, что роль движущей силы истории перешла от пролетариев к среднему классу. Раньше поражение Спартака, Уота Тайлера или Емельяна Пугачева исчерпывающе объяснялось отсутствием пролетариата, теперь главной причиной коронации Наполеона, реставрации английской монархии после Кромвеля и даже прихода большевиков к власти признавалось то печальное обстоятельство, что в этих странах не успел сложиться средний класс. Лишь США счастливо удалось сохранить демократию, благо к моменту Войны за независимость он там сложился. Жена очень на него рассчитывала. Она боялась гражданской войны, а в газетах писали, что наличие среднего класса гарантирует стабильность в обществе.

В государственной школе у входа стоял специальный стол, куда дети могли положить книги, если родители собирались выбросить их на помойку. Директор, человек старой закалки, считал, что книги и хлеб нельзя выбрасывать ни при каких обстоятельствах. Предполагалось, что другие дети эти книги возьмут и прочтут с пользой для себя, но желающих находилось немного. Приходя на работу, Шубин первым делом просматривал лежавшую на столе макулатуру. Однажды в навозной куче блеснула жемчужина. Он раскопал старую книжку известного современного писателя с его автографом на титуле. Дарственная надпись гласила: «Элеоноре — женщине, которая понимает меня так, что боится признаться в этом даже самой себе». По сдержанной горечи тона чувствовалось, что это беспредельное понимание имеет мало шансов вылиться во что-то более осязаемое и бедная Элеонора вряд ли сумеет разобраться в своих смятенных чувствах. Она, видимо, умерла, раз книжка очутилась на свалке, а писатель был жив, бодр и шумно боролся с противниками реформ.

В эту школу Шубин ездил по вторникам и пятницам, в частную — по понедельникам и четвергам. Она располагалась у метро «Кропоткинская», за памятником Фридриху Энгельсу. Металлические буквы с его именем и фамилией на пьедестале украдены были так давно, что исчезли даже их следы на розовом граните. Без подписи все быстро забыли, кто он такой. Не только школьники, но и одна юная учительница, прелестное создание, преподававшее загадочный предмет под названием «ритмика», полагали, что каменный бородач в сюртуке и есть Кропоткин.

Через улицу от него, на углу Остоженки и Обыденского переулка, стоял пятиэтажный доходный дом начала века. Его украшал странный куполообразный шпиль с плоской нашлепкой на острие, напоминавший перевернутую вверх дном рюмку. Как-то раз Шубин шел от метро вместе с директрисой, она рассказала, что архитектор, построивший этот дом, в то время бросил пить и таким способом отметил новый этап своей жизни. У Шубина тоже началась другая жизнь, но объявлять об этом было некому. Друзья растворились в собственной другой жизни.

Школьное здание размещалось за домом с рюмкой, в глубине двора. Это был ветхий двухэтажный особняк, бревенчатый, но оштукатуренный под камень. До революции он принадлежал купцу Третьякову, родному брату основателя галереи. У входа росли два американских клена. На чужбине они так и не прижились и начали терять листья уже в сентябре, когда другие деревья стояли в полном наряде.

Школа имела гуманитарный уклон, поскольку он требовал меньше вложений, чем любой другой, и отличалась новаторским подходом к оценке знаний. Вместе с отметками дети получали картонные квадратики разного цвета, соответственно, и различной ценности. Эти карточки вносились в символический банк с выплатой процентов по вкладам в конце каждой четверти. Проценты были сопоставимы с теми, что выплачивались вкладчикам «Чары». В итоге даже с одними тройками за устные ответы и письменные работы ученик мог получить за четверть пять. Считалось, что эта система повышает у детей самооценку и одновременно вводит их в курс новых экономических реалий.

Ребят в классах было немного, человек по семь-восемь. Классными комнатами служили перегороженные залы с высоченными потолками и остатками лепнины. Штукатурка местами обвалилась, из-под нее выступала прогнившая дранка. Учебные помещения находились на втором этаже, первый занимала мастерская по ремонту автомобилей. Об этом извещала вывеска на стене, но что там было на самом деле, оставалось тайной. Изредка оттуда выносили какие-то ящики и грузили в фургон, потом все опять замирало. С утра на крыльце кучкой курили молодые люди в турецкой коже, мало похожие на слесарей-ремонтников. Машины сюда подъезжали нечасто.

Через неделю после встречи в «Аисте» Шубин вел урок в седьмом классе. Проходили внешнюю политику Ивана

Грозного — присоединение Казани, Ливонская война. Градус патриотизма в частной школе оказался выше, чем в государственной. Было тепло, бабье лето. Уличный шум сюда не долетал, занимались с открытыми окнами. Стефан Баторий начал осаду Пскова, когда во дворе один за другим грохнули два выстрела.

Детей будто ветром сдуло со стульев и бросило к подоконникам. На асфальте вниз лицом лежал человек в кожаной куртке. Шубин почему-то сразу понял, что он мертв. Товарищи к нему не спешили, хотя в мастерской было полно народу, он одиноко лежал среди усеявших двор багряных и желтых листьев. Их еще не смели в кучи.

Девочки стали отворачиваться, но мальчики продолжали жадно смотреть. Никто не испугался, никто не заплакал. Шубин начал отгонять их от окон. Они тихо сели по местам. Все смотрели на него. Он молчал, не зная, что сказать.

Наконец одна девочка, его любимица, предложила:

— Рассказывайте дальше, пока милиция не приехала.

Шубин закрыл окна и продолжил урок.

44

21 сентября Ельцин, ссылаясь на волю народа, выраженную в апрельском референдуме, издал указ о роспуске Верховного Совета и Съезда народных депутатов. В частной школе восприняли это с удовлетворением, а в государственной физик и физрук на каждой перемене прибегали ругаться в учительскую. Оба апеллировали к женскому большинству коллектива. Замужние учительницы высказывались в том плане, что все хороши, а пожилые и одинокие, жившие на одну свою нищенскую зарплату, защищали Ельцина. Им страшно было потерять

надежду, не получив взамен ничего, кроме ненависти. Питаться ею они не умели. Физрука это бесило, он хлопал дверью и уходил к себе в комнатушку при спортзале, но торжествующий физик тут же выпадал из зоны внимания. Женщины пили чай, проверяли тетради, говорили о детях и о погоде. Сразу после ельцинского указа она испортилась, бабье лето миновало раньше срока. С обеда моросил дождь, даже днем температура не поднималась выше десяти градусов. Топить еще не начали, в младших классах дети занимались в куртках.

В один из таких дней на исходе сентября Шубин после уроков пообедал в школьной столовой тюремным супчиком и котлетами из недолго пролежавшего рядом с мясом хлебного мякиша, которыми дети кидались на переменах, затем на метро доехал до Баррикадной, плотно окруженной милицейскими патрулями, и мимо зоопарка пешком пошел в сторону Белого дома. Идти не хотелось, но как современник он считал себя обязанным побывать в гуще событий. Этот комплекс всегда был в нем силен.

Около Киноцентра улицу перегораживала цепь милиции. Дальше пропускали только тех, кто показывал паспорт с отметкой о прописке в этом районе. Шубин с чистой совестью собрался ехать домой и уже по пути к метро встретил Жохова. Остановились покурить. Жохов рассказал, что сдает свою комнату азербайджанцам с Бутырского рынка, сам переехал к Кате, живут в ее двухкомнатной квартире на Дружинниковской улице, но последние три дня с его пропиской нужно пробираться домой как через линию фронта. Шубин напросился к нему в попутчики.

Свернули во двор. По дороге Жохов сначала восхищался мудростью Лужкова, решившего именно сейчас отпраздновать пятисотлетний юбилей Арбата, чтобы отвлечь народ от тусовки перед Белым домом, потом стал выяснять, когда конкретно Шубин полетит в Америку. Сказать правду не хватило духу, пришлось что-то наврать насчет визы.

Из-за домов доносился гул людского моря и мегафонные голоса тех, кто пытался управлять этой стихией. Теперь они с Жоховым двигались по течению в одном из потоков, готовых с нею слиться. Десятки людей, просочившихся сквозь милицейские кордоны, петляли по дворам среди припаркованных у подъездов машин и теремков на детских площадках, разными маршрутами направляясь к общей цели. Ориентиром служила встающая над крышами сахарная башня Белого дома. Шубин почувствовал, как его охватывает невольный восторг от сознания, что идет навстречу опасности вместе со всеми, такой же, как все, один из многих. Куда и зачем они идут, не имело значения.

Он покосился на Жохова. Тот явно ничего подобного не испытывал. Это как-то отрезвило. На ходу Шубин изложил мотивы, которые заставили его явиться сюда, но был не так понят.

— Правильно, — одобрил Жохов, — будет что американcосам на лекции рассказать. Так-то они плевать на нас хотели, у них у самих демократии этой хоть жопой ешь.

Ему нужно было забрать с продленки Наташу, Катину дочь, и накупить про запас продуктов, чтобы, если начнется заваруха, лишний раз не вылезать из дому. Простились во дворе, не доходя до Дружинниковской. Шубин один двинулся дальше. На торце ближайшего дома был нарисован Ельцин с прической под Гитлера, тремя шестерками во лбу и нормальным телом на омерзительно-тонких паучьих ножках. Как у всякой нежити, его нечеловеческая природа распознавалась по нижним конечностям.

Белый дом цитаделью замыкал площадь, верхние этажи донжона и часовая башенка на самом верху туманились висевшей в воздухе водяной взвесью. На балконе шел митинг, какая-то женщина кричала в микрофон, что Борю нужно повесить за ноги, как Муссолини.

Подходы к зданию прикрывали баррикады. Две громоздились в обе стороны от него по Рочдельской, третья — на Горбатом мосту. Слухов о них было много, но при ближайшем рассмотрении все три оказались просто барьерами из переносных турникетов, какие используются на стадионах, у выходов метро или при оцеплении на митингах. Эти загородки укрепили связками арматуры с ближайших строек, урнами и металлическими трубами с насыпанным сверху строительным мусором. Четвертая баррикада, на пересечении Дружинниковской с Капрановским переулком, была помощнее. Основу ее составляли мусорные баки, усиленные бетонными блоками и заваленные разным хламом вплоть до картонных коробок с песком из детских песочниц. В тылу у этой баррикады находилась еще одна, чисто символическая, из досок и садовых скамеек. Между ними грудами лежали битые кирпичи, камни, куски асфальта. Их, вероятно, предполагалось метать в омоновцев, если те решатся на штурм. «ЖИДОМОН НЕ ПРОЙДЕТ!» — обещал плакат на растянутом между скамейками чертежном ватмане.

Всюду кучками и большими массами тесно стояли люди. Между ними пробирались другие, еще не нашедшие своего места или ищущие чего-то совсем иного, как Шубин. Чем дальше от Белого дома, тем сильнее ощущалось это непрерывное молчаливое движение. На глазок народу собралось тысячи три-четыре, в основном мужчины. Женщин было много меньше, зато их голоса ярче выделялись в общем гуле. Лишь изредка в безоружной толпе мелькали специфически упакованные ребята с акээсами и запасными магазинами в подсумках. Парни с гитарами встречались едва ли не чаще. Ни одного пьяного Шубин не заметил. Пока он пробирался на противоположный конец площади, его пару раз нечаянно толкнули и тут же извинились. Настроение царило возбужденное, но не злобное, скорее радостно-приподнятое, как в крепости, где все свои среди своих, а осаждающие сами находятся в кольце врагов, которые вот-вот придут на помощь осажденным.

Группы идейных единомышленников собирались каждая под своим знаменем. Доминировали красные всех оттенков, от алого до багрового, но попадались и черно-красные, и черно-бело-золотые, и андреевские, и вовсе экзотические, непонятных расцветок, с таинственными аббревиатурами и значками. Вопросов не вызывала разве что баркашовская «Богородичная звезда». При полном безветрии знамена висели скучно. Чтобы взбодрить их, знаменщики резко поводили древками, как рыбаки поддергивают удилища, переводя наживку на новое место в надежде, что там им улыбнется удача.

Баррикаду напротив гостиницы «Мир» охраняли симпатичные ребята под красно-голубым флагом с надписью «БКНЛ». Шубин поинтересовался, что это означает. Ответили охотно: «Братство кандидатов в настоящие люди». Они ночным поездом прибыли из Харькова защищать конституцию, а заодно проверить себя в экстремальных условиях. Все были в видавших виды стройотрядовских штормовках, с рюкзаками, котелками, палатками, спальниками. Кто-то хлопотал по хозяйству, остальные обучались приемам уличного боя под руководством ясноглазого крепыша в лыжной ветровке.

— Они с дубинками, — говорил он, — значит, строимся в две линии. Первая действует прутьями, вторая сзади перехватывает дубинки над головами первой шеренги.

Ассистенты картинно демонстрировали, как все будет происходить на практике.

Мимо, свысока поглядев на эту самодеятельность, прошагал человек в перетянутом ремнями камуфляже, со свисавшим из-под погона собачьим хвостом, изображавшим, видимо, волчий. На одном погоне разместился черный двуглавый орел, на другом — красная пентаграмма. Фуражку на голове заменял малахай. Это, как догадался Шубин, был солдат будущей евразийской империи, гроза атлантистов. Неизвестного происхождения орденская звезда с лучами самоварного золота горела у него на груди. В руке он держал дипломат.

Наперерез ему под хоругвями, слегка вразброд, двигалась процессия из двух-трех десятков бородатых мужчин и казаков с лампасами разных казачьих войск на галифе. Кое-кто был в галунных погонах при полевой форме. В той России, которую они потеряли, за такое сочетание их в два счета упекли бы на гауптвахту. Впереди шел священник с кадилом, за ним женщины в платочках и длинных черных юбках несли иконы.

Шубина прибило к группе научных сотрудников из Черноголовки. Один объяснил, что дважды в день, утром и ближе к вечеру, Белый дом по периметру обходят крестным ходом, очерчивая вокруг него заповедное пространство.

Другой сказал:

— Что такое бог? Единое информационное поле планеты.

Третий, продолжая разговор, чье начало Шубин не слышал, обратился к первому:

— Любой обыватель по природе своей государственник. Русский — тем более.

— Не надо, — возразил тот, — идеализировать маленького человека. В перестройку этот пушкинский бедный Евгений сам стал гоняться за Медным всадником, а мы, дураки, радовались.

Неподалеку бросались в глаза люди с собаками на поводках. Рядом двое бородачей колдовали над японским магнитофоном «Хитачи». Состоявшая при них толстая девушка рассказывала всем интересующимся, что они будут записывать на пленку собачий лай. При штурме, включенная через усилитель, такая запись окажет психологическое воздействие на идущих в атаку омоновцев.

Для решения этой задачи требовались псы покрупнее, но их было недостаточно, все больше пудели и болонки. Те немногие, что имелись в наличии, жались к хозяевам и лаять не хотели. Время от времени девушка объявляла в мегафон:

— Внимание владельцам собак! Убедительная просьба пройти со своими питомцами в расположение второго взвода Южного района.

Вблизи Шубин отметил, что не такая она и толстая, просто поддела под куртку побольше свитеров, чтобы не застудиться на ночном дежурстве.

Дальше немолодой мужчина просевшим, но все равно фигуристым профессиональным баритоном пел:

В двенадцать часов по ночам выходит трубач из могилы
И скачет он взад и вперед, и звонко трубит он тревогу...

Лихой дедок с гармошкой на пузе попробовал ему подыграть. На него зашикали, и он затих. Все понимали, что тут нужна другая музыка.

Одновременно с балкона Белого дома вещал очередной оратор:

— Согласно Конституции, статья 121 б, при попытке роспуска Верховного Совета и Съезда народных депутатов Российской Федерации президент Российской Федерации автоматически лишается власти. Власть переходит к вице-президенту, и в течение трех месяцев должны состояться досрочные выборы нового президента, при этом прежний президент утрачивает право выставлять свою кандидатуру на пост президента Российской Федерации...

Стационарная техника разносила эту речь во все концы площади. Баритон, однако, не умолкал, вслед за барабанщиком и трубачом из гроба поднялся мертвый император. Гармонист вылез опять, но его быстро заткнули. Тяжелая уступчатая мелодия достигла апогея. У певца налилось кровью бледное от авитаминоза лицо. Он пел, обращаясь к наклеенному на картонку и украшенному лепестками елочной фольги портрету Сталина. Его благоговейно прижимала к себе старуха в есенинском шушуне. Слушатели все прибывали, в их слитном молчании ощущалась грозная мощь народа, рожденного среди снегов для ужасов войны. Шубин сам был его частью, и мурашки шли по спине от величия минуты, в какие бы одежды она ни рядилась и что бы ни обещала завтра. Деревянные старцы уступили власть говорливым умникам, вслед за их эфемерным торжеством пришло время тихих упырей и улыбчивых прохиндеев, а теперь наступал праздник униженных и оскорбленных, тоже, видимо, недолгий. На зов подземной трубы бесправные парии вставали из-под развалин гибнущей империи. Об этом мечтали герои его перестроечных очерков — эсеры и анархисты, которых потом первыми поставили к стенке.

В сотне метров от толпы, отделенные от нее пустым пространством, зеленели БТРы, между ними цепочкой стояли грудастые от бронежилетов солдаты внутренних войск в новеньких бушлатах. Несколько боевых теток, выдвинувшись на ничейную территорию, пытались втянуть их в политическую дискуссию. Из этого ничего не выходило, пока не появился элегантный майор — вероятно, из бывших замполитов. Язык у него был подвешен неплохо. Ему кричали что-то про отцов и дедов, которых он предал, майор терпеливо отвечал. Его аргументация сводилась к тому, что отцы и деды сами отреклись от своих предков, теперь нужно всем миром исправить их ошибку и вернуться к заветам прадедов.

— А Руцкой ваш, — сделал он неожиданный зигзаг, — когда был в плену у душманов, его ЦРУ завербовало. Он там как сыр в масле катался. Сейчас должок отрабатывает.

Вдруг одна женщина в крик принялась рассказывать, как американцы ночью ходят по больничным моргам, их туда за доллары пускают, а они подкарауливают свежих покойников, вырезают у них органы на пересадку и увозят в Америку. Ей соседка рассказывала, у ее знакомой зять разбился на машине, они с дочерью пришли в морг, он лежит мертвый, с закрытыми глазами. Дочь начала его целовать, чувствует, под веками пусто, глаз нет.

Ее успокаивали:

— Перестаньте, ну что вы в самом-то деле!

— Вырезали — и в морозильник для пересадки, — сыпала она как из пулемета. — Вместо глаз вата натолкана!

Шубин решил, что пора уходить. Когда с балкона стали зачитывать телеграммы, поступившие в адрес Верховного Совета с поддержкой его позиции, он без помех миновал кольцо оцепления и вышел к американскому посольству. В обратном направлении всех пропускали свободно. Вдогонку неслись взрывы апплодисментов, которыми площадь встречала каждую приветственную телеграмму. Если она поступала из-за рубежа, ликовали громче.

К концу недели ясно стало, что без крови не обойдется. В частной школе занятия отменили, но в государственной уроки шли обычным порядком, физкультура в том числе. Лишь физик в ультимативной форме объявил директору, что в сложившейся обстановке берет отпуск за свой счет. Сторонники Ельцина собирались у Моссовета, Шубин счел долгом побывать и там.

Вечером 2 октября он сказал жене, что выйдет прогуляться и купить сигарет, но сразу пошел на трамвай. Возле кинотеатра «Прага» пересел на троллейбус, доехал до Никитских Ворот, а оттуда переулками двинулся в сторону Тверской. Темнело по-осеннему рано. Была суббота, но центр города поразил его тишиной и безлюдьем.

Возле бывшей Советской площади во всю ширину проезжей части улицу перегораживала баррикада. Те, что он видел у Белого дома три дня назад, не выдерживали с ней никакого сравнения. Казалось, ее сначала начертили на ватмане, а потом уже воплотили в железе и камне. Мусорные контейнеры и бетонные плиты стояли стеной в два человеческих роста. Без строительной техники тут явно не обошлось. Не верилось, что какие-то добровольцы вручную и по собственной инициативе могли соорудить эту громадину на ближних подступах к Кремлю.

Перед баррикадой шел митинг, сквозь него пробирались редкие прохожие. Соседние магазины были закрыты. На тротуаре горел костер, группа веселых парней и девушек скандировала: «Ель-цин! Ель-цин!» Двое пожилых евреев держали плакат «Одесса с вами!». Здесь же строем стояли члены общества «Память» в черных шинелях, под стягом с изображением архангела Михаила, архистратига небесного воинства. Одесситы опасливо косились на них, но не уходили.

Ораторы выступали с помоста из разборных деревянных щитов. Усатый мужик рассказал в мегафон кавказскую басню про барана, который разжирел, наслушался, как люди его хвалят, и вообразил себя способным победить тигра. Имелся в виду Хасбулатов. Тетка в строительной каске продекламировала вирши про Руцкого. Шубин слушал вполуха и лишь по засевшим в памяти рифмам сумел реконструировать последние строки этой нескладухи. В финале повествовалось, как незадачливый вице-президент куда-то прыгнул раз, прыгнул другой, хотел прыгнуть «еще пуще», но «увяз в сортирной гуще».

Насладившись аплодисментами, поэтесса передала мегафон другой женщине, постарше. Та сразу закричала:

— Где армия? Почему медлит армия? Мы требуем ответа!

В следующий момент Шубин ее узнал. Она была в том возрасте, когда за десять лет люди меняются не слишком сильно.

Он тогда работал в своем институте и для приработка накропал детскую книжку по археологии. Товарищ посоветовал отнести одну главу в журнал «Пионер». В ней рассказывалось, как мальчики Петя и Вася пошли в лес, встретили археологов, копавших неолитическую стоянку, и узнали от них много интересного о жизни первобытных людей. Редакторша, мельком взглянув на верхнюю страницу, через стол брезгливо швырнула рукопись Шубину: «Что это вы мне принесли? Как можно так писать?» «Как?» — не понял он. «Прочтите первую фразу. Вслух», — велела она. Шубин прочел: «Однажды Петя и Вася пошли в лес». Она сказала: «Ходят, носят черт знает что!» Оказалось, писать надо так: «Однажды пионеры Петя и Вася пошли в лес».

Сейчас, обернувшись в сторону Кремля, эта женщина вопрошала в мегафон:

— Борис Николаевич, мы спрашиваем вас, чего вы ждете? Сколько можно терпеть? Почему в Москву до сих пор не введены войска?

Толпа отвечала одобрительным гулом.

«Журавли и карлики», — подумал Шубин, слегка стыдясь собственного цинизма.

«Волшбой своей и чародейской силой входят они в иных людей, — рассказывал Анкудинов княгине Барберини, — и через них бьются меж собой не на живот, а на смерть. Если же тот человек, в ком сидит журавль или карлик, будет царь, король, цесарское или султаново величество, или гетман, курфюрст, дож, дюк великий или простой воевода, то с ним вместе его люди бьются до потери живота с другими людьми и не знают, что ими, бедными, журавль воюет карлика либо карлик журавля».

С другой стороны площади, ближе к Охотному Ряду, виднелась вторая баррикада, не такая монументальная. За ней — темнота, тишина. Фонари горели вполнакала. Движение на Тверской перекрыли, улица была пугающе пустынна. Тревожно белели клочья газет, прилипшие к мокрой мостовой.

Домой он вернулся около десяти. Сын уже спал. Жена выбежала в прихожую с воплем, что у него нет совести, нужно звонить и предупреждать, но быстро угомонилась

и вернулась к телефону. Обычно в это время они с те‐
щей обсуждали события минувшего дня.

Раздевшись, Шубин снял с полки «Илиаду» Гомера.
Нужное место было заложено фантиком от конфеты, он
открыл его и прочел:

> Крик таков журавлей раздается под небом высоким,
> Если, избегнув и зимних бурь, и дождей бесконечных,
> С криком стадами летят через быстрый поток Океана,
> Бранью грозя и убийством мужам малорослым
>
> > пигмеям,
> С яростью страшной на коих с воздушных высот
>
> > нападают.

В кухне продолжался телефонный разговор. Теща тре‐
вожилась о здоровье жены, жена тревожилась о здоровье
тещи. Это могло длиться часами и страшно его раздра‐
жало, но сегодня женский голос в соседней комнате зву‐
чал как музыка сфер.

45

3 октября Жохов после завтрака ушел в город — заб‐
рать у исполнителя второй портрет Билла Клинтона.
Первый отправился за океан еще летом, но канцелярия
в вашингтонском Белом доме была большая, и вероят‐
ность, что эта парсуна попадет к тому же сотруднику,
который писал благодарственное письмо за предыду‐
щую, казалась невелика. Исполнитель начал названи‐
вать с утра. Ему не на что было опохмелиться, он требо‐
вал свой гонорар немедленно, в противном случае
угрожая сегодня же загнать президента на Измайлов‐
ском рынке.

До этого Жохов три дня безвылазно просидел дома. Район Белого дома вплоть до Калининского моста был окружен милицией и ОМОНом, проходы затянуты колючкой вперемешку со спиралью Бруно, проезды перегорожены автоцистернами. Их панельная девятиэтажка находилась на периферии этой карантинной зоны, раньше он ходил домой дворами, но с прошлой недели там тоже стояло оцепление. Без Кати с ее пропиской вернуться домой было нелегко, если вообще возможно, а Катя с дочерью от греха подальше в пятницу переселились к Талочке. Жохов решил, что на худой конец вызвонит ее к себе или сам поедет к ним ночевать, и пошел забирать заказ. Идти было относительно недалеко, на Плющиху, но спешить, как выяснилось, не стоило. Исполнитель не ожидал, что заказчик явится по первому зову, и поднял тревогу заблаговременно. Оправдываясь, он напирал на то, что почти все готово, осталось нанести последние штрихи, хотя Клинтон выглядел так, будто его мокрой мордой ткнули в распоротую перину. Его здоровый румянец смотрелся как диатез. Пока суровый с похмелья мастер придавал ему товарный вид, вдохновляясь принесенной Жоховым банкой пива, из трехпрограммника полились новости одна другой тревожнее по тону и туманнее по содержанию. Ведущие новостных программ то ли сами ничего не понимали, то ли им не велено было говорить.

Уже потом Жохов узнал, что в это время милиция попыталась разогнать митинг оппозиции на Октябрьской площади, но сама была смята и рассеяна. Раздался клич идти на выручку осажденному парламенту. Митингующие, на ходу перестраиваясь в колонну, стекли к реке и вступили на Крымский мост, перегороженный солдатами внутренних войск из дивизии Дзержинского. Они тесным строем стояли там со своими щитами римских легионеров, но после короткой схватки бежали под градом камней и кусков развороченного асфальта. По Зубовскому бульвару, усеянному их брошенной амуницией, десятитысячная толпа устремилась к Смоленской площади. Несколько милицейских грузовиков увязли в ее плотном течении, как гусеницы в лавине мигрирующих муравьев, из них вытряхнули водителей, и захваченные машины с опьяневшими от победы волонтерами за рулем ударной группой пошли в голове колонны. Когда Жохов с Плющихи вывернул на Смоленку, они уже таранили цистерны на подступах к Белому дому, сметали стойки ограждений и усаженную ежевичными шипами проволоку Бруно.

Задолго до начала реформ исполнитель запасся льготным багетом из лавки худфонда. За десять баксов он сам обрамил свое полотно, обернул газетами, подклеил скотчем, перевязал шпагатом. Портрет был крупный, Жохов с трудом удерживал его под мышкой, лишь кончиками пальцев дотягиваясь до нижнего края рамы. Рука уставала, приходилось все время ее менять. На Садовом он пристроился в самый хвост колонны, размочаленный стремительным маршем, и не слышал, как навстречу авангарду захлопали газовые гранатометы, не видел, как водометы попытались ударить по передним шеренгам, но захлебнулись и отступили вместе с оцеплением. Путь был открыт, через четверть часа Жохова вынесло к площади перед Белым домом.

Кругом царило всеобщее ликование, вновь прибывшие браталлись с теми, кто находился тут с ночи. Какая-то женщина приколола ему к груди значок с ленинским профилем на красиво уложенной в бантик алой ленточке. Он неожиданно растрогался и поцеловал ее в щеку.

Толпа все прибывала. Казалось, этот поток не иссякнет никогда, так и будет литься, растекаясь вширь перед плотиной с белой башней в центре, заливая близлежащие улицы, пока не дойдет до Кремля и не хлынет в него через выдавленные ворота. Красные знамена поднимались так густо, словно их собрали сюда со всей Москвы.

На балконе появился Руцкой, встреченный тысячеголосым гулом. Перед ним и с боков четверо автоматчиков держали пуленепробиваемые щиты, оберегая его от снайперов.

— Товарищи! — всей грудью яростно закричал он в мегафон. — Блокада прорвана! Сотни тысяч москвичей идут к нам на помощь! Мне только что доложили, захвачена мэрия. С победой, товарищи!

Площадь взорвалась торжествующим ревом и утихла, чтобы не пропустить остальное. Жохов почувствовал себя чужим на этом празднике, к тому же в давке могла пострадать рама за десять баксов. Вокруг него то и дело вскипали людские водовороты. Удачно ввинтившись в один из них, он начал пробираться в сторону Дружинниковской.

Минут через десять стало посвободнее. На этом фланге удавалось не проталкиваться, а лавировать. Жохов уже шел вдоль стены с гигантской надписью «ДУША НЕ В США!», собираясь за торцом дома свернуть во двор, но возле баррикады на углу Капрановского переулка остановили трое парней с трофейными дубинками. Чувствовалось, что они еще разгорячены недавним боем.

Старший, ясноглазый крепыш в лыжной ветровке, сказал:

— Погоди, мужик! Чей портрет?

Газета местами продралась, в прорехах виднелась полоска рамы в западном вкусе, с неброским золотым тиснением по шоколадному фону. Определить жанр картины можно было вслепую, пейзажей и натюрмортов сюда не носили.

— Портрет, спрашиваю, чей? — дружелюбно повторил ясноглазый. — Ленина или Сталина?

— Ленина, — выбрал Жохов.

— Отлично! Скоро колонна в Останкино пойдет, поставим на головной машине.

— Лучше бы икону, — засомневался кто-то из стоявших поблизости.

— Иконы в руках надо носить.

Он потянулся за портретом. Жохов обеими руками крепче прижал его к себе, сказав:

— Извините, хлопцы, не могу. Меня с ним ждут.

— Кто?

— Наш взвод.

Это не подействовало. Портрет отобрали, в пальцах у ясноглазого щелкнул складной нож. Распался разрезанный шпагат, затрещали газеты. Из них вылупился седовласый, но румяный, как пионер, ельцинский друг Билл.

Жохов оцепенело ждал развязки. Бежать было некуда, со всех сторон окружали люди. В тишине один из парней с дубинками высказал общую мысль:

— Коля, он провокатор.

От головы к голове покатилось эхом:

— Провокация!.. Провокация!

Ясноглазый оторвал от Клинтона тяжелеющий взгляд.

— Ты кто? — спросил он негромко, но с копящейся в голосе сталью.

— Человек, — сказал Жохов.

— Еврей?

Как ни странно, отвечать следовало утвердительно. Каждая нация идет своим путем, еврей с портретом американского президента — это понятно, евреям есть за что любить Америку. Наверняка стали бы не бить, а полемизировать. Возможность вступить в дискуссию не с каким-нибудь подневольным солдатиком, а с открытым врагом выпадала им нечасто, но Жохов не успел об этом подумать.

— Да вы что, ребята? — возмутился он. — Русский я! Чистокровный. Могу паспорт показать.

Тут-то ему и врезали.

46

В середине октября, когда Белый дом уже вторую неделю стоял черный, безмолвный, с выгоревшими внутренностями, позвонила Катя. Шубин не сразу понял, с кем он говорит, ей пришлось напомнить, что встречались на дне рождения у Марика и на похоронах Бориса Богдановского, она была там с Жоховым.

— В записной книжке нашла ваш телефон, — сказала Катя. — Я на всякий случай звоню всем его знакомым. Может быть, вы что-то про него знаете.

Оказалось, Жохов исчез. Утром третьего октября ушел из дому и с тех пор не возвращался, не звонил, ни у кого нет о нем никакой информации. Что это означает, Шубину не надо было объяснять.

— В списках погибших его нет? — уточнил он.

— Нет.

— А в больницах?

— Тоже.

— Значит, есть надежда?

— Есть... Не могли бы мы встретиться?

— Конечно, конечно, — засуетился Шубин. — К сожалению, ничем не могу вам помочь.

Она ответила, что ничего и не просит, просто ей хочется поговорить о нем с кем-нибудь из его старых друзей. С Геной они поссорились, а Марику некогда.

Встретились днем, на «Кропоткинской». Шубин пришел после занятий, с сумкой, набитой учебниками и взятыми на проверку контурными картами. Шестиклассники фломастерами обозначили на них границы империи Карла Великого и те части, на которые она распалась после его смерти. На все это по программе отводился один урок.

Пошли на Гоголевский бульвар, сели на скамейку. Катя извинилась, что отнимает у него время. Шубин еще по дороге решил меньше говорить и больше слушать. Наверняка она сама не раз перебрала все варианты. Их было не так много.

Жохов мог погибнуть при штурме, попытавшись проникнуть домой во время боя, мог подвернуться под горячую руку озверевшим победителям или попасть под пули случайно, как те зеваки, что с Калининского моста любовались пожаром Белого дома. Наконец его могли подстрелить сидевшие по чердакам загадочные снайперы, охотники за головами. Обе стороны открещивались от них и объявляли провокаторами, но или затруднялись объяснить смысл этих провокаций, или объясняли его с неимоверной легкостью, исключавшей возможность в это поверить, не утратив желания и дальше жить среди людей. Число жертв никто не знал, ходили слухи о сотнях убитых и пропавших без вести, что было практически одно и то же. Рассказывали, будто больничные морги переполнены, неопознанные трупы баржами вывозят по Москве-реке и тайно зарывают в лесах.

— Я не думала, — сказала Катя, — что у Сережи сложатся такие замечательные отношения с моей дочерью. Он постоянно ее смешил. Уверял, например, будто есть

Олимпийские игры для зверей с программой из разных дурацких видов спорта — прыжки с хвостом, бег с курьерами, толкание ведра. Наташа его обожала.

Эта любовь покоилась еще и на том, что Жохов придумал для нее волшебную страну Мышландию, населенную антропоидными мышами совкового типа, добрыми, но бестолковыми. У них имелся свой флаг с тремя полосами разных оттенков серого и герб в виде увенчанного короной кусочка сыра. Государственный гимн начинался словами: «Мы нашей серости верны!» Почти каждый вечер Жохов перед сном рассказывал Наташе одну историю из мышиной жизни.

— Расскажите какую-нибудь, — предложил Шубин.

По идее следовало пригласить ее попить кофе в соседнем кафе, но это удовольствие было ему не по карману. В таких местах чашечка эспрессо стоила столько же, сколько он получал за урок в частной школе и за три — в государственной. Финансовую несостоятельность приходилось компенсировать душевным теплом.

— Вот самая последняя, — сказала Катя. — Сережа сочинил ее, когда Наташа уже перестала ходить в школу. Я боялась выпускать ее из дому.

История была о том, как одна из мышей, мудрая Матильда, изобрела машину для пришивания черных четырехдырчатых пуговиц к правому заднему карману полосатых брюк. Состоялась торжественная презентация, но приглашенные мыши невысоко оценили ее изобретение. «Почему, — спросили они, — пуговицы должны быть обязательно четырехдырчатые?» Матильда учла это справедливое замечание и через некоторое время презентовала модифицированный вариант — машину для пришивания любых черных пуговиц к правому заднему карману полосатых брюк. Встал, однако, вопрос, почему пуговицы не могут быть никакими иными, кроме как черными. Покладистая изобретательница признала за своим детищем и этот недостаток. Она вновь усовершенствовала машину, и вскоре та могла пришить любую пуговицу любого цвета, но опять же исключительно к правому заднему карману полосатых брюк. Тогда огонь критики перенесен был сначала на карман, который из правого и заднего стал карманом вообще, затем — на брюки, в итоге утратившие свою полосатость. Теперь машина умела пришивать любые пуговицы к любому карману любых брюк, но мыши все равно были недовольны. «Почему, — спрашивали они, — твоя машина умеет пришивать только пуговицы? Почему только к карманам и непременно брючным?» Угодить им было нелегко, но Матильда продолжала упорно трудиться. На пути от частного к общему отпали брюки, карманы и, наконец, сами пуговицы. В результате удалось довести машину до предельного совершенства. Отныне это был чудовищный механизм для пришивания всего ко всему.

— Забавно, — улыбнулся Шубин.

Катя поморщилась.

— На самом деле это страшно.

— Почему?

— Вы действительно не понимаете?

— Нет.

— Всего ко всему... Господи, ну неужели же не понятно? Всего ко всему!

Лицо у нее стало бесполым от злобы. Она порывисто поднялась и, едва кивнув на прощание, пошла по бульвару в сторону Арбата. Шубин не стал ее догонять, но через неделю позвонил по номеру, оставшемуся у него после встречи в «Аисте». Ответил детский голос, потом трубку взяла Катя. Новостей не было. Шубин сказал, что

417

надо набраться терпения, плохие новости доходят быстро, само их отсутствие – уже неплохая новость. Она извинилась и прервала разговор, попросив больше ей не звонить.

Он снова попал на Дружинниковскую за месяц до поездки в Монголию. Накануне отключили телефон, потому что жена забыла оплатить счета, Шубин поехал улаживать дело на Заморенова, где находилась телефонная станция, и на обратном пути случайно вышел к самодельному мемориалу за оградой Белого дома.

Сначала он увидел имитацию баррикады, которая перегораживала здесь улицу одиннадцать лет назад. Теперь она занимала чуть больше половины проезжей части, благоразумно не вылезая на тротуар. Ввиду близости правительственных кабинетов движение было перекрыто, на баррикаду никто не покушался. Лишенная основы из мусорных контейнеров и бетонных блоков, она представляла собой кучу водопроводных труб и ржавых железяк, нагроможденных вокруг нескольких турникетов. К их стойкам проволокой были прикручены искусственные цветы, одинаково серые и сморщенные до той степени, когда ромашки, гвоздики и розы становятся неотличимы друг от друга. В солнечный день, на фоне летней зелени, это убогое железо выглядело грудой металлолома. На перекладине центрального турникета висела фанерная табличка с именами погибших на этом месте защитников парламента. Из шести фамилий одна была еврейская.

На другой стороне улицы начинался широкий газон с видневшимися кое-где памятными камнями. Шубин перешел дорогу и оказался в травяном оазисе, среди кустов сирени и бессистемно высаженных молоденьких тополей. Их нижние ветви были увешаны шаманскими ленточками, когда-то красными, но выгоревшими за лето. От дерева к дереву тянулись облезлые провода с того же цвета флажками типа елочных. На одном камне, как на постаменте, лежала модель автомата Калашникова, на другом — огромная, для сохранности покрытая черной масляной краской, шестерня какого-то заводского механизма, установленная тут в честь последней битвы труда с капиталом. Все было бедно, гордо и безвкусно. Такой мемориал могли бы соорудить рабы и гладиаторы из армии Спартака, уцелевшие после ее разгрома. Воображение легко нарисовало эту картину. Побежденные, они бежали, спаслись, отсиделись по лесам и оврагам, а когда легионы Красса ушли на север, уставив Аппиеву дорогу их распятыми на крестах товарищами, вновь собрались на поле боя и, прежде чем раствориться в безвестности, воздвигли храм памяти из обломков мечей и копий, тележных колес, разбитых катапульт, медных котлов, в которых варилась братская похлебка.

Шубин подошел к стенду с пожелтевшими газетными вырезками, блеклыми фотографиями, отстуканными на машинке цитатами из каких-то выморочных стенограмм, карикатурами, прокламациями, боевыми листками, густо лепившимися под давно не мытым стеклом. Совет ветеранов Балтийского флота звал своих членов встать на защиту парламента, мать умоляла сообщить ей хоть что-нибудь об исчезнувшем сыне. Бумаги скоробились и побурели по углам от проржавевших кнопок.

Читая эти безответные призывы, Шубин боковым зрением отметил пожилого мужчину в ковбойке, ходившего по газону и собиравшего мусор в полиэтиленовый пакет. Когда пакет раздулся, мужчина поднял лежавший рядом со стендом лист грязной расслоившейся фанеры и высыпал мусор в открывшуюся под ним канавку.

— Здесь в земле расселина, — объяснил он Шубину, перехватив его взгляд. — Сколько ни сыпь, все равно не наполнишь. Она метров десять в глубину, сверху только узкая. Прошлый год мы тут с товарищами собрались на десятую годовщину, и одна женщина в нее упала. Еле вытащили. Лужков два раза бригаду присылал, пробовали засыпать, да куда там! Все как в прорву уходит. Говорят, при Иване Грозном опричники сюда трупы свозили. Проклятое место.

Фанера быстро вернулась в исходное положение, но Шубин успел заметить, что яма почти доверху полна мусором и совсем не так велика, чтобы с ней нельзя было справиться.

— Раньше ничего не было, а как из танков лупить стали, все и провалилось, — закончил мужчина, вновь берясь за пакет. — Я, правда, этого не видел, мы тогда за гаражами отсиделись. А так постоянно находился при баррикаде. Даже когда третьего октября начались провокации, наша группа никуда не уходила.

Провокациями эти люди называли все тогдашние события, в которых они повели себя не лучшим образом. То, что им самим в себе не нравилось, объяснялось коварством противной стороны, заставившей их отступить от своих принципов.

— Вы один здесь мусор собираете? — спросил Шубин.

— Почему один? Ходим кто когда может. Я сегодня выходной, ну и пришел. А то многие наши в области живут, им трудно... Закурить нету?

Шубин вынул пачку «Мальборо».

— Сам достань, — сказал мужчина, показывая испачканные пальцы, но при виде двух протянутых ему сигарет осуждающе покачал головой. — Две нельзя. Или одну, или три.

Была добавлена третья. Он сунул ее в рот, две другие — за ухо, закурил и поманил за собой.

— Айда, что-то покажу.

Остановились возле заросшего мальвами деревянного креста с выжженной на нем славянской вязью. Отсюда открывался вид на Белый дом.

— Вон туда смотри, на левый угол, — показано было Шубину.

— Что там?

— Смотри, сейчас увидишь.

— Вы скажите, что я должен увидеть.

— Где горело, чернота выступает. Как ни закрашивают, все без толку.

— Вряд ли, — засомневался Шубин. — Там же мраморной плиткой отделано.

— Вот из-под нее и выступает.

— Не вижу.

— Плохо смотришь. Лучше смотри.

Шубин вгляделся до рези в глазах, но результат был прежний.

— Нет, — сказал он, — ничего не вижу.

Его провожатый презрительно махнул рукой, сплюнул и зашагал со своим пакетом обратно на газон.

Августовский день был в самом разгаре. Кругом шумела Москва, башня Белого дома сверкала на солнце, как кусок рафинада.

Глава 15
ЭРДЕНЕ-ДЗУ

47

От Улан-Батора до Эрдене-Дзу около четырехсот километров, но ехали целый день, солнце уже зависло над горизонтом, а никаких признаков близости аймачного центра Хар-Хорин, расположенного по соседству с монастырем, Шубин не замечал. Дорожные указатели исчезли. На прямые вопросы о том, сколько еще осталось в часах или километрах, Баатар отвечал неопределенно, а если вопрос ставился таким образом, что можно было ответить утвердительно или отрицательно, выбирал первый вариант. Скоро приедем? Скоро. Или не очень скоро? Да, не очень. У монголов считается невежливым возражать собеседнику, тем более старшему, тем более по таким пустякам, как время и расстояние. Их тут испокон веку хватало на всех.

Жене надоело смотреть в окно, и она изучала купленный в «Нюхте» русско-монгольский разговорник. К нему прилагался словарик наиболее употребительных слов.

— Знаешь, какое слово стоит здесь первым? — спросила она.

— По алфавиту?

— Да.

— Аб... Аб... — забормотал Шубин начальный слог в надежде, что продолжение выскочит само собой, но ничего не выскакивало.

— Абстракционизм, — сказала жена.

Вдруг она высунулась в окно и попросила Баатара остановиться. Справа от дороги на небольшом холмике громоздилась куча камней в форме неправильного конуса. Рядом с вершиной криво торчала палка с повязанным на ней синим шелковым хадаком.

Перед ними был обыкновенный обо, место поклонения одному из степных или горных духов, инкорпорированных монголами в необъятный буддийский пантеон на правах свиты какого-нибудь божества более или менее высокого ранга. Этот обо ничем не отличался от десятков подобных, попадавшихся им раньше. Шубин не понимал, почему жена воспылала интересом именно к нему.

Все втроем вылезли из машины и подошли ближе. Как всюду в таких местах, между камнями виднелись остатки водительских приношений хозяину этого участка трассы, на кустах вокруг трепетали под ветром синие ленточки, но теперь Шубин увидел, что сбоку на камнях в ряд разложены штук пять инвалидных костылей.

— Их здесь калеки оставили, — сказал Баатар.

Жена не поняла, тогда он пояснил:

— Вылечились и оставили, чтобы люди видели, какое это святое место.

Костыли были совсем новые, покрытые свежим лаком, только что из аптеки. Похоже, калеки недолго ими пользовались. Черные резиновые набалдашники не стерлись и даже на опорной плоскости не изменили свой цвет.

Шубин с женой переглянулись. Жена покивала, не желая смущать Баатара своими сомнениями и колебать его наивную древнюю веру, без того подорванную норвежскими и корейскими миссионерами. Сын этой земли, он имел полное право разделять ее предрассудки.

Высоко над ними узким классическим треугольником тянулась на юг стая журавлей.

— Как по-монгольски журавль? — спросил Шубин.

— Тогру, — ответил Баатар.

— А карлик?

— Карлик?

— Ну, лилипут, маленький человечек.

— А-а, — сообразил он. — Это одой.

— Они между собой воюют?

— Кто?

— Тогру и одой.

— Как это?

— В сказках. Есть у вас такие сказки?

Баатар облегченно вздохнул:

— Конечно. Есть. Много есть таких сказок.

— И кто обычно побеждает?

Ответа не последовало, и Шубин сформулировал вопрос иначе:

— Чаще тогру побеждают?

— Да, — обрадовался Баатар подсказке, — журавли чаще.

— Или одой?

— Они тоже, да.

— Отстань от него, — сказала жена, садясь в машину.

Через пару минут палка с синим хадаком скрылась вдали, дорога опять стала получше. Расслабившись, Баатар начал рассказывать, что раньше вокруг Эрдене-Дзу было много других монастырей, но осталось всего два, Шан-хинь-хийд и еще один, чье название он забыл. Остальные разрушены при коммунистах.

Отсюда перешли к Сухэ-Батору, чей портрет до сих пор украшал денежные купюры, правда мелкие, уступив крупные Чингисхану.

— Он революционером стал, потому что в нем монгольской крови ни капли не было, — говорил Баатар, читавший в газете какую-то сенсационную статью о родословной основателя МНРП. — Сухэ — не настоящее его имя, на самом деле он подкидыш. У него настоящий отец — бурят, мать — еврейка.

— И что хуже? — спросил Шубин.

Вопрос имел неудобную для Баатара форму, но ответил он сразу:

— Буряты хуже. После революции они у нас все главные должности позанимали. Если где монгола и назначат начальником, заместителем — обязательно бурят. Творили что хотели. Я сам из князей, мне дед рассказывал, как его отца при народе верхом на корове возили. Народ со всего хошуна собрали смотреть.

— Зачем?

— Чтобы народ его разлюбил.

Секундой позже сзади раздался голос жены:

— Их там положили вовсе не для рекламы. На верующего человека они могут сильно подействовать.

Имелись в виду костыли на обо. Национальные проблемы жену не занимали, она продолжала думать об этих костылях и наконец решилась обнародовать итоги своих размышлений.

— Больной видит их и начинает верить, что другие здесь в самом деле исцелились. От самовнушения у него происходит мобилизация всех ресурсов организма. Если заболевание связано с центральной нервной системой, он может ощутить себя здоровым. Вопрос в том, надолго ли, — закончила она после паузы.

— Где бурят прошел, — добавил Баатар, тоже думавший о своем, — еврею делать нечего.

— Ты же говорил, что все люди братья, — напомнил ему Шубин, но ответа не дождался.

Дорога пошла вверх, открылась новая долина, с противоположного края замкнутая очередной холмистой грядой. Вблизи каждый из таких холмов имел свой неповторимый оттенок, но издали все они казались однообразно голубыми. Расстояние, на котором эта голубизна переходила в серый, черный или красновато-бурый цвет скал и каменистых осыпей, зависело от яркости освещения и быстро уменьшалось, по мере того как осеннее солнце все ниже скатывалось к горизонту.

Было тихо, еще светло, но по обводу горизонта копились пористые, пронизанные светом и по-разному окрашенные облака с размытыми дымными краями. Старинные путешественники называли их пифическими. Они предвещали ветер и перемену погоды.

У обочины, указывая на близость цели, промелькнул рекламный щит с популярным туристским слоганом: «Монголия — единственное место на земле, не испорченное человеком». Написано было по-английски.

— Километров двадцать осталось. Вон за теми горами — Эрдене-Дзу, — показал Баатар.

Ощущение тревожной пустоты возникло под ложечкой. Совсем близко, за цепью туманных при рассеянном вечернем свете холмов жемчужным ожерельем белели в степи субурганы монастырской ограды, за ними лежали развалины Каракорума. Этот мертвый город с юности казался недосягаемым, существующим в иной реальности, не в той, где обитал сам Шубин. Он не верил, что когда-нибудь сумеет в нем побывать, и холодок, внезапно поселившийся в сердце, списал на почти пугающее сознание его доступности.

К монастырю подъехали в сумерках.

Через дорогу от уже запертых главных ворот раскинулся обычный в Монголии туристический комплекс в виде ханской ставки — в середине большая юрта-столовая, вокруг десятка два обычных, жилых. От дороги их отделяла ограда из деревянных щитов. Баатар сказал, что по закону нельзя ставить такие кэмпинги ближе чем в полукилометре от исторических памятников, но хозяин этой гостиницы и директор музея-заповедника — родные братья. Закон умолкал, когда начинал звучать голос крови.

Сезон заканчивался, все юрты были свободны, кроме двух. В одной поселилась пара голландских молодоженов, во второй — мать кого-то из них, ровесница Шубина. Она повстречала его около офисной юрты и, убедившись, что он понимает по-английски, пригласила вместе послушать монгольскую этническую музыку. В столовой ей сосватали исполнителя народных песен, через час у нее в юрте должен был состояться концерт. Эта не то теща, не то свекровь зажглась идеей уменьшить семейные расходы, поделив на двоих обещанные певцу пять тысяч тугриков, то есть пять долларов. Ее пуританская бережливость распространялась даже на два бакса с полтиной.

Шубин отказался, сославшись на усталость, и нарочно взял юрту подальше от голландцев, чтобы жена с ее консерваторским образованием не прельстилась звуками трехструнного моринхура за половинную цену. Ничто не мешало им самим завтра позвать певца к себе и полностью выплатить ему его жалкий гонорар.

В юрте имелись три кровати с дополнительными одеялами, стол с тремя табуретами, вешалка и жестяная печурка с коленчатой трубой, выведенной в круглую дырку по центру купола. Диаметр этого отверстия был вдвое больше, чем у трубы, вокруг нее кольцом чернело ночное небо. Освещение обеспечивалось парой электрических лампочек без колпаков. За две ночи, которые они собирались тут провести, с Шубина содрали сорок долларов.

Поужинать можно было в столовой, но не возбранялось и заказать ужин в юрту. Из-за отсутствия туристов меню исчерпывалось чаем и супом. Симпатичная девушка принесла кастрюлю с мясной похлебкой, тарелки, ложки, хлеб, а чуть позже — мелко наколотые дрова для печки. Когда она вышла показать жене, где туалет, Баатар сказал:

— Хорошая девочка, да? В другой раз приедешь без жены, за пять тысяч возьмешь ее на всю ночь. Для тебя не деньги. Полежит с тобой, потом до утра будет печку топить. Оба в одном флаконе.

После ужина он прихватил одеяло и отправился спать в машине, чтобы ночью с нее что-нибудь не свинтили. Шубин очень хорошо его понимал. Монголы, под влиянием буддизма став самым мирным из азиатских народов, тащат друг у друга все, что плохо лежит, стоит и даже бродит по степи, как овцы. Лихой человек за рулем норовит съехать с трассы, засунуть в багажник блеющие тридцать долларов и дать газу, пока пастух, бессильно ругаясь, скачет к нему на своей коротконогой гривастой лошадке с глазами гаремной узницы.

48

Ночью Шубин проснулся от холода. Печка потухла и остыла, он снова растопил ее, стараясь не разбудить жену, спавшую на соседней кровати, откинул полог, вылез из юрты помочиться и обомлел. Мела метель, с невидимого неба струями текла снежная крупа. Погода переменилась внезапно, как часто бывает в Монголии в конце сентября. У монголов не четыре времени года, а пять, осени нет, зато есть три разных лета. За последним из них сразу наступает зима.

Автомобильная стоянка находилась возле ограды. Издали Шубин с трудом различил силуэт засыпанной снегом «хонды». Баатар спал в ней, как медведь в берлоге. По совести, следовало увести его в юрту, все равно в такую погоду непрофессиональные воры на дело не ходят, но до стоянки было метров сто, не хотелось тащиться туда в трусах и майке. Шубин решил, что черт с ним — замерзнет, сам придет.

В юрте он до отказа набил печку дровами, взял со свободной кровати еще одно одеяло и снова лег. Жена в двух свитерах спала как убитая, не реагируя ни на бряканье заслонки, ни на гудение рвущегося к небу пламени. При таком ветре тяга была отличная.

Под тремя одеялами удалось проспать до утра. Когда проснулся, в дырке вокруг трубы голубело ясное небо. Метель прекратилась. Жена лежала в постели, изучая карту Монголии.

— Сходи узнай насчет завтрака, — попросила она.

Шубин оделся и по пути в столовую завернул на стоянку. Лобовое стекло «хонды» оказалось почти чистым, значит, под утро Баатар включал «дворники». Видно было, что он спит, сидя за рулем и как-то странно отвалив голову набок.

Вдруг сделалась очевидной неестественность его позы. Тело по-неживому вывернуто, скрюченная шея не держит голову. В панике Шубин ладонью замолотил по стеклу, одновременно со всей силы дергая ручку дверцы. Баатар открыл глаза, увидел над собой его лицо и заулыбался непослушным спросонья ртом. Шубин испытал такое облегчение, будто воскресил его из мертвых.

После завтрака жена уселась перед зеркалом, достала косметичку и минут двадцать приводила себя в порядок. Шубин с Баатаром ждали ее возле юрты. За это время к монастырю подкатил автобус с немецкими туристами. Они, видимо, ехали всю ночь, плохо спали и вяло тянулись к воротам, то и дело сбивая снег с ботинок, словно так им будет легче идти. Большая часть экипирована была явно не по погоде. Это вселяло надежду, что надолго их не хватит, удастся побродить по монастырю в одиночестве. Голландцы, как сообщил Баатар, с утра отбыли обратно в Улан-Батор.

— Тут один бизнесмен есть, — кивнул он в сторону Хар-Хорина, раскинувшегося слева от них россыпью рубероидных и шиферных крыш. — Тоже красной икрой интересуется. Я с ним сейчас говорил.

— Про икру?

— Про мою карту. В прошлый раз он мне пятьдесят долларов за нее давал. Теперь сто дает.

— Отдашь за сотню?

Баатар качнул головой как человек, поставленный перед нелегким выбором.

— Не знаю. До вечера думать буду.

Наконец жена соизволила выйти из юрты. На ней была финская куртка на синтепоне и кожаная шапка монгольского цирика со свисающим сзади лисьим хвостом, купленная в сувенирном отделе улан-баторского ЦУМа. От приобретения не оскорбляющих землю сапог с загнутыми носами Шубин сумел ее удержать. В приступах расточительства она осыпала его и себя ворохами ненужных тряпок, потом все это воспринималось как морок и помутнение рассудка, оборачивалось слезами, попытками сдать покупки обратно в магазин и переходило в режим такой же бессмысленной экономии с отказом от всего способного доставить им удовольствие. Они так тяжело выкарабкивались из бедности, что на шестом десятке жена заново училась обращению с деньгами. Она панически боялась их тратить, но в то же время знала, что этого зверя, стерегущего семейный покой, нужно иногда выпускать на волю, чтобы не взбесился и не покусал хозяев.

Шубину не терпелось увидеть, какое впечатление произведет на нее Эрдене-Дзу при солнечном свете. Вчера он едва проступал из темноты, а сейчас открылся во всем своем великолепии.

Сразу за дорогой, разделяющей владения двух братьев, сто восемь соединенных невысокой стеной белоснежных субурганов с мощными квадратными основаниями, длинными шпилями и вспыхивающими на солнце навершьями уходили в обе стороны от центральных ворот. Они казались цепью фантастических крепостных башен. За ними виднелись припорошенные снежком кровли храмов.

Было чуть ниже нуля, снег не таял, но с возвышенностей и открытых мест его уже сдуло ветром. К утру ветер переменил направление и порывами налетал с юга. Начинала шуметь сухая трава, становилось теплее и вместе с этим эфемерным теплом охватывало молодое, забытое чувство предельной полноты жизни. Все, что в ней было не так, как хотел бы Шубин, затмевалось восторгом этой минуты.

— Да-а! — благоговейно прошептала жена и в благодарность за то, что он все-таки привез ее сюда, хотя она, дура, думала остаться в «Нюхте», чмокнула его в щеку.

Мимо, оживленно переговариваясь, прошли двое пожилых монголов с темными морщинистыми лицами, одетые в синие дэли с оранжевыми, как положено мужчинам, поясами. О чем они говорят, Шубин не понимал, но слышал, что по-монгольски.

— Китайцы, — вслед им констатировал Баатар.

— А похожи на монголов, — сказала жена.

— Потому что давно у нас живут, лет сто или больше. Имена у них монгольские, говорят по-нашему. Многие даже китайского языка не знают.

— Ты их легко отличаешь? — спросил Шубин.

— Легко. Мы умеем.

— По лицам?

— Нет, в них монгольской крови много. По лицам не отличишь.

— А как?

— По зубам, — объяснил Баатар.

Он остался сторожить свою «хонду», а Шубин с женой двинулись через дорогу, стараясь не смотреть на заборы и унылые бараки слева от монастыря. Там начинался Хар-Хорин. По здешним понятиям этот убогий поселок городского типа считался крупным административным центром, в газетах постоянно поднимался вопрос о переносе сюда столицы из Улан-Батора. Тотальное возвращение к заветам предков стояло на повестке дня, идея устранить разрыв между монгольской государственностью и главной национальной святыней успела проникнуть в массы. Нынешний президент включил ее в свою предвыборную программу, но пока дело не шло дальше разговоров о разработке генерального плана будущей столицы. Как всегда, все упиралось в финансы.

Под стеной с субурганами стоял туристский автобус, водитель через шланг отливал бензин в ведро, которое держал гололобый лама в багровой монашеской курме. Немцы уже разбрелись по территории, но кое-кто задержался в проеме ворот. Под их черепичной крышей расположились торговцы сувенирами. Чтобы попасть в монастырь, нужно было пройти между двумя шеренгами длиной метров по пять каждая. В сезон они наверняка были длиннее.

Шубин взял курс на правую. Сувенирные развалы завораживали его едва ли не больше, чем сами достопримечательности. Жена знала за ним эту слабость и приготовилась ей противостоять.

— Пойдем, потом посмотришь, — сказала она как бы рассеянно.

Он огрызнулся:

— Почему всегда — потом?

— Не всегда, не ври.

— Практически всегда.

— Хорошо, — смирилась жена, — посмотри, только, пожалуйста, ничего не покупай.

— Почему?

— Потому что это глупость — покупать у первых попавшихся. Дальше будет то же самое, но дешевле.

Тут она была права, и Шубин не стал спорить.

Продавцы стояли или сидели на корточках над кусками полиэтилена, расстеленными на земле и прижатыми по углам камешками, чтобы не хлопали на ветру. То, что на них лежало, Шубин множество раз видел в других местах и легко дал увести себя от этих сокровищ.

Слева за воротами сгрудились монастырские здания. Он начал показывать их жене. Вон то, небольшое, в китайском стиле, — это Западный храм, триста лет назад построенный Абатай-ханом, который и прикатил сюда из Тибета колесо учения. За ним — Средний, более поздний, но с уникальным вторым этажом, изображающим лес и горы, там в пещерах и в дуплах деревьев сидят отлитые из бронзы великие проповедники желтой религии. Дальше — трехэтажный тибетский Лавран с плоской крышей.

Правее глазу не на чем было остановиться. Там царила абсолютная пустота, вдали очерченная все той же линией сливающихся с заснеженным полем субурганов. Ровная, безжизненная белизна этого пространства нарушалась только обнажившейся на пригорках землей, светло-желтыми островками иссохшего ковыля и беспорядочно разбросанными повсюду пористыми серыми камнями. Некоторые сохранили следы приданной им формы, но большинство ничем не обнаруживало тот факт, что когда-то с ними имели дело каменотесы.

Семь столетий назад здесь блистал прославленный в веках и народах Тумэн-Амалган — дворец Десяти Тысяч Благословений, резиденция Чингисхана и Угэдэя. Потрясатель вселенной повелел воздвигнуть его на своей малой родине, в Приорхонье, где простирались отцовские кочевья. Из дерева, камня и обожженной глины китайские мастера сотворили чудо. Тумэн-Амалган восхищал и вселял трепет, подавлял мощью, но и внушал мысль о том, что подобная красота не может таить в себе зло. Дворец имел форму прямоугольника, его своды поддерживали шестьдесят четыре колонны из цельных стволов хангайской лиственницы, покрытые резьбой, ярко раскрашенные и укрепленные в базах черного гранита. Многоярусные кровли устилала черепица, облитая зеленой и красной глазурью, крышу венчали изваяния львов и драконов. Они тем щедрее ниспосылали богатство и долгоденствие, чем выше их возносили над землей.

В центре парадной залы стояло чудесное дерево работы парижанина Гийома Буше. Никто не знал, каким ветром занесло этого француза в монгольские степи и куда он потом делся, но здесь ему удалось обессмертить свое имя. От ствола отходили ветви с серебряной листвой, над вершиной парил ангел, тоже сделанный из серебра, с трубой в руке, словно был из тех семи, что при Страшном суде возвестят восстание мертвых и падение полынь-звезды на источники вод, а из пышной кроны свисали четыре драконьих головы с отверстыми пастями. При взгляде на них ужас проникал в душу, хотя эти твари были совершенно безобидны, как и ангел на вершине. По его сигналу, когда он начинал дудеть в свой рожок, один дракон извергал из себя вино, второй — мед, третий — рисовую водку или ячменное пиво, четвертый — кумыс. Четыре струи лились в отдельные чаны, и гости черпали из них напиток по своему вкусу.

Каракорум примыкал к Тумэн-Амалгану с запада, вытянувшись вдоль русла Орхона. По мановению царственной длани огромный цветущий город поднялся в дикой степи, где сроду ничего подобного не бывало. Он казался оазисом иной, нездешней жизни, возникшей вокруг дворца, как финиковые рощи вырастают в пустыне возле бьющего из песков источника. Первых его жителей насильно согнали сюда со всех концов земли. Эти люди были рабами хагана, но уже их дети стали гражданами мира. Они говорили на ста языках, молились в пагодах, кумирнях, церквах и мечетях под защитой закона и стены с четырьмя воротами, ориентированными по сторонам света. Четверка драконов на дереве с серебряной листвой откликалась в правилах местной торговли. У северных ворот продавали лошадей, у западных — овец и коз, у восточных торговали зерном, у южных — повозками и быками. Остальные товары свозили на городской рынок. Все дороги Азии вели в этот город, но век его оказался недолог. Умер Хубилай, внук Чингисхана, и монгольскую династию Юань свергли с престола Поднебесной империи. Тогда же из Пекина послали специальный отряд, сровнявший с землей и Каракорум, и Тумэн-Амалган со всеми его чудесами. Китайцы хотели уничтожить саму память о позоре былой покорности степным варварам.

Новая жизнь зародилась тут лишь через двести лет и была не похожа на прежнюю. Задуманный как единственная неподвижная точка, вокруг которой вращается послушная хагану вселенная, Каракорум превратился в буддийский монастырь, где власть над миром ценится дешевле куска баранины. Вернувшись из Тибета, новообращенный Абатай-хан разбил свою ставку на руинах мертвой столицы, оставшиеся от нее камни пошли на храмы Эрдене-Дзу, а те, что сейчас валялись под ногами, строителям, значит, не пригодились.

Пока Шубин рассказывал, жена взяла его под руку. Ей приятно было, что он так много знает. Его эрудицию она считала их общим семейным достоянием.

Неподалеку от Лаврана стайка бритоголовых учеников монастырской школы играла в футбол. Наверное, у них началась перемена. Новенький яркий мяч летал по вытоптанной площадке. Под бордовыми халатами мелькали свежие кроссовки, будущие ламы умело пасовали и деловито перекрикивались между собой. Немцы, кое-как дотянувшиеся сюда от главных ворот, наблюдали за игрой, обмениваясь впечатлениями. По их благосклонным улыбкам Шубин догадывался, о чем они говорят. Смысл был тот, что даже здесь, на краю света, все как везде. Однородность жизни успокаивала и делала необязательным строгое подчинение экскурсионной программе. Всюду было одно и то же, не имело смысла тащиться по снегу в летних ботинках, чтобы осмотреть еще один храм.

На краю футбольного поля торчал столбик с табличкой «Касса» на монгольском, английском и русском, который здесь, как везде в новой Монголии, перешел со второй позиции на третью. Стрелка отсылала назад, к воротам.

Жена забеспокоилась:

— Надо взять входные билеты.

— Обойдется, — решил Шубин. — Мы уже вошли.

— А если будут проверять? Я не хочу платить штраф. Забыл, как в Италии нас оштрафовали?

Год назад они были в Риме, где видели дворец Кристины Августы, желтый и скучный, как здание губернской Казенной палаты. Она умерла в этом дворце одинокая, всеми отвергнутая, потому что не смогла всецело посвятить себя философии и любви. Один журавль или карлик в нее все-таки вселился и заставил убить изменившего ей любовника.

Жена твердо стояла на том, что надо купить билеты, без них она не чувствует себя свободным человеком. Эта архаическая законопослушность была наследием брежневской эпохи, но пережила ее на двадцать лет, как слон на площади Бастилии — империю Наполеона. Пришлось вернуться к притулившемуся под монастырской стеной невзрачному одноэтажному строению из силикатного кирпича. При входе они не обратили на него внимания. Надпись на пяти языках, с добавлением немецкого и японского, извещала, что наряду с кассой и администрацией заповедника внутри находится антикварный магазин. Для жены это оказалось неприятным сюрпризом, но отступать было поздно.

Касса как таковая отсутствовала, за билетами следовало обращаться к директору музея. Вероятно, это был его личный бизнес. Шубин зашел к нему в кабинет и поздоровался:

— Сайн-байна.

— Сайн-байна, сайн-байна уу, — ответили ему в два голоса.

Кроме директора, простого дядьки, одетого в двубортный черный костюм с ватными плечами и похожего на председателя колхоза, в кабинете сидел мужчина лет пятидесяти в джинсах и дорогом кашемировом свитере, по лицу — русский. Прежде чем встать и уйти, он что-то сказал директору по-монгольски. Лицо его показалось знакомым, но Шубин находился не в том возрасте, чтобы придавать значение подобным вещам. Разнообразие человеческой природы уже не представлялось неисчерпаемым, как в юности. Через его жизнь прошло столько людей, что каждый новый человек напоминал кого-то другого, кто появлялся в ней прежде.

Он приобрел у директора две подозрительного вида бумажки со штампиком и как можно равнодушнее сказал жене, что заглянет в магазин, раз уж они сюда пришли.

— Не терпится тебе! — с ходу взяла она неверный тон. — По-моему, ты неплохо развлекся шопингом в Улан-Баторе. Потратил триста долларов.

— Двести с небольшим.

— Не в деньгах дело. Дома все это будет валяться по шкафам, в лучшем случае — пылиться на книжной полке.

— Когда ты покупала эту шапку, я тебе ничего не говорил, — напомнил Шубин.

— Сравнил! — возмутилась она. — Шапка — нужная вещь. Пожалуйста, купи себе хорошую шапку или ботинки, я буду только рада. Но я не могу спокойно смотреть, как ты тратишь деньги на всякое барахло.

— Имею право. Я их заработал.

Этого лучше было не говорить. Жена поджала губы и потребовала отдать ей ее билет.

— Хочу иметь полную свободу действий. Ты сам по себе, я сама по себе. Встретимся в юрте, — сказала она и ушла, оставив Шубина перед входом в магазин.

Из коридора туда вела богатая филенчатая дверь, гостеприимно распахнутая. Сбоку от нее немолодая монголка в брюках и свитере продавала печатную продукцию для туристов — открытки, буклеты, карты, английский путеводитель по Улан-Батору, брошюру «Музей-заповедник Эрдене-Дзу» с нескромным фото автора при орденах и в шляпе. С краю притулилось полдесятка научных трудов на русском, нераспроданных еще с советских времен. Названия типа «Женское движение в МНР» или «Могильники раннего железного века в Забайкалье» пробуждали легкую ностальгию.

— Откуда вы? — по-русски спросила продавщица.

— Из Москвы.

— О-о! — уважительно отнеслась она к этому факту. — Из Москвы к нам редко теперь приезжают. Из Иркутска ездят, из Бурятии, но публика не та, что раньше. Интеллигентных людей почти нет, книгами мало интересуются.

Нужно было что-то у нее купить, желательно не про могильники и не про женское движение. Глаз упал на серенькую, в бумажной обложке, книжечку «Русские в Монголии». Издано в Улан-Удэ, в 1988 году. На титуле честно указывалось, что это даже не монография, а сборник статей.

Посмотрев оглавление, Шубин отметил, что на третьем году перестройки новые веяния в исторической науке еще не дошли до Бурятии, страны вечнозеленых помидоров. Статьи располагались по принципу обратной хронологии — чем современнее тематика, тем ближе к началу. Сборник открывался пространным трудом о братской помощи, оказанной монгольскому народу советским народом при строительстве горно-обогатительного комбината в Булаганском аймаке, и завершался небольшой, на три странички, работой некоего Д.Б.Хангалова «Царевич-миротворец. Неизвестный эпизод из истории русско-монгольских культурных связей».

Шубин открыл ее и прочел первую фразу: «Публикуемое нами ниже сообщение о том, что в 80-х гг. XVII в. в Халхе жил человек, выдававший себя за сына царя Василия Шуйского, представляет значительный научный интерес как еще одно доказательство давности и прочности отношений между нашими странами».

Книжка немедленно была куплена, сдача оставлена хранительнице русско-монгольских связей. Через пять минут Шубин сидел на корточках у крыльца и читал статью Хангалова. То, что она ему попалась, хотя изначально не имела на это никаких шансов, нисколько не удивяло. Его обо всем предупредили заранее. «Черно-рус, ицо продолговато, одна бровь выше другой, нижняя губа оотвисла чуть-чуть», — вспомнила жена еще в Улан-Ба- оре. Человек с такими приметами сам вызвался привез- и их сюда. Вещий холодок вошел вчера в сердце, когда Баатар сказал, что вон за теми холмами — Эрдене-Дзу. На ороге тех мест, о которых мечтаешь всю жизнь, пред- увствия бывают острее, чем где бы то ни было.

Глава 16
ГОРОД МЕРТВЫХ

49

Все началось в Улан-Баторе, в Республиканской биб
лиотеке. Тогда еще статуя Сталина стояла перед ней, а н
в ночном клубе с голыми девушками, где его заново по
крыли бронзовой краской от шевелюры до подметок
Правую руку вождь держал на груди, заложив кисть меж
ду пуговицами френча. Прежде это была поза державно
го покоя, а теперь казалось, что он тянется рукой к боль
ному сердцу.

Работая в рукописном отделе, Хангалов наткнулс
на монгольский перевод книги жившего в начале XVII
века китайского историка Чжан Юйшу «Повествова
ние об умиротворении и присоединении Северо-Запад
ного края». В ней рассказывалось о войне маньчжур
ского императора Канси с джунгарским Галдан-ханом
и вхождении Внешней Монголии в состав импери
Цинов. По-монгольски это сочинение называлось «Ба
руун хойт газрыг тувшитгэн тогтоосон бодлогын бичиг
и давно было известно специалистам. Заслуга Ханга
лова состояла в том, что он нашел еще один список тог
же перевода, более поздний. В середине XIX века текс
скопировал лама бурятского происхождения Чени

Тыхеев из Эрдене-Дзу. Свой труд он сопроводил историческим комментарием с опорой на дошедшую до него устную традицию. Предания об этих судьбоносных для монголов событиях долго сохранялись в народной памяти.

Вначале Хангалов приводил цитату из Чжан Юйшу с описанием политической обстановки в Халхе летом 1688 года:

«Галдан-хан с войском вторгся во владения Тушету-хана и захватил Эрдене-Дзу. Грабежи, убийства, пленение тайджей, пожары в дацанах и хийдах, истребление буддийских книг — вот его дела. Люди Халхи в страхе разбрелись кто куда, оставив юрты, скот и имущество. Тушету-хан бежал под защиту императора Канси, прося у него помощи».

Далее цитировалось примечание к этой записи, сделанное Ченином Тыхеевым:

«Рассказывают, что в то время в Эрдене-Дзу проживал один знатный старый орос, князь 2-й степени, сын цаган-хагана Шу-Ки. Он пришел сюда из земли оросов, где его хотели убить за желание принять желтую веру. Святейший Ундур-гэген Дзанабадзар высоко ценил его за мудрость и умение узнавать будущее по звездам. Когда джунгары пришли в Эрдене-Дзу, этот орос явился к Галдан-хану и сказал, что нужно прекратить войну, потому что ее затеяли духи тогру и одой, которые входят в людей и вынуждают их воевать между собой. Галдан-хан прогнал его от себя, тогда он поехал к Тушету-хану и стал говорить ему то же самое, но китайцы убили его, и война продолжалась, пока вся Халха не стала владением императора Канси. Потом святейший Ундур-гэген привез в Эрдене-Дзу землю с могилы этого ороса».

Затем слово брал сам Хангалов.

«В конце XVII в., — писал он, — пути из Сибири в Монголию были хорошо известны, первые казаки появились в Халхе еще в 1616 г. Позднее сюда стали пробираться гонимые раскольники. Этот русский мог быть казаком, служилым человеком, раскольником или беглым ссыльным, а сообщение о его княжеском титуле основано, как можно предположить, на недоразумении. По-видимому, он носил имя Иван, что монголы истолковали как "ван", то есть князь 2-й степени по маньчжурской иерархии. Вполне объяснимо и утверждение будто его отцом являлся цаган-хаган — Белый царь, общепринятое в тюрко-монгольском мире наименование российских государей. По нашему мнению, живший при Ундур-гэгене "царевич" был типичным порождением той эпохи, когда самозванчество как характерная для России форма социального протеста стало массовым явлением. Шу-Ки — это, несомненно, Василий Шуйский. Наш герой называл себя его сыном, поэтому гипотеза о том, что его сослали в Сибирь как политического преступника, представляется наиболее вероятной. Что касается войны тогру и одой, т.е. журавлей с маленькими людьми, пигмеями, здесь мы имеем дело с древнейшим мифологическим сюжетом, представленным в фольклоре разных народов, но радикально переработанным в духе буддийского пацифизма. Это еще раз доказывает, что история наших культурных связей уходит корнями...»

Дальше можно было не читать. Шубин оттолкнулся спиной от стены и встал. Потеплело, снег начинал таять. За дальней линией субурганов невидимо тек Орхон, воздух там туманился, сгущенный расстоянием и влажностью. Дальше гряда за грядой поднимались плоские растущие вширь холмы, на их фоне монастырь казался совсем крохотным. От его красоты щемило сердце, настолько она была неоспоримой и в то же время непрочной, безропотно готовой раствориться в окрестном пейзаже. «Я не знаю, почему он поселился именно в этом месте, но оно того стоило», — справедливо писал Прохор Гулыбин, забайкальский казак на японской службе, прилетавший сюда за другим царевичем.

Шубин обвел взглядом внутристенное пространство. Где-то здесь, в неровном кольце из ста восьми белых тибетских ступ, лежал прах его любимца, привезенный сюда Ундур-гэгеном из ставки Тушету-хана. Там он в последний раз пропел свою песню о журавлях и карликах, ставшую для него лебединой.

Чтобы в Москве ему сохранили жизнь, Анкудинов должен был сказать Никите Романову приблизительно следующее: «Коли король польский или свейская королева, или турский султан и иные государи, будь они папежской веры или люторской, или бусурманской, всей силой пойдут на нашего великого государя со всем своим войском, пешим и конным, то ежели вы — карлики, я среди вас — журавль, дающий вам силу против моих собратий, а ежели природа ваша журавлиная, то я — карлик, и без меня вы все падете, яко назем на пашню и снопы позади жнеца».

Он перебывал католиком, протестантом, мусульманином, иудеем. Его, как вакцину, впрыснули в тело державы, чтобы она переболела легкой формой этих смертельных болезней, грозящих ей с запада и с юга, а потом отправили к монголам, посчитав, что для безопасности с востока нужно привить ему еще и желтую религию.

Шубин с сожалением отмел эту красивую гипотезу. Скорее всего Конюховского выдали за Анкудинова и четвертовали вместо него, потому что никто другой под руку не подвернулся, а Тимошку под чужим именем оставили при Посольском приказе как ценного специалиста со знанием иностранных языков, хорошо знакомого с политической обстановкой в Европе и Азии. Кадровый голод заставил московских дипломатов пойти на этот подлог, но позднее Анкудинов или проштрафился, или просто в его услугах перестали нуждаться. Ему припомнили старое и сослали в Сибирь, оттуда он бежал в Монголию, где пополнил коллекцию принятых им исповеданий еще одним экземпляром.

Могло, конечно, быть и по-другому. Гадать не имело смысла. Есть вещи, которых не узнаешь никогда. Довольно и того, что в конце пути этот человек подал о себе хоть какую-то весть. Через три столетия после смерти он послал своему биографу снисходительный привет, как пролетающий над деревенским прудом дикий гусь — домашнему, как владелец бессчетных душ — хозяину единственной жалкой душонки, как хранитель тайн — отгадчику кроссвордов.

«Потщитесь понять, кто я был таков, — предупреждал Анкудинов голштинского герцога, — от кого послан и для чего ездил много лет по разным государствам, и станете узнавать путь мой по звездам и улавливать меня мысленными тенетами, но духа моего пленить не сможете, ибо тайна сия непостижна есть для смертных».

Одно было несомненно: ни журавли, ни карлики не сумели в него вселиться. Он так быстро бежал и так часто менял обличья, что всякий раз ускользал от них, когда они норовили завладеть его душой.

От тишины и солнца звенело в ушах. Хуврэки, игравшие в футбол, ушли на занятия, немцы толпились возле

Западного храма. Жены нигде не было видно. Шубин собрался идти ее искать, но передумал и пошел в антикварный магазин.

Вдоль стен тянулись составленные из столов прилавки. За ними никого не было, продавцы обступили прибывшую с немцами экскурсоводшу. Они, должно быть, пытались узнать у нее, планируются ли на сегодня другие автобусы с туристами, но при виде Шубина поспешили занять свои рабочие места. Ни одного покупателя он не заметил. Немцы или уже отоварились, или оставили главное удовольствие напоследок.

На столах были разложены ритуальные маски из пластмассы, будды и бодисатвы конвейерного литья, колокольчики, храмовые барабанчики, трехгранные жертвенные ножи, вачиры, курильницы, ручные молитвенные мельницы, еще какие-то принадлежности культа, чье назначение Шубин мог лишь предполагать. На каждой вещице незримо проступало клеймо made in China. Зеленели искусственной окисью дешевые сплавы, неубедительно выдающие себя за бронзу, штампованный мельхиор маскировался под старинное серебро с благородной чернью во впадинах чеканки. Работа была грубая, китайские производители давно усвоили западный принцип: вещь должна быть достаточно плоха, чтобы хорошо продаваться.

Чем дальше от входа, тем чаще в море этих сорочьих сокровищ стали попадаться островки настоящего антиквариата. Появились глиняные амулеты в застекленных, как детские секретики, коробочках, ташуры с ременными хвостами, деревянные чаши-аяги, хитроумные замки из кованых звеньев, свидетельствующие, что добродетельные кочевники не чурались воровства задолго до того, как атеизм и социализм повели атаку на их моральные устои.

Всегда отдельно, в центре расчищенного для него пространства, то тут, то там возлежал хан здешних антикварных лавок — узкий монгольский нож с украшенной серебром круглой ручкой, верно служивший своему хозяину за обедом и при нарезке табака. Иных подвигов за ним обычно не водилось. Такой нож смело можно вешать в гостиной, не боясь испортить себе карму. Вероятность того, что его лезвие хоть раз омылось горячей кровью, ничтожно мала. Те ножи, которыми режут скот и сдирают шкуры с тарбаганов, лежали в других магазинах, туристы ими не интересовались.

Одна девушка за тысячу долларов продавала кремневое ружье. Она вынула из уха проводок от плеера и по-английски сказала Шубину, что с этим ружьем ее дед ходил на охоту. Задушевная интонация выдавала трезвый экономический расчет. За фамильную реликвию можно было просить подороже, готовность оторвать ее от сердца включалась в тариф.

На соседнем столе выделялись наконечники стрел разной формы и разного предназначения, нарытые самим продавцом или потыренные на раскопках. Чего-чего, а их в этой земле было видимо-невидимо. Темные, но чистые, прокипяченные, вероятно, в дистиллированной воде, чтобы отошла ржавчина, они поражали своими размерами и тяжкой мощью. Чтобы запустить в полет стрелу с этакой махиной на конце, лук должен быть поистине богатырским. В Улан-Баторе, над громадной, во всю стену, витриной в Национальном музее, сплошь увешанной такими же ромбовидными и треугольными железяками, Шубин видел горделивую надпись: «Стратегическое оружие древних монголов». С этим оружием они покорили полмира.

Еще через пару шагов мишура китайских поделок уступила место бурханам столетней давности. Крупные и поменьше, литые и склепанные из кусков металла, тускло-желтые, посеребренные, раскрашенные в цвета четырех стихий, они стояли каждый сам по себе, не равняясь на других. Кое-кого из них Шубин знал по имени. Дарующий земные блага пузатый Намсарай по-дамски сидел верхом на льве и держал в руках мышь со счастливой жемчужиной во рту, бодисатва Маньчжушри поднимал меч, чтобы рассечь мрак невежества и заблуждений, кротко клонила голову к плечу милосердная Дара-Эхэ с глазами на руках и на ступнях ног, яростный синеликий Махакала плясал на бычьем трупе. Шубин прицелился к небольшому Цзонхабе и понял, что покупка даже самого скромного из этих красавцев будет стоить ему скандала с женой.

Оставались ксилографы. Эти резные деревянные доски, с которых в монастырских печатнях тискались книги или иконы, обычно стоили от пятнадцати до пятидесяти долларов, в зависимости от величины и наличия рисунков. Одна из них, выделяемая продавцом как лучшая и поэтому не лежавшая в общей куче, а прислоненная к стене, сразу бросилась в глаза. Шубин взял ее в руки. Ксилограф был размером с поднос, тончайшей работы, с каллиграфическим тибетским текстом и чудесным рисунком.

Продавец, молодой парень в бейсболке, написал на бумажке цифру два с пятью нулями. В пересчете с тугриков на доллары это составляло без малого две сотни. Шубин положил доску на прилавок и медленно пошел дальше, надеясь, что остановят и сбросят цену. На третьем шаге не продавец, а кто-то другой сзади тронул его за плечо. Он обернулся. Перед ним стоял мужчина, с которым полчаса назад столкнулся в директорском кабинете.

— Из Москвы? — спросил он по-русски без малейшего акцента.

— Да.

— И двести баксов для вас дорого? Это же аукционная вещь, в Европе стоит минимум тысячу. Ее просто так не вывезешь, не пропустят на таможне. Нужно разрешение от министерства культуры, с фотографией. У нас оно есть, пожалуйста. Сами понимаете, тоже входит в цену.

Мужчина взял у продавца доску и, любовно ее оглаживая, начал объяснять, насколько она хороша и чем именно заслужила право быть проданной на аукционе. Выражение его длинного лица с чуть отвисшей нижней губой все меньше и меньше совпадало со смыслом сказанного. Внезапно левая бровь у него поползла вверх, он улыбнулся.

— Не узнаешь?

Шубин узнал его секундой раньше, не испытав при этом ничего, никаких чувств, кроме страха, что все так сошлось.

50

Третьего октября одиннадцать лет назад Жохов сидел на асфальте возле баррикады на Дружинниковской улице и безучастно смотрел, как трое мужчин пенсионного возраста взбадривают палками вялый костерок из обломков багета и фрагментов порезанного на куски Клинтона. Сам он отделался быстро набухающим подбровьем и рассеченной губой. Кроме того, при обыске порвали карман.

Ясноглазый крепыш в лыжной ветровке стоял рядом, изучая оба отобранных у Жохова паспорта, внутренний и международный, в котором, слава богу, не имелось ни одной визы. Последнюю неделю он на всякий случай носил при себе тот и другой, но не вместе, а в разных отсеках куртки.

Подошла немолодая женщина, с виду вполне мирная. Впечатление оказалось обманчивым.

— Смотрите! — надрывно завопила она, обеими руками оттопыривая жидкие, с незакрашенной сединой у корней, кудельки на висках. — Вчера ни одного седого волоса не было! Это из-за таких, как он! Дайте ему, парни!

Спектакль явно был не премьерный. Ясноглазый привычно шикнул на нее и подозвал своих ребят. Коротко потолковали, его голова повелительно мотнулась в сторону Белого дома. Одному из двоих он отдал жоховские паспорта. Они ухватили Жохова под мышки, вздернули на ноги и повели в указанном направлении. Он уже очухался и попробовал с ними заговорить, попросил сигаретку. Ноль внимания. Тот, что шел слева, придерживал его пониже плеча, сквозь рукав чувствовались чугунные пальцы.

Второй достал пропуск. Приближались к боковому подъезду, когда из толпы кто-то крикнул им что-то радостно-тревожное. Что именно, Жохов не расслышал. Тут же, ни слова не говоря, они отпустили его и рванули в противоположную сторону. Один, обернувшись на бегу, бросил ему оба паспорта.

Жохов застыл как завороженный, не веря своему счастью. Причина раскрылась позже. В это время волонтеров скликали в поход на Останкино, и его конвоиры испугались, что им не хватит места в грузовиках.

Никто к нему больше не привязывался. Он сделал независимое лицо и пошел домой. Сердце пело, пока в подъезде не обнаружил, что из разорванного кармана выпали ключи от квартиры. Искать их на том месте, где его били, казалось рискованно, да и слабо верилось, что они там до сих пор лежат. Жохов стал звонить к соседям, чтобы пустили умыться и позвонить Кате, но нигде не только не открыли, а даже не спросили, кто там. Люди предпочитали не подходить к дверям, будто никого нет дома.

Кое-как он утерся низом рубашки, снова заправил ее в штаны, спустился в двор и по Рочдельской, мимо американского посольства, вышел на Садовое. Все таксофоны, попадавшиеся по дороге, не работали. Наконец нашелся один исправный, но у Талочки никто не брал трубку. Жохов вспомнил, что сегодня воскресенье, Катя с теткой и Наташей собирались в гости к родственникам. Вернутся, значит, не раньше девяти.

Нужно было где-то перекантоваться до вечера. Проще всего найти недорогое кафе с интимным освещением, забиться в угол и отмякнуть за рюмкой коньяка и чашечкой кофе. Деньги были, и немало. Хранились они не в бумажнике, где для отвода глаз лежало всего несколько сотен, а в потайном кармане с толстой суконной простежкой и практически не поддавались прощупыванию. При обыске до них не добрались.

На углу Нового Арбата кучкой стояли омоновцы. Один с деланой ленцой заступил дорогу.

— Кто это тебя? — спросил он, без сочувствия разглядывая его покорябанную физию.

— Они, — кивнул Жохов в сторону Белого дома.

— Ай-яй, какие нехорошие.

Омоновец подцепил пальцем ленточку с ленинским профилем, по-прежнему алевшую на груди у Жохова. Он забыл про нее начисто.

Чудом удалось увернуться от дубинки, которая не так больно, как могла бы при прямом ударе, проехала по плечу. Едва не упав, Жохов перебежал улицу и дунул по тротуару, виляя между прохожими. Битое стекло хрустело под ногами.

Через полквартала перешел на шаг. Никто его не преследовал. Значок был выброшен, но и без него не стоило с такой мордой маячить на проспекте. За кинотеатром «Октябрь» он свернул на Борисоглебский, бывшую Писемского, и осенило, что совсем рядом, буквально в двух шагах, находится монгольское посольство. С весны в нем работал старый друг Саша, сын монгольского генерала. Отец по своим каналам сумел перенацелить его с бесперспективной по нынешним временам геологии на дипломатию. Пару раз Жохов заходил к нему в гости, после того как летом случайно встретились на Ярославском вокзале. Саша получал там прибывшую с улан-баторским поездом экологически чистую баранину для посла.

Жохов взял со стола бутылку «Столичной» с недавно приговоренной к сносу гостиницей «Москва» и гроздью выставочных медалей на этикетке, снова наполнил рюмки. Себе налил поменьше. Пил он всегда немного.

Сидели в его двухкомнатной квартире на главной улице Хар-Хорина, в двухэтажном кирпичном доме типа тех, какие на Урале, в родном городе Шубина, после войны строили пленные немцы, а здесь, наверное, японцы. Квартира была с хорошей мебелью, с тюлевыми занавесками и кружевной салфеткой на телевизоре. По дороге Жохов сказал, что женат на монголке. Она врач, при Цеденбале по путевке окончила иркутский мединститут, заведует инфекционным отделением в здешней больнице. Вчера ее вызвали в Улан-Батор на трехдневные курсы повышения квалификации.

Он закусил кровяной колбасой, закурил, открыл форточку и заговорил снова. Шубин слышал, как под окнами проезжают машины, с усыпляющим шумом разбрызгивая колесами лужи. В тепле, после водки, его разморило. Он крепился, но на пару минут все-таки задремал и пропустил несколько звеньев той цепи, на которой Жохова прямо со Старопесковского переулка зашвырнуло в Улан-Батор. Кто держал другой ее конец, тоже было неясно. Вроде какие-то монголы, Сашины знакомые. Лишь яйца завроподовых динозавров, водившихся на территории Гоби, докатились до него сквозь дремотный туман. Одно такое яйцо стоило три тысячи долларов, а если с зародышем, цена поднималась до ста тысяч. Эта цифра заставила окончательно проснуться.

— В тот же день и вылетели ночным рейсом, — рассказывал Жохов. — Морду мне подпудрили, Саша визу сделал, а эти гаврики с летчиками договорились, чтобы билетов не брать. В Улан-Баторе взяли «уазик», поехали в Даланцзагад. Это центр Южногобийского аймака. Так-то до него шестьсот километров, по здешним масштабам не расстояние, но по дороге ломались два раза, потом снег пошел, дорогу перемело. Пилили четыре дня. Бросился в Москву звонить, да вот хрен тебе! В Улан-Батор и то не прозвонишься.

— Обожди, — перебил Шубин. — Почему ты Кате сразу-то не сообщил?

— Так вышло. Я из посольства звонил, из аэропорта, из Улан-Батора. Не берут трубку, и все. Потом выяснилось, у Талочки телефон не работал. В Улан-Баторе пошел давать телеграмму и тут только спохватился, что не знаю номер дома. Улицу знаю, квартиру знаю, а это как-то не отложилось в памяти. Писем я ей не писал, платежки не заполнял. Незачем было запоминать. То ли так, то ли так, то ли так. Дал три телеграммы на три адреса, и все оказались неправильные... Значит, в Даланцзагаде подремонтировались и двинули в горы, на Гурван-Сайхн. Красота кругом потрясающая, но для жизни места гиблые. Одна только юрта и попалась по дороге. Живет баба с пятью ребятишками, все от разных мужей. Мужики там не задерживаются. Поживет немного, ребенка заделает и свалит куда-нибудь поближе к цивилизации. Недавно по телевизору документальный фильм показывали про гобийских женщин, так у них у всех, оказывается, дети от разных мужей, а мужа ни у одной нет. Вся страна смотрела и плакала. Моя прямо уревелась вся.

Имелась в виду его жена.

— И что дальше? — спросил Шубин.

— А ничего. Будут жить, как жили. И дочери у них так же будут жить и рожать от кого ни попадя. Ничего не поделаешь.

— Я не о том. Поехали вы за этими яйцами...

— Да, они мне кладку обещали нетронутую, а в кладке до сотни штук бывает. Три дня мотались, ничего не нашли. Опять снег повалил, но у меня до сих пор такое чувство, что там ничего и не было. Они же как дети, верят, что если может быть, значит, будет точно, можно считать, уже в кармане. Тут при Цеденбале надумали денежно-вещевую лотерею проводить, наши умники им насоветовали. Что потом творилось, ё-моё! Билеты расхватали, все уверены были, что выиграют.

— Яиц нет, снег повалил, — вернул его Шубин к основной теме. — Чем кончилось-то?

— Ничем, вернулись в Даланцзагад. Сидим день, сидим неделю. Самолеты не летают, машины не ходят, телефон не работает.

— А монголы твои что?

— А что им? Спят, водку жрут на мои деньги. Говорят, летом придем, найдем обязательно. К концу октября еле-еле добрались до Улан-Батора. Звоню Кате. Она уж меня похоронила, а я, видите ли, живой. Виноват, конечно, хотя для нее же старался... Плакать стала. Думаю, поплачет и простит. Ни хрена подобного! Велела больше к ней не показываться. Я не послушался, в Москве пошел с цветами, свитер привез кашемировый, шарф, шапку. Тогда кашемир дешевый был, это теперь цены взвинтили... Она меня выгнала, я опять пришел. На третий раз остался ночевать, но... В общем, не сложилось.

— И ты вернулся в Монголию?

— Ну, не сразу. Я много чем занимался, в дефолт все накрылось. А тут опять Саша. У него в посольстве зарплата маленькая, ему из Монголии литье привозили на продажу. Я с ним прошелся по антикварным, смотрю, цены нормальные, спрос есть. Полетел на разведку.

Он, видимо, утомился последовательным изложением событий и резко перешел к текущему моменту:

— Короче, шестой год здесь живу. Жена у меня из Хар-Хорина, родственники помогли раскрутиться. Я в молодости буддизмом увлекался, «Тибетскую книгу мертвых» прочел еще при Андропове. Кое-что в этом деле смыслил.

Через три месяца после того как он исчез, Шубин справлялся о нем у Гены, когда звонил поздравлять с Новым годом. Гена ответил, что не знает и знать не хочет, этот человек для него больше не существует. До Марика было уже не добраться, к тому времени он сменил все телефонные номера и пропал с горизонта. О его убийстве Шубин узнал из газет.

— Видал, в воротах всякую дрянь с земли продают? — продолжил Жохов. — Я сперва так же сидел, а сейчас у меня доля в магазине. Сам за прилавком не стою, как видишь. Нанял продавцов, работаю с агентами. Они по улусам ездят, скупают вещи. Раньше сам ездил. Туризм у нас на подъеме, за сезон до пяти тысяч баксов заколачиваю. Здесь это много. Столицу перенесут из Улан-Батора, будут все десять.

— Сначала пусть дорогу нормальную сделают, — сказал Шубин. — А то мы четыреста километров целый день пилили.

— Сделают, не беспокойся. Китайцев пригонят, они сделают.

На стене висела картинка в рамке под стеклом, но что на ней изображено, Шубин рассмотреть не мог, пока солнце не двинулось дальше к западу. Стекло перестало отсвечивать, и сердце будто тронули кошачьей лапкой с поджатыми коготками. Этот рисунок он знал всю жизнь.

Луна озаряла мощеную брусчаткой площадь, на ней из ночной тьмы выступал громадный слон с башней на спине, с облупившейся на ногах-тумбах штукатуркой, из-под которой вылезала каркасная дранка. В животе чернело отверстие с уходящей в него приставной лесенкой. Внутри обитали крысы, чья родня погубила другого слона с такой же дыркой в брюхе. Этот олицетворял собой мощь французского народа, взявшего Бастилию, тот —

монгольского, свергнувшего власть Пекина. Одиннадцать лет назад перед Белым домом копилась та же сила, но памятником ей стали заводская шестерня и модель автомата Калашникова. Время слонов со спящими в них ребятишками ушло навсегда.

— «Гаврош», — подсказал Жохов.

— Знаю, у меня в детстве была книжка с такой картинкой. Чего ты ее на стенку повесил?

— Долго рассказывать... К жене один здешний лама приходил, она его лечила. Тоже заинтересовался. Я ему объяснил, что двести лет назад этот слон стоял в Париже, на площади Бастилии. Никто уже не помнил, когда его там поставили, зачем, на какие деньги. Лама говорит: «Такие слоны ставят в память о том, как царице Махамайе приснилось, что в нее вошел белый слон, и она после этого родила Будду Шакьямуни». Я говорю: «Это другое». А он мне: «Раз все забыли, почему он там стоит, ему очень много лет. Может быть, предки этих людей были буддисты, а потомки отреклись от них и перешли в другую веру». Словом, — усмехнулся Жохов, — если французы когда-нибудь обратятся в буддизм, ты не удивляйся. Это будет означать, что они вернулись к вере предков.

— Скорее в ислам они обратятся, — заметил Шубин.

— Не исключено. А вот с монголами этот номер не пройдет, они мирные.

Затем в его голосе появилась новая нота.

— Иногда, конечно, накатывает что-то такое, не знаю даже, как толком объяснить. Идешь утром на работу, и кажется, или все это прямо сейчас исчезнет, все эти дацаны, субурганы, бараны, хуяны, или они останутся, а меня самого тут не будет. Странное ощущение. То вроде все нормально, а то живешь как во сне. Хотя, если вдуматься, в девяносто третьем мы так же жили. Ничего не соображали, что вокруг творится. Зато живы. В этом состоянии есть большой плюс.

— Какой?

— Кто смотрит на мир как на мираж, того не видит царь смерти... Из «Дхаммапады», — пояснил Жохов.

И развил мысль:

— А кто в то время быстро все сообразил, тех уже нету. Марика, например.

Он жевал кровяную колбасу вперемешку с печеньем «Юбилейное», курил, прихлебывал чай, но Шубина не покидало чувство, что сидящий перед ним человек не совсем реален и вот-вот может истончиться до полной прозрачности. Их свидание было как встреча на том свете.

51

Осенью в Монголии темнеет рано. Уже в сумерках они с Жоховым пересекли абсолютно пустой монастырь и через восточные ворота вышли к каменной черепахе, установленной здесь то ли при Чингисхане, то ли при его преемниках. Когда-то таких черепах было четыре, они окружали город с четырех сторон света, но уцелела единственная. Для чего ее здесь поставили, было не вполне понятно. Согласно общепринятой научной гипотезе, она вместе с тремя исчезнувшими подругами усмиряла гневного бога реки и охраняла Каракорум от наводнений, но версия представлялась Шубину сомнительной: вряд ли Орхон мог разливаться настолько, чтобы угрожать городским стенам со всех четырех сторон. Вырубленная из цельной глыбы серого гнейса, эта мрачная рептилия казалась последней обитательницей разрушенного святилища, символом забытой древней веры, которую исповедовали предки сегодняшних жителей Хар-Хорина. Она почти не пострадала от времени и непогоды, лишь стерлись узоры на спине и выветрились глаза. Синий шелковый хадак, повязанный у нее на шее, шевелился под ветром.

— Хочешь долго жить, панцырь ей потрогай, — посоветовал Жохов. — Такое поверье.

Шубин коснулся ее несокрушимого щита, в кончиках пальцев остался тысячелетний холод.

Жохов этим ритуалом пренебрег.

— Меня бабка крестила тайком от отца, отец был партийный, — сказал он, прикуривая от спички, а не от зажигалки. — В церковь никогда не ходил, но сейчас все больше склоняюсь к православию. Ламы, если с ними рядом долго поживешь, не особо вдохновляют. Я сперва разбежался, полез к ним с разговорами, а они в основном малообразованные, некоторые даже в позу лотоса сесть не в состоянии. Я-то раньше запросто садился.

Впереди лежала река, невидимая за полосой прибрежного тальника. Эрдене-Дзу остался за спиной, серый и безмолвный. Ветер дул с воды, поэтому не слышно было, как звякают колокольчики под карнизами храмов и тихонько постукивают на кровлях молитвенные мельницы.

— Хотя среди них разные есть, — говорил Жохов. — Один хотел купить у меня одну антикварную вещь, зашли к нему в келью потолковать о цене. Он мне чаю налил, блюдце выставил с шоколадными конфетами. Конфеты из Улан-Удэ, с тамошней кондитерской фабрики. Называются «Муза», с белой начинкой. Тут считаются самые лучшие. Я его спросил: «Знаете, что значит по-русски муза?» Он улыбнулся и говорит: «Дух». Меня почему-то тронуло до слез. Чувствую, к горлу подкатило, глаза щиплет, а что, почему, не понимаю.

— Потом понял?

— Нет.

Дошли до Орхона. К осени река обмелела, пойменный галечник широко тянулся вдоль воды. Противоположный берег был совсем близко. На нем серела такая же галька, и ветер так же шумел в зарослях ивняка. На том берегу, немного ниже по течению, совершил посадку прилетевший из Хайлара двухмоторный японский самолет с забайкальскими казаками на борту. Всего в двух-трех километрах отсюда находилась старообрядческая деревня на девять дворов, в ней жил Алексей Пуцято, пока не был похищен и застрелен капитаном Нагаоми.

— Нет, — сказал Жохов, выслушав историю его жизни и смерти, — он жив остался. Я его видел.

Лишь тогда Шубин вспомнил, что одиннадцать лет назад слышал об этом в кафе «Аист» на Большой Бронной. Та стекляшка давно исчезла, а чугунные птицы изгибались в брачном танце возле стильного ресторана с тем же названием.

С реки задувало, Жохов поднял воротник, продолжая рассказывать, как после четвертого курса впервые оказался в Монголии на полевой практике. Разведку вели в районе Шанхинь-хийда. Мясо брали у монголов, но магазина там не было, за хлебом ездили в Хар-Хорин. Как-то приехали, встали в очередь. Подходит к ним один дедок, спрашивает: «Адали, вы, ребятки, из Москвы?»

Это забайкальское словечко засело у Шубина в памяти с тех пор, как служил в армии. В Читинской области и в Бурятии старики пересыпали им речь едва ли не через предложение. «Адали» значит «кажись» или «вроде», но с множеством оттенков, оставшихся от тех времен, когда человеку в этих диких краях ничего нельзя было знать наверняка.

— Я говорю, да, из Москвы, — закончил Жохов. — Ну, он и пошел.

— Куда?

— На улицу. Мы же в магазине стояли.

— И все?

— Все, больше ни о чем не спрашивал. Потом уж местные сказали, что это цесаревич Алексей. Мы посмеялись и забыли, мало ли чокнутых, но в перестройку возникли сомнения. Японцы-то действительно самолет за ним присылали. Хотели увезти в Маньчжурию, но обознались. Схватили не того. Мне один бывший народоармеец рассказывал, он сам труп видел. Говорит, мужик из той же деревни, но другой. Или самураи ошиблись, или твой Пуцято кого-то им вместо себя подсунул. Посулил ему с три короба, тот и соблазнился. Тоже, наверное, из беженцев, бедолага. Чего ему терять? Хуже не будет. Их тут после революции много было. Кто побогаче в Китай ушли, а публика попроще осела здесь. Староверы их к себе не очень-то принимали, большинство по заимкам жили, по шерстомойкам, сторожами у китайцев. У них главная задача была — первый шухер пересидеть. Кого сразу не постреляли, оставили в покое, только паспортов даже после войны не выдали. В Улан-Батор ездить запрещалось, а так монголы их не обижали. Жили себе помаленьку, огородничали, рыбку ловили, кто и с ружьишком похаживал. Оружие им не позволено было иметь, но смотрели сквозь пальцы. Все люди понимали, что жить-то надо. Теперь никого нет. Старики поумирали, дети разъехались кто куда.

— Когда ты его видел? — спросил Шубин.

— В семидесятом году.

— И больше не встречались?

— Не пришлось. В следующий раз попал сюда через два года, его уже не застал. У нас тогда с Китаем, сам знаешь, какие отношения были. Думали, вот-вот война. Монголы подсуетились и решили под это дело выселить всех китайцев как потенциальных шпионов. Они их не любят. Со всеми не получилось, страна большая, но какую-то часть запихали в грузовики и отправили на историческую родину. Кроме шпионажа подвели еще идейную базу типа того, что они брезгуют честным трудом на благо народа и занимаются спекуляцией. А цесаревич этот кого-то у себя в избе спрятал. Их нашли, он пошел к аймачному секретарю, начал выступать. Нехорошо, мол, люди не виноваты, что Брежнев с Мао Цзэдуном разбираются, чей коммунизм лучше. А сам — никто, беспаспортный! Его загребли и увезли в Улан-Батор. Говорят, умер в тюрьме.

Стояли на берегу. Черная река текла бесшумно, хотя течение было довольно быстрое. Над холмами показались первые звезды, вечные, как война журавлей и карликов. Они потому и воевали между собой всегда, что побеждали по очереди.

52

Жена встретила Шубина с каменным лицом, но смягчилась, когда он представил ей гостя и поведал об их знакомстве. Потрясенная этой встречей, а еще сильнее — тем, как близко повеяло дыханием судьбы, жена простила ему, что он полдня где-то шлялся, а она места себе не находила. Сгоряча ее хватило даже на то, чтобы самой пойти в столовую договариваться насчет ужина.

Баатар сидел в юрте. Пока Шубин переодевал отсыревшие носки, он поговорил с Жоховым по-монгольски, определил в нем делового человека и решил ознакомить его со своим бизнес-проектом по импорту красной икры. Из машины была принесена заветная карта с условными значками на месте дальневосточных рыбзаводов. Вернувшись, жена обнаружила их сидящими рядышком на кровати. Оба склонились над картой, Жохов тыкал в нее пальцем, объясняя, где, по его мнению, выгоднее всего брать этот продукт с учетом последующей доставки в Монголию. Баатар вдумчиво кивал и высказывался в том плане, что возит сюда туристов исключительно с целью сколотить начальный капитал для реализации своей идеи.

— Хочу работать с русскими или с немцами, — говорил он. — Наши — все жулики.

Жена вполголоса сказала Шубину:

— Я читала у одного французского писателя, не помню фамилию, как он беседовал со старым сельским кюре и сказал ему: «Вы всю жизнь исповедуете своих прихожан, вы знаете о них все. Можете ли вы какой-нибудь одной фразой выразить ваше понимание человеческой природы?» Кюре ответил, что да, может.

Шубин молчал, хотя уже слышал от нее эту историю. Ключевая фраза была следующая: «Взрослых людей не бывает». Жена произнесла ее и глазами указала на Жохова с Баатаром. Действительно, всем своим видом они подтверждали правоту старого кюре.

Вчерашняя девушка, оцененная в пять долларов за ночь, принесла большое блюдо с бозами. Жохов на пробу проткнул одну вилкой, из нее брызнул горячий сок. Тридцатиградусную монгольскую водку приобрели по дороге. Шубин расставил рюмки и тарелки, но за стол сели втроем, Баатара вызвал из юрты какой-то знакомый.

— Мне в столовой предложили позвать исполнителя народных песен, я согласилась, — отпив глоточек за встречу, сообщила жена. — Всего пять тысяч за концерт. Он скоро придет.

Суточное проживание в войлочном балагане с дровяной печкой стоило вчетверо дороже, чем любовь прелестной девушки и музыка степей. Как везде, тело и душа здесь тоже сильно потеряли в цене по сравнению со стоимостью площадки, где потреблялся этот товар.

— Я его знаю, — кивнул Жохов. — Дипломант республиканского смотра, между прочим. Поет замечательно.

— Так он, значит, профессионал? — обрадовалась жена, что задешево удалось отхватить такое сокровище.

— Профессионалы — в Улан-Баторе. Он электрик, с моей женой в больнице работает.

Девушка принесла второе блюдо, с мясом. Жохов переключился на него, одновременно рассказывая про рыбу, как ее много в Орхоне и какая она нежная.

— Вообще-то, — добавил он, — ламы запрещают употреблять в пищу существа с глазами без век. В старину монголы не ели рыбу, а теперь едят. У них психология другая, чем у мусульман. Никогда мусульманин не станет есть свинину.

Вернулся Баатар.

— Тот бизнесмен приходил насчет моей карты. Очень хочет, — доложил он Шубину, садясь рядом.

— И что ты?

— Все-таки не стал продавать.

— Правильно, — одобрил Жохов, уже, видимо, введенный в курс дела. — В следующий раз приедешь, продашь за двести.

Баатар был возбужден широким спектром открывшихся перед ним возможностей и проявленной твердостью.

— Мы с ним в машине посидели, — сказал он, — я пол-карты отогнул, кое-что показал ему, а продавать не стал. Не торговался, нет. Извини, говорю, сам хочу по икре работать.

Жохов сделал ему знак помолчать и поднял рюмку.

— Предлагаю монгольский тост про три белых. У юно-ши белые зубы, у старика белые волосы, у мертвеца бе-лые кости. Выпьем за то, чтобы все шло своим чередом.

— Веселенький тостик, — покривилась жена.

— Вы не так поняли. Смысл в том, чтобы умереть не раньше, чем поседеешь.

Баатар с сомнением покачал головой:

— Я такого тоста не знаю.

— Молодой еще. Теперь будешь знать, — отозвался Жохов.

Он царил за столом по двойному праву гостя этой юрты и хозяина всего, что ее окружало. Главная тема разговора определилась быстро — причуды судьбы, ко-торая так странно распорядилась его жизнью. У них на Урале, в поселке при пушечном заводе, где он родился и окончил школу, перед проходной установлена огром-ная пушка на пьедестале. Ее отлили в единственном эк-земпляре, собирались везти на Балканы, когда освобож-дали болгар от турок, но опоздали, а к войне с немцами она уже устарела. В детстве они с ребятами залезали ей в ствол, он полметра в диаметре. Один местный поэт на-писал: «Как заряд птенцовой картечи, забирались мы в ду-ло ее». Жохов тогда уже поступил в институт, жил в Мос-кве. Отец прислал ему заводскую многотиражку с этими стихами. Птенцы — это они, пацанята, их там помеща-лось человека четыре.

— Недавно ночью не спалось, — рассказывал он, — вы-шел в кухню покурить. Окно открыл — тишина, звезды.

И подумалось, что я вылетел, как картечь, из этой пушки и долетел до Хар-Хорина.

— А выстрелил кто? — спросила жена.

— Не те, о ком вы думаете.

Кто именно, узнать не успели, появился исполнитель народных песен со своим моринхуром. Морин — по-монгольски «лошадь», конская голова украшает гриф этой виолончели, на которой можно играть в седле, уперев ее в переднюю луку и водя смычком по струнам. Звук у моринхура низкий, грубый, шероховато-скрипучий, но временами берущий за душу варварской пронзительностью тона.

Певец был одет в национальный костюм тропической яркости, как артист фольклорного ансамбля. Раньше это попугайское великолепие предназначалось для смотров художественной самодеятельности, ныне — для туристов.

Его пригласили к столу, он из вежливости пригубил водку, съел одну бозу, затем отсел на кровать и стал настраивать инструмент, передвигая туда-сюда крупные деревянные колки. Закончив, замер в картинной позе, со смычком на струнах. За столом он кое-как изъяснялся по-русски, но теперь заговорил по-монгольски, чтобы вступительная речь плавно перешла в музыку и пение. Ясно было, что толмачи найдутся.

— Рассказывает, как монголы любят моринхур, какая это полезная вещь, — начал переводить Жохов. — Бывает, верблюдица после родов не принимает верблюжонка, не подпускает его к себе. Это очень нервное животное. Тогда хозяин играет на моринхуре, и ей делается стыдно, что она такая плохая мать. От стыда она плачет настоящими слезами и дает верблюжонку сосать вымя.

Шубин заметил, что жену впечатлила эта история. Ее больно ранили статистические данные о младенцах, оставленных матерями в родильных домах. Причиной утраты материнского инстинкта она считала разрыв между человеком и природой.

— Сейчас будет исполнена песня «Мать Чингисхана», — объявил Жохов, когда певец замолчал.

Тот сделал глубокий вдох, резко двинул смычок и запел, ведя сразу две партии, как положено при горловом пении, по-монгольски — хуми. Его музой воистину был дух — задержанное дыхание. Лицо у него напряглось, губы вздулись и дрожали, преграждая путь рвущемуся из груди воздуху. Гортань стала пещерой ветров, откуда их выпускали по одному. Протяжные ноты перемежались вскриками, орлиный клекот переходил в жалобу души. Мелодии не было, или Шубин ее не улавливал, но волнение росло, больничный электрик в бутафорском халате пробуждал в нем чувство сродни тому, с каким в горах или под звездным небом радостно отдаешься сознанию ничтожности собственной жизни. Прожитые им самим пятьдесят с лишним лет мало что значили по сравнению с возрастом этой музыки. Песня была ровесницей черепахи у восточных ворот Каракорума.

— Это песня из одного фильма, зимой по телевизору показывали, — на ухо Шубину сказал Жохов и зашептал перевод.

Чингисхан воевал в разных странах, вел войско от победы к победе, но не было дня, когда бы он не вспоминал свою мать и его сердце не рвалось бы к ее золотой юрте, где будущий хаган, великий как море, с материнским молоком всосал любовь к родному народу. Услышав весть о ее смерти, он, даже ребенком не проливший ни единой слезы, плакал как женщина и говорил, что отдаст всю вселенную, только бы жива была та, что дала ему жизнь.

— Помнишь, — шепнул Жохов, — у Ельцина мать умерла, и как раз в тот день отменили референдум?

Хуми странно гармонировало с этим воспоминанием. Рыдание, по кускам выходящее из перехваченного спазмом горла, и царапающий звук моринхура были музыкой той безнадежной весны с ее неотвязным страхом, бессилием, бедностью, угрюмыми толпами в уличной слякоти, пикетчиками у метро, близкими войнами, далеким гулом чужого праздника.

Шубин посмотрел на жену. Для своих лет она выглядела на редкость хорошо. Впервые пришла мысль, что это мутное время продлило им молодость. Еще пара лет, и можно будет вспоминать его с умилением и нежностью. У Бога все времена рядом лежат на ладони, неотличимые друг от друга. «Внимательно наблюдая за вещами, мы можем сказать, что в мире нет даже двух различных вещей», — процитировал Жохов кого-то из дзэнских мудрецов, когда в магазине решали, какую водку взять.

Певец умолк, ему немного похлопали. Он продемонстрировал, на что способен моринхур, извлекая из него голоса разных животных, из которых Шубин не узнал никого, а жена — всех, спел еще несколько песен, чье содержание осталось тайной, поскольку Жохов увлекся мясом с лапшой, и ушел, получив от жены пять тысяч тугриков. Столько же Шубин украдкой сунул ему в руку.

После целого дня на свежем воздухе спать хотелось невыносимо. Деликатный Баатар взял запасное одеяло, пожелал всем спокойной ночи и отправился ночевать в машине. Жохов понял, что третья кровать остается свободной.

— Жена в Улан-Баторе, — сказал он, — что-то домой идти не хочется. Не против, если я тут лягу? Заодно печку буду подтапливать.

Через десять минут лежали в постелях. Как только погас свет, Шубин стал засыпать. Сквозь подступающий сон доносился голос Жохова.

— Вам, наверное, рассказали про это чудо-дерево в Тумэн-Амалгане, — полушепотом говорил он жене. — Там из одной трубы лилось вино, из второй — мед, из третьей — пиво, из четвертой — кумыс. Кумысом никого насильно не поили. Это и есть свобода в имперском ее понимании. За покоренными народами признавали право на национальную самобытность и культурную автономию. Пили, что хотели.

В полудреме Шубин увидел чудесный фонтан работы Гийома Буше, семь столетий назад разрушенный китайцами вместе с дворцом, но вечно сияющий серебряной листвой на стволе из меди. Вокруг него сидели четверо, чьи лица он узнал сразу, хотя двоих из этой четверки не встречал никогда в жизни. Вострубил серебряный ангел, и четыре дракона принялись извергать из себя перечисленные Жоховым напитки. Они были разного цвета и с разным звуком лились в одинаковые медные чаны. Баатар выбрал кумыс, Анкудинов — вино, Алеша Пуцято — безобидный мед, Жохов — демократичное пиво. Отпив, каждый передал свою чашу по кругу.

Голос Жохова звучал все дальше, все тише:

— Чингисхан сначала узнавал, что кому по вкусу, и сажал гостей к соответствующей трубе. А у нас никто о таких вещах не заботился. Сюда, например, при Брежневе повадились завозить портвейн «Три семерки». Монголы, естественно, его не покупали. Наши, помню, очень удивлялись. Портвейн вроде нормальный, дешевый, выпить они любят, а вот не берут, и всё. Хоть обратно вези. Нет чтобы почесаться и выяснить, что у монголов «семь» — несчастливое число. На седьмом километре от Улан-Батора самый аварийный участок...

Потом Шубин уснул и больше ничего не слышал.

Проснулся он рано. Печка потухла, но еще не совсем остыла. Смутно вспоминалось, что ночью вставал и подкладывал в нее дрова, хотя это обещал делать Жохов.

Сквозь дырку в крыше проникал рассвет. Жена спала в полезной для здоровья позе льва, Жохов по-женски свернулся калачиком и укутался по самую макушку. Шубин машинально отметил, что она еще не поседела.

Стараясь не шуметь, он влез в кроссовки на босу ногу, накинул куртку. Брюки надевать не стал. Вылез из юрты и опять подумал о том, как все-таки милостива к нему судьба, если на шестом десятке привела его в это место. Ночью снова шел снег, но чувствовалось, что день будет ясный. Ближние субурганы отчетливо виднелись на фоне светлеющего неба, дальние тонули в рассветной дымке. Их было сто восемь, по числу имен Авалокитешвары Великомилосердного. Помимо страниц священных книг и лоскутов шелка с сутрами и заклинаниями, каждый хранил в себе какую-нибудь драгоценную реликвию, доверенную только ему. Это могли быть четки или кусок одежды одного из местных перерожденцев, или немного каменистой тибетской земли с могилы кого-то из учителей и реформаторов буддизма. Эрдене-Дзу — значит «сто драгоценностей». Возможно, Анкудинов, раз его так ценил сам Ундур-гэген Дзанабадзар, лежал в одной из этих ступ горсточкой замурованного праха.

Тишину нарушал однообразный механический звук, слабый, но постоянный. Шубин прислушался, пытаясь определить, откуда он исходит. Наконец понял, что с автомобильной стоянки. На ночь там осталась только их «хонда». Значит, Баатар ночью замерз и спит с включенным двигателем. На этот раз «дворники» он не включал, лобовое стекло было запорошено снегом.

Шубин подошел к машине и смахнул его рукавом. Баатар сидел, скрючившись, вжавшись в тесное пространство между рулем и дверцей. Лица не видно, голова свесилась на приборную доску. Рядом валяется скомканное одеяло.

Поза была странная. Шубин стукнул в стекло костяшками пальцев. Никакого эффекта. Постучал громче, всей ладонью, и вдруг понял, что это не Баатар, а Жохов. Баатар спал в юрте, это он тоже сообразил только сейчас, вспомнив торчавшую из-под одеяла темную макушку.

Что-то заставило со всей силы рвануть на себя ручку дверцы. Она легко распахнулась, и Жохов кулем начал валиться из машины. Седые волосы у него на виске были в крови.

53

Первую половину дня провели в милиции, выехали около полудня.

— Я не просил, он сам захотел со мной меняться, — в очередной раз оправдывался Баатар, выруливая на трассу. — Пришел и говорит: «Иди в юрту, я покараулю. Все равно не спится». Я не хотел идти, он заставил. Обещал потом разбудить и не разбудил.

— Можно было и самому проснуться, — сказала жена.

Он горестно покивал, соглашаясь:

— Мог бы, да, но крепко очень заснул.

Из машины пропала его карта, это и навело на след преступников. Они сразу во всем признались.

Бизнесмен, которому Баатар отказался продать свое сокровище, знал, где оно хранится, и послал за ним двоих местных парней, обещав заплатить тысячу тугриков. Ночью им велено было разбить стекло и вынуть карту из бардачка. Вблизи они увидели, что в машине кто-то есть, тем не менее решили не отступать. Один зашел со стороны водителя, чтобы выманить его наружу. Второй должен был воспользоваться моментом, но ему не хватило терпения подождать, чем закончится дело. Когда человек за рулем открыл левую дверцу, он дернул правую и полез в бардачок. Обе дверцы были не заперты. Жохов успел схватить вора за руку, тогда другой парень, имевший аймачный приз по борьбе, стукнул его головой о приборную доску. В темноте они так и не поняли, что перед ними Жохов, хотя прекрасно его знали. Он потерял сознание, а эти двое захлопнули дверцы и убежали с добычей. Включенный для тепла двигатель продолжал работать. Выхлопная труба упиралась в деревянный щит, за два дня под ним намело кучу снега, не таявшего в тени. Через проржавевшее днище отработанный газ пошел в салон, и Жохов не проснулся. Не то отделался бы сотрясением мозга.

— Машина старая, есть проблемы. Забыл сказать, чтобы мотор не заводил, — сокрушался Баатар.

Свою карту он получил назад в обмен на то, что умолчал в протоколе о ее пропаже. Бизнесмен был человек влиятельный, ссориться с ним никто не хотел. Видимо, дело решили квалифицировать как мелкое хулиганство, а смерть Жохова — как результат несчастного случая.

Он уже почти полсуток был мертв, плыл в потустороннем мраке, невесомый, легкий как пух от уст Эола. Вскоре ему предстояло увидеть Ясный Свет и узнать его среди обманных огней, гораздо более красивых и ярких. Они еще не появились перед ним, сейчас его окружала тьма, а здесь повсюду, куда ни глянь, лился с небес ясный свет золотого сентябрьского дня. Монгольское лето, последнее из трех, не торопилось уступать очередь зиме.

За рекламным щитом с надписью про единственное место в мире, не испорченное человеком, в кармане у Баатара защебетал мобильник.

— Жена звонила, — пояснил он, закончив разговор и еле сдерживаясь, чтобы не расплыться в улыбке. — Норвежцы не обманули, все сделали как обещали. Приглашение пришло.

— Какое приглашение? — не понял Шубин.

— На семинар. В октябре полечу в Гонконг.

Чуть позже сквозь гудение изношенного двигателя слышно стало, что Баатар тихонько поет. Жена попросила его перестать, он послушался, но ненадолго. Через пару минут пение возобновилось.

— Оставь, пусть, — шепнул Шубин жене, собравшейся опять сделать ему замечание.

Он полез в сумку, достал ксилограф. Эту аукционную вещь Жохов продал ему со скидкой, за сто пятьдесят долларов вместо двухсот. Тоже немало, но доска того стоила.

Темное прямоугольное поле покрывала угловатая вязь тибетских букв. Сами по себе странные, они казались еще причудливее оттого, что вырезаны в зеркальной проекции. Наверху распластался в полете волшебный конь химорин с клубящимися вокруг копыт облаками, а внизу в мирном соседстве располагались могендовид и свастика. Резчик понятия не имел, что они могут означать еще что-то, кроме вечного круговорота жизни и столь же бесконечного превращения одного в другое, подобное прежнему, как любой из шести лучей этой звезды — пяти остальным.

За опущенными стеклами шумел ветер, Баатар пел. Он радовался, что сегодня вернется домой, обнимет жену, а потом полетит в Гонконг, и если кто-нибудь спросит, почему у Иисуса Христа нет ни братьев, ни сестер, встанет и ответит: «У Бога много сыновей и дочерей, все мы Его дети, все мы братья и сестры». Включая китайцев и бурят.

— Это старинная песня, мы ее вчера слушали, — сказал он важно, словно иначе ему бы в голову не пришло петь в такой день.

— О чем она? — спросил Шубин.

— Жили три брата. Скота у них не было, ничего не было, они сели на лошадей и поехали в разные стороны искать счастье...

Жена взглянула на Шубина. Глаза ее мгновенно намокли, но сквозь слезы она улыбнулась ему той улыбкой, за которую он когда-то ее полюбил и любил до сих пор, и знал, что будет любить до смерти.

— Один поехал на восток, в Китай, — рассказывал Баатар, — другой — на юг, в Тибет, третий — на север, в Россию. Прошло много лет. Первый стал китайским генералом, второй — ученым гелуном, третий — большим русским начальником, но счастья не нашли. Они вернулись домой и сказали: «Скакать на коне по родной степи — вот счастье!»

Выпавший ночью снег растаял, день выдался солнечный и теплый. Вокруг опять была рыжая осенняя степь, голые холмы в цветовой гамме от бурого до фиолетового. Среди них выделялся один угольно-черный. Казалось, его выжгло степным пожаром, но скоро Шубин увидел, что просто на нем лежит тень облака.

Оглавление

Литературно-художественное издание

Юзефович Леонид Абрамович

ЖУРАВЛИ И КАРЛИКИ

Заведующая редакцией *Е.Д. Шубина*
Редактор *Д.З. Хасанова*
Корректоры *С.А. Войнова, Т.П. Поленова*
Компьютерная верстка *А.М. Москвитиной*

ООО «Издательство Астрель»
129085, г. Москва, проезд Ольминского, д. 3а

ООО «Издательство АСТ»
141100, РФ, Московская обл., г. Щелково,
ул. Заречная, д. 96

Наши электронные адреса: www.ast.ru
E-mail: astpub@aha.ru

ОАО «Владимирская книжная типография»
600000, г. Владимир, Октябрьский проспект, д. 7.
Качество печати соответствует
качеству предоставленных диапозитивов

Издательская группа АСТ представляет:

Юрий АРАБОВ

ЧУДО

Прозаик, поэт и сценарист культовых фильмов «Доктор Живаго», «Дело о мертвых душах», «Телец», «Дни затмения», «Солнце» Юрий Арабов написал роман, который, по его уверению, основан на реальных событиях. Но поверит ли в это читатель?

...В захолустном Гречанске происходит невозможное. Девушка Татьяна собирает друзей потанцевать и, оставшись без кавалера, приглашает на танец... Николая Угодника.

Схватив икону, она тут же превращается в недвижную статую — и никто: ни врачи, ни священник, ни «случившийся» в городе Н.С.Хрущев ничего не могут с этим поделать...

Debbie
1 bedroom.
July 1st.
Gramercy   No pets
alone &
up to $2500